KB252775

한국 고전문학의 이해

전북대학교 국어국문학과 고시학연구실
양희찬·최길용·손앵화 편

국학자료원

문학은 재미난 것이다. 그런데 문학에 무관심하거나 문학이 쓸 데 없는 것이라고 여기는 사람들도 있다. 어쨌거나 문학은 재미가 없으면 존재할 가치가 없다.

이 책은 대학에서 교양 강좌를 위해 만든 것이고, 특히 우리나라 고전문학에 재미를 가지게 할 의도로 만들었다. 그래서 국문학을 전공하거나 고등학교 과정에서 많은 고전 작품들을 충실히 배운 학생들이 아니더라도 우리 고전문학의 성격 및 성향을 어느 정도 총체적으로 파악하고 이해할 수 있도록 하는 데 초점을 맞추었다. 이미 보았거나 쉽사리 찾아 볼 수 있는 작품들이라도 한 작품을 대상으로 하거나 여러 작품들을 비교하여 구체적이고 논리적이며 종합적으로 살피면 새로운 맛을 느낄 것이다.

이것은 우리 현대문학에서도 마찬가지이다. 독자들에게나 학생들에게 고전문학과 현대문학의 큰 차이는 자신이 체험하고 그것을 바탕으로 상상해 볼 수 있는 시대 배경의 다름에서 찾을 수 있다. 그것은 세계사에서만 아니라 우리나라 역사 안에서도 존재하는 문화적 사고와 체험의 차이라고도 할 수 있다. 흔히 기성세대와 신세대의 차이라고 말하는 그것과 같다. 서로를 이해하기 위해서는 (정신적으로, 문화적으로) 서로의 영역에 들어가 서로를 체험해 보아야 서로 어긋나고 오해하는 간격을 좁힐 수 있을 것이다.

현대문학은 오늘이라는 동일한 환경에서 같이 사는 사람들끼리 글로써 교유(交遊)하기 때문에 마치 내가 쓴 것과 같은 친밀감을 가진다. 고전문학은 오늘과는 어느 만큼 거리감이 있는 어제라는 배경에서 만들어진 것이라서 어색하고 좀 뒤진 것 같은 느낌을 가질 수 있다. 이것을 극복하는 방법은 고전문학의 참모습을 분명히 아는 것이다.

　이 책은 우리 고전문학의 내용을 크게 다섯 부류로 나누고, 끝에 고전비평의 몇 글을 소개하였다.

　제1장은 다양한 사랑, 제2장은 사회 현상과 그 인식, 제3장은 자연 속의 흥겨움, 제4장은 작품으로 만들어진 재미난 내용, 제5장은 인생, 여성의 삶, 신앙을 포괄한 삶의 인식을 다룬 작품들로 편성하였다. 이것은 우리 고전문학에서 찾아볼 수 있는 큰 범주의 내용이오 성향이라고 할 것이다. 제6장의 고전비평은 우리나라 과거의 비평을 소개하기 위한 것이다. 우리 고전문학에 문학작품만 있는 것이 아니라 비평도 있다는 것을 깨닫는 것은 오늘을 사는 바로 우리 자신의 몰랐던 모습을 확인하고 전체의 모습을 비로소 아는 것과 같다.

　끝으로 이 책을 통해 많은 신세대 후학들이 우리의 고전문학에 관심을 갖게 되기를 기대한다. 그리고 우선 이 책이 좋은 교양 교재가 되도록 수정 보완할 것이다. 이 책을 만드는 데 정말 애쓴 오선주군에게 감사한다.

제 1 장

인간 관계의 미학

1. 남녀의 애정

(1) 黃鳥歌

三年 秋七月 作離宮於鶻川 冬十月 王妃松氏薨 王更娶二女以繼室 一曰禾姬 鶻川人之 女也 一曰稚姬 漢人之女也 二女爭寵不相和 王於凉谷 造東西二宮 各置之 後王田於箕 山 七日不返 二女爭鬪 禾姬罵稚姬曰 汝漢家婢妾 何無禮之甚乎 稚姬慙恨亡歸 王聞之 策馬追之 稚姬怒不還 王嘗息樹下 見黃鳥飛集 乃感而歌曰 翩翩黃鳥 雌雄相依 念我之 獨 誰其與歸

<三國史記 卷13 高句麗本紀1 琉璃王>

유리왕(BC.19~AD.17) 3년(BC.17) 7월 골천(鶻川)에 별궁(別宮)을 지었다.

그 해 10월에 왕비 송씨(宋氏)가 죽자, 왕은 새 왕비로 두 여자를 맞았다. 한 사람은 골천 사람의 딸인 화희(禾姬)이고, 또 한 사람은 한(漢)나라 사람의 딸인 치희(稚姬)였다. 두 왕비는 사랑 다툼으로 서로 화목하지 못하였다. 그래서 왕은 양곡(凉谷)의 동쪽과 서쪽에 각각 궁(宮)을 지어 두 왕비의 거처를 따로 마련하였다.

그렇게 지내다가 유리왕이 기산(箕山)에 사냥을 가서 7일 동안 돌아오지 않은 사이에 두 왕비는 아주 심하게 다투었다.

화희가 치희에게 모질게 핀잔을 하였다. "너는 한나라의 천한 계집으로 첩이 된 사람인테 왜 이리 무례한가?" 이 말에 치희는 부끄럽고 분하여 친정으로 가 버리고 말았다.

왕은 이 소식을 듣고 말을 채찍질하여 급히 쫓아갔다. 그러나 치희는 분노가 가득 차 돌아오려고 하지 않았다. 유리왕은 이런 일을 당하고 돌아오는 길에 나무 아래서 쉬다가 꾀꼬리들이 나무에 날아드는 것을 보고 심회(心懷)를 노래로 풀었다.

> 노니는 저 꾀꼬리
> 암수 서로 즐거운데
> 외로워라, 이내 몸은
> 뉘와 함께 돌아갈꼬.

(2) 薯童謠

第三十武王 名璋 母寡居 築室於京師南池邊 池龍交通而生 小名薯童 器量難測 常
掘薯蕷 賣爲活業 國人因以爲名 聞新羅眞平王第三公主善花 美艷無雙 剃髮來京師 以
薯蕷餉閭里群童 群童親附之 乃作謠 誘群童而唱之云 善化公主主隱 他密只嫁良置古
薯童房乙 夜矣卯乙抱遣去如
　童謠滿京 達於宮禁 百官極諫 竄流公主於遠方 將行 王后以純金一斗贈行 公主將至
竄所 薯童出拜途中 將欲侍衛而行 公主雖不識其從來 偶爾信悅 因此隨行 潛通焉 然後
知薯童名 乃信童謠之驗 同至百濟

<三國遺事 卷2 奇異 武王>

　백제 제30대 왕인 무왕(武王;600~640)의 이름은 장(璋)이다. 어머니가 과부(寡婦)
가 되어 서울 남쪽 연못 근처에 집을 지어 살았는데, 못의 용과 관계하여 그를 낳
았다. 어릴 때 이름은 서동(薯童)이었고, 재주와 지혜가 가늠하기 어려울 정도로 아
주 뛰어났었다. 항상 마를 캐어 팔아서 살았으므로 사람들이 그런 이름을 지어 부
른 것이다.
　서동은 신라 진평왕(眞平王;579~631)의 셋째 공주 선화(善花)가 겨룰 짝이 없을
만큼 아름답다는 말을 듣고 머리를 깎고 신라 서울로 왔다. 서동은 마을 아이들에
게 마를 나누어주자, 아이들은 그를 좋아해 곧잘 따랐다. 그렇게 되자 서동은 노래
를 지어서 아이들을 꾀어 부르게 했다.

　　　　선화공주님은
　　　　남 그윽히 얼어 두고
　　　　맛둥방을
　　　　밤에 몰래 안고 가다

　아이들의 노래는 서울 곳곳에 퍼져 궁궐에까지 알려지자 모든 신하들은 공주에
게 죄를 줄 것을 왕에게 아주 강하게 건의하였다. 마침내 공주는 먼 변방으로 귀양
가게 되었다. 공주가 귀양길을 떠날 때 왕후는 순금 한 말을 노자로 주었다. 공주
일행이 귀양처를 향해 가는 도중 서동이 나타나 공주에게 절을 하면서 모시고 가고
싶다는 말을 아뢰었다. 공주는 그가 어디에서 온 사람인지는 알 수 없었으나 공연
히 미덥고 기뻤다. 그리하여 서동을 따라갔다. 가는 동안 공주는 서동과 남모르게
관계를 하였는데, 그런 뒤에 서동의 이름을 알게 되었고, 동요(童謠)의 신통한 효험
을 믿게 되었다. 서동은 공주와 함께 백제 땅에 이르렀다

(3) 가시리

가시리 가시리잇고 나는
브리고 가시리잇고 나는
위 증즐가 大平盛大

날러는 엇디 살라 ᄒ고
브리고 가시리잇고 나는
위 증즐가 大平盛大

잡ᄉ와 두어리마ᄂᆞᆫ
선ᄒ면1) 아니 올셰라
위 증즐가 大平盛大

셜온 님 보내옵노니 나는
가시ᄂᆞᆫ둧 도셔오쇼셔 나는
위 증즐가 大平盛大

<樂章歌詞・時用鄕樂譜>

(4) 詠半月

황진이(黃眞伊)

誰斷崑崙2)玉   뉘라서 곤륜산(崑崙山) 옥을 잘라다가
裁成織女梳   직녀의 얼레빗을 만들었나.
牽牛一去後   견우가 한 번 떠나간 뒤
愁擲碧空虛   시름겨워 푸른 하늘에 던져버렸네.

<韓國女流漢詩選>

(5) 無語別

임제(林悌;1529~1587)

十五越溪女3)	열다섯 살 아리따운 아가씨
羞人無語別	남부끄러워 말도 못하고 헤어지네.
歸來掩重門	돌아와 겹겹이 문을 걸어 잠그고
泣向梨花月	달빛 어린 배꽃 보며 하염없이 눈물짓네.

<白湖全集>

(6) 閨情

이옥봉(李玉峰)

有約來何晚	약속해놓고선 왜 이리 늦을까
庭梅欲謝時	뜰에 핀 매화도 바야흐로 지려 하네.
忽聞枝上鵲	홀연히 가지 위의 까치 소리에
虛畵鏡中眉	부질없이 거울 대해 눈썹 그리네...

<玉峰集>

(7) 시조

花灼灼 범나븨 雙雙 柳靑靑 괴꾜리 雙雙
눌즘승 긜즘승 다 雙雙 ᄒ다마는
엇디 이내 몸은 혼자 雙이 업ᄂ다

<정철(鄭澈;1536~1593), 松江歌辭>

燈盞불 그므러갈 제 窓前 너머 드던 님과
새배 달 뎌갈 적의 다시 안아 누은 님은
이 몸이 쎠가 굴니 된들 니줄이 이시랴

<古今歌曲>

닭 혼 홰 우다 호고 호마4) 니러 가지 마소
게 좀간 안자 이셔 쏘 혼 홰를 듯고 가소
그 닭이 윈듸5) 둙이라 제 어미 글여 그르히

<古今歌曲>

보거든 슬뮈거ᄂ6) 못 보거든 닛치거ᄂ
제 ᄂ지 말거나 니 져를 모로거나
출ㅎ로 니 몬져 최여셔7) 글이게 ᄒ리라

<고경명(高敬命;1533~1592), 花源樂譜>

臺 우희 웃득 션 소나모 ᄇ람 블 젹마다 흔덕흔덕
기울의 션ᄂ 버드나모 무스 일 조차 흔들흔들
님 그려 우는 눈물은 올커이와 입하고 코ᄂ 어이 무슴 일노 조차셔 후로록 빗쥭
ᄒᄂ나

<古今歌曲>

가슴에 궁글 둥시러케 뚤고
왼숫기를 눈 길게 너슷노슷 쏘와 그 궁게 그 숫8) 너코 두 놈이 두 긋 마조 자바
이리로 훌근 져리로 훌젹 훌근훌젹 훌져긔ᄂ 나남즉9) 눔대되10) 그는 아모쑈로나
견듸려ᄂ와
아마도 님 외오 살라면 그ᄂ 그리 못ᄒ리라

<珍本靑丘永言>

(8) 李生窺墻傳

송도(松都) 낙타교(駱駝橋)11) 옆에 이생(李生)이란 사람이 살았다. 나이는 열 여덟이며, 생김새가 말쑥하게 잘 생겼을 뿐만 아니라 재주도 뛰어나 일찍이 배움에 뜻을 두고 국학(國學)12)에 다녔는데, 길을 가면서도 글을 읽을 만큼 배움에의 열의가 대단했다. 선죽리(善竹里)13) 한 명문가의 최씨 낭자는 나이가 열대여섯쯤 되었는데, 맵시가 아리땁고 수도 잘 놓았으며, 시와 문장에도 뛰어나니, 세상 사람들이 그들을 이렇게 칭찬하였다.

풍류로워라, 이씨댁 자제
아리따워라, 최씨댁 낭자
그 재질과 그 용모는
보는 이 마음 넉넉케 하네.

風流李氏子
窈窕崔家娘
才色若可餐
可以療飢腸

이생은 일찍이 책을 옆에 끼고 국학에 다닐 때면 언제나 최씨댁 북쪽 담 밖 옆으로 지나다녔는데, 수양버들 수십 그루가 휘휘 늘어져 그 담에 둘러쳐져 있었다.

하루는 이생이 그 나무 아래에서 쉬다가 문득 담 안을 엿보았더니, 아름다운 꽃들이 활짝 피고 그 사이를 벌과 새들이 다투어 날아다니고 있었다. 곁에는 작은 누각이 꽃송이들 사이로 살풋이 보이는데, 주렴(珠簾)은 반쯤 쳐 있고 비단 휘장은 낮게 드리워져 있었다. 그 안에 한 아리따운 여인이 수를 놓다가 잠시 손을 멈추고 턱을 괴더니 시를 읊었다.

사창(紗窓)에 홀로 기대어 수놓기 지겨운데
온갖 꽃떨기 속에 꾀꼬리 지저귀네.
부질없이 봄바람을 원망하며
말없이 바늘 멈추고는 생각에 잠겼어라.

獨倚紗窓刺繡遲
百花叢裏囀黃鸝
無端暗結東風怨
不語停針有所思

저기 가는 저 총각은 뉘댁 자제일까
푸른 깃 넓은 띠가 수양버들 사이로 빛나네.
이 몸이 변해 대청 위의 제비 된다면
주렴을 살짝 빠져나가 담장 위를 날아 넘으리.

路上誰家白面郎
青衿大帶映垂楊
何方可化堂中燕
低掠珠簾斜度墻

이생은 그녀가 읊은 시를 듣고 자신의 재주를 뽐내고 싶어 안달이 났다. 그러나 그 집은 담장이 높고도 가파르며, 안채가 깊숙한 곳에 있었으므로, 어쩔 수 없이 서운한 마음을 안고 국학에 갔다. 그는 학교에서 돌아오는 길에 흰 종이 한 장에다 시 삼(三) 수를 써서 기와조각에 매달아 담 안으로 던져 넣었다.

무산(巫山)14) 열두 봉우리 첩첩이 쌓인 안개 속에	巫山六六霧重回
반쯤 드러난 봉우리는 붉고도 푸르구나.	半露尖峰紫翠堆
양왕(襄王)의 외로운 꿈을 수고롭게 하지 마오	惱却襄王孤枕夢
구름 되고 비가 되어 양대(陽臺)에서 만나보세.	肯爲雲雨下陽臺
사마상여(司馬相如)15) 되어 탁문군(卓文君) 꾀어내려니	相如欲挑卓文君
마음속에 품은 생각 벌써 흠뻑 깊어지네.	多少情懷已十分
담장 위에 피어있는 요염한 저 도리(桃李)는	紅粉墻頭桃李艶
바람에 날려서 어디로 떨어지나.	隨風何處落繽紛
좋은 인연 되려는지 나쁜 인연 되려는지	好因緣邪惡因緣
부질없는 이내 시름 하루가 일 년 같네.	空把愁腸日抵年
스물여덟 자 시 한 수로 기약 이미 맺었나니	二十八字媒已就
남교(藍橋)16)에서 어느 날 고운 님 만나려나.	藍橋何日遇神仙

최랑이 몸종 향아(香兒)를 시켜서 그 편지를 주워다 보니, 바로 이생이 지은 시였다. 최랑이 그 시를 읽고 또 읽은 후 마음속으로 기뻐하면서 종이쪽지에 짤막한 글귀를 써서 담 밖으로 던져 주었다.
"그대여. 의심 마세요. 황혼에 만나기로 해요."
이생이 그 말대로 황혼이 되자 최랑의 집을 찾아갔더니 갑자기 복사꽃 한 가지가 담 너머로 휘어져 넘어오면서 하늘거리는 그림자가 나타났다. 이생이 가까이 가서 살펴보니 그넷줄이 매달린 대바구니가 아래로 드리워져 있었다. 이생은 그 줄을 타고 담을 넘어 들어갔다.
마침 달이 동산에 떠오르고 꽃 그림자가 땅에 비껴 맑은 향내가 사랑스러웠다. 이생은 자기가 신선 세계에 들어오지나 않았나 하여 마음은 비록 은근히 기뻤지만, 속으로는 몰래 숨어 들어온 것이어서 머리칼이 곤두섰다.
이생이 좌우를 둘러보니, 최랑은 꽃떨기 속에서 향아와 같이 꽃을 꺾어 머리에 꽂고는, 구석진 곳에 자리를 펴고 앉아 있었다. 최랑은 이생을 보자 방긋 웃으면서

시 두 구절을 먼저 읊었다.

도리 가지17) 사이에 꽃송이 탐스럽고   桃李枝間花富貴
원앙침18) 위엔 달빛도 고와라.   鴛鴦枕上月嬋娟

이생이 뒤를 이어 시를 읊었다.

이다음 어쩌다가 봄소식19)이 새나간다면   他時漏洩春消息
무정한 비바람20)에 더욱 가련해지리라.   風雨無情亦可憐

최랑이 얼굴빛이 변하면서 말하였다.

"저는 본디 도련님과 함께 부부가 되어 끝까지 남편으로 모시고 영원히 즐거움을 누리려고 했어요. 그런데 도련님은 어찌 그런 말씀을 하십니까? 저는 비록 여자의 몸이지만 마음이 태연한데, 대장부의 의기를 가지고서 어찌 그렇게 말씀하십니까? 뒷날 규중(閨中)의 일이 누설되어 부모님께 꾸지람을 듣게 되더라도, 제가 혼자 책임을 지겠습니다."

최랑은 향아를 시켜 방에 들어가서 술과 안주를 가져오게 했다. 향아가 가버리자 사방이 고요하여 아무런 인기척도 없었다. 이생이 최랑에게 물었다.

"이곳은 어디입니까?"

"이곳은 저희집 뒷동산에 있는 작은 누각 아래예요. 저희 부모님께서는 제가 외동딸이기 때문에 여간 사랑하지 않으십니다. 그래서 연못가에다 이 누각을 따로 지으시고 봄이 되어 이름난 꽃들이 활짝 피면 몸종 향아와 함께 즐겁게 놀라고 하셨어요. 부모님이 계신 곳은 여기서 멀기 때문에 아무리 웃으며 크게 이야기해도 쉽게 들리지는 않는답니다."

최랑이 술 한 잔을 따라 이생에게 권하면서 고풍(古風)으로 한 편을 읊었다.

연못 푸른 물을 난간에서 굽어보고   曲欄下壓芙蓉池
못가 꽃떨기 속에서 님들이 속삭이네.   池上花叢人共語
향기로운 안개 걷히고 봄빛이 화창하니   香霧霏霏春融融
새 가사를 지어내어 백저사(白紵詞)를 부르네.   製出新詞歌白紵
꽃그늘엔 달빛 비껴 털방석에 스며들고   月轉花陰入氍毹
긴 가지 함께 잡으니 붉은 꽃비가 쏟아지네.   共挽長條落紅雨
바람이 향내를 끌어와 옷 속에 스미는데   風攪淸香香襲衣

첫봄 맞은 아가씨는 햇살 속에 춤을 추네.　　　　　賈女初踏春陽舞
티단 적삼 가볍게 해당화를 스쳤다가　　　　　　　羅衫輕拂海棠枝
꽃 사이에 졸고 있던 앵무새만 깨웠구나.　　　　　驚起花間宿鸚鵡

이생도 바로 시를 지어 화답하였다.

잘못 찾은 선경에는 복사꽃이 만발한데　　　　　　誤入桃源花爛熳
무수한 이내 정회(情懷)를 어찌 다 말할꼬.　　　　多少情懷不能語
구름 모양 쪽찐 머리에 금비녀 낮게 꽂고　　　　　翠鬟雙綰金釵低
산뜻한 봄 모시적삼 새로 지어 입었네.　　　　　　楚楚春衫裁綠紵
나란히 달린 꽃송이들 봄바람에 피어나니　　　　　東風初拆竝帶花
져 많은 꽃가지에 비바람아 부지 마소.　　　　　　莫使繁枝戰風雨
나부끼는 선녀의 소맷자락 그림자도 하늘하늘　　　飄飄仙袂影婆婆
계수나무 그늘 속에선 항아가 춤을 추네.　　　　　叢桂陰中素娥舞
좋은 일 다하기 전 시름이 따르나니　　　　　　　勝事未了愁必隨
함부로 새 노래를 앵무새에 가르치랴.　　　　　　莫製新詞敎鸚鵡

술자리가 끝나자 최랑이 이생에게 말하였다.

"오늘의 일은 반드시 작은 인연이 아니랍니다. 도련님은 저를 따라오셔서 정을
나누는 것이 좋겠어요."

말을 마치고 최랑이 북쪽 창문으로 들어가자 이생도 그 뒤를 따라갔다. 누각에
걸친 사다리를 타고 올라갔더니 다락이 나타났다. 문방구와 책상들이 아주 말끔했
으며, 한쪽 벽에는 안개 낀 강에 첩첩 봉우리를 그린 그림 한 폭과 울창한 대숲과
고목을 그린 그림 한 폭이 걸려 있었는데, 모두 유명한 그림이었다. 그림 위에는 시
가 씌어 있었는데, 누가 지은 시인지는 알 수 없었다.

첫째 그림에 쓰인 시는 이러하였다.

어떤 사람 붓끝에 힘이 넘쳐　　　　　　　　　　何人筆端有餘力
이 강과 겹겹이 쌓인 산을 그렸던가?　　　　　　寫此江心千疊山
웅장해라, 삼만 길의 저 방호산(方壺山)21)　　　壯哉方壺三萬丈
아득한 구름 사이로 반쯤 드러난 봉우리　　　　　半出縹紗烟雲間
저 멀리 산세(山勢)는 몇백 리까지 뻗어 있고　　遠勢微茫幾百里
푸른 소라처럼 쪽진 머리 가까이 보이네.　　　　近見岌崒靑螺鬟

끝없이 푸른 물결 먼 하늘에 닿았는데　　　滄波淼淼浮遠空
저녁노을 바라보니 고향 생각 간절하네.　　日暮遙望愁鄉關
이 그림 보니 내 마음이 쓸쓸해져　　　　　對此令人意蕭索
상강(湘江) 비바람에 배 띄운 듯하여라.　　疑泛湘江風雨灣

둘째 그림에 쓰인 시는 이러하였다.

쓸쓸한 대숲에선 가을 소리가 들리는 듯　　幽篁蕭颯如有聲
비스듬히 누운 고목은 옛정을 품은 듯.　　古木偃蹇如有情
구부러진 대 뿌리엔 이끼가 가득 끼었고　　狂根盤屈惹莓苔
앙상한 저 가지는 바람과 천둥을 이겨 왔네.　老幹夭矯排風雷
가슴속에 간직한 조화가 끝이 없으니　　　胸中自有造化窟
미묘한 이 경지를 누구에게 말할 텐가.　　妙處豈與傍人說
위언(韋偃)22)과 여가(與可)23)도 이미 귀신이 되었으니　韋偃與可已爲鬼
천기를 누설할 자가 그 몇이려나.　　　　漏洩天機知有幾
개인 창 그윽한 곳에서 말없이 바라보니　晴窓嗒然淡相對
신기하고 묘한 필법 삼매경(三昧境)24)에 들었어라.　愛看幻墨神三昧

　한쪽 벽에는 사철의 경치를 읊은 시를 각각 네 수씩 붙여 놓았는데, 역시 누가
지었는지는 알 수 없었다. 글씨는 송설체(松雪體)25)를 본받아 자체(字體)가 아주 곱
고도 단정하였다.
　그 첫째 폭에 쓰인 시는 이러하였다.

연꽃 그린 휘장 깊은 향기 은은히 날리고　芙蓉帳暖香如縷
창밖에 붉은 살구꽃은 비 내리듯 지는구나.　窓外霏霏紅杏雨
누대 위 새벽 종소리에 남은 꿈 깨고 보니　樓頭殘夢五更鐘
개나리 무성한 둑에 백설조(百舌鳥)26)만 우짖네.　百舌啼在辛夷塢

제비새끼 커 가는데 골방에 들어앉아　燕子日長閨閣深
귀찮은 듯 말도 없이 바느질을 멈추었네.　懶來無語停金針
꽃 아래로 쌍쌍이 짝 지어 나는 나비　花底雙雙飛蝶蛺
그늘진 동산으로 지는 꽃을 따라가네.　爭趁落花庭院陰

꽃샘 추위가 초록 치마를 스쳐 가면   嫩寒輕透綠羅裳
무정한 봄바람에 이내 간장 끊어지네.   空對春風暗斷腸
말없는 이 심정을 뉘라서 알아줄까   脉脉此情誰料得
온갖 꽃 만발한 속에 원앙새만 춤추누나. 百花叢裏舞鴛鴦

무르익은 봄빛은 사방에 가득 차고   春色深藏黃四家
진홍빛 꽃잎 푸른 나뭇잎 사창에 비치누나. 深紅淺綠映窓紗
뜰안의 꽃과 풀들은 봄시름에 겨웠는데   一庭芳草春心苦
주렴을 사뿐히 걷고 지는 꽃을 바라보네. 輕揭珠簾看落花

그 넷째 폭에 쓰인 시는 이러하였다.

밀보리 처음 베고 제비 새끼 날아들 제   小麥初胎乳燕斜
남녘 뜰에 석류꽃은 여기저기 피었구나. 南園開遍石榴花
들창가에 홀로 앉아 길쌈하는 아가씨는   綠窓工女幷刀饗
붉은 비단 마름질하여 새 치마를 짓고 있네. 擬試紅裙剪紫霞

매실 열어 이미 익고 부슬부슬 비가 내리는데 黃梅時節雨簾纖
홰나무 그늘에 꾀꼬리 울고 제비는 주렴으로 날아드네. 罵囀槐陰燕入簾
이 봄도 어느덧 풍경조차 시들어가니   又是一年風景老
나리꽃 떨어지고 죽순이 삐죽 솟았네.   棟花零落笋生尖

푸른 살구 손에 집어 꾀꼬리에게나 던져볼까 手拈靑杏打罵兒
난간에 바람 일고 해 그림자 더디어라. 風過南軒日影遲
연잎엔 향내 가시고 못에는 물이 가득한데 荷葉已香池水滿
푸른 물결 깊은 곳에 가마우지 목욕하네. 碧波深處浴鸕鷥

등나구 평상 대자리에 무늬가 물결 지고   藤牀筠簟浪波紋
소상강(瀟湘江) 그린 병풍에는 한 점의 구름 있네. 屏畵瀟湘一抹雲
낮잠을 깨서도 나른해 누웠더니   懶慢不堪醒午夢
창가데 비낀 해만 뉘엿뉘엿 지는구나. 半窓斜日欲西曛

그 셋째 폭에 쓰인 시는 이러하였다.

가을 바람 쌀쌀해서 찬이슬 맺히고	秋風策策秋露凝
달빛은 고와서 물빛 더욱 푸르구나.	秋月娟娟秋水碧
이따금씩 기러기 울며 돌아갈 제	一聲二聲鴻雁歸
우물에 떨어지는 오동잎 지는 소리.	更聽金井梧桐葉
평상 밑에 온갖 벌레 처량하게 울고	床下百蟲鳴唧唧
평상 위에 아가씨는 구슬 눈물을 떨어지네.	床上佳人珠淚滴
머나먼 싸움터에 몸을 바친 님에게도	良人萬里事征戰
오늘밤 옥문관(玉門關)27)에 저 달빛 환하겠지.	今夜玉門關月白
새 옷을 마르려니 가위조차 차갑네	新衣欲裁剪刀冷
나직이 아이 불러 다리미를 가져오라니,	低喚丫兒呼熨斗
불 꺼진 다리미인 줄 미처 몰랐었네	熨斗火銷全未省
피리대로 헤치다가 다시금 머리 긁네.	細撥秦箏又搔首
연꽃도 지고 파초 잎도 누래지자	小池荷盡芭蕉黃
원앙 그린 기와 위에 첫서리가 내렸네.	鴛鴦瓦上粘新霜
묵은 시름 새 원한을 막을 길이 없는데	舊愁新恨不能禁
하물며 귀뚜라미 울음소리 골방에 들리누나.	況聞蟋蟀鳴洞房

그 넷째 폭에 쓰인 시는 이러하였다.

한 가지 매화 그늘 창문에 걸렸고	一枝梅影向窓橫
바람 센 서쪽 행랑에 달빛 더욱 밝아라.	風緊西廊月色明
화롯불 꺼졌는지 부저로 헤쳐 보고	爐火未銷金筯撥
곧이어 아이 불러 차 솥을 얹어 놓네.	旋呼丫髻換茶鐺
밤 서리에 놀란 잎이 우수수 흔들리고	林葉頻驚半夜霜
돌개바람 눈을 몰아 긴 마루로 들어오네.	回風飄雪入長廊
부질없는 상사몽(相思夢)에 밤새 뒤척이니	無端一夜相思夢
빙하(氷河)28)가 어디런가, 그 옛날 전쟁터일세.	都在氷河古戰場

창에 가득한 붉은 해는 봄날처럼 따스한데
시름에 잠긴 눈썹엔 졸음마저 더하네.
병에 꽂힌 작은 매화 봉오리 필 듯 말듯
수줍어 말도 못하고 원앙새만 수놓는구나.

滿窓紅日似春溫
愁鎖眉峰著睡痕
膽甁小梅腮半吐
含羞不語繡雙鴦

쌀쌀한 서리 바람 북쪽 숲을 스치는데
처량한 까마귀가 달을 보며 우는구나.
등불 앞에 님 생각 눈물 되어 흐르니
실을 타고 바늘 귀에 방울지네.

剪剪霜風掠北林
寒鳥啼月正關心
燈前爲有思人淚
滴在穿絲小挫針

한쪽에 작은 방 하나가 있는데 그 안에 있는 휘장, 요, 이불, 베개들이 또한 매우 정결했고, 휘장 밖에는 사향(麝香)을 태우고 난향(蘭香)의 촛불을 켜놓았는데 환하게 밝아서 마치 대낮 같았다. 이생은 최랑과 더불어 마음껏 즐거움을 누리면서 머물렀다.

며칠 후 이생이 최랑에게 말하였다.

"옛 성인의 말씀에, '어버이가 계시면 나가 놀더라도 반드시 가는 곳을 알려두어야 한다'고 했습니다. 이제 내가 집을 나온 지 벌써 사흘이나 되었습니다. 부모님께서는 분명 대문에 기대어 나를 기다리실 테니, 이 어찌 자신된 도리라고 하겠습니까?"

최랑은 서운하게 여기면서도 이를 옳게 여겨 고개를 끄덕이고는 담을 넘어 보내주었다. 이생은 이후 저녁마다 최랑을 찾아가지 않는 날이 없었다. 어느 날 저녁 이생의 아버지가 이생을 꾸짖으며 말하였다.

"네가 아침에 나갔다가 저녁에 돌아오는 것은 옛 성현의 어질고 의로운 가르침을 배우기 위해서이다. 그런데 요사이는 저녁에 나갔다가 새벽에 돌아오니 어찌 된 까닭이냐? 필경 경박한 놈들의 행실을 배워 남의 집 담을 넘어 가서 단향목을 꺾고29) 다니는 것이겠지? 이런 일이 만일 탄로되면 남들은 모두 내가 자식을 잘못 가르쳤다고 책망할 것이요, 그 처녀도 지체 높은 집안의 딸이라면 반드시 네 미친 짓 때문에 그 가문을 더럽히게 될 것이니, 이는 작은 일이 아니다. 너는 빨리 영남으로 내려가서 노복들의 농사짓는 거나 감독하거라. 그리고 다시 돌아올 생각은 말아라."

이튿날 아버지는 이생을 울주(蔚州)로 내려보냈다.

최랑은 저녁마다 화원에서 이생을 기다렸지만 여러 달이 지나 이생은 돌아오지 않았다 최랑은 이생이 병에 걸린 것은 아닌지 염려되어 향아를 시켜 몰래 이생의 이웃들에게 물어 보게 하였다. 이웃들이 이렇게 대답하였다.

"이도령은 그 아버지께 죄를 지어 영남으로 내려간 지가 벌써 여러 달이나 되었다오."

최랑은 이 소식을 듣고 너무 상심하여 병이 나서 침상에 누웠다. 음식도 먹지 못하고 말에 두서가 없었으며, 얼굴이 초췌해졌다. 최랑의 부모는 이를 이상하게 여겨 병의 증상을 물어 보았지만 최랑은 묵묵히 말이 없었다. 최랑의 부모가 딸의 상자 속을 들추어보았더니, 이생과 지난날에 주고받은 시들이 있었다. 최랑의 부모들이 그제야 놀라서 무릎을 치며 말하였다.

"어이구. 까딱 잘못했더라면 우리 귀한 딸자식을 잃어버릴 뻔했구려."

그리고는 딸에게 물었다.

"이생이 누구냐?"

이렇게 되자 최랑도 더 이상 숨길 수 없어 목구멍에서 겨우 나오는 소리로 부모께 사뢰었다.

"저를 고이 길러주신 아버님과 어머님께 어찌 사실을 숨기겠습니까? 가만히 생각해보건대 남녀가 서로 사랑을 느끼는 것은 인간의 정리로서 가장 중대한 일입니다. 그러므로 혼인할 적당한 시기를 늦추어서는 안 된다는 말은 <시경(詩經)>의 주남(周南)편에도 나타나고, 여자가 정조를 지키지 못하면 흉하다는 말은 <주역(周易)>에서도 경계하였습니다. 저는 버들처럼 연약한 몸으로 얼굴빛이 시드는 것은 생각지 않고서 절개를 지키지 못하여, 이웃사람들의 비웃음을 받게 되었습니다. 새삼 덩굴과 이끼가 다른 나무에 의지해서 살듯이 저는 벌써 위당(渭塘)의 처녀30) 노릇을 가게 되었으니, 죄가 이미 가득 차 집안에까지 누를 끼치게 되었습니다. 그러나 저 교동(狡童)31)과 한 번 정을 통한 뒤부터는 도련님께 대한 원망이 첩첩히 쌓이게 되었습니다. 저의 연약한 몸으로 괴로움을 참으며 홀로 살아가려는데, 그리운 정은 나날이 깊어 가고 아픈 상처를 나날이 더해 가서 죽을 지경에 이르렀으니 이제는 원한 맺힌 귀신으로 화해 버릴 것만 같습니다. 부모님께서 제 소원을 들어주신다면 남은 목숨이나마 보전되겠으나, 만약 저의 이 간절한 청을 거절하신다면 죽음만이 있을 뿐입니다. 도련님과 저승에서 다시 만나 노닐지언정, 맹세코 다른 가문에 시집가지는 않겠습니다."

최랑의 부모도 이미 딸의 뜻을 알았으므로 다시는 병의 증세를 묻지 않고 타이르고 달래면서 그녀의 마음을 누그러뜨려 주었다. 그리고는 중매쟁이를 사이에 넣어 예를 갖추어 이생의 집으로 보냈다. 이생의 아버지가 최씨 집안이 얼마나 번성한지 물은 뒤에 말하였다.

"우리 집 아이가 비록 어린 나이에 바람이 났지만 학문에 정통하고 풍채도 훤칠하오. 앞으로 장원급제하고 이름을 세상에 떨칠 것이니, 서둘러 혼처를 정할 생각이 없소.”

중매장이가 돌아가서 그대로 아뢰자, 최랑의 아버지가 다시 중매쟁이를 이씨 집으로 보내어 말하게 하였다.

“송도에 사는 친구들 모두 그 댁의 영식(令息)은 재주가 남달리 뛰어나다고 칭찬합니다. 아직은 벼슬하지 않고 있습니다만 어찌 끝까지 연못에 묻혀 있을 인물32)이겠습니까? 제 여식도 과히 남에게 뒤지지는 않으니 이들의 혼사를 이루어 두 집안의 즐거움을 이루는 것이 어떻겠습니까?”

중매쟁이가 그 말을 이생의 아버지에게 전하였더니, 이생의 아버지가 말하였다.

“나도 젊었을 때부터 책을 잡고 학문을 닦았지만 나이 늙도록 성공하지 못하였습니다. 노복들은 뿔뿔이 흩어지고 친척들의 도움도 적어, 생업이 신통치 않고 살림도 궁색해졌습니다. 그런데 어찌 문벌 좋고 번성한 집안에서 어찌 한갓 빈한한 선비의 자제를 사위로 삼으려 하시겠습니까? 이는 반드시 일 만들기 좋아하는 이들이 우리 집안을 지나치게 칭찬해서 귀댁을 속이려는 것입니다”

중매쟁이가 돌아와서 또 최씨 집안에 전하자, 최씨 집안에서는 이렇게 말하였다.

“모든 예물 드리는 절차와 옷차림은 저희 집에서 다 처리할 것이니, 좋은 날을 가려서 화촉의 시기만 정해 주시면 좋겠습니다.”

중매쟁이가 또 돌아가서 이 말을 전하였다. 이씨 집안에서도 이렇게까지 되자 뜻을 돌려, 곧 사람을 보내어 이생을 불러다 그의 의사를 물었다. 이생을 스스로 기쁨을 이기지 못하여 곧 시 한 수를 지었다.

깨진 거울 다시 합쳐지니 만남에 때가 있음이라
은하의 까마귀 까치들 아름다운 기약 도왔네.
이제야 월하노인(月下老人) 붉은 실 맺어주니
봄바람 건듯 불더라도 소쩍새 원망마소.

破鏡重圓會有時
天津烏鵲助佳期
從今月老纏繩去
莫向東風怨子規

이생이 이런 시를 지었다는 소식을 듣자 최랑의 병도 차츰 나아져, 자기도 시를 지었다.

나쁜 인연이 바로 좋은 인연이던가
그 옛날 맹세 마침내 이루어졌네.
어느 때나 남과 함께 작은 수레 끌고 갈까
아이야, 나를 일으켜다오. 꽃비녀를 매만지련다.

惡因緣是好因緣
盟語終須到底圓
共輓鹿車何日是
倩人扶起理花鈿

이에 좋은 날을 가려 마침내 혼례를 이루니, 끊어졌던 사랑이 다시 이어지게 되었다. 그들은 부부가 된 이후에도 서로 사랑하면서도 공경하여 마치 손님처럼 대하니, 비록 양홍(梁鴻)·맹광(孟光)33)이나 포선(鮑宣)·환소군(桓少君)34) 부부일지라도 그들의 절개와 의리를 따를 수 없었다.

이생이 이듬해 대과(大科)에 급제하여 높은 벼슬에 오르자 그의 이름이 조정에 알려졌다.

신축년(1361년, 공민왕 10년)에 홍건적이 서울을 점거하자 임금은 복주(福州)35)로 피난갔다. 적들은 집을 불태우고 사람을 죽이고 가축을 잡아먹었다. 부부와 친척끼리도 서로 보호하지 못했고 동서로 달아나 숨어서 제각기 살길을 찾았다.

이생은 가족들을 데리고 외진 산골로 숨었는데, 한 도적이 칼을 빼어들고 뒤를 쫓아왔다. 이생은 달아나 겨우 목숨을 건졌지만 최랑은 도적에게 사로잡혔다. 도적이 최랑의 정조를 빼앗으려 하자 최랑이 크게 꾸짖었다.

"창귀같은 놈아, 나를 죽여 먹어라. 내 차라리 죽어서 이리와 승냥이의 밥이 될지언정 어찌 개돼지 같은 놈의 짝이 되어 정조를 더럽히겠느냐?"

도적은 노하여 최랑을 한칼에 죽이고 살을 도려내었다.

한편 이생은 거친 들판에 숨어서 겨우 목숨을 보전하다가 도적의 무리가 이미 다 떠났다는 소식을 듣고 부모님이 살던 옛집을 찾아갔다. 그러나 집은 이미 싸움통에 불타버리고 없었다. 다시 최랑의 집에도 가보았더니 행랑채는 황량했으며, 집안에는 쥐들이 우글거리고 새들만 지저귈 뿐이었다. 이생은 슬픔을 이기지 못하여 작은 누각으로 올라가서 눈물을 거두고 길게 한숨을 쉬며 날이 저물도록 우두커니 홀로 앉아 지나간 일들을 생각해 보니 완연히 한바탕 꿈만 같았다.

이경(二更)쯤 되자 희미한 달빛이 들보를 비춰 주는데 행랑 아래에서 발자국 소리가 들려왔다. 그 소리는 멀리서부터 차츰 가까이 다가왔다. 이르고 보니 바로 최랑이었다. 이생은 그녀가 이미 죽은 것을 알고 있었지만, 너무도 사랑하는 마음에 의심하지도 않고 물어 보았다.

"부인은 어디로 피난하여 목숨을 보전하였소?"

여인이 이생의 손을 잡고 한바탕 통곡하더니, 이내 사정을 이야기하였다.

"저는 본디 양가의 딸로서 어릴 때부터 가정의 교훈을 받아 수놓기와 바느질에 힘썼고, 시서(詩書)와 예법을 배웠습니다. 그래서 규방의 법도만 알뿐이지, 그 밖의 일이야 어찌 알겠습니까? 언젠가 당신이 붉은 살구꽃이 핀 담 안을 엿보았을 때 저는 스스로 몸을 바쳤으며, 꽃 앞에서 한 번 웃고 난 후 평생의 가약을 맺었고, 휘장 속에서 다시 만났을 때에는 정이 백 년을 넘쳤습니다. 일이 이렇게 되니 슬프고도 부끄러워 견딜 수가 없습니다. 장차 백 년을 함께 하자고 하였는데, 뜻밖에 횡액(橫

厄)을 만나 구렁에 넘어질 줄이야 어찌 알았겠습니까? 끝내 이리 같은 놈들에게 정조를 잃지는 않았지만, 제 몸은 진흙탕에서 찢김을 당하였답니다. 진실로 천성이 저절로 그렇게 만든 것이지, 인정으로야 어찌 그럴 수 있었겠습니까? 저는 당신과 외딴 산골에서 헤어진 뒤에 짝 잃은 새가 되었습니다. 집도 없어지고 부모님도 돌아가셨으니, 피곤한 혼백을 의지할 곳도 없는 게 한스러웠답니다. 의리는 중하고 목숨은 가벼우니, 쇠잔한 몸뚱이일망정 치욕을 면한 것을 다행스럽게 여겼습니다만, 산산조각난 제 마음을 그 누가 불쌍하게 여겨 주겠습니까? 한갓 애끊는 썩은 창자에만 맺혀 있을 뿐입니다. 해골은 들판에 내던져졌고 몸뚱이는 땅바닥에 널려졌으니, 가만히 옛날의 즐거움을 생각해 보면 오늘의 슬픔을 위해 마련된 것이 아니었던가 싶습니다. 이제 봄바람이 깊은 골짜기에 불어오기에, 저도 환신(幻身)하여 이승으로 돌아왔습니다. 당신과 저와는 삼세(三世)의 깊은 인연이 맺어져 있는 몸이니, 오랫동안 뵙지 못한 정을 이제 되살려서 옛날의 맹세를 저버리지 않겠습니다. 당신이 지금도 그 맹세를 잊지 않으셨다면, 저도 끝까지 잘 모실까 합니다. 허락하시겠습니까?"

이생이 기쁘고도 고마워하며 말하였다.

"그게 애당초 내 소원이오."

그리고는 서로 정답게 심정을 털어놓았다. 이윽고 재산을 얼마나 도적들에게 빼앗겼는지 이야기가 나오자, 여인이 말하였다.

"조금도 잃지 않고 어느 산 어느 골짜기에 묻어 두었습니다."

이생이 또 물었다.

"두 집 부모님의 해골을 어디에 모셨소?"

여인이 말하였다.

"하는 수 없이 어느 곳에다 그냥 버려 두었습니다."

정겨운 이야기를 끝낸 뒤에 잠자리를 같이 하였는데, 지극한 즐거움이 예전과 같았다.

이튿날 여인이 이생과 함께 자기가 묻혀 있던 곳을 찾아갔는데, 과연 금과 은 몇 덩어리가 있었고, 재물도 약간 있었다. 그들은 금·은과 재물을 팔아서 두 집 부모님의 해골을 거두어 각각 오관산(五冠山)36) 기슭에 합장하였다. 나무를 세우고 제사를 드려 예절을 모두 다 마쳤다.

그 후 이생은 벼슬을 구하지 않고 아내와 함께 살게 되니, 목숨을 구하려고 달아났던 노복들도 또한 스스로 돌아왔다. 이생은 이때부터 인간세상의 모든 일을 다 잊어버려 아무리 친척이나 손님들의 길흉사(吉凶事)가 있더라도 방문을 닫아걸고 나가지 않았으며, 언제나 최씨와 더불어 시를 지어 주고받으며 금실 좋게 지냈다.

그럭저럭 몇 년이 지난 어느 날 저녁에 여인이 이생에게 말하였다.

"세 번이나 가약을 맺었지만 세상일이 뜻대로 되지 않아, 즐거움이 다하기도 전에 슬픈 이별이 닥쳐왔습니다."

여인이 목메어 울자 이생이 놀라면서 물었다.

"무슨 까닭으로 그런 말씀을 하시오?"

여인이 대답하였다.

"저승길은 피할 수가 없답니다. 하느님께서 저와 당신의 연분(緣分)이 끊어지지 않았고 또 전생(前生)에 아무런 죄도 지지 않았다면서, 이 몸을 환생(幻生)시켜 당신과 잠시라도 시름을 풀게 해주었던 것입니다. 그러나 오랫동안 인간 세상에 머물면서 산 사람을 미혹시킬 수는 없습니다."

그리고는 몸종 향아를 시켜서 술을 올리게 하고는, <옥루춘곡(玉樓春曲)>에 맞추어 노래 한 가락을 지어 부르며 이생에게 술을 권하였다.

칼과 창 어우러진 처참한 싸움터에	干戈滿目交揮處
옥 부서지고 꽃 떨어지니 원앙도 짝을 잃었네.	玉碎花飛鴛失侶
흩어진 해골을 그 누가 묻어 주리.	殘骸狼籍竟誰埋
피투성이로 떠도는 혼은 하소연할 곳도 없네.	血汚遊魂無與語
무산(巫山)의 선녀가 고당에 한 번 내려온 뒤에	高唐一下巫山女
깨진 종이 다시 갈라지니 마음 더욱 쓰라려라.	破鏡重分心慘楚
이제 헤어지면 둘이 서로 아득해질 테니	從玆一別兩茫茫
저승과 이승 사이 소식조차 막히리라.	天上人間音信阻

노래를 한 마디 부를 때마다 눈물에 목이 메여 거의 곡조를 이루지 못하였다. 이생도 또한 슬픔을 걷잡지 못하며 말하였다.

"내 차라리 당신과 함께 황천(荒天)으로 갈지언정 어찌 무료하게 홀로 여생을 보전하겠소? 지난 번 난리를 겪고 난 뒤 친척과 노복들이 저마다 서로 흩어지고 돌아가신 부모님의 해골이 들판에 내버려져 있었을 때, 부인이 아니었다면 그 누가 장사를 지내 주었겠소? 옛 사람 말씀에, 어버이가 살아 계실 때에는 예로써 섬기고 돌아가신 뒤에는 예로써 장사지내라고 하셨는데, 이런 일을 모두 부인이 감당해 주었소. 부인은 정말 천성이 효성스럽고 인정이 두터운 사람이오. 나는 부인에게 고맙기 그지없고, 부끄러움을 견디지 못하겠소. 부인도 인간 세상에 더 오래 머물다가 백 년 뒤에 나와 함께 세상을 떠나는 것이 어떻겠소?"

여인이 말하였다.

"당신의 목숨은 아직 남아 있지만, 저는 이미 귀신의 명부(冥府)에 이름이 실려 있으니 더 오래 머물러 있을 수가 없습니다. 제가 굳이 인간세상을 그리워해서 미련을 가진다면 명부의 법도를 어기게 되니, 그렇게 되면 저에게만 죄가 미치는 게 아니라 당신에게도 또한 누가 미칠 것입니다. 저의 유골이 어느 곳에 흩어져 있으니, 만약 은혜를 베풀어 주시려면 그 유골을 거두어 비바람이나 맞지 않게 해 주십시오."

두 사람은 서로 바라보며 눈물만 줄줄 흘렸다. 조금 있다가 여인이 말했다.

"낭군님, 부디 안녕히 계십시오."

말이 끝나자 차츰 사라지더니 마침내 자취가 없어졌다.

이생은 부인의 말대로 유골을 거두어 부모님의 무덤 곁에다 장사를 지내 주었다. 장사를 지낸 뒤에는 이생도 또한 지나간 일들을 생각하다가 병을 얻어 몇 달만에 세상을 떠났다. 이 이야기를 들은 사람들마다 모두 슬퍼하고 탄식하면서 그들의 아름다운 절개를 사모하지 않는 사람이 없었다.

<金鰲神話>

(9) 掃雪

　어느 재상이 평양 감사로 있을 때 외아들이 따라가 있었다. 동갑자리 동기(童妓)가 용모가 아리따워 서로 좋아지내더니 어느덧 둘 사이의 두터운 정은 산 같고 바다 같은 것이 되었다. 감사가 임기를 끝내고 돌아가게 되자 아들이 기생과 쉽게 정을 끊고 떠날 수 있을지 걱정이 되었다.
　"네가 아무것과 정이 든 모양인데, 장차 정을 끊고 훌훌 돌아갈 수 있겠느냐?"
　"한갓 풍류호사(風流豪奢)에 불과합니다. 무슨 미련이 있겠습니까?"
　부모는 그렇다니 다행이고 반가운 노릇이었다.
　정작 떠나는 날도 소년은 이렇다할 석별의 정이 없는 듯 싶었다.
　소년은 책을 짊어지고 절로 들어가서 학문에 힘쓰게 되었다. 소년이 절에서 독서하던 어느 날 밤 대설(大雪)이 그치고 하얀 달빛이 뜰에 가득하0였다. 우연히 혼자 난간에 비껴 앉았다가 쓸쓸히 사방을 둘러보니 모든 소리가 그치고 온 산천이 고요한데, 자신은 마치 구름 속에서 무리를 잃은 한 마리 학이 슬프게 울고, 바위틈에서 구슬프게 짝을 부르는 외로운 잔나비 같은 심정이었다. 그러자 평양의 그 기생이 문득 떠올랐다. 그녀의 아리따운 자태와 아담한 용모가 눈에 선하게 떠올라 그리움이 샘솟는 듯하였다. 잊으려고 해도 잊히지 않고, 도저히 주체할 수 없는 감정이었다. 그대로 앉아서 새벽 종 치기를 기다리다가, 옆에 사람도 모르게 살짝 빠져 나와 짚신에 들메끈을 매고 약간의 노자를 차고 걸어서 그 길로 평양을 향했다.
　아침에 여러 중들과 글 읽던 동창들이 깜짝 놀라 수색해 보았으나 끝내 그림자도 안보여 그의 집으로 기별을 했다. 온 집안이 경황없이 산골을 이 잡듯 뒤져도 나오지 않아 결국 호랑이에게 물려간 것으로 생각하니, 그 애통한 형상은 이루 형언할 수 없었다.
　소년은 고생고생 길을 가서 여러 날 걸려 평양성에 당도하자마자 바로 그 기생집을 찾았으나 기생은 없고, 기생어미가 나오더니 소년의 행색이 초라함을 보고 쌀쌀한 눈으로 대하여 전혀 반가이 맞는 기색이 아니었다.
　"자네 딸은 지금 어디 갔는가?"
　"시방 신임 사또 자제의 수청을 듭지요. 한 번 들어간 뒤로 통 못 나온답니다. 그런데 도련님은 무슨 연고로 천리 길을 도보로 오셨습니까?"
　"자네 딸 생각으로 창자가 끊어질 듯하네. 불원천리(不遠千里)하고 온 것은 한 번 만나기 위해서네."
　기생어미는 냉소하며 말했다.

"천리타관에 공연히 허행(虛行)을 하셨오. 내 딸은 이곳에 있건만 나 역시 상면조차 못하는 형편이니, 하물며 도련님이야……. 어서 돌아가세요."

기생어미는 말을 마치자 방으로 쏙 들어가더니 전혀 내다보지도 않았다.

소년은 개탄하며 나와서 올 데 갈 데 없이 망설이다가 감영(監營)의 이방이 일찍이 친숙했고, 자기 아버지에게 허다한 은혜를 받았음을 생각해내고, 그 집을 물어 찾아갔다. 이방이 깜짝 놀라 맞이하며 물었다.

"도련님, 이게 웬 일이십니까? 귀하신 몸으로 천리 머나먼 길을 걸어오시다니요. 이게 꿈인지 생신지……. 대체 무슨 일이 있으신지요?"

소년이 그 연유를 고백했다. 이방이 머리를 흔들었다.

"난처하군요. 정말 난처해요. 요새 사또 자제가 그 기생을 독차지해서 촌보(寸步)도 곁을 못 떠나게 하니 실로 상면할 도리가 없습니다. 어쨌든 우선 소인 집에 (留)유하시며 기회를 엿보기로 합시다."

이방은 소년을 극진히 대접했다. 소년이 그 집에서 며칠 묵는데 또 눈이 내렸다.

"상견할 기회가 바로 지금인데, 도련님이 하실 수 있겠는지요?"

"여부 있겠는가. 그 기생의 얼굴을 보게만 된다면야 죽음이라도 피하지 않겠오."

"낼 아침 시중(市中)의 인부를 뽑아서 감영 뜰의 눈을 쓸게 되죠. 소인이 도련님을 소설(掃雪)의 인부로 충당하여 책실 앞에서 눈을 쓸게 하오면 혹시 잠깐 상면할 기회가 있을지 모르겠네요."

소년은 흔연히 이 말을 따라 상놈의 복장을 하고 눈 쓰는 인부들 중에 끼어 한 자루 비를 메고 책실 뜰로 나갔다. 눈을 쓸면서 자주자주 눈을 들어 마루 쪽을 훔쳐보는데, 기생의 얼굴이 종내 나타나지 않았다. 한참 후 방문이 열리더니 기생이 짙은 화장으로 난간에 나와 서서 설경(雪景)을 완상(玩賞)하는 것이 아닌가. 소년이 눈 쓸기를 멈추고 뚫어져라 바라보자 그녀는 안색이 싹 변하더니 부리나케 방으로 들어가서는 다시는 감감 무소식이었다. 소년은 마음속으로 무한히 서운해하며 낙심 천만하여 돌아왔다. 이방이 물었다.

"그 기생을 보셨습니까?"

"잠깐 얼굴은 보았오."

그리고는 그 기생이 한 번 들어가더니 다시는 나오지 않던 전말을 이야기했다.

"기생이란 본디 그런 거죠. 차고 덥고를 재어서 송구영신(送舊迎新)하기 마련이니 족히 책망할 것도 못되구요."

소년은 자기 행색을 돌아보니 진퇴양난이라 내심에 몹시 민망했다.

한편 기생은 소년의 모습을 보고는 그가 왜 내려왔는가를 마음으로 알아챘다. 나가서 만나고 싶었으나 책실이 한사코 옆에만 붙어 있으니 도리가 없었다. 몸을 뺄

도리를 곰곰이 생각하다가, 문득 눈물을 뚝뚝 떨어뜨리면서 가장 슬픈 표정을 지었다. 책실이 놀라 물었다.

"애, 왜 이러니?"

기생이 울먹이며 대답했다.

"소인네는 다른 형제가 없는 고로 소인이 집에 있을 때는 제 손으로 죽은 아비의 산소에 눈을 쓸었어요. 오늘 같은 대설에 눈 쓸 사람이 없어 슬픕니다."

"그거야 방자를 보내 쓸게 하면 그만 아니니?"

기생이 고개를 가로저었다.

"이것은 관청 일이 아니온데, 이런 추운 날 방자를 시켜 소인의 선산에 눈을 쓸게 하오면, 소인의 죽은 아비가 욕설을 무한히 듣고 말걸요. 결코 안 될 말씀이에요. 소인이 잠깐 가서 쓸고 나는 듯이 돌아올 테니 보내주세요. 우리 아버지 산소가 성동 십리 밖에 있으니 가고 오고 불과 수식경(數食頃)이에요."

책실은 그 사정을 딱하게 여겨서 허락했다. 궐녀는 자기 집으로 달려가서 어미에게 물었다.

"아무 도련님이 오시지 않으셨나요?"

"며칠 전에 잠깐 들렸다가 가더라."

기생은 눈물을 흘리며 자기 어머니를 원망했다.

"어머니, 인정이 어디 이럴 수가 있어요? 그분은 양반 댁의 귀공자요, 천리 걸음이 오로지 날 보자고 오신 것 아녜요? 그런데 왜 만류해두고 제게 기별하지 않으셨어요? 어머니께서 쌀쌀히 대해서 그렇지. 그렇지 않으면 그분이 왜 그냥 갔겠어요?"

소년의 거처를 찾으려고 했지만 물을 곳이 없었다. 문득 전에 이방과 친근했음이 생각나서 혹시 그 집에 가 있을까 싶어 바쁜 걸음으로 이방 집을 찾아갔다. 소년과 기생은 만나자 손을 맞잡고 슬픔과 기쁨을 교환했다.

"전 오늘 도련님을 뵈오니 결단코 떨어지고 싶지 않네요. 이 길로 이곳에서 손을 이끌고 도피하기로 해요."

기생이 다시 자기 집으로 가보니 마침 어미가 부재(不在)중이어서 상자 속에 넣어둔 은자 5,6냥과 자신의 패물 등속으로 한 짐을 만들어 인부를 사서 지우고 돌아왔다. 이방에게 두 필 말을 세 내어 달라고 했더니, 이방이 4, 50냥을 노자로 쓰라고 내놓으면서 말했다.

"세마(貰馬)로 왕래하다가는 종적이 탄로 나기 쉽습니다. 제게 두어 필 건장한 말이 있으니 타고 가시지요."

소년은 기생과 함께 당장 길을 떠나 양덕(陽德)·맹산(孟山) 근처의 조용하고 후

미진 곳에 집을 사서 살았다.

그 날 감영에서는 그 기생이 늦도록 돌아오지 않음이 수상하여 사람을 시켜 찾았더니 간 곳이 없었다. 그 어미에게 물어보아도 몹시 당황할 뿐 역시 종적을 모르는 거였다. 사방으로 사람을 풀어 수색했으나 끝내 찾아내지 못하였다.

하루는 기생이 소년에게 말하였다.

"낭군은 부모를 배반하고 이렇게 되었으니 죄인이올시다. 속죄할 길이란 오직 과거 급제에 있고, 급제하는 길은 부지런히 공부하는 데 있지요. 먹고사는 걱정은 제게 맡기시고, 이제부터 학업에 전력하시면 뒤에 방법이 생기겠지요."

기생은 널리 서책을 구하여 값의 고하를 묻지 않고 사들였다. 그때부터 소년은 부지런히 글을 읽어 과거 글이 날로 늘었다. 어느덧 4,5년이 지났다. 나라에서는 무슨 경사가 있어 별시(別試)를 보여 선비를 뽑는데, 기생이 소년에게 권하여 과거 길을 떠나라 하고 노자를 마련하여 전송하였다. 소년은 상경하여 자기 집에 가지 못하고 여관에 들었다. 시험장에 들어가서 제목이 걸리자 일필휘지(一筆揮之)하여 글을 올리고 방(榜)이 나기를 기다렸다. 방이 나는데 소년이 장원으로 급제한 것이다. 왕이 이조판서를 어전(御殿)에 가까이 불러 물었다.

"일찍 듣기로 경의 독자가 절에서 독서하다가 호환(虎患)을 입었다고 하더니, 이번 신방장원(新榜壯元)의 봉내(封內)를 보니 곧 경의 아들인데, 직함을 어찌하여 대사헌(大司憲)으로 썼는지 괴이하오. 부자동명(父子同名)이란 드문 일이요, 조정의 재상 반열에 경과 동명도 없지 않소? 실로 무슨 영문인지 모르겠구려."

왕이 신은(新恩)을 부르고, 이조판서는 어탑(御榻) 아래 부복하여 기다리고 있었다. 들어오는 데 과연 그의 아들이었다. 부자가 서로 붙잡고 말이 막혀 눈물만 흘리며 손을 놓지 못했다. 왕이 가까이 불러 그 곡절을 물었다. 소년은 부복(仆伏)했다가 일어나서 부모를 저버리고 도망한 일로부터 감영 책실 앞의 눈을 쓸던 일, 기생과 함께 도피하여 글을 읽어서 등과(登科)하기까지의 경과를 일일이 아뢰었다. 왕은 책상을 두드리며 기특한 일이라고 칭찬하였다.

"너는 패자가 아니라 효자로다. 네 처의 절개와 지모는 누구보다 탁월하도다. 천한 창기(娼妓) 중에 이런 인물이 있을 줄은 몰랐도다. 이런 사람을 천창(賤娼)으로 대접할 수 없느니라. 부실(副室)로 맞이하는 것이 옳도다."

그 날로 평양 감사에 하명(下命)하여 기생을 칭송하게 하였다. 소년이 사은(謝恩)하고 물러나 자기 부친을 따라 집으로 돌아오니 온 집안은 축제 분위기에 넘쳐 있었다. 봉내(封內)에 직함을 대사헌으로 쓴 것은 소년이 절에 있을 당시의 부친의 관직이었다. 궐녀는 이름이 자란(紫鸞), 자(字)는 옥소선(玉簫仙)이었다고 한다.

<溪西野談>

2. 가족윤리와 사랑

(1) 思母曲

호민도 놀히언마르는
낟그티 들리도 업스니이다
아바님도 어이어신마르는
위 덩더둥셩
어마님フ티 괴시리 업세라
아소 님하 어마님フ티 괴시리 업세라

<樂章歌詞·時用鄉樂譜>

(2) 井邑詞

(前腔)　둘하 노피곰 도드샤
　　　　어긔야 머리곰 비취오시라
　　　　어긔야 어강됴리
(小葉)　아으 다롱디리
(後腔全)져재 녀러신고요
　　　　어긔야 즌 디37)롤 드더욜세라
　　　　어긔야 어강됴리
(過編)　어느이다 노코시라
(金善調)어긔야 내 가논 디 졈그롤셰라
　　　　어긔야 어강됴리
(小葉)　아으 다롱디리

<樂學軌範>

(3) 都彌의 妻

都彌 百濟人也 雖編戶小民 而頗知義理 其妻美麗 亦有節行 爲時人所稱 蓋婁王聞
之 召都彌與語曰 凡婦人之德 雖以貞潔爲先 若在幽昏無人之處 誘之以巧言 則能不動
心者 鮮矣乎 對曰 人之情不可測也 而若臣之妻者 雖死無貳者也 王欲試之 留都彌以事
使一近臣 假王衣服馬從 夜抵其家 使人先報王來 謂其妻曰 我久聞爾好 與都彌博得之
來日入爾爲宮人 自此後 爾身吾所有也 遂將亂之 婦曰 國王無妄語 吾敢不順 請大王
先入室 吾更衣乃進 退而雜飾一婢子薦之 王後知見欺 大怒 誣都彌以罪 矐其兩眸子 使
人牽出之 置小船 泛之河上 遂引其婦 强欲淫之 婦曰 今良人已失 單獨一身 不能自持
況爲王御 豈敢相違 今以月經 渾身汙穢 請俟他日薰浴而後來 王信而許之 婦便逃至江
口 不能渡 呼天慟哭 忽見孤舟隨波而至 乘至泉城島 遇其夫未死 掘草根以喫 遂與同舟
至高句麗蒜山之下 麗人哀之 丐以衣食 遂苟活 終於羈旅

<三國史記 卷48 列傳>

도미는 백제 사람이다. 그는 비록 신분이 낮은 백성이었으나, 자못 의리를 아는
사람이었다. 그의 아내 역시 용모가 아름답고 절개를 지켜 사람들의 칭찬을 받고
있었다.

하루는 개루왕이 도미를 불러 말했다.

"비록 부인의 덕(德)은 정숙과 순결이 첫째라지만 만일 사람이 없는 으슥한 곳에
서 달콤한 말로 꾄다면 마음이 움직이지 않는 자는 적을 것이다."

도미는 대답하였다.

"사람의 마음은 측량하기 어려우나 저의 아내만은 비록 죽는다고 해도 딴 마음
은 먹지 않을 것입니다."

그 말을 듣고 왕은 도미의 아내를 시험해 보고자, 도미를 할 일이 있다는 핑계로
궁궐에 머무르게 하였다. 그리고는 측근 신하 한 사람을 왕처럼 꾸며 왕의 의복을
입혀서 말을 태워 하인을 거느리게 하고 밤중에 도미의 집으로 가게 하였다. 그 신
하는 밤에 도미의 집에 도착하여 하인으로 하여금 왕이 왔다고 거짓을 알리게 하고
들어가 말하였다.

"그대가 아름답다는 말을 듣고 도미와 내기를 하여 내가 그대를 얻게 되었으니
내일부터는 궁궐에 들어와 궁인(宮人)이 되라. 이제부터는 그대는 나의 아내가 되는
것이다."

이어 도미의 아내는 대답하였다.

"국왕께서는 농담이 없는 분인 줄로 아는데 제가 감히 따르지 않겠습니까? 대왕께서 먼저 방으로 들어가 계시오면, 옷을 갈아입고 들어가겠습니다."

도미의 아내는 물러 나와 한 계집종을 자기처럼 꾸며 방으로 들여보냈다.

이 사실을 보고 받은 개루왕이 크게 노하여 도미에게 일부러 죄를 내려 그의 눈을 빼어 버리고 작은 배에 태워 강 위에 띄웠다. 그리고 도미의 처를 궁궐로 끌어다가 강제로 간음(姦淫)하려 하니, 도미의 아내는 월경 중이라고 속이고 즉시 도망하였다. 도미의 아내는 도망하여 강가에 이르렀으나 강을 건너지 못하고 하늘을 우러러 통곡을 하노라니 갑자기 조각배 한 척이 나타나 물결을 따라오고 있었다. 그 배를 타고 천성도(泉城島)에 이르러 남편 도미를 만났다. 그들은 드디어 함께 배를 타고 고구려의 산산 아래에 당도하였다. 고구려 사람들이 그들을 불쌍히 여겨 옷과 밥을 주니, 그곳에서 구차한 생활을 하며 나그네로 일생을 마쳤다.

(4) 貧女養母

孝宗郎遊南山鮑石亭 門客星馳 有二客獨後 郎問其故 曰 芬皇寺之東里有女 年二十左右 抱盲母相號而哭 問同里 曰 此女家貧 乞啜而反哺有年矣 適歲荒 倚門難以藉手贖賃他家 得穀三十石 寄置大家服役 日暮橐米而來家 炊餉伴宿 晨則歸役大家 如是者數日矣 母曰 昔日之糠秕 心和且平 近日之香秔 膈肝若刺而心未安 何哉 女言其實 母痛哭 女嘆己之但能口腹之養 而失於色難也 故相持而泣 見此而遲留爾 郎聞之潸然 送穀一百斛 郎之二親亦送衣袴一襲 郎之千徒 歛租一千石遺之 事達宸聽 時眞聖王賜穀五白石 幷宅一廛 遣卒徒衛其家 以儆劫掠 旌其坊爲孝養之里 後捨其家爲寺 名兩尊寺

<三國遺事 卷9 孝善 貧女養母>

효종랑이 남산의 포석정에서 놀고 있을 때, 문객들이 그곳으로 빨리 달려갔는데 오직 두 사람만이 뒤늦게 왔다. 효종랑이 그 까닭을 물으니 대답했다.

"분황사의 동쪽 마을에 어떤 여인이 있었는데 나이는 스무 살 됨직 했습니다. 눈 먼 어머니를 껴안고 서로 목놓아 슬피 울고 있었으므로 마을 사람들에게 그 이유를 물었더니 대답하기를 '이 여자의 집은 가난해서 음식을 빌어서 어머니를 봉양한 지가 몇 해 되었는데, 마침 흉년을 만나 걸식으로는 살아갈 수 없었으므로 남의 집에 품팔이로 팔려 곡식 30섬을 얻어서 주인집에 맡겨놓고 복역했습니다. 날이 저물면 쌀을 싸 가지고 집으로 와서 밥을 지었고, 어머니와 함께 잤으며 새벽이면 주인집에 가서 복역했습니다. 이렇게 한 지 며칠만에 그 어머니가 지난날에는 거친 음식은 먹어도 마음은 편안했는데, 요즘의 좋은 쌀밥은 속을 찌르는 것 같으면서 마음이 편안하지 않으니 어찌 된 일이냐고 했습니다. 여인이 그 사실대로 말했더니 어머니는 통곡했으므로 여인은 자기가 다만 어머니의 구복(口腹)만을 봉양하고 마음을 편안하게 하지 못했음을 탄식하여 서로 붙잡고 울게 된 것입니다.' 하였습니다. 그래서 그것을 보고 오느라 늦었습니다."

효종랑은 이 말을 듣고 눈물을 흘리며 곡식 1백곡을 보냈다. 그리고 효종랑의 부모도 또한 옷 한 벌을 보냈으며, 많은 화랑들도 조 1천 섬을 거두어 그녀에게 주었다.

이 사실이 왕에게 알려지자, 그때 진성여왕은 곡식 5백 섬과 집 한 채까지 내려주고 군사를 보내어 그 집을 호위해서 도적을 막게 했다. 또 그 마을을 표창하여 효양리(孝養里)라 했다. 후에 그 집을 내놓아 절로 삼고, 절 이름을 양존사(兩尊寺)라 했다

(5) 시조

믓노라 저 바회야 네 일홈이 兄弟岩가
兄友弟恭은 우리도 ᄒᆞ려니와
每日의 쎄날 뉘[38] 업스니 그를 불워ᄒᆞ노라

<古今歌曲>

泰山이 다 굴니여 슛돌만치 되올 지나
黃河水 다 여위여 씌만치 되올 지나
그제야 父母兄弟를 여희거나 말거나

<古今歌曲>

어버이 사라신 제 셤길 일란 다 ᄒᆞ여라
지나간 後ㅣ면 애둛다 엇지ᄒᆞ리
平生에 곳쳐 못홀 일이 잇분인가 하노라

<정철(鄭澈;1536~1593), 珍本靑丘永言>

ᄒᆞᆫ 몸 둘헤 ᄂᆞ화 夫婦를 삼기실샤
이신 제 홈ᄭᅴ 늙고 주그면 ᄒᆞᆫ대 간다
어듸셔 망녕엣 거시 눈 흘긔려 ᄒᆞᄂᆞᆫ고

<정철(鄭澈;1536~1593), 珍本靑丘永言>

네 아들 孝經 닑ᄃᆞ니 어도록 비환ᄂᆞ니
내 아들 小學은 모릐면 ᄆᆞᄎᆞᆯ로다
어ᄂᆞ제 이 두 글 비화 어질거든 보려뇨

<정철(鄭澈;1536~1593), 珍本靑丘永言>

(6) 말하는 염소

옛날에 형제가 살았는데 동생은 잘 살고 형은 가난하여 간구하기 이를 데 없었다. 형이 동생 집에 가서 겨라도 달라면 동생은 소를 먹일 것도 없는데 줄게 어디 있느냐고 야단이었다.

하루는 형이 지게를 지고 나무를 하러 갔다. 눈이 쌓여 양지쪽에서 나무를 긁으며 "설눈은 쌓이고 설밥은 없고 우리 부모 어떡하나?" 하고 소리를 쳤다. 그랬더니 건너편 골짜기에서 자기와 똑같은 흉내를 내었다. 또 한번 같은 소리를 했더니 역시 똑같은 흉내를 내기에 그곳으로 가보았더니 염생이(염소)란 놈이 있었다.

흉내를 냈느냐고 물었더니 그렇다고 하여 어디 그럼 다시 한번 말을 해보라고 했더니 곧잘 하였다.

그래 그 염소를 끌고 큰 동네로 가서 "말하는 염생이 보쇼. 말 잘하는 염생이 보쇼!" 했다. 그러니까 동네 사람들이 모두 모여들었다. 그리고 염생이가 정말 말을 하는 것을 보더니 돈을 많이 던져주었다. 그래 염생이를 끌고 이 동네, 저 동네 다니면서 돈을 잔뜩 모아 가지고 집으로 돌아왔다.

이를 본 동생이 형의 염생이를 빌어 가지고는 "말 잘하는 염생이 보쇼." 하고 동네를 돌아다니니까 사람들이 역시 접때 왔던 염생이 왔다고 모두 모여들었다. 그러나 아무리 말을 시켜도 염생이는 말을 하지 않아 동네 사람들이 모두 집으로 돌아가 버렸다. 동생은 골이 잔뜩 나서 염생이를 끌고 산으로 가서 바위틈에다 놓고 짓쩌(짓이겨) 죽였다.

형이 동생보고 염생이를 어찌하였느냐고 하니까 말도 못해서 바위에다 놓고 죽였다고 했다. 형은 울면서 그곳으로 가서 뼈다귀를 주워서 울안에 갖다 묻었다. 그랬더니 거기서 대나무가 나와 무럭무럭 자라 나중에는 하늘에 있는 돈보에 찔러 집안에 돈이 가득 쏟아졌다.

이겻을 안 동생은 또 뼈다귀를 주워다가 울안에 묻었다. 그랬더니 대나무가 나서 하늘에 있는 똥보를 찔러 똥에 파묻혀 죽었다.

<한국의 민담>

(7) 딸의 죽음을 애도하며

김인후(金麟厚;1510~1560)

가정(嘉靖) 경술년(庚戌年)[39] 11월 경인삭(庚寅朔) 기해일(己亥日)에 아비는 슬픔을 머금고 병을 안은 채 상중(喪中)에 있으면서 제물을 갖추어 멀리 양씨 집에 출가한 여식의 영전(靈前)에 보낸다.

너는 태어나서는 성품이 순하고 절개가 곧았으며, 출가(出家)해서는 능히 조용히 시어른들의 뜻을 받들었지. 네가 아들을 낳았을 땐 아기의 울음소리가 길가에까지 들릴 만큼 우렁차 친지들이 모두 경사로 여겼으니 네 시부모님의 기쁨이야 오죽했겠느냐? 그런데 네가 음식에 탈이 생겨 병이 들었건만 의원은 용렬하고 무당은 요망하여 고치지를 못하니, 이 아비의 마음은 비통하기 그지없었단다. 여자가 시집을 가는 것은 고금의 도리이나, 그 생활에서 자기의 미혹되고 약한 마음을 극복하는 일은 현명한 사람이라도 어려운 일이거늘, 너는 어디에서 배워 그토록 행동거지가 조신했던가? 몸은 비록 죽었지만 너의 소리는 여전히 내 귀에 남아 있구나.

네가 시아버지 앞에 죽고 강보에 쌓인 어린 아이에게마저 재앙이 거듭하니, 세상에서는 의(義)가 끊어졌다고 말한단다. 그리워하는 마음이야 서로가 같으려니 어찌 멀리 떨어지려 하겠냐마는 여자란 행함에 있어 오직 여필종부(女必從夫)해야 하는 법이란다. 너도 이미 알고 있을 터, 어찌 살고 죽음으로써 달라질 수 있겠느냐?

네가 병이 들었을 때 내가 차마 어루만져주지 못했던 것은 상중에 있는 몸이라 네 어린 아이에게 혹시 무슨 탈이 생기지 않을까 염려한 탓이란다. 그러나 네 병이 위태로워졌을 때는 이미 때가 늦고 말았구나.

봄볕같이 따스하고 빙옥처럼 맑은 네가 나를 버리고 어디로 간단 말이냐? 가슴에 가득한 슬픈 설움이 마음의 병을 더함에도 불구하고 눈물을 참고 울음을 삼키는 것이 다른 이유가 있어서이겠느냐? 상중에 있는 몸인데다 자친(慈親)마저 노쇠하여 병중에 계시니, 부정(父情)에 치우쳐 산목숨을 경솔히 하는 것은 감히 못할 짓이구나. 이제 또 날이 차고 길조차 멀어 친히 가서 살펴보고 영결(永訣)을 못하게 되니, 아아 슬프구나. 염습(斂襲)하고 장사지냄에 절차가 바르니, 시댁의 은혜와 남편의 의리를 네 스스로 알겠지. 너의 시댁과 친지들은 오랫동안 우리와 친했고 옛정으로 지붕이 맞닿을 정도로 가까우며, 충후(忠厚)의 기풍이 있었으니, 그 누가 너를 박대했겠느냐? 더구나 창평(昌平)이란 마을은 실로 너의 외가(外家)가 있는 곳이라 사방을 둘러보아도 친족 아닌 곳이 없으니, 네가 죽어서도 쓸쓸하지는 않을 거다.

길게 탄식하면서 애도하나니, 아비의 정이야 어찌 다할소냐? 아아 슬프구나.

原題: 祭梁氏女文 <河西全集>

(8) 효자 호랑이

옛날에 효자 하나가 살았는데 어머니가 병이 들어 누웠는데, 별 약을 다 써도 안 낫고 절을 치고 무당을 불러도 안 낫더래요. 그러던 어느 날 중이 하나 와서 시주를 청하더래요. 그래서 그 아들이, "시주보다도 우리 어머님 병을 치료해 드린다면 무엇이든지 드리겠습니다." 하고 청했더래요. 그러자 그 중이 들어가서 맥을 집어 보더니 무서운 병이라고 하더니, "이 병을 낫게 하려면 누런 황개 100마리를 잡아 생간(성간)만 먹이시오." 하더래요.

그러나 그 아들이 말하기를, "지금 황개 한 마리도 못 구할 것 같은데 어떻게 100마리씩 구할 수 있습니까?" 하고 묻자 그 중은 책을 하나 꺼내 주면서, "그럼 내가 개를 잡는 법을 알려드리지요." 하고는, "이 책을 가지고 주문을 외우되, 밤 12시와 1시 사이에 외우시오. 그러면 당신은 범으로 변할 것이요." 그럼, 개를 잡으려면 범이 되어야 한다고 알려 주었더래요. 그래서 그 효자가 중이 알려주는 대로 했더니 진짜 범이 돼드래요.

그래서 밤이 되면 밖으로 나가서 황개를 잡아다가. 그 생간을 꺼내 계속 어머님께 드렸더니 어머니가 그것을 먹고 점점 병이 나아지더래요. 그런데 한 절반쯤 먹었을 대 효자 아내가 생각해보니, 범으로 변하는게 무서워, 남편이 범으로 변해서 나갔을 때 그 책을 갔다 태웠더래요. 그러구 나서 아들이 개를 잡아가지고 와서 다시 사람으로 될려고 책을 찾으니 없더래요. 그 책에는 범이 되는 주문과, 사람이 되는 주문이 같이 있는데, 책이 없어져 사람으로 되지 못한 채 부인헌테 물어 봤더래요. 그러니께 부인이, "내가 무서워서 그 책을 불에 태웠습니다." 고 말하더래요.

그러자 범이 된 효자는 자기 부인과 어머니를 물어 죽이고 나서 아들만 남겨준 채 산으로 도망갔더래요. 그러구 한 10년간은 동네에 비치지 않더니 10년이 지난 다음부터는 범이 동네에 나타나 동네에 해를 끼치더래요. 그래서 동네 사람들이 점쟁이한테 가서 물으니께 젊고 이쁜 여자 하나에 포수 열 명을 데리고 포위를 하라고 그랬대요. 결국 범이 여자를 보자 악에 바쳐 날뛴 것을 포수가 잡았대요. 그래 껍덕은 뱃겨서, 그전에도 서울로 보내는 법이 있던가, 서울로 보내고 그러고 형체는 묻었다고 그러고, 그 물밑 끝에 어디다 묻었다고.

<韓國口碑文學大系>

(9) 젹셩의젼(狄成義傳)

화셜(話說). 강남(江南)에 안평국(安平國)이란 나라히 잇스니 산쳔(山川)이 슈려(秀麗)ᄒ고 옥애쳔리(沃野千里)[40]요, 보해(寶貨ㅣ) 만흔고로 국부민강(國富民康)[41]ᄒ며 의관문물(衣冠文物)이 번셩ᄒ야 남방(南方)에 유명ᄒ더라. 국왕의 셩은 젹(狄)이니 젹문공(狄文公)에 후예라. 치국지되(治國之道ㅣ) 요순(堯舜)을 효칙(效則)ᄒ미 인심이 순박(淳朴)ᄒ며 국틱민안(國泰民安)ᄒ야 도불습유(道不拾遺)[42]ᄒ고 야불폐문(夜不閉門)[43]이러라. 국왕이 왕비로 더부러 동쥬(同住) 이십 여년에 두 아들을 두엇스니 장ᄌ(長子)의 명(名)은 향의(享義)요, 츠ᄌ(次子)의 명은 셩의(成義)라. 셩의에 텬픔(性品)이 순후(淳厚)ᄒ고 긔골(氣骨)이 쥰수(俊秀)ᄒ미 왕에 부뷔 과이(過愛)ᄒ고 일국(一國)이 흠션(欽羨)ᄒ니 향의 미양 불측(不測)ᄒ 마음으로 셩의에 인효(仁孝)ᄒ믈 싀긔ᄒ야 미양 히(害)할 뜻을 두더라.

이러구러 셩의 졈졈 ᄌ라미 직덕(才德)이 겸비(兼備)ᄒ야 요순을 본바드미 왕이 셩의로뼈 셰ᄌ를 봉(封)코ᄌᄒ되 공경대신(公卿大臣)이 간(諫)ᄒ야 갈오디,

"ᄌ고로 국가는 장ᄌ(長子)로 셰ᄌ(世子)를 봉ᄒ는 것시 뗫뗫ᄒᆞᆸ거늘 이졔 젼희 츠례를 걸너 셰ᄌ를 봉코ᄌ ᄒ사 윤리(倫理)를 상(傷)코ᄌ ᄒ시니 스례(事例)에 불가ᄒ니이다."

상이 침음양구(沈吟良久)[44]에 향의로써 셰ᄌ를 봉ᄒ시니라.

츠시(此時)에 왕비 홀연 득병(得病)ᄒ야 졈졈 침즁(沈重)ᄒ시미 십분 위틱ᄒ신지라, 일국(一國)이 진동ᄒ고 황황(遑遑)ᄒ야 ᄒ나 맛춤니 일분도 쾌츠(快差)ᄒ미 업고 빅약(百藥)이 무효(無效)라. 왕이 초황(焦遑)ᄒ사 각읍에 젼지(傳旨)[45]를 나려 명의(名醫)를 구ᄒ야 치료ᄒ나 무가니히(無可奈何ㅣ)라. 셰ᄌ 향의는 돈연무려(頓然無慮)[46]ᄒ되, 츠ᄌ 셩의는 쥬야(晝夜)로 불탈의디(不脫衣帶)ᄒ고 시탕(侍湯)ᄒ며 하늘게 츅슈(祝手)ᄒ야 왈

"불초ᄌ(不肖子)[47] 셩의로 명(命)을 디신ᄒ옵고 모후에 병을 낫게ᄒ야 쥬옵소셔."

ᄒ고 혼굴 갓치 츅원터니 일일(一日)은 궐문 밧게 혼 도인(道人)이 와 왕게 뵈와지라 ᄒ거늘, 왕이 즉시 쳥입(請入)ᄒ시니 도시 완연이 드러와 례필좌졍(禮畢坐定) 후에 왕이 문왈,

"도스는 어디로 좃츠 일으시며 무슴 허믈을 이르고ᄌ ᄒ느뇨?"

도시 공순히 디왈

"빈되(貧道ㅣ)[48] 듯ᄌ오니 왕비의 환휘 극즁ᄒ사 왕ᄌ 셩의에 효셩이 지극ᄒ옵기로 이에 일으러 환후를 뵈옵고ᄌ ᄒ오니 젼하는 맛당히 긴 노흐로 왕비에 우슈(右

手)를 미여 노 씃흘 쥬옵소셔."

왕이 응락(應諾)고 이에 근시(近侍)로 ᄒᆞ야금 닉뎐(內殿)에 통ᄒᆞ니 셩의 듯고 즉시 노 씃흘 쥐여 닉 보닉니 도ᄉᆡ 노를 잡아 진믹(診脈)ᄒᆞ고 물너나와 왕게 고왈

"닉뎐 환휘(患候) 근원이 깁스와 고항(膏肓)49)에 드럿스오니 만일 일녕쥬가 아니면 회츈(回春)키 어렵도소이다."

왕왈

"일녕쥬는 어딕 잇ᄂᆞ니잇고?"

도ᄉᆡ 딕왈

"셔역(西域) 쳥룡ᄉᆞ에 잇스오니 만일 졍셩이 부족ᄒᆞ오면 엇지 못ᄒᆞᄂᆞ이다."

ᄒᆞ고 인ᄒᆞ야 팔을 드러 읍(揖)ᄒᆞ며 계하(階下)에 나리더니, 믄득 간딕 업거늘 셩의 ᄎᆞ경(此景)을 보고 대경ᄒᆞ야 공즁을 향ᄒᆞ야 무슈비례(無數拜禮)ᄒᆞ고 부왕젼에 주왈

"소ᄌᆡ 비록 년소(年少)ᄒᆞ오나 셔쳔에 가 일녕쥬를 어더 올가 ᄒᆞᄂᆞ이다."

왕왈

"아희 효셩은 지극ᄒᆞ나 셔쳔은 하늘가히라, 만경창파(萬頃蒼波)에 엇지 인간션쳑(人間船隻)으로 득달ᄒᆞ며 ᄯᅩᄒᆞᆫ 약슈삼쳔리(弱水三千里)50)를 엇지 건너리오 오활(迂闊)51)ᄒᆞᆫ 말을 말나."

ᄒᆞ고 닉뎐에 드러가 도스에 말과 셩의에 말을 젼ᄒᆞ니 왕비 딕왈

"허탄ᄒᆞᆫ 도스에 말을 고지 듯고 셔쳔(西天)을 엇지가리오? 인명이 지쳔이니 일녕쥬로 엇지 스룸을 살니리오? 오아(吾兒)는 망녕된 의ᄉᆞ(意思)를 두지 말나."

셩의 딕왈

"녯젹에 틱항산 운림션싱이 일광로 명으로 한공주에 명을 구ᄒᆞ얏스오니 이졔 도스에 말이 비록 허탄ᄒᆞ오나 소지 ᄯᅩᄒᆞᆫ 신통ᄒᆞᄆᆞᆯ 어덧스오니 결단코 약을 어더 모후에 환후를 구ᄒᆞ옵고 소ᄌᆞ에 불효를 만분지일(萬分之一)이라도 면홀가 ᄒᆞᄂᆞ이다."

왕비 탄왈

"네 효셩이 지극ᄒᆞ니 지셩(至誠)이면 감텬(感天)이라, 요힝(僥倖)으로 약을 어더오나 ᄎᆞ도(差度) 엇기를 엇지 바라리오? 너를 보닉고 내 병즁에 심녜되리로다."

셩의 딕왈

"모후는 과려(過慮)치 마르시고 소ᄌᆞ에 왕환간(往還間) 귀톄(貴體)를 보즁ᄒᆞ옵소셔."

ᄒᆞ고 즉시 션쳑(船隻)을 예비ᄒᆞ야 력군(役軍) 십여명을 다리고 ᄯᅥ날시 부왕과 모후게 하직ᄒᆞ온딕 왕비 왈

"내 이졔 네 지셩을 막지 못ᄒᆞ거니와 엇지 쥬소(晝夜)로 의문지망(依門之望)52)을

억제ᄒ리오? 다만 뎐하에 신약(神藥)을 어더 무ᄉ 회환ᄒ믈 바라거니와 만일에 불힝ᄒ야 다시 보지 못ᄒ면 디하(地下)에 가도 눈을 감지 못ᄒ리로다."

ᄒ고 락루(落淚)ᄒ니 셩의 호언(豪言)으로 위로ᄒ고 인ᄒ야 발힝(發行)ᄒᆯ식 동문 밧게 나와 비를 타고 순풍을 만나 힝션(行船)ᄒ지 칠일 만에 홀연 대풍(大風)을 만나 순식간에 ᄒ 셤을 다다르니 비를 머믈고 셩의 문왈

"셔역이 언마나 되나뇨."

ᄉ공이 디왈

"이ᄯ혼 셔힉이오니 여긔셔 슈천리를 가오면 염포셤이 잇고 그 셤에셔 슈천리를 더 가면 셔쳔 영보산 쳔룡ᄉ니이다."

셩의 탄왈

"만경창파(萬頃蒼波)에 동셔(東西)를 불변(不辨)ᄒ니 언졔나 득달ᄒ리오?"

ᄉ공왈,

"이 곳은 소상(瀟湘)53)이라 ᄉ면 산이 뵈거니와 약슈(弱手)는 하놀가히니, 일 년을 간들 엇지 가 보리잇고? 혜아리건디 양진(陽辰)54)을 보면 셔쳔을 바라보리이다."

ᄒ고 즉시 돗을 달고 힝션(行船)ᄒ야 ᄒ 곳에 다다르니 홀연 풍낭이 이러나며 우뢰ᄀᆺ흔 소리 ᄒᆡ중(海中)이 진동ᄒ거늘 쥬중졔인(舟中諸人)이 대경ᄒ야 망지소조(罔知所措)55)러니, 문득 일홈 모르는 큰 짐싱이 슈중으로 조ᄎ 머리를 들고 입으로 물을 토ᄒ니 션중인이 망지소조ᄒ더라. 당장 경식은 슈중 흉물ᄒ야 비가 츌몰ᄒ니 럭군등이 혼비빅산(魂飛魄散)ᄒ야 아모리 ᄒᆯ 쥴 모르더라. 셩의 앙텬 탄식ᄒ며 고츅(告祝)왈

"소ᄌ는 안편국 왕ᄌ 셩의 옵더니 모환이 극즁ᄒ와 셔쳔으로 일녕쥬를 어드라 가오니 복걸(伏乞) 텬디신명(天地神明)과 ᄉ히룡왕(四海龍王)은 소ᄌ의 졀박ᄒ ᄉ졍을 살피사 셔역을 득달ᄒ와 약을 구ᄒ야 오게 ᄒ옵소셔."

ᄒ며 무수히 츅슈ᄒ니 그 즘싱이 문득 드러가고 물결이 고요ᄒ며 텬디명낭(天地明朗)ᄒ더라. 홀연이 힝상으로셔 일엽편쥬(一葉片舟)에 일위 션랑(仙郎)이 쳔건홍삼(靑衣紅衫)으로 봉미션(鳳尾扇)56)을 ᄀ리오고 청의동ᄌ(靑衣童子ㅣ) 션두(船頭)에 셔셔 옥져(玉箸)를 쳥아이 불고 뒤ᄒᆡ ᄯᅩ 일위 션관(仙官)이 ᄉᄌ를 타고 빅우션(白羽扇)을 들고 나는 드시 지나며 ᄒ 곡조를 읇ᄒ니 왈

"항산 놉흔 봉은 하놀을 졉ᄒ야 잇고 약슈 엿흔 물은 날즘싱의 깃시 줌기는도다. 망녕된 져 아히는 일편쥬(一扁舟)를 타고 어디로 향ᄒ는고?"

ᄒ거늘 셩의 이 말을 드르믹 ᄌ연 슬프고 씨닷는 마음이 잇셔 외여 왈

"슈상에 신션이 왕릭ᄒ니 선경(仙境)이 불원(不遠)ᄒ나 눌다려 길흘 물으며 어디로 향ᄒ리오?"

앙텬탄식(仰天歎息) 고왈

"불초즈 셩의 모환을 위ᄒ야 셔쳔으로 약을 구ᄒ라 가오니 텬디 신령은 하감(下鑑)ᄒ사 일녕쥬를 엇게 ᄒ옵소셔."

빌기를 맛츠미 문득 귀이ᄒ 운무(雲霧) 우희 탄금(彈琴) 소리 쳥아이 나거늘 셩의 거안시지(擧眼視之)ᄒ니 쳥포션관(靑袍仙官)이 파초입을 타고 거문고를 희롱ᄒ며 ᄯᅩᄒᆫ 션관은 고리를 타고 흑건(黑巾)을 쓰고 풍월을 읇흐더니 고리 탄 션관이 문왈

"너는 엇던 속긱(俗客)이완디 인간 비를 타고 어디로 가는다?"

셩의 지비왈

"소즈는 안평국 왕즈 셩의러니 모친 환휘 만분 위즁키로셔 셔쳔에 일녕쥬를 구ᄒ라 가오니 바라건디 길을 ᄀ라쳐 주실가 ᄒᄂ이다."

션관왈

"나는 봉니(蓬萊), 방장(方丈), 영쥬(瀛洲)를 다 구경ᄒ얏스되 셔쳔을 못 보앗거든 ᄒ물며 너ᄀᆺᄒᆫ 속긱이 약슈(弱手)를 엇지 건너가리오? 밧비 도라가 모친에 얼골이나 다시 보미 맛당ᄒᆯ가 ᄒ노라."

셩의 다시 지비왈

"소졔 모친을 위ᄒ야 팔십 여일에 종시 셔쳔을 득달치 못ᄒ옵고 죽스오면 하면목(何面目)으로 디하에 가셔 부모를 뵈오리 잇고? 바라건디 하ᄒᆡ지ᄐᆡᆨ(河海之澤)을 드리오사 약을 구ᄒ야 도라가게 ᄒ옵소셔."

파초칸 션관이 탄금을 물니치고 왈

"네 졍셩이 지극ᄒ도다. 네 나히 몃살이뇨?"

셩의 디왈

"시년(時年)이 십이 셰로소이다."

션관이 소(笑)왈,

"네 몬져 가든 션관을 보앗느뇨?"

셩의 디왈

"여러 션관이 지나가시되 넝넝ᄒ야 시이불견(視而不見)[57]ᄒ옵더니 금번에 어진 션관을 뵈오니 원을 일울가 ᄒᄂ이다."

션관 왈

"년소쳑동(年少尺童)이 즈모(自母)를 위ᄒ야 만리험로(萬里險路)에 쳔신만고 ᄒ야 왓스니 비 효셩은 족히 명텬(明天)이 감동ᄒ실지라 엇지 아니 구ᄒ리오? 그러나 슈만ᄒᆫ 속긱은 약슈를 능히 못 건너ᄀ니 너희 동ᄒᆼ(同行)을 져 슈변(水邊)에 두고 너 홀노 파초션에 올으라."

ᄒ거늘 셩의 즉시 비를 슈변에 미고 스공에게 기다리라 ᄒ고 션관을 ᄯᅡ라 갈시

션관이 부작(符籍)을 주며 왈,

"이 부작을 몸에 감초고 힝ㅎ면 힝즁룡신(海中龍神)이라도 감히 범치 못ㅎ는이라."

ㅎ고 거문고를 타며 표연이 가더니 순식간에 흔 ㄱ희 다다르니 션관 왈,

"이곳은 셔역 흔가이라. 동즁에 드러가 텬셩금불보탑죤ㅅ(尊師)를 ㅊ져 지셩으로 약을 구ㅎ라."

셩의 왈

"약을 엇ㅅ온들 엇지 이곳을 ㅊ지며 ㅆ또 션관이 아니 계시면 엇지 ㅎ오리잇가?"

션관 왈

"그런 일은 물여(勿如)ㅎ고 다만 졍셩으로 약을 구ㅎ라. 나는 봉너산(蓬萊山) 즈각봉(紫閣峰)58)에 젹송즈(赤松子)59) 왕즈진(王子晋)60) 엄군평(嚴君平)61) 두목지(杜牧之)62)로 긔약ㅎ얏기로 잠간 단여 일광노 션셩을 뵈옵고 삼일이 못ㅎ야 이곳에 와 기다릴 거시니 의심치 말고 가라."

ㅎ며 거문고만 희롱ㅎ더니 믄득 운뮈 ㅅ면으로 일며 션관에 가는 곳을 아지 못ㅎ ㄹ네라.

ㅊ셜(且說). 셩의 션관을 하직ㅎ고 몸을 두루혀 졈졈 나아가며 ㅅ면을 바라보니 놉고 놉흔 봉에는 취란즈봉(翠鸞紫鳳)63)이 왕리(往來)ㅎ며 긔화이쵀(奇花異草ㅣ) 곳곳이 무셩ㅎ고 창숑취쥭(蒼松綠竹)은 벽계(碧溪)를 돌넛는듸, 셔쳔 팔신 ㅅ봉에 경긔졀승(景槪絶勝)ㅎ니 진짓 별유셰계(別有世界)러라. 셩의에 긔운이 운린쳥텬ㅎ야 운간(雲間)을 드러가니 이윽고 층층듸(層層臺) 상에 황금루각(黃金樓閣)은 운외(雲外)에 령농ㅎ고 옥루금뎐(玉樓金殿)은 굉장흔듸 칠십 디봉탑(多寶塔)은 벽공(碧空)에 연ㅎ얏고 상운향무(祥雲香霧)는 ㅅ면에 둘넛는듸, 팔만졔지 대장경 외오는 소리 귀에 ㅅ못더라. 셩의 십분 조심ㅎ야 보탑 아리 나아가니 믄득 흔 상지 머리에 곳갈을 슉여 쓰고 경문(經文)을 외오면셔 나오다가 셩의를 보고 합장 왈

"이곳은 셔방셰계(西方世界)라, 속긱이 엇지 드러왓느요?"

ㅎ거늘 셩의 디왈

"나는 안평국 ㅅ룸이러니 금불보탑존ㅅ를 뵈오라 왓노라."

상지 왈

"보탑존ㅅ는 금강경쳔불싀(金剛經千佛師)시라. 인간 육신이 이곳에 드러왓ㅅ니 그 졍셩을 신령이 감동ㅎ미라. 그러나 마음과 졍셩이 부족ㅎ면 대ㅅ를 일우지 못ㅎ리니 칠십 일을 지계 흔 후 드러와 대ㅅ를 뵈오라."

ㅎ거늘 셩의 쳥파(聽罷)에 안연락루(顏連落淚)ㅎ다가 다시 졀ㅎ고 왈

"속긱이 회상에 표류ㅎ와 쳔신만고 ㅎ야왓거늘 엇지 믈너가리 잇고? 찰하리 이

곳에서 죽스오니 어엿비 녁이시믈 바라나이다."

상지 왈

"이곳을 흔 번 보면 이십팔슈(二十八宿) 삼지팔난(三災八難)을 멸삭(滅削)ᄒ고 션
록(仙錄)에 올으ᄂ니, 일즉 대시 일으시던 명일(明日) 신유시(辛酉時)에 안평국 왕즈
젹셩의 올거시니 알외라 ᄒ시더니 과련 그디을 일으도다."

ᄒ고 드러가더니 이윽고 나와 쳥ᄒ거늘, 셩의 깃브믈 이긔지 못ᄒ야 ᄯ라 드러가
니 칠층련각(七層蓮閣) 우희 일위 존시 머리에 눌은 송락을 쓰고 칠건 가스(袈裟)를
메엿스며 우슈(右手)에 빅팔염주(百八念珠)를 두루며 좌슈(左手)에 금강경(金剛經)을
쥐고 경문을 외오니 좌우에 오빅 졔지 일시에 염불ᄒ더라. 셩의 황공ᄒ야 칠보디
아리셔 지비ᄒ온디 대시 왈

"내 일즉 슈도(修道)ᄒ야 텬하졔국 즁성에 션악(善惡)을 듯는지라, 네 위친지셩
(爲親之誠)이 지극ᄒ야 만경창파에 쳔신만고ᄒ야 오는 줄을 아랏거니와 내 이졔 약
을 주ᄂ니 슈히 도라가 모친을 구ᄒ라. 너는 본디 하계(下界) 스롬이 아니라 견셰
(前世)에 합일셩과 극흔 혐의(嫌疑) 잇기로 금셰에 형뎨(兄弟)되여 허다 곤익(困厄)
을 격그미 잇스나 필경은 원한이 플리이라."

ᄒ고 인ᄒ야 동즈을 명ᄒ야 구슬ᄀᆞᆺ흔 약 두 환을 가져오라 ᄒ야 셩의를 주며 왈

"이 약명(藥名)은 일뎡쥐니 ᄲᆞᆯ니 도라가 모후에 병을 구ᄒ라. 기간에 혹 별셰(別
世) ᄒ얏슬지라도 약을 쓰면 다시 살고 빅병(百病)이 다 소삭(消削)ᄒ리라."

ᄒ고 도라가기를 지쵹ᄒ거늘, 셩의 존스를 향ᄒ야 빅비스례(百拜謝禮)ᄒ고 길을
ᄎ쳐 슝산에 다다라 벽계를 지나 셕산 심곡을 나리오니 약슈(弱手)가히러라. 이윽고
문득 쳥아흔 옥져 소리 들니거늘 바라본즉 일편 빅운간(白雲間)에서 외여 왈

"안평국 왕즈는 일녕쥬를 어더 오는다?"

ᄒ거늘 셩의 응셩(應聲)ᄒ고 나오니 이는 동방삭(東方朔)[64]이라 셩의 지비 왈

"션관이 지시ᄒ시므로 약을 어더 오ᄂ이다."

동방삭 왈,

"그디 졍셩이 지극ᄒ기로디 효를 일우러 구약(救藥)ᄒ야 도라오거늘 엇지 나의게
치스ᄒ리오."

ᄒ며 셩의를 파초션을 틔오고 망망흔 창희를 슌식간에 건너 희변에 다다르니 스
공 등이 일시에 비를 타고 나와 마즈 반기며 무스히 득달ᄒ믈 치하ᄒ며 약을 어더
오는 슈말을 듯고 져마다 칭찬 왈

"우리 대군은 진짓 텬상신션(天上神仙)이라."

ᄒ더라. 이에 셩의 파초션에 나려 션관을 하직ᄒ니 션관이 ᄯᅩ흔 파초션을 두루며
가는지라 셩의 션관을 향ᄒ야 빅비스례ᄒ고 인ᄒ야 비에 올나 돗을 달고 슌풍을 만

나 힝ᄒ니라.

각셜(却說). 안평국 왕비 셩의를 셔쳔에 보니고 불승감창(不勝感愴)ᄒ야 병셰 더욱 침즁(沈重)혼지라 쥬야체읍(晝夜涕泣) 왈

"십여셰 소인 허탄혼 도ᄉ의 말을 듯고 어미를 위ᄒ야 만리창파에 졍쳐업시 어디로 향ᄒ는고? 망망창파(茫茫滄波)에 파도는 흉흉(凶凶)65)ᄒ고 운산(雲山)은 첩첩(疊疊)혼디 하일하시(何日何時)에 회환(回還)홀고? 혼 번 ᄯ쩌난 후 ᄉ싱존망(死生存亡)을 몰을지라. 이제 다시 못 보면 이 유한(有恨)을 엇지ᄒ리오?"

ᄒ더라.

ᄎ셜(且說). 향의 헤오디,

'부왕과 모휘 셩의를 본디 ᄉ랑ᄒ시거늘, 만일 셩의 약을 어더 올진디 더욱 효셩을 아름다이 넉이실 것시오. 일국이 ᄯ쏘혼 칭복(稱服)홀 터이니 내게 졈졈 유한이 되리라,'

ᄒ고 이에 왕과 후게 주왈

"셔쳔에 가온지 장근반년(將近半年)이 되도록 소식이 묘연ᄒ오니, 소지 즁노(中路)에 가셔 소식을 탐지ᄒ옵고 혹 흉파(凶波)에 불힝혼 일이 잇사와도 소지 셔쳔에 가셔 약을 구ᄒ야 오리이다."

ᄒ고 인ᄒ야 하직고 션쳑을 준비ᄒ야 일등무ᄉ(一等武士) 슈십 인을 다리고 셔희로 향ᄒ야 힝션혼지 십여 일에 풍낭을 만나 강변에 비를 머므르고 밤을 지닐시 월식(月色)이 원근(遠近)에 조용혼디 문득 셔다히66)로셔 일쳑 소션(小船)이 나는 드시 오거늘 향의 의심ᄒ야 대호(大呼)왈

"압히 오는 비가 안평국 대군이 안닌다?"

ᄒ니 셩의 문득 그 외는 소리를 듯고 쳔만대열(千萬大悅)ᄒ야 졉션(接線)ᄒ고 보니 이는 곳 셰지라. 슬프다! 향의에 불측혼 계교를 모르고 오직 반기믈 이긔지 못ᄒ는지라 슬프고 가련ᄒ다. 향의 잇ᄯ때 불측지심(不測之心)으로 흉계를 ᄭ꾸몃는지라, 셩의를 보고 닐너 왈

"현제 만리슈로(萬里水路)에 독힝(獨行)ᄒ미 위탁혼고로 부왕의 명을 밧ᄌ와 즁노에 와 맛거니와 아지 못게라. 약을 어더 오는다?"

셩의는 형의 불인지심(不仁之心)을 모르고 일녕쥬를 주며 모후에 환후를 무르니, 향의 문득 약을 밧고 왈

"현제 ᄯ쩌난 후로 모휘 병셰혼 모양이 시미 현제 오기를 고디 ᄒ얏노라."

셩의 왈

"환휘 여ᄎ추ᄒ시니 이 약을 급히 쓰오면 회복ᄒ시리이다."

혼디 향의 문득 션상에 놉히 안즈며 여셩대미(如聲大罵) 왈

"네 거즛 서천에 가 일녕쥬를 어더 오마 ᄒ고 병모(病母)를 바리고 불도(佛道)에 침혹(沈惑)ᄒ야 도라오지 아니ᄒ고, 이졔야 도라오니 이는 텬하에 무쌍ᄒ 불ᄒ(不孝ㅣ)라. 이졔 모휘 너를 보시면 병셰 더ᄒ실지라. 여등(汝等)은 샐니 물에 빠져 군부(君父)에 명을 슌슈(順受)ᄒ라."

성의 이 말을 듯고 심혼(心魂)이 아득ᄒ야 묵묵양구(默默良久)에 앙텬탄식(仰天歎息) 왈

"쇼지 천신만고(千辛萬苦)ᄒ야 약을 어더 오믄 모후를 위ᄒ미러니 무슴 연고로 형장(兄丈)67)이 무죄ᄒ 우리를 죽이고즈 ᄒ시니 이런 원억ᄒ미 어디 잇스리오?"

ᄒ고 통곡ᄒ야 왈

"소데 죽기는 셜지 안니커니와 부모를 다시 못뵈오니 천고에 무공지통(無窮之痛)이 될 거시요. 쪼 날노 인ᄒ야 슈십이 명을 무죄히 죽게 ᄒ니 그 아니 가련ᄒ리오? 슬프다. 창텬후토(蒼天后土)68)와 일월셩신(日月星辰)은 조림(照臨)ᄒ옵소셔."

ᄒ고 연ᄒ야 방셩대곡ᄒ니 츠시에 일월이 무광(無光)ᄒ고 산쳔초목이 함루(含淚)ᄒ는 듯 ᄒ더라. 션중졔인이 쪼ᄒ 성의를 붓들고 통곡ᄒ야 왈

"우리 슈십인이 대군을 뫼시고 만리창파를 득달ᄒ야 션경(仙境)에 드러가 일영쥬를 어더다가 곤뎐(坤殿)69) 환후(患候)를 평복(平服)ᄒ시게 ᄒ 후 아등(我等)이 중상(重賞)을 밧즈올가 ᄒ얏더니 이제 무죄히 죽게 되니 엇지 원통치 아니ᄒ리오? 우리 등 소견에는 대군을 뫼시고 궐너에 드러가 약을 밧치옵고 왕상에 쳐분을 기다려 죽스와도 여한이 업슬가 ᄒᄂ이다."

향의 츠언(此言)을 듯고 대로대분(大怒大忿)ᄒ야 무스를 호령ᄒ야 성의와 쥬중졔인을 다 죽이라 ᄒ니 졔인이 대호왈.

"대군과 우리등이 무슴 죄 잇관디 모다 죽이라 ᄒ는다? 우리등이 너희 검하(劍下)에 죽으미 더러오니 출하리 스스로 물에 쎈져 죽으려니와 너희는 후스(後事)를 안향(安享)치 못ᄒ리라."

ᄒ고 앙텬통곡(仰天痛哭)ᄒ니 향의 더욱 분로ᄒ야 무스를 호령ᄒ야 칼을 들고 일시에 즛치니, 격군(格軍)70)등이 일시에 성의를 옹위ᄒ야 왈

"스셰(事勢) 여츠(如此)ᄒ니 대군은 동긔간(同氣間)이라. 지셩익걸ᄒ야 존톄를 보중ᄒ사 우리등에 비명힝스(非命橫死)ᄒ 혼이나 위로ᄒ야 주소셔."

ᄒ고 일시에 물에 쒸여 드니 산텬금슈 다 슬허ᄒ는 듯 ᄒ더라. 향의 무스를 눈쥬어 성의를 죽이0라 ᄒ니 무스 즁 일인이 니다라 웨여 왈

"셰지 왕명을 칭ᄒ시나 엇지 동긔간 스졍을 싱각지 아니 ᄒ시눈요? 대군은 지극ᄒ 효즈시라, 셰지 엇지 인졍이 약차(若此)ᄒ고?"

ᄒ고 칼을 드러 모든 무스를 물니치니 원너 이 사람은 셩명이 틔연이러라. 향의

불승분노(不勝忿怒)ᄒ야 다라드러 셩의에 두 눈을 찌르고 비를 업ᄒ니라. 셩의 량안 (兩眼)에 피를 흘니고 파션 ᄒᆞᆫ 조각을 의지ᄒ야 무변ᄃᆡᄒᆡ(無邊大海)로 졍쳐 업시 흘너가니 엇지 가련치 아니 ᄒ리오. 아지 못게라, 하ᄂᆞ니 효ᄌ를 보존ᄒ게 ᄒ시는가. 종말을 볼지어다.

ᄎᆞ셜(且說). 향의 비를 도로혀 황셩(皇城)으로 힝ᄒ올시 무ᄉᆞ를 당부ᄒ야 왈

"이는 이 말을 누셜치 말나."

ᄒ고 금빅(金帛)을 만히 주어 심복인을 삼고 힝ᄒᆞᆫ 지 여러 날 만에 궐ᄂᆡ에 드러가 부왕과 모후게 뵈온ᄃᆡ 부뫼 문왈

"셩의에 소식을 드럿ᄂᆞ뇨?"

향의 ᄃᆡ왈

"소지 비를 타고 셔쳔을 향ᄒ와 칠일 만에 약슈(弱手)가ᄒᆡ 다다라는 일위 션관 (仙官)이 파초닙 ᄀᆞᆺᄒ 편쥬(片舟)를 타고 오다가 소ᄌ를 보고 일오ᄃᆡ, 그ᄃᆡ 안평국 셰지 아닌다 ᄒᆞ옵기로 소지 ᄇᆡ례ᄒ온즉, 그 션관이 일으되 나는 왕ᄌ진(王子晋)이러니 셔쳔에 갓다가 안평국 왕ᄌ를 만나 보니 셔쳔 셔역국에 일영주를 어덧스나 셩의 불도(佛道)에 ᄯᅳᆺ을 두어 삭발위승(削髮爲僧)에 마음을 두어 진셰(塵世)에 나올 ᄯᅳᆺ이 망연ᄒ기로 내 혜아리ᄆᆡ 안평국 왕비 병셰 급즁ᄒ시니 국왕이 필연 기다리실지라, 맛츰 인간에 갈 길이 잇기로 젼ᄒ여 쥬마ᄒ고 가져왓더니 다힝이 그ᄃᆡ를 만낫스니 그ᄃᆡ는 셩의를 ᄉᆡᆼ각지 말고 이 약을 가저다가 밧비 쓰라 ᄒ옵기로 가져왓ᄂᆞ이다."

ᄒ고 일영쥬를 드리니 왕비 쳥파에 낙심쳔만ᄒ야 일영쥬를 ᄯᅡ히 더지고 통곡왈

"셩의는 쳘부지인이라 엇지 일조에 마음이 변ᄒ리요? 연일 몽ᄉᆞ(夢事ㅣ) 불길ᄒ더니 이런 변괴 잇도다."

ᄒ고 우름을 ᄭᅳᆺ치지 아니 ᄒ니 향의 왈

"셩의 아즉 어린 마음으로 일시 변ᄒ미 잇ᄉ오나 나ᄒᆡ ᄎᆞ오면 ᄌᆞ연 회심(回心)ᄒ와 도라오리니 과도히 슬허 마르시고 이제 이 약을 급히 쓰사 존톄를 도라보소셔."

ᄒ니 왕이 ᄯᅩᄒᆞᆫ 위로ᄒ며 약을 권ᄒ올시 일영쥬 일환(一丸)을 가라 쓰니 졍신이 씩씩ᄒ고 병셰 소삭ᄒᆞ는지라. ᄯᅩ ᄒᆞᆫ 기를 쓰니 심신(心身)이 쾌락ᄒ고 ᄉᆞ지(四肢) 강건ᄒ야 빅병이 일시에 물너가되 다만 셩의를 ᄉᆡᆼ각ᄒ고 쥬야(晝夜)로 비쳑(悲慽)ᄒ믈 마지 아니 ᄒ더라.

각셜(却說). 셩의 ᄒᆞᆫ 조각 널닙흘 의지ᄒ야 망망대ᄒᆡ(茫茫大海)에 지향 업시 흘너가니 엇지 참연(慘然)치 아니ᄒ리요. 더욱 량안(兩眼)이 폐밍(閉盲)이 되여 불분쥬야 (不分晝夜)ᄒ니, 다만 바람이 닝닝ᄒ면 밤인쥴 알고 일긔(日氣) 훈훈ᄒ면 나진 줄 짐작ᄒ나 만경창파에 오직 금수(禽獸) 소ᄅᆡ도 업는지라. 삼쥬야(三晝夜)만에 널조각이 다닷는 곳이 잇거늘 놀나 손을 더드머 보니 이는 곳 ᄒᆡ상암상(海上巖上)이라. 겨

우 졔여올나 정신을 슈습ᄒ야 바위를 의지ᄒ고 탄식 왈

"형이 불초ᄒ야 무죄ᄒ 인명을 상ᄒ오고, 쏘 날노써 만경창파에 이 디경이 되게 ᄒ야 부뫼 겻희 계실지라도 뵈올 길이 망연ᄒ오니 엇지 통한치 아니ᄒ리오? 그러나 모친 환휘 엇더ᄒ시며 일영쥬를 썻는지 아니 썻는지 알지 못ᄒ니 장ᄎᆺ 엇지 ᄒ며 만일 악형(惡兄)이 먹엇스면 모친은 속절업시 황천킥(黃泉客)이 되셧도다."

ᄒ고 비회를 이기지 못ᄒ야 슬피 통곡ᄒ니 무정ᄒ 디슈플이 잇셔 소리를 응ᄒ거늘 셩의 우름을 끗치고 혜오되

"므변대희(無邊大海)에 디소리 엇지 나는고? 분명 초(楚)나라이로다."

ᄒ고 어로만져 나리고져 ᄒᆯ 지음에 믄득 오작(烏鵲)이 지져괴는 소리나며 손에 무어시 집피거늘 이는 실과(實果)라. 먹으미 비부르고 정신이 상활(爽闊)ᄒ지라. 이에 암상에 날여 쥭림(竹林)을 ᄎᆽ져가니 무성ᄒ 디밧치라. 어루만즈니 그 중에 ᄒ 디 잇스되 쥴기에 마디마디 휘드러 쥭셩(竹聲)이 요요절절 ᄒ거늘 낭즁으로 조ᄎᆺ 단검을 ᄂᆡ여 그 디를 뷔여 단져(短笛)를 민드러 ᄒ 곡조를 부니 젹셩(笛聲)이 쳥아ᄒ여 여원여모(如怨如慕)ᄒ여 스룸에 심회를 산란케 ᄒ니 이는 반다시 산쳔이 위로ᄒ야 감동ᄒ니, 잇쩌 셩의 희상에 지날 젹에 신션에 져 소리를 듯고 곡조를 능통ᄒ 비러라.

ᄎ셜(且說). 중국사신 호승상이 안남국에 갓다가 일년 만에 슈로(水路)로 회환(回還)ᄒ더니 이곳에 일르러 비를 머믈고 일힝이 쉬더니 츈풍은 소슬ᄒ고 슈파는 고요ᄒ디 쳐량ᄒ 져소리 풍편(風便)에 멀이 들니거늘 승상이 하리(下吏)를 명ᄒ야

"져소리 나는 곳을 차지라."

ᄒ니 하리 승명(承命)ᄒ고 나아가 보니, 일기 동지 암상을 의지ᄒ야 져를 슬피 불거늘 하리 문왈

"돈즈는 어디셔 살건디 이곳에서 져를 희롱ᄒ느뇨?"

셩의 놀나 답왈

"나는 의지 없는 스룸이로라."

하리 우왈

"우리 로애 중국 스신으로 안남국에 갓다가 회환ᄒ시더니 동즈의 져소리를 드르시고 쳥ᄒ야 오라 ᄒ시니, 홈게 가미 엇더ᄒ뇨?"

"밍인(盲人)이 촌부(寸步)를 옴기지 못ᄒ니 엇지 뵈오리오?"

하리 불상이 녁여 셩의를 붓들고 희변에 나아가 승상게 뵈오니, 승상이 일견에 그 비범ᄒ 얼골에 폐밍(廢盲)이 되엿스믈 보고 ᄎ탄ᄒ야 왈

"앗갑도다. 져러ᄒ 인믈이 일월을 보지 못ᄒ니 가련ᄒ도다."

셩의 지비 왈

"소지 부모를 일습고 유리표박(遊離漂迫)ᄒᆞ다가 슈젹(水賊)을 만나 량안(兩眼)을 일삽고 잔명을 계오 보존ᄒᆞ와 무인절도(無人絕島)에 일으러 심시 번뇌ᄒᆞ오믹, 우연이 단져를 불미러니 상공이 드르신 빅 되도소이다."

ᄒᆞ고 언파(言罷)에 눈물을 흘니거늘, 승상이 쳥파(聽罷)에 츄연(啾然) 왈

"네 나히 몃치뇨?"

셩의 디왈

"시년(時年)이 십이 셰로소이다."

승상 왈

"네의 용모를 보니 안평국 인믈이라. 내 너를 이곳에 버리고 가면 필경 명을 보젼치 못ᄒᆞᆯ지라, 엇지 홀노 도라가리오?"

ᄒᆞ고 하리를 명ᄒᆞ야 셩의를 드리고 즁국에 도라와 텬즈게 복명(復命)ᄒᆞᆫ 후 쥬왈

"신이 회환시(回還時)에 즁노희상(中路海上)에서 여ᄎᆞ여ᄎᆞᄒᆞᆫ 아히를 만나 드려 왓ᄂᆞ이다."

ᄒᆞ오니 상이 드르시고 셩의를 불너 보시니 그 옥골션풍(玉骨仙風)[71]의 실목(失目)ᄒᆞᆷ을 ᄎᆞ탄ᄒᆞ시며 문왈

"짐이 드르니 네 져를 잘 분다 ᄒᆞ니 ᄒᆞᆫ 번 듯고ᄌᆞ ᄒᆞ노라."

셩의 고두(叩頭)[72]ᄒᆞ고 ᄒᆞᆫ 곡조를 부니 쳥아ᄒᆞᆫ 소릭 진셰(塵世) 음률(音律)과 다름이 잇ᄂᆞᆫ지라. 상이 칭찬ᄒᆞ사 왈

"너는 진짓 신션이 나려와 인간을 희롱ᄒᆞᄂᆞᆫ도다."

ᄒᆞ시고 후원에 두시니라.

ᄎᆞ시(此時) 황상(皇上)이 다만 ᄒᆞᆫ낫 공쥬를 두엇스니 일홈은 치란이오, 년광(年光)이 십삼이라. 화용월틱(花容月態)는 월궁항이(月宮姮娥ㅣ) 하강ᄒᆞᆫ 듯 ᄒᆞ고 쏘ᄒᆞᆫ 지긔(才器) 민쳡ᄒᆞ야 시셔빅가(詩書百家)와 음률(音律)이 능통ᄒᆞᆫ지라, 상과 휘 지극 이즁ᄒᆞ시고 궁즁졔인이 막불흠앙(莫不欽仰)ᄒᆞ더라. ᄎᆞ시에 공쥬 ᄒᆞᆫ가ᄒᆞᆫ 찍면 거문고를 희롱ᄒᆞ며 혹 후원에서 무예를 연습ᄒᆞ니 가위 녀즁군지(女中君子)요 규즁호걸(閨中豪傑)이러라.

ᄎᆞ시 셩의 후원에 잇셔 의식(衣食)은 유족(裕足)ᄒᆞ나 본국 소식이 묘연ᄒᆞᆷ믈 슬허 굴오디

"셔신(書信)을 뉘라셔 통ᄒᆞ야 쥬리오? 맛당히 내가 길으든 기럭이 ᄉᆞ랏ᄂᆞᆫ가 죽엇ᄂᆞᆫ가? 만일 ᄉᆞ랏스면 부모에 안부를 젼ᄒᆞ련마는 홀일 업도다."

ᄒᆞ고 불승비감(不勝悲感)ᄒᆞ야 단져로 ᄉᆞ향곡(思鄕曲)을 부니 쳥음(淸音)이 쇄락ᄒᆞ야 벽공(碧空)에 ᄉᆞ못치며 이원 쳐졀ᄒᆞᆫ지라, 공쥬 맛춤 월식(月色)을 띄여 시녀를 드리고 완월루(玩月樓)에 올나 유완(遊玩)ᄒᆞ다가 단져 소릭를 듯고 희불ᄌᆞ승(喜不自

勝)73)ᄒ야 옥슈(玉手)로 거문고를 희롱ᄒ고 ᄌ탄 왈

"긔틀다! 이 곡조여! 이는 왕ᄌ진(王子晋) 엄군령의 곡죄니 필연 후원에 ᄉ롬이 잇셔 단져를 희롱ᄒ미로다."

ᄒ고 시녀 벽옥을 명ᄒ야

"그 소리 나는 곳을 츠지라."

ᄒ니 벽옥이 슈명(受命)ᄒ고 즉시 ᄌ운각으로붓터 능파터에 올나 ᄉ면을 살펴보니 이윽고 후원에서 ᄒᆫ 동지 홀노 안져 ᄌ단져를 슬피 불거늘, 벽옥이 희불ᄌ승ᄒ야 나아가 문왈

"션동은 엇지 이 심야에 ᄌ지 아니ᄒ고 단져를 불문 엇지미뇨?"

셩의 놀나 왈

"나는 외국인이라, 일월을 못 보는 밍인(盲人)인고로 슈회교집(愁懷交集)ᄒ미 맛참 져를 희롱ᄒ미라. 그디는 엇지 ᄒ야 뭇느뇨?"

벽옥 왈

"나는 옥쥬에 시녀러니 맛춤 공쥬를 뫼시고 완월루에 올나 월식을 완상ᄒ시더니 홀연 그디의 져 소리를 드르시고 츠지라 ᄒ시미 왓노라."

셩의 대경 왈

"내 비록 밍인이나 엇지 감히 옥쥬 안젼에 뵈오리요? 이는 불가ᄒ도다."

벽옥이 묵연(默然)ᄒ고 도라와 그 용모와 문답ᄒ던 말ᄉᆷ을 고ᄒ니 공쥬 문득 몽ᄉ(夢事)를 싱각고 왈

"내 드르니, 호승상이 도라오다가 희상에서 ᄒᆫ 아희를 드려다가 후원에 두엇다 ᄒ더니 펼연 이 아희로다."

ᄒ고 즉시 불너 오라 ᄒ니, 옥이 승명(承命)ᄒ고 다시 나아가 셩의다려 왈

"옥쥬 비록 심궁(深宮)에 쳐ᄒ시나 약간 음률을 아시는고로 그디에 져 소리를 드르시고ᄌ ᄒ야 부르시미니 ᄉ양치 말고 가미 엇더ᄒ뇨?"

셩의 마지 못ᄒ야 ᄯ라 완월루에 일르러 지비ᄒ니 공쥬 ᄌ셰히 살펴본즉 비록 밍인이나 표표ᄒᆫ 골격이 진짓 대장부 긔상이라. 공쥬 ᄌ리를 쥬고 거쥬(居住)와 셩명(姓名)을 무르니 셩의 디왈

"소싱은 죄악(罪惡)니 관영ᄒ와 부모를 실산(失散)ᄒ고 혈혈단신(孑孑單身)에 젼젼유리(戰戰遊離)ᄒ더니 텬힝(天幸)으로 호승상을 만나 거두시물 입ᄌ와 의식은 풍족ᄒ오나 신셰를 싱각ᄒ옵고 감창(感愴)ᄒ여 단져로 슈회나 펴ᄌ ᄒ얏습더니 의외에 옥쥬게셔 부르심을 당ᄒ오니 황감무지(惶感無知)ᄒ오며, 부모 거쥬는 모르옵고 다만 나흔 십이셰로소이다."

공쥬 쳥파(聽罷)에 츠탄 왈

"가셕다, 일월을 보지 못ᄒᆞ미여! 그디에 단져 소리 가장 신긔ᄒᆞ기로 ᄒᆞᆫ 번 듯고 즈 ᄒᆞ야 쳥ᄒᆞ얏ᄂᆞ니 몰으미 슈고를 앗기지 말나."

성의 승명ᄒᆞ고 즉시 져를 ᄲᅨ여 들고 월하(月下)에 안즈 슬피 부니 스람에 마음이 즈연 감동ᄒᆞ는지라. 공쥐 왈

"그디 필연 범인(凡人)이 아니로다. 곡죄 졔칙 잇스니 그디는 슈고를 앗기지 말고 폼은 지조를 다 ᄒᆞ라."

성의 디왈

"옥쥐 소싱에 미쳔ᄒᆞᆷ물 혐의치 아니샤 이ᄀᆞᆺ치 관디ᄒᆞ시니 은혜 난망이라. 엇지 지조를 은휘(隱諱)ᄒᆞ리잇고?"

손으로 난간을 치며 고시(古詩)를 읇ᄒᆞ니, 공쥐 그 시흥(詩興)을 이긔지 못ᄒᆞ아 산호필(珊瑚筆)을 드러 화젼에 쓰고 즈흥이 더ᄒᆞ야 빅옥셔안(白玉書案)을 치며 귀귀(句句)히 층찬ᄒᆞ더라.

츠셜(且說). 공쥐 옥비를 젼ᄒᆞ야 왈

"빅옥(白玉)이 진토(塵土)에 뭇치여 잇스나 명광(明光)을 갈히지 못ᄒᆞᄂᆞ니, 그디 일즉 부모를 여희다 ᄒᆞ니 지조를 뉘게 비홧ᄂᆞ뇨?"

성의 디왈

"어려셔 ᄒᆞᆫ 도인을 만나 비홧ᄂᆞ이다."

공쥐 탄식 왈

"그디는 반듯시 젼셰에 도덕이 놉핫기로 금셰에 져런 지조를 비홧도다."

ᄒᆞ더라.

츠시(此時) 벽옥이 탄왈

"공쥬에 탄금(彈琴)과 션동에 단져(短笛) 소리 진짓 젹쉬라."

ᄒᆞ더라. 이에 월식(月色)이 스창(紗窓)에 진ᄒᆞᄆᆡ 공쥐 시녀를 명ᄒᆞ야 성의를 인동ᄒᆞ야 보니고 침소로 도라오니라.

이러구러 일년을 지니니 ᄯᅢ는 만화방창(萬化方暢)ᄒᆞᆫ 츈숨(春三)이라. 원산(遠山)에 빅화(百花)는 만발ᄒᆞ야 가는 나뷔를 머므르고 세류(細柳)는 쳥쳥ᄒᆞ야 츈식(春色)을 즈랑ᄒᆞᄆᆡ 황잉(黃鶯)은 쌍쌍이 왕ᄂᆡᄒᆞ야 스람에 ᄆᆞ음을 호탕케 ᄒᆞ는지라. 츠시(此時)에 만경황애 츈경(春景)을 스랑ᄒᆞ사 후원 빅화졍에 티평연(太平宴)을 비셜(排設)ᄒᆞ시고 문무제신(文武諸臣)으로 더브러 즐기실시, 빅관이 금관옥디(金冠玉帶)를 졔졔히 ᄒᆞ야 텬상 션관이 하강ᄒᆞᆫ 듯ᄒᆞ더라. 황톄 호승상을 명ᄒᆞ사 성의 부르라 ᄒᆞ시니라.

츠셜(且說). 성의 홀노 안즈 탄식ᄒᆞ고 본국을 싱각ᄒᆞ더니 홀연 황상이 브르심을 듯고 즉시 스즈을 ᄯᅡ라 나아가 탑하(榻下)에 복지ᄒᆞ온대, 상이 평신(平身)ᄒᆞ라 ᄒᆞ시

고 자세히 보시니 옥골풍최(玉骨風采ㅣ) 샌혀나고 성음(聲音)이 쳥아ᄒᆞ미, 시로이 층찬ᄒᆞ시고 그 신세를 이련이 녀기시니 좌우 졔신이 반렬(班列)에 셧다ㄱ 셩의를 보고 져마다 그 젼후 ᄉᆞ연을 알고ᄌᆞ ᄒᆞ거늘, 호승상이 여ᄎᆞ여ᄎᆞ 셜파(說破)ᄒᆞ니 졔인이 차탄 왈

"셕일(昔日)에 희풍쳥이 칠년 만에 눈을 쩟다 ᄒᆞ더니 져 소동이 ᄯᅩᄒᆞᆫ 긔질이 비범ᄒᆞ니 타일에 반다시 신긔한 일이 잇스리로소이다."

ᄒᆞ더라. 일모파연(日暮罷宴)ᄒᆞ미 졔신은 믈너가고 상이 니뎐에 드러가 셩의에 이련한 일을 일ㅋ르시며 못너 이셕ᄒᆞ야 ᄒᆞ시니 휘 왈

"그 아ᄒᆡ 비록 밍인이오나 지죄 신긔타 ᄒᆞ오니 ᄒᆞᆫ 번 불너 보미 엇더ᄒᆞ오니잇고?"

상이 즉시 호승상을 명ᄒᆞᆫ 셩의를 인도ᄒᆞ야 다려오미 좌(坐)를 쥬시고 져를 불나ᄒᆞ야 ᄒᆞᆫ 곡조를 부니 과연 비상ᄒᆞ야 진셰음률(塵世音律)과 다른지라. 황휘 대찬(大讚)ᄒᆞᆫ 왈

"진짓 선아(仙樂)에 져 소ᄅᆡ ᄀᆞᆺ도다."

ᄒᆞ시고 문왈

"네 고향은 어듸며 부모는 뉘라ᄒᆞ는다?"

셩의 ᄃᆡ왈

"소신이 삼셰에 부모를 일삽고 유리표박(遊離漂迫) ᄒᆞ얏ᄉᆞ오니 거쥬와 부모에 셩명을 몰으ᄂᆞ이다."

ᄒᆞ더라. ᄎᆞ시(此時)에 공쥐 장막(帳幕)안ᄒᆡ 잇다가 셩의를 바라보고 그 아름다온 용모와 씩씩ᄒᆞᆫ 풍치를 칭찬ᄒᆞ야 왈 일륜명월(一輪明月)이 벽공을 헤치는 듯 표표(表表)ᄒᆞᆫ 긔상은 월ᄒᆞ(月下)에셔 단져를 불 젹과 다른지라 심하(心下)에 그윽키 안폐(眼閉)ᄒᆞᆷ을 이셕ᄒᆞ야 ᄒᆞ더라. ᄎᆞ시(此時) 황휘 금빅(金帛)을 만히 상사ᄒᆞ시니 셩의 ᄉᆞ은ᄒᆞ고 후원에 도라와 금을 어루만져 울며 왈

"량친(兩親)에 안부는 엇더ᄒᆞ시며, ᄯᅩ 불초ᄌᆞ를 언마나 싱각ᄒᆞ시는고?"

ᄒᆞ며 탄식 왈

"이 몸이 본국을 ᄯᅥᄂᆞᆫ 지 슈삭만에 셔쳔에 가 약을 어더 오다가 내 졍셩이 부족ᄒᆞ무로 불측한 형의게 독슈(毒手)를 만나 명이 타국에 유락홀 ᄲᅮᆫ더러 일월을 못 보니 싱불여시(生不如死ㅣ)[74]라. 망극홀사, 이ᄂᆡ 몸이여! 금은(金銀)이 여산(如山)ᄒᆞᆫ들 무엇시 쓰리오? 본국은 동남이라 두 나릭 업스니 엇지ᄒᆞ리요? 창텬(蒼天)은 구버 살피소셔."

ᄒᆞ고 인ᄒᆞ야 젼젼불미(輾轉不寐)ᄒᆞ더라. ᄎᆞ시(此時)에 공쥐 야심ᄒᆞ물 인ᄒᆞ야 옥쵹(玉燭)을 밝히고 난간을 의지ᄒᆞ야 시를 읇흐다가 믄득 셩의에 고향ᄉᆞ(故鄕事)를 염

녀흐물 싱각고 이에 츈난다려 왈

"스람이 쳐세흐얏다가 리국(離國)흐미 회푀 간졀홀지라 그 아니 가련흐냐?"

츈난 등이 디왈

"요스이 그 소동(少童)에 말이 왕왕이 귀를 놀니더이다."

공쥬 탄왈

"소비(小婢)75)에 마음에 도임에 혜아린 비로소이다."

흐고 즉시 셩의에 쳐소에 나아가 불너 왈

"공쥬믜셔 맛츰 잠이 업스스 단져 소리를 듯고즈 흐시니 잠간 가미 엇더흐뇨?"

셩의 놀나 옷슬 닙고 의관(衣冠)을 정제흐야 츈난을 쓰라 옥루(玉樓)에 일으니 공쥬 왈

"우연이 그디와 음률을 화답(和答)흐니 비록 례도(禮度)에 어기나 스모흐는 마음이 간졀흐기로 다시 청흐야 월식(月色)을 씌여 그 시를 창화(唱和)코즈 흐느니, 그디는 슈고를 앗기지 말고 슈응(酬應)홀소냐?"

흐고 시녀를 명흐야 일비향온(一杯香醖)을 권흐거늘, 셩의 슈명흐고 실노 먹지 못흐나 참아 스양치 못흐야 바다 마신 후에 시를 읇흐니 그 시에 왈

일신(一身)이 말리(萬里)에 유락흐미여, 어니 쎠 고향 싱각이 업스리요?

홍안(鴻雁)조츠 무정(無情)흐니 소식 젼키 어렵도다.

속졀업시 흐르는 눈물을 창회를 보터는도다.

흐얏거늘, 공쥬 지삼 보다가 이에 화답흐니 왈

우연이 원킥(遠客)을 만나니 그 아니 연분인가?

일곡 단져 맑은 소리 스람에 심회를 돕는도다.

연이나 만스를 인력으로 못흐나니 다만 일비쥬(一杯酒)로 위로 쑨이로다.

흐얏더라. 공쥬 읇기를 다 흔 후 문왈

"시를 지으미 과연 마음으로 눈다 흐니 본디 쳔인(賤人)은 민간에셔 살고 왕즈(王子)는 궁중에셔 싱장흐느니 쳥컨디 울울흔 심회를 은휘(隱諱)치 말나."

셩의 디왈

"그럴 리 업느이다."

공쥬 부답흐고 거문고를 나와 흔 곡조로 희롱흐니 소리가 쟝처량흐야 킥회(客懷)를 돕는지라, 셩의 옷깃슬 열의고 쑤러 고왈

"옥쥬 쇼싱 갓흔 쳔인(賤人)을 혐의치 아니시고 이러틋 관디흐신 은혜 틱산이 가비압고 하히가 엿튼지라, 여츠 은혜는 빅골난망(白骨難忘)이로소이다."

공쥬 왈

"그디는 진짓 귀공지(貴公子)라. 금뎐옥디(金殿玉臺)에 단풍시(丹楓詩)를 희롱흐

니 심시 엇지 범연ᄒ리오?”

셩의 묵묵묵연(默默默然)이러니 믄득 금계(金鷄) 시벽을 보ᄒ는지라, 공쥐 몸을 이러 시녀로 ᄒ야금 셩의를 인도ᄒ야 도라보너니 셩의 하직고 쳐소로 도라와 너심에 혜오디

‘공쥬는 규중호걸(閨中豪傑)이오, 녀중군지(女中君子)라. 진짓 군ᄌ호구(君子好逑)76)언마는 도시 텬졍이라. 엇지 인력으로 ᄒ리오? 고국이 창망ᄒ니 나에 심회를 붓칠 곳이 업더니 도로혀 회힝ᄒ도다.’

ᄒ더라.

각셜(却說). 안평국 왕비 병셰 쾌복ᄒ나 셩의에 ᄉ싱(死生)을 몰나 쥬야로 슬허ᄒ더니 ᄋᆞᆯ일은 비회를 금치 못ᄒ야 셩의에 잇든 곳에 드러가 보니, 산호셩안에셔 칙필연(冊筆硯)은 의구(依舊)ᄒ되 형영(形影)이 모연ᄒ야 심회감창(心懷感愴)ᄒ믈 이기지 못ᄒ더니, 홀연 외기력이 슬피 울믈 듯고 괴이히 녀겨 시녀 ᄃᆞ려 무르니 시녀 더왈

“이 기력이는 대군에 기르시든 기력이라. 대군이 남힝시(南行時)에 그 기력이를 어로 만져 경계ᄒ사 왈 너는 날노 더부러 일시도 ᄯᅥ나미 업더니 이제 만리원별(萬里遠別)을 당ᄒ니 어니 ᄯᅥ나 다시 모도리오? 만일 무슴 일이 잇거든 네 두 나리를 붓쳐 소식을 젼ᄒ라 ᄒ고 가신 후 소쳡 등이 밥을 먹이더니 요ᄉᆞ이 밤마다 슬피 울기를 긋치지 아니ᄒ오되, 너던이 초원ᄒ므로 낭낭이 못 드러 계시니이다.”

왕비 ᄎᆞ언(此言)을 듯고 즉시 기력이를 어로만져 왈

“네 비록 미물이나 임지 어디 갓ᄂᆈ? ᄉᆞ랏는가 죽엇는가? 만일 ᄉᆞ랏스면 압ᄒᆡ셔 세 번 울나.” ᄒ니 기력이 목을 늘희여 슬피 세 번 울거늘 왕비 깃거 왈

“네 아는도다.”

ᄒ고 왈

“네 일지 ᄉᆞ랏거든 이제 나의 필적(筆跡)을 젼ᄒᆯ소냐?”

그 기력이 머리를 세 번 좃거늘, 왕비 즉시 산호필(珊瑚筆)을 드러 일봉셔(一奉書)를 닷가 기력이 다리에 믹고 경계 왈

“네 ᄃᆞ 나리는 만리를 나는 지죄 잇스니 이 글을 잘 젼ᄒ라.”

ᄒ니 기력이 세 번 소릭ᄒ고 두 나리를 펼치며 청텬(靑天)에 ᄯᅥ올나 운산으로셔 북으로 향ᄒ야 가니 엇지된고. ᄎᆞ하(次下)를 분ᄒᆡᄒ라.

ᄎᆞ셜(且說). 치란 공쥐 금각당에 홀노 안ᄌ 글을 닑다가 ᄉᆞ창을 열고 보니 금풍이 소슬ᄒ고 향염(香艶)은 포락ᄒ니 심시 ᄌᆞ연 쳐량ᄒ야 벽옥다려 왈

“하졀(夏節)이 임의 진ᄒ야 이슬과 셔리 믹ᄌᆞᆺ스니, 나는 옥궐금뎐(玉闕金殿)에 편안이 잇셔 영낙(榮樂)으로 지너되 마음이 ᄌᆞ연 쳐량ᄒ거든, ᄒ믈며 만리타국(萬里他

國) 직에 심시 오작하리오?"

벽옥이 디왈

"원방(遠方) 기력이 도라오고 디 아리 국화 만발 홀 씨는 문인묵직(文人墨客)도 수회를 금치 못하거든, 고국을 써나 만리타국(萬里他國)에 고초하는 스롬에 심스야 일너 무엇하리잇고? 연이나 져 소동을 쳥하야 외로이 잇는 직회(客懷)를 위로하오미 올홀가 하느이다."

공쥬 탄왈

"인정은 본디 그러하나 외간 남즈를 즈조 불너 보니 례모(禮貌)에 손상홀가 하야 져허하노라. 그러나 네 임에 발셜(發說)하얏스니 쳥하야 오라."

벽옥이 수명(受命)하고 즉시 후원에 드러가 셩의를 부르니, 차시(此時)에 셩의 맛춤 잠을 깁히 드럿다가 부르는 소리를 듯고 놀나 이러 안즈니 공쥬에 시녀 벽옥이라, 반가온 마음을 층량치 못홀지라. 심하에 혜오되

'앗가 꿈이 비상하니 오늘날 일정 조흔 일이 잇스리로다.'

하고 디왈

"그디는 궁중 귀인이라. 이 심야에 날 곳흔 천인을 차즈니 무슴 일이 잇느뇨?"

옥이 디왈

"옥쥬 동즈를 쳥하시미 왓노라."

하고 셩의를 인도하야 금각당에 올나가니 공쥬 반겨 좌를 주고 문왈

"그 스이 직회(客懷) 엇더하뇨?"

셩의 디왈

"천싱이 셩상의 히활지틱(海闊之澤)을 입스와 아직 일신이 편안하오니 다힝하외다."

공쥬 시녀를 명하야 가진 셩찬(盛饌)을 풍비히 나오고 향온(香醞)을 부어 권하며 담화(談話)하더니, 믄득 월식(月色)은 만정(滿庭)하고 츄풍(秋風)은 소슬흔디 홀연 동남간을셔 외기력이 슬피우는 소리 졈졈 갓가와 즁텬에 놉히 써 금각당으로 도라 단이며 슬피 울거늘 공쥬와 좌우 시녀 나와 하놀을 울러러 살피며 심히 고이히 녀기고, 셩의는 혼빅(魂魄)이 비월(飛越)하야 심니(心裏)에 싱각하되

'이 즘싱은 반다시 나에 기르든 기력인가?'

하고 어린 듯 취흔 듯 안잣더니, 아이오 그 기력이 두 나리를 펴고 졈졈 나려와 셩의 압히 안즈며 목을 늘희여 슬피 울거늘, 셩의 그졔야 과연 본국 기력이 온 줄 알고 급히 두 손으로 기력이를 쥐고 등을 어로만져 통곡 왈

"네 이졔 오문 반다시 모휘 승하(昇遐)하시도다."

하고 업더져 혼졀(昏絶)하니 좌우 시예 놀나 급히 구홀시 공쥬 살펴보니 기력이

좌편(左便) 다리에 일봉서(封書)를 미엿거늘 밧비 글을 보니 ㅎ얏스되 피봉(皮封)에 안평국 국모는 아즈 성의에게 붓치노라 ㅎ얏거늘 공쥐 긔이히 넉여 일오디,

"기럭이 다리에 일봉서 미얏스니 그디는 정신을 슈습ㅎ야 스연을 드르라."

ㅎ고 봉셔를 씌혀보니 ㅎ얏스되,

'모연 모월 모일에 안평국 국모(國母)는 읍혈(泣血)ㅎ고 아즈(我子) 성의에게 붓치노라. 슬푸다, 네 나에 슬하를 써난지 긔 년이라. 망망ㅎ 텬디간에 어디로 가셔 죽엇느냐 살앗느냐? 네 츌텬지효(出天之孝)로 나의 병을 위ㅎ야 황당ㅎ 도스의 말을 듯그 죠흔 궁궐을 바리고 만경창파에 일신을 편쥬에 붓치여 서쳔에 가 약을 어덧스니 네 효성을 하늘이 감동ㅎ시나, 네 효성ㅎ는 소식은 업스니 슬프다, 내 아희여! 어별(魚鼈)에 밥이 되얏느냐? 어니 디경에 의지ㅎ얏느냐? 네 형이 너의 소식을 아라오마 ㅎ고 가더니 무슴 연권지 너는 아니 오고 다만 일영쥬만 가져 왓스며 형의 말을 드르니 네 삭발위승(削髮爲僧)ㅎ고 불도(佛道)에 잠심(潛心)ㅎ야 부모를 바리고 디곳을 써나 부귀를 부운(浮雲)又치 넉인다 ㅎ니, 그 말을 가히 취신(取信)치 못홀지라. 그런고로 네 스성존망(死生存亡)을 엇지 알니오? 내 일영쥬를 먹은 후 병이 즉시 낫고 쏘흔 빅병이 구퇴ㅎ야 완인(完人)이 되얏스니, 네 효힝은 대슌(大舜)과 증즈(曾子)에 밋츨지라. 슬푸다! 쳔스만탁(千思萬度)ㅎ야도 네 형에 불효부제(不孝不悌)ㅎ 힝실은 쳔고에 업슬지라. 로즁(路中)에서 불측ㅎ 환(患)을 만나 도라오지 못ㅎ미냐? 월명심야(月明深夜)와 일모황혼(日暮黃昏)에 망망ㅎ 텬디를 부앙(附仰)ㅎ고 부르지져 슬피 울 쓰름이러니, 일일은 심시 비창ㅎ야 너 잇든 별당에 가 고젹(古跡)을 살펴보니, 다만 씌글이 쓰이고 외기르든 슬피 우니 이는 곳 너히 기르든 즘싱인고로 경계ㅎ고 부탁ㅎ 즉 이거시 스람에 심신을 요동케 ㅎ는지라, 구만리장쳔(九萬里長天)에 지향무쳐(指向無處)ㅎ나 일봉서(一封書) 붓치나니 힝혀 명텬(明天)이 감동ㅎ스 소식을 젼홀가 바라노라. 기럭이 회편(回便)에 답셔(答書)를 볼가 축슈(祝手)ㅎ느니 만힝(萬幸)으로 소식을 들을진디 구텬에 도라 가도 한이 업슬가 ㅎ노라. 만단슈회(萬端愁懷)[77]를 펴고즈 ㅎ나 혈뉘(血淚ㅣ) 압흘 가리기로 이만 긋치노라.'

ㅎ얏더라.

성의 듯기를 다 ㅎ민 가슴이 무여지고 간장이 녹는 듯 ㅎ는 ᄀ온디 일편 반갑고 정신이 쾌락ㅎ야 급히 이러나 빅스홀 즈음에 문득 량안(兩眼)이 번긔又치 쓰이니 이 비(比)컨디 구년지슈(九年之囚)에 히빗츨 본 듯 침침칠야(漆夜)에 월명(月明)을 만난 듯 황텬(黃泉)에서 스라온 듯, 하늘에서 써러진 듯, 싱신지 몽즁인지 쎄닷지 못ㅎ야 도로혀 어린 듯 취ㅎ 듯 정신이 황홀ㅎ지라. 이에 좌즁을 살펴보니 일위 공쥐 시녀를 거느리고 금슈셕상에 단좌ㅎ얏스니 옥모화용(玉貌花容)이 졀디 가인(絶對佳人)이라. 왕뫼(王母ㅣ) 요디(瑤池)[78]에 반도연(蟠桃宴)을 비셜ㅎ 듯 월궁항익(月

宮姮娥 l) 광한루에 됴회혼 듯 혼 번 보미 졍신이 산란혼지라.

잇떠 공쥐 우슈(右手)로 봉셔를 들고 그 보지 못호믈 긍측이 녁여 낭낭혼 소리로 힝운츄수(行雲流水) 굿치 읽어 들니다가 천만 뜻밧게 셩의 눈을 쩌 즈긔를 유졍이 살펴보물 보미, 혼빅이 비월호고 마음이 경공호야 셤셤옥슈(纖纖玉手)로 나삼을 급히 드러 옥면(玉面)을 고리오고 거름을 고비야이 옴겨 침소로 드러갈시, 츈난 등이 쏘혼 놀나 일시에 공쥬를 좃추가고 등촉업는 침침야(沈沈夜)에 셩의 홀노 안겨 그 셔간(書簡)을 시로이 보고 안광(眼光)이 더욱 명낭호야 비록 칠야(漆夜)나 혼 글즈도 희미호미 업셔 지삼 보아도 분명혼 모후에 필격이라. 혼 번 보고 두 번 보미 비회교집(悲懷交集)79)호야 아모리 홀 쥴 몰나 흔흔(欣欣)80)이 안줏더니, 츠시(此時) 공쥐 도라가 츈난으로 만슴을 젼호여 왈

"쳔고에 긔특호고 희한혼 일이 날밧게 업슬지라. 치하홀 바를 결을치 못호거니와 그디 혼갈 굿치 심스를 긔이시문 아녀즈에 티되라. 그러나 이제로붓터 너외 현격호얏스미 다시 만나 셔로 말슴호기는 고스호고 젼일스(前日事)를 싱각혼 즉 즈괴호미 만스온지라. 바라느니 귀톄를 보즁호소셔."

호거늘 셩의 쳥파(聽罷)에 이러나 스례호야 왈

"소국 쳔인이 옥쥬에 싱활지은(生活之恩)을 입스와 즈로 관졉호시니 그 은혜를 싱각호오면 티산이얏고 하히엿튼지라, 결초보은(結草報恩)호오랴 호얏더니 텬되(天道) 유의호사 고목(枯木)이 봉츈(逢春)호고 졀쳐봉싱호야 두 눈이 열니여 만물을 사시 보고 부모 안부를 듯즈오니 깃부기 무궁호오나 즈금 이후로는 하산이 길이 멀고 약수(弱手)물이 깁스오니 다시 뵈올 길이 묘연혼지라 창결(悵缺)81)호옴을 엇지 다 칭량호오리잇가? 그러나 귀톄 안강호소셔."

호고 인호야 기럭이를 안고 후원으로 도라가 기럭이 등을 쓰다듬어 왈

"네 비록 미물(微物)이나 능히 만리에 소식을 젼호야 부왕에 문안과 모후에 환후 평복호시물 알게 호니 이졔 쥭어도 여한이 업슬지라. 내 이곳에 잇는 쥴 네 엇지 아는다? 너 곳 아니면 엇지 눈을 쩌 일월을 다시 보리오? 네 은혜는 삼싱(三生)에도 갑지 못호리로다."

호고 다시 칭찬 왈

"한무뎨 시에 소뮈(簫武 l)82) 흉노의게 스신 갓다 북히(北海)에 갓친 지 십구 년이 되미 기럭이 발에 글을 미여 상님원(上林苑)83)에 소식을 통호야 본국(本國)에 도라가물 어덧더니, 아마도 네 빅안(白雁)에 후신(後身)이로다."

호고 익일(翌日)에 호승상 집에 나아가 승상을 뵈온디, 승상이 크게 놀나 급히 그 손을 잡고 문왈

"네 엇지호야 일조(一朝)에 량안(兩眼)이 밝앗느뇨?"

셩의 그제야 ᄌ초지죵(自初至終)을 비로소 고ᄒ니 승상이 쳥파(聽罷)에 신긔히 녁여 희식(喜色)을 ᄯᅴ고 왈

"이는 만고에 희한ᄒᆞᆫ 일이라."

ᄒ고 즉시 궐ᄂᆡ에 드러가 셩의에 눈 ᄯᅳᆫ ᄉᆞ연과 안평국 왕ᄌᆞ로 고초ᄒᆞᆫ ᄉᆞ연을 주ᄒᆞᆫᄃᆡ, 텬지 드르시고 ᄯᅩᄒᆞᆫ 긔이히 녁여 셩의를 부르ᄉᆞ 그 손을 잡으시고 ᄀᆞ로ᄉᆞᄃᆡ

"네 본이 션동(仙童)으로 진셰(塵世)에 나려와 밍인(盲人)이 되여 인간을 희롱ᄒ미로다."

ᄒ시고 승상을 도라보사 왈

"경에 지인지감(知人之鑑)84)이 ᄌᆞ못 타인이 밋지 못ᄒ리로다. 아직 셩의를 경에 집에 두어 입신양명(立身揚名)ᄒᆞ야 짐에 동양지신(棟樑之臣)85)이 되게 ᄒ라."

ᄒ시고 인ᄒᆞ야 ᄂᆡ뎐에 드르ᄉᆞ 희식이 룡안(容顔)이 ᄀᆞ득ᄒᆞ시ᄆᆡ 휘 문왈

"폐하, 오늘날 무슨 일이 잇관ᄃᆡ 져럿틋 희식(喜色)이 만안(滿顔)ᄒ시잇가?"

상 왈

"공쥬에 비우(配偶)를 어덧기로 ᄌᆞ연 희식이 잇ᄂᆞ이다."

휘 뭇ᄌᆞ와 ᄀᆞ로오ᄃᆡ

"엇던 ᄉᆞ롬이니잇고?"

상이 답왈

"젼길(前日)에 단져 부든 소동이라. 호승상이 안남국에 ᄉᆞ신갓다가 회환시(回還時)에 히상에서 다려온 아히오니, 비록 아름다오나 다만 량안(兩眼)이 폐밍(廢盲)인 고로 민양 앗기더니 이졔 두 눈을 ᄯᅳ고 ᄯᅩᄒᆞᆫ 그 몸이 안평국 왕ᄌᆞ로셔 여ᄎᆞ여ᄎᆞ(如此如此)ᄒᆞ야 긔특ᄒᆞᆫ 일이 쳔고에 드무니 무슴 의심이 잇스리요?"

황휘 ᄯᅩ한 깃거ᄒᆞ사 다시 불너 보물 쳥ᄒ거늘 상이 ᄉᆞ관(史官)을 보니여 셩의를 소명(召命)ᄒ시니 셩의 입궐 ᄉᆞ은ᄒᆞ온ᄃᆡ 휘 ᄯᅩ한 인견(引見)ᄒ시고 칭찬ᄒᆞᆫ 왈

"명월(明月)이 구름을 헷치고 광일(光日)이 안기를 버셔남과 ᄀᆞᆺ다."

ᄒ시고 금은칙단을 만히 상ᄉᆞ하시니, 잇ᄯᅢ 공쥐 금각당에셔 셩의를 작별ᄒᆞᆫ 후로 소식이 막히믈 한ᄒᆞ더니 문득 황후 낭낭이 셩의를 소견ᄒ시믈 듯고 이에 츈난을 다리고 황후 침실에 드러가 쥬렴 ᄉᆞ이로 너여보니 관옥 ᄀᆞᆺ흔 얼골이요 팔ᄌᆞ 눈셥은 산쳔슈긔를 ᄯᅴ엿스니 당당ᄒᆞᆫ 골격이 진짓 일ᄃᆡ 호걸이오 만고 영웅이라. 한 번 보ᄆᆡ 시로이 반갑고 마음이 락락ᄒ나 ᄌᆞ긔 젼일 지ᄂᆡ든 일을 싱각ᄒᆞᆫ 즉 ᄌᆞ괴지심(自愧之心)86)을 못ᄂᆡ 이긔지 못ᄒ더라. 츠시(此時)에 상이 황후로 동좌(同坐)ᄒ시고 셩의와 믄답ᄒᆞ신즉 시셔빅가(詩書 百家)를 무불통지(無不通知)ᄒ고 언슌졍졍(言順淨淨)ᄒ니 상과 휘 만심환희(滿心歡喜)ᄒ사 호승상으로 ᄒᆞ야곰

"셩의를 잘 거두라."

ᄒ시니 승상이 돈슈(頓首)ᄒ고, 셩의를 다려다가 후원 셔당에 두고 극히 익즁ᄒ야 공궤범졀이 일호미진(一毫未盡)ᄒ미 업스니, 셩의 풍치 일일빅승(日日百勝)ᄒ며 문쟝은 입을 열미 귀신을 놀니고 필법은 손을 들미 룡ᄉ(龍蛇)를 희롱ᄒ니 텬디간 긔 남지라 보는 ᄉ람마다 층찬치 아니리 업더라. 츠시(此時)에 호승상이 ᄯ호 아들이 업고 다만 일녀(一女)를 두엇스니, 일홈은 옥란이라. 일일은 부인이 승상을 디ᄒ야 왈

"우리 로릭(老來)에 다만 녁식이 잇셔 틱셔(擇壻)ᄒ야 후ᄉ(後嗣)를 젼ᄒ랴 ᄒ든지라. 들은즉 후당에 잇는 소동이 안평국 왕지요, 겸ᄒ야 용뫼 츌즁ᄒ고 문필이 유여ᄒ며 지죄잇다 ᄒ오니 우리 녀아와 혼ᄉ를 졍ᄒ야 후ᄉ를 젼ᄒ미 조흘가 ᄒᄂ이다."

승상 왈

"그 소년이 당당ᄒ 왕에 긔상이 잇고, ᄯ오 안평국 왕ᄌ며 우리 녀ᄋ는 ᄒ낫 군ᄌ에 비필될 긔상이니 이제 공쥬에 방년(芳年)이 십오셰니 셩의 당당이 간틱(揀擇)에 ᄲᅢ힐지라. 향ᄌ에 궁인에 젼어를 드른즉 공쥐 현슉ᄒ미 셕일 평양공쥬에 지닌다 ᄒ니 이는 셩의에 비필(配匹)이라. 엇지 의혼(議婚)ᄒ기를 바라리잇고?"

부인이 쳥파(聽罷)에 악연이 ᄭ다라 츠탄키를 마지 아니ᄒ더라.

츠셜(且說). 황뎨 츈취(春秋ㅣ) 놉흐시미 후시 업스믈 한ᄒ시더니 일일은 황휘 몽(夢)을 어드신 후 과연 그 달붓터 틱긔 잇셔 십삭만에 싱남(生男)ᄒ시니 황뎨 환희ᄒᄉ 경과(慶科)를 뵈실시 승상이 셩의를 입쟝ᄒ기를 권ᄒ거늘, 셩의 쟝즁에 드러가 일필휘지(一筆揮之)ᄒ야 일쳔에 션쟝(先場)[87]ᄒ니 이윽고 젼두관이 호명 왈

"금번 쟝원은 안평국인 젹셩의라."

ᄒ거늘 셩의 즁인을 헷치고 옥계하(玉階下)에 츄진ᄒ온디 상이 ᄉ쥬ᄒ시고 한림학ᄉ를 졔슈ᄒ시니 한림이 텬은을 슉ᄉᄒ고 이원풍악(裏苑風樂)을 거느려 승상부에 도라오니 승상에 희열ᄒ믄 일필난긔(一筆難記)[88]라. 한림이 비록 영귀ᄒ나 경ᄉ를 고홀 곳이 업셔 루쉬(淚水ㅣ) 옷깃을 젹시더라. 츠시에 공쥐 젹셩의 쟝원에 급뎨하믈 심즁에 암희(暗喜)ᄒ더라.

츠셜(且說). 상이 셩의에 지질이 ᄲᅢ여남으로 부마(駙馬)를 유의ᄒ사 한림을 명초(命招)ᄒᄉ 왈

"경이 비록 타국인이나 짐에 나라히 드러와 소년 등과(登科)ᄒ고 지명이 ᄲᅢ혀난지라 딤이 ᄒ ᄯ올이 잇스니 비록 임ᄉ에 덕은 업스나 군ᄌ에 건즐(巾櫛)[89]을 소임홀지라. 이제 경으로써 부마(駙馬)를 졍ᄒᄂ니 ᄉ양치 말나."

ᄒ시니 한림이 복디(伏地) 주왈,

"신이 외국 인물노 명되쳔박 호옵거늘 호승샹에 하렴지틱(河海之澤)을 입스와 일신이 경귀호온 즁에 셩은(盛恩)이 륭즁(隆重)호와 셩교(聖教) 여츠호시니 손복(遜服)홀가 호느이다."

상이 대열(大悅)호사 스텬감(司天監)90)으로 틱일(擇日)호라 호시니 겨오 슈일이 겨호지라. 길일(吉日)이 다드르미 한림이 위의를 굿초아 젼안지례(奠雁之禮)를 힝홀시 신낭 신부에 풍치 셔로 츠등이 업더라. 이에 일락셔산(日落西山)호고 월츌동영(月出東嶺)호미 한림이 화촉을 이어 동방(洞房)91)에 나아가 원앙금니(鴛鴦衾裏)에 운우즈락(雲雨之樂)을 이루니 무산락희(巫山樂譜)라도 이에셔 지나지 못홀네라. 명됴(明朝)에 한림부뷔 텬즈게 입시호온디 상과 휘 시로이 무이호시더라. 한림부뷔 승상부에 나아가 승상 부부게 뵈오니 승상이 답례호고 좌정후 부인이 하례호야 왈

"귀쥐 금지옥엽(金枝玉葉)92)으로 루디(陋地)에 욕님(辱臨)호시니 광치 비승호도소이다."

공쥐 공경스스홀 뿐이러라.

셰월이 여류호야 슈삭이 지나미 일일은 한림이 비회교집(悲懷交集)호야 공쥬를 디호야 왈

"복이 타국인으로 대국에 드러와 룡문(龍門)에 현달호고 겸호야 텬은이 망극호와 부미되고 쏘혼 일신이 영귀호나, 다만 본국을 싱각호미 망극훈지라 엇지호면 도라가 량친을 뵈오리오?"

호고 루쉬 여우(如雨)호거늘 공쥐 염용 디왈

"쳡기 군즈를 좃츠미 녀필종부(女必從夫)는 고금상시(古今常事ㅣ)라. 부황게 쥬호와 두어 달 말미를 어더 도라가스이다."

호고 공쥐 나아가 상게 주왈

"부개 리친(離親)호온지 오러미 스친지회(思親之懷) 간절호옵고 신도 쏘혼 구고(姑舅)게 현알(見謁)코즈 호오니, 복원(伏願) 폐하는 하히지틱(河海之澤)을 나리스 슈삭 말미를 주옵소셔."

상 왈

"경등에 쥬시 여차호니 이는 큰 효라. 짐이 엇지 막으리오?"

호시니 한림부뷔 스은후 인호야 하직호고 믈너와 승상부부게 하직훈 후 발힝홀시 상디 하교호스 군관(軍官) 십여 인을 쥬시고 몬져 스신을 보니스 젼후스연을 안평국에 통호니라. 한림이 힝션훈 지 여러 날만에 젼일 죽님을 당호미 즈연 비감호야 나다가 스례호고 슈일을 힝호야 당익(當厄)호든 곳에 다다르니 졔문(祭文) 지어 격군(格軍)에 고혼(孤魂)을 위로홀시 기문(其文)에 왈

'유셰차 모년 모월 모일에 부마도위93) 젹셩의는 통곡호고 모든 격군등에 원혼(冤

魂)을 위로ᄒᆞᄂᆞ니 오회라, 그ᄃᆡ 등이여! 날과 ᄀᆞ치 만리고ᄒᆡᆼ(萬里苦行)을 지니고 이 곳에 이르러 원억(冤抑)히 참ᄉᆞ(慘死)ᄒᆞ니 엇지 슬푸지 아니 ᄒᆞ리요? 연이나 도시텬슈니 인력으로 못 ᄒᆞᆯ빈라. 남을 원치 말고 조흔 귀신이 되여 향화(香花)를 바드라. 나는 텬우신죠(天佑神助)ᄒᆞ야 일신이 영귀히 도라오니 엇지 그ᄃᆡ등에 도으미 아니리요? 맛당히 그ᄃᆡ 등에 ᄌᆞ손을 조용ᄒᆞ리니 여러 신령은 안심 흠향(歆饗)94)ᄒᆞ라.'

ᄒᆞ얏더라.

부미 닑기를 다ᄒᆞ미 일장대곡(一場大哭)ᄒᆞ니 슈운이 참담ᄒᆞ더라. 이에 비를 지촉ᄒᆞ야 호호탕탕(浩浩蕩蕩) 이ᄒᆡᆼ(移行)ᄒᆞ니라. 션시(先時)에 기력이 발에 답셔를 미여 보니엿더니, 차시 왕비 셩의를 싱각ᄒᆞ미 미일 벽공만 바라보더니 홀연 반공즁으로셔 기력이 슬피 울고 ᄂᆞ려와 안거늘 왕비 반겨 ᄌᆞ셰히 보니 안족(雁足)에 셔찰이 미얏거늘 기탁(開坼)ᄒᆞᆫ즉 이곳 아ᄌᆞ에 필젹이라. 셔즁ᄉᆞ의 참담ᄒᆞ고 젼후슈말을 버렷더라. 왕비 흉격이 막히고 긔운이 져상ᄒᆞ야 기력이를 붓들고 대셩통곡(大聲痛哭)ᄒᆞ니 초목금쉬 다 슬허ᄒᆞ더라. 차시(此時)에 셰ᄌᆞ 향의 모비(母妃)에 우름소리를 듯고 대경ᄒᆞ야 싱각ᄒᆞ되

'셩의 만일 ᄉᆞ라도라오면 본젹이 탈노ᄒᆞᆯ지라.'

크게 근심ᄒᆞ야 ᄀᆞ만이 심복무ᄉᆞ 젹부피를 불너 여차여차(如此如此)ᄒᆞ라 ᄒᆞ니 부피 응락고 가니라. 차시(此時) 부마에 일ᄒᆡᆼ이 졍히 본국을 향ᄒᆞ야 ᄒᆡᆼᄒᆞ더니 홀연 일셩포향(一聲砲響)에 일디 인미 너다라 길을 막고 대호 왈

"여등은 타국지인(他國之人)이라. 무단이 우리 디방을 범ᄒᆞ니 이는 도젹이라."

ᄒᆞ고 말을 맛츠며 다라드니, 이는 젹부피라. 부마와 공쥐 대경ᄒᆞ야 엇지ᄒᆞᆯ 줄 모르더니 대국군관 즁 일인이 용밍이 졀눈ᄒᆞᆫ 지 잇는지라, 이에 장창(長槍)을 들고 말게 올나 대호 왈

"우리는 디국 장신라. 부마와 공쥬를 뫼시고 나오거늘 너는 엇던 담 큰 도젹이완디 항거ᄒᆞᄂᆞ뇨?"

ᄒᆞ고 마ᄌᆞ ᄊᆞ화 슈합이 못ᄒᆞ야 부피를 버히고 여군(餘軍)을 좃친 후 위의(威儀)를 찰혀 ᄒᆡᆼᄒᆞ니라.

차셜(且說). 향의 부피 죽으물 듯고 디경디로(大驚大怒)ᄒᆞ야 친히 칼을 들고 나는 드시 다라오더니 믈득 일인이 너다라 ᄭᅮ지져 왈

"이 무지ᄒᆞᆫ 놈아, 동긔(同氣)를 몰나 보고 골육샹징(骨肉相爭)ᄒᆞ랴 ᄒᆞ니 너ᄀᆞ흔 놈은 고금에 ᄒᆞ나히라. 너를 죽여 후인(後人)을 증계(懲戒)ᄒᆞ리라."

ᄒᆞ고 일합에 향의를 버히고 제 ᄯᅩᄒᆞᆫ ᄌᆞ문이ᄉᆞ*(自刎而死)ᄒᆞ니 이는 안평국 협긱(俠客)이라. 엇지 상쾌치 아니리오. 이러구러 부마에 일ᄒᆡᆼ이 화란(禍亂)을 버셔나 도셩으로 드러올시 만조뵉관(滿朝百官)이 위의를 찰혀 영졉ᄒᆞ니라. 차시(此時) 왕이

황스를 마져 별궁에 드리고 조셔를 낡은 후 왕즈와 공쥬를 만즈 일희일비(一喜一悲)ᄒ고 여몽여싱(如夢如生)ᄒ시더라. 부미 슬푸을 먹음고 젼후스연을 쥬ᄒ더 왕이 쳥파여 향의에 힝스를 골경심한(骨驚心恨)ᄒ여 ᄒ실 ᄲᅡᆫ 아냐 유체(流涕)ᄒ믈 마지 아니 ᄒ더라. 부미 문득 황명(皇命)을 싱각고 부왕게 고왈

"소지 도라온 지 슈삭이오미 하직을 고ᄒᄂ이다."

ᄒ그 인ᄒ야 발힝(發行)ᄒ야 일삭만에 즁원에 득달ᄒ야 황상게 초현ᄒ온디 상과 휘 시로이 반기사 이중ᄒ을 친즈 ᄀᆺ치 ᄒ시더라. 황샹이 츈취 놉흐스 티즈게·젼위(傳位)ᄒ시니 티지 즉위ᄒ신 후 텬ᄒ티평(天下太平)ᄒ고 스방이 무스(無事)ᄒ더라.

차시에 호승상 부뷔 홀연 득병(得病)ᄒ야 맛춤니 기셰(棄世)ᄒ미 부마부뷔 의논ᄒ고 본국으로 셰즈 도라가물 쥬ᄒ더, 상이 윤허(允許)ᄒ시고 특별이 안평국 셰즈를 봉ᄒ사 금은치단을 만히 샹스하시니 셰즈부뷔 스은ᄒ고 본국으로 도라와 쌍친을 효양(孝養)ᄒ더니 모후와 부왕이 홀연 득병ᄒ야 훙(薨)ᄒ시미 졔지 즉위ᄒ야 치국평텬하(治國平天下)ᄒ시니 만민이 연락(宴樂)더라. 션시에 기럭이도 본토로 도라가미 왕과 비 창연ᄒ믈 마지 아니 ᄒ시더라. 그후로 즈손이 계계승승(繼繼承承)ᄒ야 왕업을 누리고 국부민강(國富民康)ᄒ야 루텬년(屢千年)홀 누리니라.

<活字本古小說全集>

3. 군신간의 情理

(1) 怨歌

孝成王潛邸時 與賢士信忠 圍碁於宮庭栢樹下 嘗謂曰 他日若忘卿 有如栢樹 信忠興拜 隔數月 王卽位賞功臣 忘忠而不第之 忠怨而作歌 帖於栢樹 樹忽黃悴 王怪使審之 得歌獻之 大驚曰 萬機鞅掌 幾忘乎角弓95) 乃召之賜爵祿 栢樹乃蘇 歌曰

효성왕(孝成王;737~742)이 왕위에 오르기 전에 어진 선비 신충(信忠)과 궁궐 뜰의 잣나무 아래서 바둑을 두며 신충에게 다짐하였다.

"뒷날 내가 만약 그대를 잊는다면 저 잣나무가 증거로 있을 것이네."

이 말을 듣고 신충은 일어나 그에게 감사의 절을 올렸다. 몇 달이 지나 효성왕이 즉위하여 공신(功臣)들에게 상을 주었다. 이 때 왕은 신충을 잊고 그 포상(褒賞) 서열(序列)에 넣지 않았다. 신충이 왕을 원망하여 노래를 지어 그 잣나무에 붙이니 잣나무가 갑자기 말라버렸다. 왕이 이상하게 여겨 신하를 시켜 그 나무를 살펴보게 했다. 그 신하는 그 노래를 발견하여 왕에게 바쳤다. 왕은 무척 놀라며 탄식했다.

"나라 일에 바쁘다고 어찌 각궁(角弓)을 잊었던고."

왕이 신충을 불러 벼슬을 주자 잣나무가 다시 살아났다. 노래는 이러하다.

物叱好支栢史	뜰의 잣이
秋察尸不冬爾屋支墮米	가을에 아니 이울어지매
汝於多支行齊敎因隱	너를 어찌 잊으리오 하신
仰頓隱面矣改衣賜乎隱冬矣也	우러르던 낯이 계시온데
月羅理影支古理因淵之叱	달 그림자가 옛 못의
行尸浪阿叱沙矣以支如支	가는 물결 원망하듯이
貌史沙叱望阿乃	얼굴이야 바라보나
世理都之叱逸烏隱第也	누리도 싫은지고.
(後句亡)	(후구는 없어졌다)

<三國遺事 卷5 避隱 信忠掛冠>

(2) 鄭瓜亭

(前腔)　내님믈 그리ᅀᅡ와 우니다니
(中腔)　山졉동새 난 이슷ᄒ요이다
(後腔)　아니시며 거츠르신 둘 아으
(附葉)　殘月曉星이 아ᄅ시리이다
(大葉)　넉시라도 님은 ᄒᆞᆫ　 더 녀져라 아으
(附葉)　벼기더시니 뉘러시니잇가
(二葉)　過도 허믈도 千萬 업소이다
(三葉)　물힛 마러신뎌
(四葉)　술읏브뎌 아으
(附葉)　니미 나룰 ᄒᆞ마 니ᄌ시니잇가
(五葉)　아소 님하 도람 드르샤 괴오쇼셔하소서.

<樂學軌範>

(3) 次李伯生詠玉堂小桃

황정욱(黃廷彧;1532~1607)

無數宮花倚粉墻[96]	궁중에 핀 숱한 꽃들 담장 위로 뻗어 있어
迊蜂戲蝶趁餘香	벌 나비 향기를 쫓아 어지러이 날아드네.
老翁不及春風看	이 늙은이는 봄바람의 온기 입지 못하여
空有葵心[97]向太陽	공연히 해바라기 마음으로 해를 향하네.

<芝川集>

(4) 시조

江湖의 期約 두고 十年을 奔走ᄒ니
그 모라ᄂᆞᆫ 白鷗더론 더듸 온다 ᄒᆞ것마ᄂᆞᆫ
聖恩이 至重ᄒᆞ기로 갑고 가려 ᄒᆞ노라

<정철, 松江別集>

三冬의 뵈옷 닙고 岩穴의 눈비 마자
구름 씬 볏뉘를 본 젹이 업건마ᄂᆞᆫ
西山의 히 지다 ᄒᆞ니 눈물겨워 ᄒᆞ노라

<古今歌曲>

겨월날 ᄃᆞᆺᄒᆞᆫ 볏츨 님 계신 듸 비최고쟈
봄미나리 술진 마슬 님의게 드리고쟈
님이야 무서시 업스리마ᄂᆞᆫ 내 못니저 ᄒᆞ노라

<珍本靑丘永言>

幽蘭이 在谷ᄒᆞ니 自然이 듣디 됴해
白雲이 在山ᄒᆞ니 自然이 보디 됴해
이 듕에 彼美一人을 더옥 닛디 몯ᄒᆞ애

<이황(李滉;1501~1570), 陶山十二曲>

千萬里 머나먼 길에 고은 님 여희옵고
내 ᄆᆞ음 둘 ᄃᆡ 업서 냇ᄀᆞ에 안즈이다
져 물도 내 안 ᄀᆞᆺ도다 우러 밤길 녜놋다[98]

<왕방연(王邦衍), 珍本靑丘永言)

(5) 續美人曲

정철(鄭澈;1587-1588)

뎨 가는 뎌 각시 본 듯도 ᄒᆞ뎌이고
天上白玉京(천상백옥경)을 엇디ᄒᆞ야 離別(이별)ᄒᆞ고
ᄒᆡ 다 뎌 겨믄 날의 눌을 보라 가시ᄂᆞᆫ고
어와 네여이고 이내 ᄉᆞ셜 드러보오
내 얼굴 이 거동이 님 괴얌즉99) ᄒᆞ가마ᄂᆞᆫ
엇딘디 날 보시고 네로다 너기실ᄉᆡ
나도 님을 미더 군ᄠᅳ디100) 젼혀 업서
이리야101) 교ᄐᆡ야 어ᄌᆞ러이 ᄒᆞ돗썬디
반기시ᄂᆞᆫ 놋비치 녜와 엇디 다ᄅᆞ신고
누어 싱각ᄒᆞ고 니러안자 혜여ᄒᆞ니
내 몸의 지은 죄 뫼ᄀᆞ티 빠혀시니
하ᄂᆞᆯ히라 원망(怨望)ᄒᆞ며 사ᄅᆞᆷ이라 허믈ᄒᆞ랴
셜워 풀텨혜니 造物(조물)의 타시로다
글란 싱각마오 미친 일이 이셔이다
님을 뫼셔 이셔 님의 일을 내 알거니
믈ᄀᆞᄐᆞᆫ 얼글이 편ᄒᆞ실 적 몃 날일고
春寒苦熱(춘한고열)102)은 엇디ᄒᆞ야 디내시며
秋日冬天(추일동천)103)은 뉘라셔 뫼셧ᄂᆞᆫ고
粥早飯(죽조반) 朝夕(조석)뫼104) 녜와 ᄀᆞ티 셰시ᄂᆞᆫ가105)
기나ᄀᆞᆫ 밤의 줌은 엇디 자시ᄂᆞᆫ고
님다히106) 消息(소식)을 아므려나 아쟈ᄒᆞ니
오ᄂᆞᆯ도 거의로다 ᄂᆡ일이나 사ᄅᆞᆷ 올가
내 ᄆᆞᄋᆞᆷ 둘 ᄃᆡ 업다 어드러로 가쟛 말고
잡거니 밀거니 높은 뫼ᄒᆡ 올나가니
구름은 ᄏᆞ니와 안개ᄂᆞᆫ 므스일고
山川(산천)이 어둡거니 日月(일월)을 엇디 보며
咫尺(지척)을 모ᄅᆞ거든 千里(천리)ᄅᆞᆯ 브라보랴
출하리 믈ᄀᆞ의 가 ᄇᆡ길히나 보랴ᄒᆞ니
ᄇᆞ람이야 믈결이야 어둥졍107) 된뎌이고

샤공은 어딕 가고 뷘 비만 걸렷는고
江天(강천)108)의 혼자 서셔 디는 히룰 구버보니
님다히 消息(소식)이 더옥 아득ᄒ뎌이고
茅簷(모쳠) 춘 자리의 밤듕만 도라오니
半壁靑燈(반벽쳥등)은 눌 위ᄒ야 불갓는고
오르며 ᄂ리며 헤쓰며109) 바자니니110)
져근덧 力盡(역진)ᄒ야 픗ᄌ음을 잠간 드니
情誠(졍셩)이 지극ᄒ야 ᄭ움의 님을 보니
玉(옥)ᄀ튼 얼구리 半(반)이나마 늘거셰라
ᄆᄋᆷ의 머근 말ᄉᆞᆷ 슬ᄏᆞ장 ᄉᆞᆲ쟈ᄒ니
눈물이 바라나니 말ᄉᆞᆷ인들 어이ᄒ며
情(졍)을 못 다ᄒ야 목이 조차 메여ᄒ니
오뎐된111) 鷄聲(계셩)의 ᄌ음은 엇디 ᄭᅢ돗건고
어와 虛事(허사)로다 이 님이 어딕 간고
결의112) 니러안자 窓(창)을 열고 바라보니
어엿븐 그림재 날 조출 ᄲᅵᆫ이로다
출하리 싀여디여 落月(낙월)이나 되야 이셔
님 겨신 窓(창) 안히 번드시113) 비최리라
각시님 ᄃᆞᆯ이야 ᄏᆞ니와 구준 비나 되쇼셔

<松江歌辭 關西本>

제 2 장

세상살이 여러 모습

1. 사회비판과 세태풍자

(1) 漁翁

김극기(金克己)

天翁[114]尙未貰漁翁　　　하늘이 아직 강 늙은이에게 너그럽지 않아
故遣江湖少順風　　　일부러 강호(江湖)에 순풍(順風)을 적게 보내네.
人世嶮巇君莫笑　　　인간세상 험하다고 그대는 비웃지 말라
自家還在急流中　　　제 몸이 오히려 급한 물살 가운데 있는 것을.

<東文選>

(2) 二十樹下

김병연(金炳淵;1807~1863)

二十樹下三十客　　　스무나무 아래 서러운 나그네
四十家中五十食　　　망할 놈의 집에선 쉰 밥을 주네
人間豈有七十事　　　인간 세상에 어찌 이런 일이 있으랴
不如歸家三十食　　　집에 돌아가 설은 밥을 먹음만 못하리.

<金笠詩集>

(3) 惰婦(其一)

김병연

無病無憂洗浴稀　　　병도 근심도 없으면서 씻는데 게을러
十年猶着嫁時衣　　　십 년을 하루같이 시집올 때 입던 옷 그대로.
乳連裸兒謀年睡　　　갓난애 젖 물리고 낮잠이나 자려 하고

手拾裙虱愛簷暉	치마속 이 잡는다 처마 밑에서 햇볕 쬐기
動身便碎廚中器	움직였다 하면 부엌 그릇 깨뜨리고
搔首愁看壁上機	베틀 바라보곤 머리만 긁적긁적
忽聞隣家神養慰	이웃집 제사 굿 한다 소리 들리면
柴門半掩走如飛	사립문 반만 닫고 나는 듯 달려가네

<金笠詩集>

(4) 시조

世上의 險구즌 사롬 모하내여 범 주고
져 범 아니 먹거튼 불의나 녀허두고
그제야 님 向혼 情을 다 펴볼가 호노라

<古今歌曲>

들은 말 즉시 닛고 본 일 못 본드시
내 人事 이러므로 남의 是非 모르노라
다만지 풀이 셩호여 盞 잡이만 호리

<古今歌曲>

어리거든 채 어리거나 밋치거든 채 밋치거나
어린 듯 밋친 듯 아는 듯 모로는 듯
이런가 져런가 호니 아므란 줄 몰래라

<珍本靑丘永言>

감장새115) 쟉다 호고 大鵬아 웃지 마라
九萬里長天의 너도 놀고 저도 논다
두어라 一般飛鳥ㅣ니 네오 긔오 다르랴

<이택(李澤;1651~1719), 珍本靑丘永言>

말ᄒ기 죠타ᄒ고 ᄂᆷ의 말을 마롤 거시
ᄂᆷ의 말 내 ᄒ면 ᄂᆷ도 내 말 ᄒᄂ 거시
말르셔 말이 만ᄒ니 말 모로미 죠홰라

<珍本靑丘永言>

빅사쟝 홍뇨변에 굽니러116) 먹는 져 빅노야
ᄒᆫ 닙에 두셋 물고 무에 낫ᄲᅡ 굽니느냐
우리도 구복이 웬수라 굽니러 먹네

<南薰太平歌>

(5) 쥐새끼

들능사하는 틈에
울밑에 호박이요
처마 끝에 박 심으고
터밭에 오이 심어
자자하게 올렸더니
탐스럽게 익어서
추수할 때 되니까
얄디운 쥐새끼가
곳곳에 구멍 뚫고
호박, 박, 오이씨를
모두 뽑아 갔구나
아하 그놈의 쥐새끼
우리네 원쑤로다
우리네 땀흘리며
농사지을 때
그늘 아래 앉아서
부처질 하다가
추수할 때 다가오면
모두 뽑아 간다네

<조선고전문학선집>

(6) 居士歌

어화 그 뉘신고 어듸로셔 오신는가
텬샹빅옥경(天上白玉京)[117]을 엇지ᄒᆞ여 리별(離別)ᄒᆞ고
이내 산즁(山中) 깁흔 곳에 뉘를 ᄎᆞ즈 오시는가
반갑기도 무궁ᄒᆞ고 깃브기도 측량 업다
허허 깃블시고 희희(嘻嘻) 대소(大笑)로다
이 째가 숨월(三月)인지 나물 키려 오시는가
산명(山名)을 반기 듯고 념불공덕(念佛功德) 오시는가
하눌노 ᄂᆞ려는가 ᄯᅡ으로 소삿는가
세류(細柳)갓흔 가는 허리 츈풍(春風)에 휘노는 듯
용모거동(容貌擧動) ᄇᆞ라보니 빅틱쳔염(百態倩艶)[118] 가즐시고
팔ᄌᆞ츈산(八字春山) 그린 눈썹 초싱반월(初生半月) 아니신가
단슌(丹脣)을 반기(半開)ᄒᆞ고 웃는 듯 씽기는 듯
한(漢)나라 왕소군(王昭君)[119]가 월(越)나라 셔시(西施)[120]런가
이곳이 요지(瑤池)런가 셔왕모(西王母)의 즈시로다
형산(衡山)의 팔션년(八仙女ㄴ)[121]가 남악(南嶽)에 위부인(衛婦人)[122]가
위공ᄌᆞ(魏公子)의 ᄌᆞ란(紫鸞)[123]인가 당명황(唐明皇)에 양귀빈(楊貴妃ㄴ)가
쳔틱만틱(千態萬態) 가즈스니 사롬인지 귀신(鬼神)인지
반갑기도 ᄀᆞᆺ이 업고 깃브기도 측량 업다
이내 몸 거스(居士)[124]되여 세상공명(世上功名) ᄒᆞ직ᄒᆞ고
태산(泰山)을 의지ᄒᆞ여 우락(憂樂)을 몰낫더니
산즁(山中)에 도(道)를 닥가 이 각시를 맛나서라
귀신(鬼神)이 도으시고 신령(神靈)이 도으신가
이 산즁에 깃을 드려 목탁으로 졍(情)을 붓쳐
산치(山菜)를 키여 먹고 음양(陰陽)을 몰낫더니
아모리 갈나흔들 오신 각시 갈 길 업다
ᄉᆞ면(四面)을 숣혀 보니 만류ᄒᆞ 리 뉘 잇는가
거스님아 거스님아 내 ᄉᆞ졍 드러 보소
쳥츈팔ᄌᆞ(靑春八字) 긔박(奇薄)ᄒᆞ여 이내 몸 과부(寡婦)되이
가부(家夫)를 이장(移葬)코져 명산(名山)을 두로 ᄎᆞ즈
태산(泰山)을 평디(平地) 숨고 대ᄒᆡ(大海)를 륙디(陸地) 숨아

스혜(四海)를 구경ᄒ고 명산(名山)에 도라드니
우연이 이곳 와셔 그디의계 욕(辱)을 보니
욕을 보고 살 양이면 렬녀(烈女)라 칭찬ᄒ리
비ᄂ이다 비ᄂ이다 거ᄉ님젼 비ᄂ이다
이내 몸이 이 산 밧게 무ᄉ이 나게 ᄒ면
머리털노 신을 숨고 풀을 미ᄌ 갑흐리라
비ᄂ이다 비ᄂ이다 거ᄉ님게 비ᄂ이다
어ᄒ 더 거ᄉ의 ᄒᄂ 거동 괴이(怪異)ᄒ다
범증(范增)의 말슴으로 급격물실(急擊勿失) 데일(第一)이라
쳐ᄉ(處事)가 완완(緩緩)ᄒ면 그 사이에 좀이 난다
우리 두리 맛나기ᄂ 텬우신조(天佑神助) ᄒ엿구나
각식님 가련(可憐)ᄒ되 버서날 길 바이 업다
함졍(陷穽)에 든 범이오 듕영(籠營)에 든 파리로다
산 밧게 산이오 물 밧게 물이로다
거ᄉ님 ᄒᄂ 말이 ᄌ티(姿態)도 그만 두오
이런 줄 알아스면 어니 뉘가 거ᄉ되리
아미타불(阿彌陀佛) 념불(念佛)인들 깃불시고 닉어서라
빅팔념쥬(百八念珠) 목탁깅증(木鐸錚鉦)125) 부톄님끠 드리리라
산신(山神)님게 표빅(表白)126)ᄒ고 부톄님끠 하직ᄒ 후
나ᄂ 간다 나ᄂ 간다 산 아리로 나ᄂ 간다
나ᄂ 슬타 나ᄂ 슬타 가ᄉ127)발랑 나ᄂ 실타
가다가 아모데나 산 됴코 물 됴혼 디
ᄌ좌오향(子坐午向)128)으로 슈간(數間) 쵸옥(草屋) 지은 후에
셕뎐(石田)을 깁히 갈아 쵸식(草食)을 먹을 만졍
창송취죽(蒼松翠竹)갓치 빅년(百年)을 즐길 젹에
유ᄌ싱녀(有子生女) ᄒ고 보면 목탁깅증(木鐸錚鉦) 일홈ᄒ세
이 세상 다 진커든 후싱(後生)길을 닥그리라

<高大本 樂府>

(7) 烈女咸陽朴氏傳

제(齊)나라 사람이 말하기를, 열녀는 두 사내를 섬기지 않는다고 하였는데 이는 <시경(詩經)> 백주편(柏舟篇)과 같은 뜻이다. 우리나라의 경국대전(經國大典)에서는 재혼(再婚)한 여자의 자손에게는 벼슬을 주지 말라고 하였다. 이 법이 어찌 모든 백성들에게 적용되는 것이겠는가? 조선(朝鮮) 4백년 동안 백성들은 이미 오랜 교화(敎化)에 젖어 버렸다. 그래서 여자들이 그 신분의 귀천(貴賤)이나 집안의 현미(顯微)를 가리지 않고 절개를 지키지 않는 과부가 없어, 드디어 풍속(風俗)이 되었다. 옛날의 이른바 열녀(烈女)가 이제는 과부에게 있게 된 것이다.

시골의 젊은 아낙네나 민가의 청상과부(靑孀寡婦)들을 부모가 억지로 다시 시집 보내려는 것도 아니고 자손의 벼슬길이 막히는 것도 아니건만, 과부의 몸을 지키며 늙어 가는 것만으로는 수절했다고 할 수 없다고 생각하여 종종 삶의 빛을 스스로 꺼버리고 남편을 따라 죽기를 바란다. 불이나 물에 몸을 던지거나 독(毒)을 마시거나 혹은 끈으로 목을 졸라매면서도 마치 극락세계(極樂世界)를 밟는 것처럼 여긴다. 그들이 비록 열녀는 열녀지만 어찌 너무 지나치다고 하지 않겠는가?

옛날 어떤 형제가 높은 벼슬을 하고 있었는데 어떤 사람의 벼슬길을 막으려고 하면서 어머니에게 의논을 드렸다. 그 어머니가 물었다.

"무슨 잘못이 있길래 그의 벼슬길을 막으려 하느냐?"

"그의 선조(先祖)에 과부가 있었는데 세상에서 말이 자못 많았습니다."

어머니가 깜짝 놀라며 물었다.

"규방(閨房)에서 일어난 일을 어떻게 알 수 있느냐?"

"풍문(風聞)으로 들었습니다."

"바람은 소리만 나지 형태가 없다. 눈으로 살펴도 보이지 않고 손으로 잡아도 잡을 수 없다. 허공(虛空)에서 일어나 만물을 흔드니 어찌 이따위 근거 없는 일을 가지고 사람을 평가한단 말이냐? 게다가 너희들도 과부의 자식이니, 과부의 자식으로서 어찌 과부를 논할 수 있겠느냐? 잠시 내가 너희들에게 보여줄 게 있다."

어머니가 품속에서 동전 한 닢을 꺼내 보이면서 물었다.

"이 돈에 윤곽이 있느냐?"

"없습니다."

"그럼 글자는 있느냐?"

"글자도 없습니다."

어머니가 눈물을 흘리면서 말했다.

　“이게 바로 네 어미가 죽음을 참게 한 부적(符籍)이다. 내가 이 돈을 십 년 동안이나 만지작거려서 다 닳아 없어진 거다. 사람의 혈기(血氣)는 음양(陰陽)에 뿌리를 두고, 정욕(情慾)은 혈기에서 나오며, 생각은 매우 외로운 데서 생겨나며 슬픔은 생각으로 말미암는다. 과부는 매우 외롭게 살아 슬픔이 지극하며, 혈기는 때를 따라 왕성하니 과부라고 해서 어찌 정욕이 없겠느냐? 가물가물한 등잔불이 내 그림자를 조문(弔文)하는 것처럼 고독한 밤에는 새벽도 더디 오더구나. 처마 끝에 빗방울이 뚝뚝 떨어질 때나 창가에 비치는 달이 흰 빛을 뿌리는 밤, 나뭇잎 하나가 뜰에 흩날릴 때나 외기러기가 먼 하늘을 울며 나는 밤, 닭 우는 소리도 들리지 않고 어린 종년은 코를 골며 깊이 잠든 밤, 가물가물 졸음도 오지 않는 그런 깊은 밤에 내가 누구에게 고충(苦衷)을 하소연하겠느냐? 그때마다 이 동전을 꺼내어 굴렸단다. 방안을 뎅그르 구르며 둥근 놈이 잘 달리다가도, 무엇에 부딪히면 그만 멈추었지. 그러면 내가 이놈을 찾아서 다시 굴렸는데, 밤마다 대여섯 번씩 굴리고 나면 하늘이 밝아오곤 했단다. 십 년 지나는 동안에 그 동전을 굴리는 숫자가 줄어들었고 다시 십 년 뒤에는 닷새 밤을 걸러 한 번 굴리게 되었지. 혈기가 이미 쇠약해진 뒤에서야 이 동전을 다시 굴리지 않게 되었단다. 그런데도 이 동전을 열 겹이나 싸서 이십 년 되는 오늘까지 간직한 까닭은 그 공(功)을 잊지 않고 또 가끔은 이 동전을 보면서 스스로 깨우치기 때문이란다.”

　말이 끝나자 어머니와 아들은 서로 껴안고 울었다. 군자들이 이 이야기를 듣고 이야말로 열녀라고 말할 수 있겠다고 하였다.

　아아, 슬프다! 이처럼 힘들게 절개를 지킨 과부들이 그 당시에 드러나지 않고 그 이름조차 인멸(湮滅)되어 후세에 전해지지 않은 까닭은 어째서인가? 과부가 절개를 지키는 것은 나라 사람 누구나 하는 일이기 때문에 죽지 않고서는 과부의 집에서 뛰어난 절개가 드러나지 않는 것이다.

　내가 안의(安義)129) 고을을 다스리기 시작한 그 이듬해인 계축년(1793년. 영조17년) 몇 월 몇 일이었다. 날이 막 샐 즈음에 내가 어렴풋이 잠 깨어 들으니 청사(廳舍) 앞에서 몇 사람이 소곤거리는 소리가 들렸다. 다시 슬퍼 탄식하는 소리도 들렸다. 아마- 무슨 급한 일이 생겼는데 내 잠을 깨울까 봐 주저하는 것 같았다. 내가 그제야 소리를 높여 물었다.

　“닭이 울었느냐?”

　사람들이 대답했다.

　“벌써 서너 번이나 울었습니다.”

　“바깥에 무슨 일이 생겼느냐?”

　“통인(通引) 박상효(朴相孝)의 조카딸이 함양(咸陽)으로 시집가서 일찍 과부가 되었는데, 오늘 지아비의 삼년상(三年喪)이 끝나자 약을 먹고 죽으려고 했습니다. 그 집에서 급하게 연락이 와서 구해 달라고 하지만 상효가 오늘 숙직 당번이므로 황공해 하면서 맘대로 가지 못하고 있었습니다."

나는 빨리 가보라고 명하였다. 날이 저물 무렵 함양 과부가 살아났느냐고 묻자, 옆에 있던 사람들에게 대답하였다.

"벌써 죽었답니다."

나는 서글프게 탄식하면서 말하였다.

"아아, 열녀로다! 이 사람이여."

그리고는 여러 아전들을 불러다 물었다.

"함양에 열녀가 났구나. 그가 본래 안의 사람이라 했는데, 나이는 올해 몇 살이며 함양 누구의 집으로 시집을 갔었느냐? 어릴 적 행실이 어떠했는지 너희들 가운데 잘 아는 사람이 있느냐?"

여러 아전들이 한숨을 쉬면서 말하였다.

"박씨의 집안은 대대로 이 고을 아전이었는데, 그 아비의 이름은 상일(相一)이었습니다. 그가 일찍이 죽은 뒤로는 이 외동딸만 남았는데 어미 또한 일찍 죽자 어려서부터 할아버지 할머니 손에서 자라면서 효도를 다했습니다. 그러다가 나이 열아홉이 되자 함양 임술증(林述曾)에게 시집가서 아내가 되었지요. 술증도 또한 대대로 함양의 아전이었는데 평소에 몸이 야위고 허약했습니다. 그래서 그와 한 번 초례(醮禮)를 치르고 돌아간 지 반 년이 채 못 되어 죽었습니다. 박씨는 그 남편의 초상을 치르면서 예법(禮法)을 다하고 시부모를 섬기는 데에도 며느리의 도리를 다하였습니다. 그래서 두 고을의 친척과 이웃들 가운데 그 어진 태도를 칭찬하지 않는 사람이 없었으니, 이제 정말 그 행실이 드러난 것입니다."

한 늙은 아전이 감격하여 이렇게 말하였다.

"그 여자가 시집가기 몇 달 전에 아는 사람이 말하기를, 술증의 병이 골수에 들어 살 길이 없는데 어찌 혼인날을 물리지 않느냐고 했답니다. 그 할아버지와 할머니가 그 여자에게 가만히 알렸지만 그 여자는 아무런 대답도 하지 않았답니다. 혼인날이 다가와 색시의 집에서 사람을 보내어 술증을 보니 술증이 비록 생김새는 아름다웠지만 폐병이 심해 기침을 했습니다. 마치 버섯이 서 있고 그림자가 걸어 다니는 것 같았답니다. 색시집에서 매우 두려워하며 다른 중매쟁이를 부르려 했더니, 그 여자가 얼굴빛을 가다듬고 이렇게 말하더랍니다.

'지난번에 바느질한 옷은 누구의 몸에 맞게 한 것이며 또 누구의 옷이라고 불렀지요? 저는 처음 바느질한 옷을 지키고 싶어요'

그 집에서는 그녀의 뜻을 알아차리고 원래 잡았던 혼인날에 사위를 맞아들였습

니다. 비록 혼인을 했다지만 사실은 빈 옷을 지켰을 뿐이랍니다.“

　얼마 뒤에 함양 군수 윤광석(尹光碩)이 밤중에 기이한 꿈을 꾸고 느낀 바 있어 <열부전(烈夫傳)>을 지었다. 산청 현감 이면재(李勉齋)도 그를 위하여 전(傳)을 지어주었다. 거창에 사는 신돈항(愼敦恒)도 문장을 하는 선비였는데, 박씨를 위하여 그 절의(節義)를 서술하였다. 그는 처음부터 끝까지 마음이 한결같았으니 어찌 스스로 나이 어린 과부가 세상에 오래 머문다면 길이길이 친척에게 동정이나 받을 것이고, 이웃 사람들의 망령된 생각을 면치 못할 테니, 빨리 죽어 없어지는 게 낫겠다고 생각하지 않았으랴?

　아아 슬프다! 그가 처음 상복(喪服)을 입고도 죽음을 참은 것은 장사(葬事)를 지내야 했기 때문이었고, 장사를 끝낸 뒤에도 죽음을 참은 것은 소상(小祥)이 있기 때문이었다. 소상을 끝낸 뒤에도 죽음을 참은 것은 대상(大祥)이 있기 때문이었다. 이제 대상도 다 끝나서 상기(喪期)를 마치자, 지아비가 죽은 것과 같은 날 같은 시각에 죽어 그 처음의 뜻을 이루었으니, 어찌 열부가 아니겠는가?

<燕巖別集>

(8) 가혹한 정령

한 조정의 관리가 진양(晉陽)130)의 수령으로 나갔는데, 정사를 함에 있어서 여러 가지 명령이 가혹하고 거두어들이는 것이 끝이 없었다. 비록 산림(山林)의 과일이나 채소라도 탐하여 이익이 되는 것이라면 작은 것 하나도 남겨 두지 않았으므로, 절에 사는 중들까지 그 폐해를 입었다. 하루는 운문사(雲門寺)의 중이 와서 뵙자, 그 수령이 말하였다.

"너의 절에 있는 폭포는 금년에도 여전히 아름답겠지?"

중은 미처 폭포가 어떤 것인지 알아듣지 못하고서 또 거두어들이는 것인가 두려워하여 바로 대꾸하였다.

"저희 절 폭포를 이번 여름에 돼지가 먹어버렸습니다."

강릉에는 한송정(寒松亭)이 있는데 산수의 아름다움이 관동의 으뜸인지라, 이를 구경하러 오는 사신(史臣)과 빈객(賓客)들의 수레와 말이 많이 모여들었다. 그 때문에 그들을 대접하는 비용이 헤아릴 수 없을 지경에 이르니, 고을 사람들이 항상 이렇게 욕하였다.

"어느 날이나 호랑이가 와서 한송정을 물어갈꼬?"

어떤 사람이 시를 지었는데 이러하였다.

폭포는 당년에 돼지가 먹어 없앴는데   瀑布當年猪喫盡
한송정은 어느 날이나 호랑이가 물어 갈꼬   寒松何日虎將去
                                     <東國滑稽傳>

(9) 假面

한 생원이 한 동네에 사는 포수의 처가 얼굴이 제법 반반한 것을 보고 항상 마음에 두고 있었다. 다만 포수가 늘 집에 붙어 있어서 틈을 얻지 못하였다.

어느 날 생원이 포수를 불러 물었다.

"왜 요즘은 산에 안 가느냐?"

"노비가 없어 못 갑죠."

"노비는 얼마나 있으면 되느냐?"

"그야 물론 다다익선(多多益善)이겠지만 적어도 엽전 열 꿰미는 있어야죠."

"원걸 그리 많이 드느냐?"

"어디 노비뿐인가요. 산신령님께 고사(告祀)도 지내야 하니 열 꿰미도 많은 게 아닙죠."

"내가 마련하여 줄 것이니 너는 아무쪼록 많이많이 잡아오너라. 나하고 분반(分半)하자."

생원은 10꿰미를 내주었다.

포수는 생원이 자기 처에게 흑심을 품고 있는 것을 이미 눈치채고 있었다. 10꿰미의 돈을 받은 다음에 자기 처에게 당부하였다.

"내가 여차여차할 것이니 너는 저차저차하라."

그리고 샌님에게 하직을 여쭈었다.

"쇤네가 떠나고 나면 집안에 여자 혼자뿐이니 어르신께서 괴로우시더라도 보살펴 주시기 바라옵니다."

"그 일은 너의 부탁이 없더라도 내 어찌 소홀히 하겠느냐. 조금도 염려하지 말아라."

그날 저녁을 먹은 후에 생원이 장죽을 빼어 물고 어슬렁어슬렁 나타나서 포수의 아낙에게 말을 붙이는 것이었다.

"오늘 너의 남편이 집에 없어 독수공방(獨守空房)이 어렵지 않겠느냐?"

"만약 샌님 같은 분이 놀러 오신다면야 어려울 것이 무어 있겠습니까?"

생원이 즉시 방으로 들어가서 주접을 떠는데 그 여인은 샐쭉 웃으면서 붙이는 말을 척척 받아넘기고, 손으로 희롱을 해도 피하지 않고 곧잘 응하는 것이었다. 생원이 가슴속에 자못 희열을 느끼고 여인에게 달려들자 여인이 말하였다.

"어르신, 저와 교합하고 싶은 맘이 있으시면 저걸 꺼내서 얼굴에 쓰셔요. 안 그러면 죽어도 말을 듣지 않을래요."

"저게 무엇이냐? 우선 내려보아라."

여인은 시렁 위에서 탈바가지를 꺼내 생원의 얼굴에 씌우려 들었다.

"이런 걸 얼굴에 덮어쓰면 무엇이 좋단 말이냐?"

"제 남편과 동침(同寢)할 때마다 언제고 이걸 얼굴에 써야 좋지 그렇잖음 좋지 않았어요."

"네 말이 그러하니 우선 써 보기나 하자."

그 여인은 탈바가지를 생원의 얼굴에 씌우고 뒤에 끈으로 꽁꽁 묶었다.

이처럼 장난치고 있을 때 포수가 몽둥이를 들고 고함을 치며 뛰어나왔다.

"웬 도둑놈이 남의 집에 들어와서 남의 여자를 손대느냐? 이런 놈은 반드시 때려 죽여야 한다."

포수는 벽과 방문을 몽둥이로 탕탕 치며 을러대었다. 생원은 크게 겁을 집어먹고 탈바가지를 벗으려고 하였으나 끈으로 단단히 옭아매 놓아서 풀 수가 없었다. 그래서 탈바가지를 쓴 채로 도주했다. 포수가 뒤쫓으며 연방 고함을 질렀다.

"도둑이야, 도둑! 저 도둑놈이 생원댁으로 들어간다. 도둑놈이 생원댁으로 들어갔어!"

생원 집에서 부리나케 내다보니 웬 괴물이 집안으로 뛰어들어오는 것이 아닌가. 모두들 몽둥이를 찾아들고 나서서 마구 두들기고 발길질을 했다. 온 동네가 놀라서 남녀노소 없이 급히 몽둥이를 하나씩 들고 구름처럼 밀려들어 마구 때렸다.

"나다, 나야."

생원이 호소했지만 탈바가지 속의 목소리를 누가 알아듣겠는가. 한참 두들김이 계속되었다. 스스로 간신히 탈바가지를 떼어낸 것을 보니 생원이 아닌가. 생원의 가족들이 어쩔 줄 몰라했다.

"이게 웬 꼴입니까?"

그러고는 생원을 즉시 방안으로 떠메어다 놓았다. 동네 사람들은 어이없어 흩어졌다. 그 이후로 생원은 낯을 들고 문 밖을 나다닐 수 없었으며, 포수에게 돈을 내놓으라는 말도 비치지 못하였다.

<醒睡稗說>

⑽ 元生夢遊錄

세상에 원자허(元子虛)라는 강개(慷慨)한 선비가 있었다. 기개가 너무 커 시속(時俗)에 적응하지 못하여 자주 나은(羅隱)의 원망131)을 품었으며 원헌(原憲)의 가난132) 또한 견디기 어려운 형편이었다.

아침이면 나가서 밭을 갈고 밤이면 집에 돌아와 고인(古人)의 글을 읽는데, 벽에 구멍을 뚫어 이웃의 등잔불 빛을 빌리는가 하면 반딧불을 잡아 주머니에 담아 비추어 보기도 하는 등 갖은 방법을 다하였다. 역사책을 읽다가 역대 국가들의 위망(危亡)과 운세(運勢)가 옮겨가는 곳에 이르면 매양 책을 덮고 눈물을 흘리며, 마치 몸소 그 때에 처하여 그 망하는 꼴을 빤히 바라보면서도 어찌할 수 없는 듯이 여기곤 했다.

어느 가을 날 저녁에 달을 따라 책을 보다가 밤이 이슥해서 심신이 노곤(勞困)하여 책상머리에 기대 졸았다. 갑자기 몸이 가벼이 들려 아득히 하늘로 오르니 시원하기는 바람을 잡아타고 오르는 것 같고, 솟구치기는 날개가 달려 나는 신선(神仙) 같았다. 어떤 강기슭에 멈추었는데 강물은 유유히 흐르고 뭇 산은 서로 얽히어 있었다. 때는 바야흐로 한밤중이 되어 온갖 소리 고요하고 달빛은 낮과 같고 물빛은 금빛으로 반짝이며, 바람은 갈대 잎을 울리고 이슬은 단풍 숲에 떨어지는 것이었다. 이에 얼굴빛을 바꾸고 눈을 들어 바라보는데 그 모양이 마치 천감만분(千感萬憤)의 불평한 기운이 맺히고 맺히어 풀어지지 않는 것이 있는 듯하였다. 드디어 길게 한숨을 한 번 쉬더니 소리 높여 한 수를 읊조렸다.

한 서린 물결은 목이 매여 흐르질 않고 　　　　　　恨入江波咽不流
갈대꽃 단풍잎은 으스스 차가워라. 　　　　　　　荻花楓葉冷颼颼
여기가 장사(長沙)의 언덕133)이 분명할지니 　　　分明認是長沙岸
달 밝은 이 밤, 영혼들 어디서 노니는지. 　　　　月白英靈何處遊

그리고서 서성거리며 사방을 둘러보는 즈음에 홀연 먼 데서 가까이 다가오는 발자국 소리가 들려왔다. 얼마 후 갈대꽃 흐드러진 사이로 한 호남아(好男兒)가 나타나는데 복건(幅巾)과 야복(夜服)으로 풍신(風神)은 맑고 미목(眉目)은 수려하며 늠름한 모습에서는 수양산(首陽山)의 끼친 풍모134)가 연상되었다. 자허의 앞으로 다가오더니 읍을 하고 말했다.

"자허는 왜 이리 늦었소? 우리 임금께서 맞아 오라 하시었오."

자허는 산도깨비인가 하여 놀라 얼른 대답을 못하다가 그의 용모가 특출하고 행동거지가 한아(閑雅)함을 보고서는 속으로 기이하게 여겨 마침내 그를 따라갔다. 백여 보쯤 가니 정자 하나가 우뚝 호숫가에 임해 있었다. 어떤 사람이 난간에 기대어 앉아 있는데 의관이 왕처럼 보였다. 옆에 다섯 사람이 그분을 모시고 섰는데 모두 대인(大人)의 복장이었으나 각기 등급이 있는 것 같았다. 이 다섯 사람은 세상의 호걸로서 용모가 의젓하고 풍채가 훤칠하며 가슴속에는 고마도해(叩馬蹈海)의 의기(義氣)135)를 품었고, 배 안에는 경천봉일(擎天捧日)의 충성136)이 쌓였으니, 진정 이른바 육척의 고(孤)를 부탁하고 백리(百里)의 명을 감당할 만한137) 그런 인물인 듯싶었다.

그들은 자허가 오는 것을 보고 모두 나와 영접하였다. 자허는 다섯 사람에게는 예를 갖추지 않고 곧바로 임금 앞에 나아가 뵌 후 물러나와 서서 자리가 정해지기를 기다려 말석에 꿇어앉았다. 자허의 바른편은 복건을 쓴 사람이, 그 위로 다섯 사람이 차례차례 앉았다. 자허는 영문을 알 수 없어 매우 불안했다. 왕이 말을 꺼냈다.

"일찍이 그대의 고상한 인품에 대해 듣고 깊이 사모하던 터에, 이같이 좋은 밤에 만나게 된 것이니 조금도 놀랄 것 없소."

자허는 황공하여 일어서 사례하였다.

자리가 이미 정해지자 서로 더불어 고금의 흥망을 담론하매 이야기가 계속 이어져도 싫증이 나지 않았다. 복건자가 한숨을 쉬고 탄식하며 말하였다.

"요순(堯舜)과 탕무(湯武)는 만고(萬古)의 죄인(罪人)입니다. 후세에 거짓 깨달은 자138)들이 이들을 빙자하고, 신하로서 임금을 친 자들이 이들을 명분으로 삼아 천년이 흘러 마침내 구할 길이 없게 되었으니, 아아! 이 네 임금이야말로 저런 자들의 효시(嚆矢)가 된 것입니다."

미처 말이 끝나기도 전에 왕이 정색을 하고 말했다.

"아니, 그게 무슨 말인가? 네 임금의 성덕(聖德)을 지니고서 네 임금의 입장에 처했다면 옳은 일이겠지만, 네 임금의 성덕이 없고 네 임금의 처지가 아니라면 불가하오. 저 네 임금에게 무슨 죄가 있으리요? 그에 빙자하고 그를 명분으로 삼은 자가 그릇된 것이오."

복건자는 손을 모아 절하고 사죄하였다.

"속마음이 불평하와 저도 모르게 분함으로 말이 지나쳤사옵니다."

왕은 말했다.

"그만두오. 좋은 손님이 와서 자리에 있으니 부질없이 다른 일일랑 논하지 마오.

달이 밝고 바람은 시원하니 이같이 좋은 밤을 어찌 그냥 보내리요?"

이에 금포(錦袍)를 벗어 강촌(江村)으로 보내 술을 사오도록 했다. 술잔이 몇 차례 돌자 왕이 잔을 잡고 목이 메어 여섯 사람을 돌아보며 말했다.

"경들은 각기 소회를 말하여 깊숙한 원한을 풀어보지 않겠소?."

여섯 사람은 대답하였다.

"전하께서 먼저 노래를 지으시면 신들이 이어서 짓겠사옵니다."

그러자 왕은 근심어린 기색으로 옷깃을 여미더니 슬픔을 이기지 못해 마침내 노래하였다.

강 물결 넘실넘실 다함이 없으니	江波咽咽兮
다함이 없으니	無有窮
나의 원한 길고 길어	我恨長兮
저와 같아라.	與之同
살아서는 임금일러니	生爲千乘
죽어서는 고혼(孤魂)이라.	死作孤魂
신(新)나라139)는 거짓 왕노릇이요	新是僞主
의제(義帝)140)는 겉높임이었다네.	帝乃陽尊
고국의 백성들	故國人民
모두 다 떠나갔거늘	盡輸楚藉
육칠 명 신하만 한가지로	六七臣同
외로운 혼에 의탁하노라.	魂庶有託
오늘 저녁은 무슨 저녁인고?	今夕何夕
강루(江樓)에 함께 오르니	共上江樓
저 물빛과 달빛은	波光月色
나의 시름 자아내네.	使我心愁
슬픈 노래 한 가락에	一曲悲歌
천지는 유유하여라.	天地悠悠

노래가 끝나자 다섯 사람이 차례로 절구 한 수를 읊어나갔다. 첫 번째 자리에 앉은 사람141)이 먼저 읊었다.

깊이 한탄하도다, 어린 임금 모실 재주 내게 없음을 　　深恨才非可託孤
나라 뺏기고 임금 욕보이고 내 목숨마저 잃었네. 　　國移君辱更捐軀
지금에 하늘 올려다보고 땅 내려다보기 부끄러우니 　　至今俯仰慚天地
그 해에 일찍 도모하지 못했음을 후회하네. 　　悔不當年早自圖

두 번째 좌석에 앉은 사람142)이 이어 읊었다.

선왕(先王)의 고명(顧命)을 받고 총애를 입었으니 　　受命三朝荷寵隆
위태로울지언정 제 목숨 아낄쏘냐. 　　臨危肯惜殞微躬
아쉽게도 일은 글렀지만 이름만은 꿋꿋하니 　　可憐事去名猶烈
의(義)를 취하고 인(仁)을 이룸에 부자간 한가지. 　　取義成仁父子同

세 번째 좌석에 앉은 사람143)이 이었다.

굳센 절개 어찌 작록(爵祿) 따위에 변할쏜가 　　壯節寧爲爵祿淫
아름다움을 품성 고사리 캐먹을 마음 품음 같도다. 　　含章猶抱採薇心
남은 몸뚱이 한 번 죽은들 무엇이 아까우랴 　　殘軀一死何須惜
먼 땅에 계신 임 생각에 통곡할 뿐. 　　痛哭當年帝在郴

네 번째 좌석에 앉은 사람144)이 지어 읊었다.

이 몸 조그마해도 쓸개는 큼직하니 　　微臣自有膽輪囷
윤리가 무너지는 걸 보고 어찌 차마 삶을 구하랴. 　　那忍偸生見喪倫
죽을 적에 시 한 수 그 담긴 뜻에 　　將死一時言也善
두 마음 가진 자들 그 아니 부끄러울까. 　　可能慚愧二心人

다섯 번째 좌석에 앉은 사람145)은 물러나 엎드려 흐느끼는데 마치 자기 도리를
다하지 못한 사람 같았다.

애닲구나, 그 날 뜻이 어찌 그랬던고 　　哀哀當日意何如
죽으면 그만이지 어찌 뒷세상 의론(議論) 생각하랴. 　　死耳寧論身後譽

천 년이 지나도 그 치욕은 씻기 어려우리   最是千秋難灑恥
집현전(集賢殿)에 있을 때 상공서(賞功書)를 지음이야.   集賢曾草賞功書

복건자146)는 소매를 끼고 단정히 앉아 있는 폼이 당일의 모의(謀議)에 참여하지
는 않았어도 오히려 충정(忠情)과 의분(義憤)정에 복받쳐 스스로 절의(節義)로써 자
기 한 몸을 다할 듯하였다. 마침내 머리를 끄덕이며 길게 읊었다.

눈을 들어 바라본 산하(山河)는 옛적과 다르나   舉目山河異昔時
새 정자에서 함께 이는 초수(楚囚)의 비탄147)일세.   新亭共作楚囚悲
흥망(興亡)에 놀란 가슴 간장이 찢어지고   心驚興廢肝腸裂
간사한 무리에 통분하여 눈물을 드리우네.   憤切忠邪涕淚垂
율리(栗里) 맑은 바람에 도연명(陶淵明)은 늙어가고   栗里淸風元亮老
수양산 차가운 달밤에 백이(伯夷)는 굶주리네.   首陽寒月伯夷飢
한 편의 야사(野史)나마 후세에 남겨   一編野史堪傳後
천 년을 두고 선악(善惡)의 모범 되게 하리.   千載應爲善惡師

읊기를 마치고 자허에게 다음을 잇게 하니, 자허는 본디 강개한 사람이라 이에
눈물을 닦으며 슬피 읊조렸다.

지난 일을 누구에게 물을꼬   往事憑誰問
거친 산의 한 줌 흙이로세.   荒山土一抔
한이 깊어 정위(精衛)새148)는 죽었고   恨深精衛死
넋이 끊겨지는 두견이 시름일레라.   魂斷杜鵑愁
언제나 고국으로 돌아갈까   故國何年返
이 밤 강루에서 노니네.   江樓此日遊
슬프고 처량해라, 몇 곡의 노래여   悲凉歌數関
이울 달빛이 갈대꽃에 잦아드네.   殘月荻花秋

그가 읊기를 마치자 온 좌석이 모두 처연히 눈물을 흘렸다. 갑자기 영웅호걸(英
雄豪傑) 같은 무사 하나가 뛰어드는데, 키는 보통사람보다 크고 용맹이 빼어나며, 얼
굴은 대춧빛이요 눈은 샛별과 같고 문산(文山)의 의(義)149)에 중자(仲子)의 청렴150)

까지 겸하여 위풍이 늠름하니 사람으로 하여금 저도 모르게 공경심(恭敬心)을 일으키게 하는 모습이었다. 올라와 왕을 뵙고는 다섯 사람을 돌아보며 소리쳤다.

"아, 썩은 선비들과는 큰일을 이룰 수가 없구나."

그러고는 칼을 뽑아 춤을 추며 강개히 노래를 부르는데 소리가 큰 종을 울리듯 했다. 노래는 다음과 같다.

바람은 소슬하고	風蕭蕭兮
낙엽 지고 물결 찬데	木落波寒
긴 칼 어루만지며 휘파람 불새	撫劍長嘯兮
북두성 기울었네.	星斗闌干
살아선 충효(忠孝)를 온전히 하고	生全忠孝
죽어선 의로운 넋 되었네.	死作義魄
가슴 속 회포 어떠할꼬,	襟懷何似
밝은 보름달일러라.	一輪明月
아, 처음부터 글렀던 것이니	嗟不可兮慮始
썩은 선비 탓해 무엇하리.	腐儒誰責

이 노래가 미처 끝나기도 전에 달빛은 흐려지고 구름은 자욱하니 비는 눈물인 양 바람은 한숨인 양 하더니 갑작스런 천둥 한 소리에 모든 것들이 일시에 씻은 듯이 흩어지고 말았다. 자허는 놀라 깨니 곧 한바탕 꿈이었다.

자허의 벗 해월거사(海月居士)151)는 듣고서 슬퍼하며 말했다.

"대저 예로부터 임금이 어리석고 신하가 어두워 마침내 나라를 망치는 지경에 이른 일이 많았다. 지금 보니 그 왕은 틀림없이 현명한 임금으로 생각되고 그 여섯 사람도 역시 다 충의의 신하였다. 이와 같은 신하들이 이러한 임금을 보필하였는데 어찌 이와 같이 참혹한 일이 있을 수 있단 말인가? 아아! 형세(形勢)가 그렇게 만들었던가? 시기(時機)가 들어 그렇게 만들었던가? 그렇다면 시기와 형세에 돌리지 않을 수 없으며, 또한 하늘에 돌리지 않을 수 없다. 하늘에 돌리고 보면 착한 자에게 복(福)을 내리고 악한 자에게 화(禍)를 내리는 것이 천도(天道)가 아니던가? 무릇 하늘에 돌릴 수 없다고 한다면 어둑하고 아득해서 이 이치는 자세히 알기 어렵다. 우주(宇宙)는 유유하여 한갓 지사(志士)의 한(恨)을 돋울 뿐이다."

마침내 덧붙여 율시(律詩) 한 수를 읊었다.

만고(萬古)의 처량한 뜻은
하늘을 나르는 한 마리 새일러라.
찬 연기는 동작대(銅雀臺)에 얽혀 있고
가을 풀은 장화궁(章華宮)을 파묻었네.
아아, 저 요순(堯舜)은 아득하기만 하고
탕무(湯武)는 어찌 그리 많은지.
밝은 달빛 아래 소상강 물 넘실대는데
죽지가(竹枝歌) 소리 시름겹구나.

萬古悲凉意
長空一鳥過
寒烟鎖銅雀
秋草沒章華
咄咄唐虞遠
紛紛湯武多
月明湘水濶
愁德竹枝歌

그리고는 또 스스로 풀이하였다.

"이 세상에 부귀를 누리고자 하는 자, 고금을 통하여 어찌 한정(限定)이 있겠는가? 대개 시기와 형세에 얽매이지만 또한 감히 범하지 못할 명분과 의리가 존재하고 있으니, 이는 매우 두려운 것이다. 진실로 이 명분과 의리가 소중하다는 걸 헤아리지 않고 한갓 그 시기와 형세만을 점쳐 꾀와 힘으로 이기려고만 든다면 그야말로 역적(逆賊)의 길로 들어가지 않을 자가 극히 드물 것이다. 명분과 의리는 만고의 떳떳한 길이요, 시기와 형세는 한때의 권도(權道)일 따름이다. 권도만 행하고 떳떳한 길을 폐한다면 나라를 어지럽히는 적들이 발길을 이어서 일어나게 될 터인즉, 어찌 더욱 두렵지 아니하랴."

자허는 "옳은 말씀이오." 하고 이에 기록하였다.

<白湖全集>

2. 올바른 삶과 그릇된 삶

(1) 安民歌

德經等 大王備禮受之 王御國二十四年 五岳152)三山153)神等 時或現侍於殿庭 三月
三日 王御歸正門樓上 謂左右曰 誰能途中得一員榮服僧來 於是適有一大德 威儀鮮潔
徜徉而行 左右望而引見之 王曰 非吾所謂榮僧也 退之 更有一僧 被衲衣負櫻筒 從南而
來 王喜見之 邀致樓上 視其筒中 盛茶具已 曰 汝爲誰耶 僧曰 忠談 曰 何所歸來 僧曰
僧每重三重九之日 烹茶饗南山三花嶺彌勒世尊 今玆旣獻而還矣 王曰 寡人亦一甌茶有
分乎 僧乃煎茶獻之 茶之氣味異常 甌中異香郁烈 王曰 朕嘗聞師讚耆婆郞詞腦歌 其意
甚高 是其果乎 對曰 然 王曰 然則爲朕作理安民歌 僧應時奉勅歌呈之 王佳之 封王師
焉 僧再拜固辭不受 安民歌曰 君隱父也 臣隱愛賜尸母史也 民焉狂尸恨阿孩古爲賜尸知
民是愛尸知古如 窟理叱大肹生以支所音物生 此肹喰惡支治良羅 此地肹捨遺只於冬是去
於丁爲尸知 國惡支持以支知古如 後句 君如臣多支民隱如爲內尸等焉 國惡太平恨音叱
如

<三國遺事 卷2 奇異 景德王忠談師表訓大德>

　(당나라에서 보낸) 도덕경(道德經) 등을 경덕왕(742~765)이 예를 갖추어 받았다.
　경덕왕이 나라를 다스린 24년 동안 오악(五嶽) 삼산(三山)의 신들이 때때로 인간
의 모습으로 궁궐 뜰에 나타나 왕을 모시곤 했다.
　3월 3일, 왕이 귀정문(歸正門)에 행차하여 문루(門樓)에 올라 수행한 신하들에게
말했다.
　"누가 나가서 영복승(榮服僧)을 데려 오겠소?"
　이 때 마침 의젓하고 말쑥한 큰스님 한 분이 한가롭게 거닐면서 지나가자 신하
들이 보고는 데려와서 왕에게 뵈었다. 왕이 말했다.
　"내가 말한 영복승이 아니오."
　신하들은 그 스님을 돌려보냈다.
　다시 한 스님이 헤진 승복을 입고 앵두나무로 만든 통을 지고 남쪽 방향에서 오
고 있었다. 왕은 그 스님을 보고는 기뻐하며 문루로 맞아들였다. 통 속에는 차 달이
는 기구만 가득하였다.
　"그대는 누구요?"

"충담(忠談)입니다."

"더디서 오는 길이오?"

"소승은 매년 3월 3일과 9월 9일이면 차를 달여서 남산(南山) 삼화령(三花嶺) 미륵세존(彌勒世尊)께 공양(供養)하는데, 오늘도 차를 드리고 돌아오는 길입니다."

"과인에게도 한 잔 줄 수 있겠소?"

충담은 차를 달여 왕에게 바쳤다. 차 맛이 특이하고 그릇에서도 특이한 향기가 풍겼다.

"과인이 듣건대 스님이 기파랑(耆婆郎)을 찬미하여 지은 사뇌가(詞腦歌)는 그 뜻이 미우 고상하다 하는데 과연 그렇소?"

"그러하옵니다."

"그렇다면 과인을 위하여 백성을 다스려 편안히 할 노래를 지어주오."

충담은 즉시 명을 받들어 노래를 지어 바쳤다. 왕이 가상히 여겨 왕사(王師)로 봉하려 하니 끝내 사양하였다.

안민가(安民歌)는 이러하다.

> 임금은 아버지요
> 신하는 사랑하실 어머니요
> 백성은 어린 아이로다 하신다면
> 백성이 사랑을 알 것입니다.
> 꾸물거리며 사는 중생(衆生)이
> 이를 먹어 다스려져
> 이 땅을 버리고 어디로 가시렵니까 한다면
> 나라 안이 유지될 줄 알 것입니다.
> 임금답게 신하답게 백성답게 한다면
> 나라 안이 태평할 것입니다.

(2) 시조

古人도 날 못보고 나도 古人 못뵈
古人을 못봐도 녀든 길 알픽 잇닉
녀든 길 알픽 잇거든 아니 녀고 엇졀고
<이황(李滉;1501~1570), 珍本靑丘永言>

當時에 녀든 길흘 멋 힉룰 브려두고
어듸 가 둔니다가 이제야 도라온고
이제야 도라오나니 넌 듸 ᄆ음 마로리
<이황(李滉;1501~1570), 珍本靑丘永言>

ᄆ울 스룸들아 올ᄒᆫ 일 ᄒᆞᄌ스라
사룸이 되여나셔 올티옷 못ᄒᆞ면
ᄆ쇼룰 갓 곳갈 싀워 밥 머기나 다ᄅ랴
<정철, 松江歌辭>

하늘이 놉다 ᄒ고 발져겨 셔지 말며
ᄯᅡ히 두텁다고 ᄆ이154) 넓지 마롤 거시
하늘 ᄯᅡ 놉고 두터워도 내 조심을 ᄒ리라
<주의식(朱義植), 珍本靑丘永言>

둧닉 말도 오왕ᄒᆞ면155) 셧고 셧닉 쇼도 이라타ᄒᆞ면 가닉
深意山 不惡虎도 경셰ᄒᆞ면 도지거든156)
閔氏님 뉘 어믜의 쓸이완더 경셰 不廳ᄒᆞ느니
<古今歌曲>

(三) 庸婦歌

흉보기도 슬타마는 져 부인(婦人)의 거동(擧動) 보소
시집간 지 셕달만의 시집스리 심허다고
친정의 편지 허며 싀집 흉을 줍아니며
계겸157)헐스 싀아바니 암상158)헐스 싀어머니
고즈질의 싀누이와 엄슉(嚴肅)허기 맛동셰라
요악(妖惡)헌 아오동셰 여호 갓튼 시앗년159)의
드셰도다 남녀노복(男女奴僕) 들며나며 홍구덕160)에
남편이나 미덧더니 십벌지목(十伐之木)161) 되얏셰라
여긔져긔 살셜(辭說)이요 구셕구셕 모함(謀陷)이라
시집스리 못허겟네 간슈병을 기우리며 치마 쓰고 니닷기와
보씸 쓰고 도망(逃亡)질에 오락가락 못견디며
승(僧)드리나 싸라갈가 긴 장죽(長竹)162)이 벗시 되고
들그경 흐야볼가 문복(問卜)허기 소일(消日)이라
것흐로는 시름이요 쇽으로는 쌴 싱각에
반분써(半粉黛)163)로 일을 숨고 털쏩기가 셰월이라
싀부모가 경게(警戒)허면 한마더 지지 안코
남편이 걱정허면 뒤바다 맛덕슈요
들고나니 쵸롱군164)에 팔즈나 곳쳐볼가
양반즈랑 모도 허며 싴쥬가(色酒家)나 흐야볼가
남문 밧 뼁덕어미 텬셩(天性)이 져러헌가
비워셔 그러헌가 본디 업시 즈라야셔
이리져리 두루맛침 쏫홈질노 셰월이라
남의 말 말젼쥬165)와 들며는 음식(飮食)공논
제 즈상(祖上)은 부지(不知)허고 불공(佛供)허기 위업(爲業)헐 제
무당쇼경 푸닥거리 의복(衣服)가지 다 니쥬고
남편모양 볼쪽시면 삽살기 뒷다리요
즈식거동(子息擧動) 볼작시면 털버슨 솔기미라
엿장스야 쩍장스야 아희핑게 다 부르고
물네 압희 션합품과 씨아 압희 기지끼라
이집져집 이간질과 음담픠셜(淫談悖說) 일숨는다 모함(謀陷) 줍고 쏭 먹이기

세간은 쥬러 가고 걱정은 느러간다
치마는 졀노 가고 허리통이 기러 간다
총 업논 헌집신에 어린 ㅈ식 둘쳐 업고
혼인장스(婚姻葬事) 집집마다 음식츄심(飮食推尋)166) 일을 숨고
아희 쏘흠 어른 쏨에 남의 죄에 미 마치기
까닥 업시 셩을 니고 의쑨 ㅈ식 두다리며
며나리를 쏫찻시니 아들은 홀아비라
쌀ㅈ식을 다려오니 남의 집은 결단이라
두 손펵을 두다리며 방셩티곡(放聲大哭) 괴이허다
무신 꼴에 싱트집의 머리 쏘고 드러눕기
간부(姦夫) 달고 다라나기 관비정속(官婢定屬)167) 몃 번인가
무식(無識)헌 창싱(蒼生)드라 져 거동을 ㅈ셰 보고
그른 닐을 아라쩌든 고칠 기(改)쓰 힘을 쓰소
오른 말을 드럿쩌든 힝허기를 위업(爲業)헐지어다

<高大本 樂府>

(4) 愚夫歌

니 말슴 광언(狂言)인가 저 화상을 구경허게
남촌활량(南村閑良) 기똥이는 부모 덕에 편이 놀고
호의호식(好衣好食) 무식허고 미련허고 용통168)ᄒ야
눈은 놉고 손은 커셔 가량 업시 쥬져 넘어
시체(時體)169) 짜라 의관(衣冠)허고 남의 눈만 위허것다
장장츈일(長長春日) 낫줌자기 조셕(朝夕)으로 반찬투정
미팔즈170)로 무상출입(無常出入) 미일장취(每日長醉) 계트림과
이리 모야 노름놀기 져리 모야 투젼(鬪牋)질에
기싱쳡(妓生妾) 치가(治家)ᄒ고 외입장이 친구로다
ᄉ랑의는 조방군(助幇軍)171)이 안방의는 노구(老嫗)할미
명조상(名祖上)을 쩌셰허고172) 셰도(勢道)구멍 기웃기웃
염냥(炎凉) 보아 진봉(進奉)허기 직업(財業)을 짜불니고
허욕(虛慾)으로 장사허기 남의 빗시 틱산이라
니 무식(無識)은 싱각 안코 어진 사람 미워 허기
후(厚)헐 데는 박(薄)ᄒ야셔 한푼돈의 쌈이 나고
박(薄)헐 데는 후(厚)ᄒ야셔 슈빅량(數百兩)이 헛 것시라
승긔즈(勝己者)173)를 염지(厭之)허니 반복소인(反覆小人)174) 허긔진다
니 몸에 리(利)헐 드로 남의 말을 탄치 안코
친구 벗슨 조화허며 제 일가는 불목(不睦)허며
병날 노릇 모다 허고 인습녹용 몸 보키와
쥬식잡기(酒色雜技) 모도 ᄒ야 돈쥬정을 무진 허네
부로조상 도망(頓忘)허여 계집즈식 지물슈탐(財物搜探) 일가친척 구박허며
니 인스는 나죵이요 남의 흉만 줍아닌다
니 힝셰는 기치반에 경계판175)을 질머지고
업는 말도 지여닉고 시비(是非)의 션봉(先鋒)이라
날딕 업는 용젼여슈(用錢如水) 상하팅셕(上下撑石)176) ᄒ야가니
손님은 쵸직(債客)이요 윤의(倫義)는 니몰닉라
입구멍이 제일이라 돈날 노릇 ᄒ야보셰
전답(田畓) 파라 변돈 주기 종을 파라 월슈(月收) 주기
구믁(丘木)177) 버혀 장ᄉ허기 셔칙(書冊) 파라 빗 쥬기와

동닉 상놈 부역(賦役)이요 먼데 사람 힝악(行惡)이며
줍아오라 써믈니라178) 즈장격지(自將擊之)179) 몽동이질
전당(典當) 줍고 세간 뺏기 계집 문셔(文書) 종슘기와
살 결박(結縛)180)에 소 뺏기와 불호령에 숫 뺏기와
여긔져긔 간 곳마다 젹실인심(積失人心) 허겟고나
사람마다 도젹이요 원망허는 소릭로다 이스나 ㅎ야볼가
가장(家藏)을 다 파라도 상팔십(上八十)181)이 닉 팔자라
종손(宗孫) 핑계 위젼(位田)182) 파라 투젼질이 싱이로다
졔亽(祭祀) 핑계 졔긔(祭器) 파라 관즈구셜(官災口舌)183) 이러는다
뉘라셔 도라볼가 독부(獨夫)가 되단말가
가련타 져 인싱아 일죠(一朝) 걸긱(乞客)이라
딕모관자(玳瑁貫子)184) 어딕 가고 물네쥴은 무삼 일고
통냥갓슨 어딕 가고 헌 파립(破笠)에 통 모즈라
쥬체185)로 못먹든 밥 칙녁 보아 밥 먹는다
양복기186)는 어딕 가고 쓴바귀를 단꿀 빠듯
죽녁고(竹瀝膏)187) 어딕 가고 모쥬188) 한 잔 어려워라
울타리가 쌜나무요 동닉 소곰 반찬일세
각장(角壯)장판189) 소라반즈190) 장지문이 어딕 가고
볏 쩌러진 단간 방의 거젹자리 열두닙에
호젹(戶籍) 조회 문 바르고 신쥬보(神主褓)가 갓끈이라
은안쥰마(銀鞍駿馬) 어듸 가며 션후(先後)구종191) 어듸 간고
셕시192)집신 집힝이에 졍강말193)이 제 격이라
슴승보션194) 틱셔혜(太史鞋)195)가 쓸레발196)이 불상허고
비단주머니 십륙亽(十六絲)끈 화류면경(樺榴面鏡)197) 어듸 가고
보션목 쥬머니에 슘 놋근 쥐여 츠고
돈피비즈198) 담뷔휘양 어듸가며 릉라쥬의(綾羅周衣)199) 어듸 가고
동지 셧달 베창웃세 슴복(三伏) 다름 바지200) 겨쥭201)
궁둥이는 울근불근 엽거름질 병신갓치
담비 업는 빈 연쥭(煙竹)을 소일(消日) 조로 손의 들고
어슥비슥 다니면서 남에 문젼(門前) 걸식(乞食) ㅎ며
역질(疫疾) 핑게 졔亽(祭祀) 핑게 야속허다 너의 인심
원망헐수 팔즈 타령 져 건너 꼼싱원은
제 아비의 덕분으로 돈 천이나 가졌드니

슐 한 잔 밥 한 술을 친구 디졉 흐얏든가
쥬져 넘게 아는 체로 음양슐슈(陰陽術數) 탐혼(貪好)흐야
당디발복(當代發福)202) 구산(求山)흐기 피란(避亂) 곳 츠져 가며
올격갈격 흥노상(行路上)에 쳐즈식을 훗허 녹코
유뮤상조(有無相助) 아니허면 조셕난계(朝夕難計) 힐 슈 업다
긔인취물(欺人取物) 허즈 허니 일가집에 부즈(富者) 업고
쓴 지물 경영(經營)허고 경향(京鄕) 업시 쏘다니며
지샹가(宰相家)에 쳥질허다 봉변(逢變) 허고 물너서고
남의 골의 검틱 갓다203) 혼검(閽禁)204)의 쏫겨 와서
혼인즁미(婚姻仲媒) 혼즈 들다 무렵보고205) 뺌 마즈며
가디문셔(假代文書)206) 구문(口文) 먹기 핀잔먹고 잣바지기
불리힝사(不義行世) 씨그렁이 위조문셔(僞造文書) 비리호송(非理好訟)207)
부즈나 후려볼가 감언리셜(甘言利說) 쇠여 보세
엇(堰)막이며 보(洑)막이며208) 은(銀)졈이며 금(金)졈이며
디르변(大路邊)에 싴쥬가(色酒家)며 노름판에 푼돈 쪠기
남븍촌(南北村)에 쑤장이로 인물쵸인(人物招引) 흐야 볼가
산진(山陣)미 수진(水陣)미에 산양질노 놀너갈 제
디즁손(大宗孫) 양반 자랑 산소나 파라 볼가
혼인(婚姻) 핑게 어린 쌀은 빅양(百兩)쓰리 되엿구나
안악은 친졍사리 즈식드른 고싱사리
일가에 눈이 희고 친구의 손가락질
부지거쳐(不知去處) 나가더니 소문이나 드러볼가
산너머 꽁싱원은 그야말로 흐우(下愚)로다
거드러셔 한 말즈랑 디장부(大丈夫)의 결긔로다
동니 존장(尊長) 몰나 보고 이소능장(以少凌長)209) 욕 허기와
의관열파(衣冠破裂) 사람 치고 마주 싸기 쎄쓰기와
남의 과부(寡婦) 겁탈허기 투장(偸葬)간 곳 쳥병(請餠)허기
친쳑집에 소 끌기와 쥬먹다짐 일슈로다
부즈집에 긴헌 체로210) 친헌 사람 이간질과
월슈돈 일슈돈 쟝별리211) 쟝체기212)며
졔 부모에 몹쓸 흥스(行事) 투젼군은 조화허며
손목 잡고 슐 권허며 졔 쳐즈(妻子)는 몰나 보고
노리기로 졍표 주며 즈식 노릇 못 헌셔

제 즈식은 귀이 알며 며나리는 들보그며
봉양(奉養) 잘못 호령헌다 기동 베고 벽써러라
텬하(天下) 난봉 즈칭(自稱)허니 붓그럼을 모로고셔
쥬리 틀려 경친 것을 옷슬 벗고 즈랑허며
슐집이 안방이요 투젼방이 스랑이라
늘근 부모 병든 쳐즈 손톱발톱 졔쳐 가며
줌 못 즈고 길숨헌 것 술니기로 장긔 두고
칙망 업시 바린 몸이 무삼 싱이 못허여서
누의 즈식 죡하 즈식 식쥬가(色酒家)로 환미213) 허며
부모가 걱정허면 와락더라 부르디며
안악이 스셜(辭說)허면 밥상 치고 계집 치기
도망산의 뫼를 썻나 저녁 굼고 쏘 나간다
포청귀신(捕廳鬼神) 되엿는지 듯도보도 못 헐네라

<高大本 樂府>

(5) 福善禍淫歌

어와 세상 사람들아 이뉘 말삼 들어보소
불형(不幸)한 이뉘 몸이 여자(女子) 몸이 디얏스니
리흔림(李翰林)214)이 증손여(曾孫女)요 정학사(鄭學士)215)의 외손여(外孫女)라
소흑(小學) 호경 열여전(烈女傳)을 십여 시이 에와뉘고
처신범절(處身凡節) 힝동거지(行動擧止) 침선방적(針線紡績) 슈 노키도
십사세(十四歲)이 통달(通達)ㅎ니 누가 아니 칭찬ㅎ랴
악(惡)한 힝실(行實) 경게(警戒)ㅎ고 착한 사람 쏜을 바다
일동일정(一動一靜) 선(善)히 하니 남녀노소(男女老少) 하난 말이
천상적강(天上謫降)216) 이(李)소저난 부기공명(富貴功名) 누리리라
그 얼골 그 티도난 천만고(千萬古)이 처음이라
이러하기 층찬받고 금옥(金玉)으로 귀히 길너
십오세(十五歲)가 그이 되니 녀즈유힝(女子有行) 법(法)을 조차
강호(江湖)로 츌가(出嫁)하니 김한님(金翰林)이 증손부(曾孫夫)라
경기(景槪) 조흔 화류(花柳)중이 삼월망간(三月望間) 우기(雨氣)ㅎ니
등명군(燈明軍) 십이(十二)병은 군복병치(軍服兵置) 찬난(燦爛)하고
전비후비(前輩後輩) 열두 한님(翰林) 오싴복싴(五色服飾) 황홀하다
각 사이 가진 시비(侍婢) 좌우(左右)로 세의(勢威) 하니
거리거리 구경꾼이 뉘 아니 칭찬하리
풍유남자(風流男子) 오라버님 비힝(陪行)기구 거룩ㅎ다
은안빅마(銀鞍白馬) 뒤시우고 청사힝 사인교(四人轎)이
청사드포(靑絲道袍) 학술안경(學術眼鏡) 디모장도(玳瑁粧刀)217) 빗겨타고
오동셜합(梧桐舌盒) 빅홍연쥭(白紅煙竹) 이히슈층 들이우고
옥삼젼디 요강 타구(唾具) 슈비(首陪) 규즁 차지로다
소쥬 약쥬 가진 안쥬 복마(卜馬)구218) 즁(中) 완득(完得)이라
탄탄졍노(坦坦正路) 조흔 길노 하로잇틀 사흘 안이
강호(江湖)이 득달(得達)ㅎ니 시딕(媤宅)이 어디런고
쥬렴(珠簾)속이 잠간 보니 슈간모옥(數間茅屋) 청계상(淸溪上)이
동리서북(東來西北) 가련하다
반별(班閥)은 조큰마난 가세(家勢)가 영치(零替)하니
신힝(新行)이 허다 하인 밥인들 먹일손냐

합천치슈(陜川之繡) 팔연판 은징반이 불근 디초 도로혀 무식하다
폐빅(幣帛)을 드린 후이 눈을 감고 안자스니
허다한 구경쑨이 서로 일러 하난 말이
앗가을사 저 신부야 곱기 괴히 기른 낭자
간구(艱苟)한 저 시집이 그 고성을 엇지할고
극난(極難)한 기 혼인(婚姻)이라 저디도록 속앗난고
하로밤 지닌 후이 회마치힝(回馬治行) 하올 적이
배힝(陪行) 왓든 오라버님 날을 보고 하난 말삼
가세(家勢)가 이러하니 할일업다 도로 가자
차마 혼자 못 가깃다 어여쁜 우리 누이
이 고성을 엇지하리 두말 말고 도로 가자
오라바임 하난 말삼 이 말이 왼 말이요
삼종지도(三從之道)219) 중한 법(法과) 여자유힝(女子有行) 일것스니
부모형지 머러스라
힝이예혼(行禮議婚) 하올 적이 지물을 의논하미
잇적이 천(淺)한 바요 사군자(士君子)이 경계(警戒)로다
슈간모옥(數間茅屋) 적은 집은 구고(舅姑) 기신 니 집이요
안밧 중문 번화갑제(繁華甲第)220) 친부모(親父母)이 옛집이다
하날이 정한 팔자 슌종(順從)하면 복(福)이 디고
시딕이 간구(艱苟)하나 천싱지록(天生之祿) 잇스리라
굼고 벗기 미양이며 가도(家道)가 심하시도221)
구고(舅姑)이 뜻을 바다 효성(孝誠)으로 봉양(奉養)하면
도로혀 감동하스 불상 기특 사랑하오
그런 말삼 다시 말고 쵸치(招致)를 보즁(保重)하사
평안지즁(平安之中) 환차(還次)하사
시딕(媤宅)이 간구(艱苟)한 말 부모님씨 부디 마오
자익자정(慈愛慈情) 우리 부모 이 말삼 들어시면
갓득이나 늙은 친당(親堂) 침식(寢食)이 불안한디
션우슴222) 조혼 말노 시가사(媤家事)를 자랑하여 부모 마음 편키 흐오
오라버님 하난 말삼 아름다운 우리 누이
오히려 놀낫드니 금일(今日)이야 다시 보니
빅힝(百行)이 구비(具備)하니 무궁복녹(無窮福祿) 누리리라
슈지부모(受之父母)223) 귀한 몸을 안보(安保)하야 잘 잇스라

눈물 쑤려 작별하고 현사당(見祠堂)224) 하온 후의
삼일(三日)을 지닌 후의 세수작깅(洗手作羹) 예법(禮法)으로
부억으로 니러가니 소슬한 흔 부엌의 탕관(湯罐)225) 하나 쑨이로다
감지(甘旨)의 부모봉양(父母奉養) 무엇으로 하잔 말고
진황시 서방님은 아난 거시 글쑨이요
시정 모른 늙은 구고(舅姑) 다만 망영(妄靈) 쑨이로다
하인을 급히 불너 이웃집의 보넛쓰니
도라와 하난 말이 전(前)의 쑨 쌀 아니 주고
염치(廉恥) 업시 쏘 왔나냐 두 말 말고 밧비 가라
그령저령 하노라니 쩌가 님이 오시로다
자기 함농 여러놋코 약간 전(錢)양 더여니여
쌀 팔고 반찬 사니 기식(飢食)이 장식이라
앞퓌드림 금봉치(金鳳釵)난 김장자집 전당(典當)226)하고
왜포(倭布) 당포(唐布) 찬찬 이복(衣服) 시찬가(市饌價)의 전당(典當)하고
상기(未蓋) 구기(具蓋) 두루불슈 안진빗의 길기하고
공단대단(貢緞大緞) 핫이불은 이자랑집 영영방미(永永放賣)
혼수(婚需)가 만타한를 글노 엇지 당할소냐
친정의 약간 구지 헌 시루의 물붓기라
고은 낭자 더단치마 과거(科擧)보기 소용(所用)이라
하도 못한 소과(小科) 대과(大科) 무방(無榜) 초시(初試) 무삼 일고
사시장츈(四時長春) 고운 이복(衣服) 그 무어시 지탕하리
허리씌 열두죽은 버선집기 다 진(盡)힛니
여간 쌀더 밥을 진들 부모 남편 진지하고
슈삼(數三) 노복(奴僕) 난화쥬니 저 먹을 것 전혀 업다
한 째 굴머 두 째 실시 치마끈을 졸나민들 글노 엇지 당할소냐
눈이 캄캄 하올 적의 헛두통을 알노라니
손님 두 분 오싯스니 슐 사오고 점심해라 호령이 등등하니
시힝(施行)을 아니하면 사랑이 망신이요
시힝(施行)을 하자한들 두 쥬먹 블것스니
싱각다 할일업서 인두 가왜 전당(典當) 쥬고
슐 사오고 양식(糧食) 팔아 손님 디접 하엿신들
그 무어시 넉넉하여 지227) 오기(療飢)를 하잣 말가
잇흘 사을 유(留)한 손님 말유(挽留)하기 무삼 일고

봉제(奉祭) 접빈(接賓) 지성(至誠)인들 업난 바이 어이하리
반깅(飯羹) 기요228) 차려노니 잔 드리난 이니 마음
일언일도(一言一道) 한빈지사(寒貧之事) 이 모양이 한심하다
사사이 생각ᄒ니 업난 거시 한(恨)이로다
분한 심사(心思) 다시 먹고 곰곰 싱각 다시 하니
김장자 이부자난 근본적(根本的) 부자(富者)련가
슈족(手足)이 다 셩하고 이목구비(耳目口鼻) 온전하니
니 힘써 니 먹으면 그 무엇을 부려하리
비단치마 입던 허리 힝자치마 둘너 입고
운혜(雲鞋) 당혜(唐鞋) 신든 발니 석시집신229) 졸여 신고
단장(短墻) 안희 무근 처마 갈고 미고 기간(開墾)하여
외가지를 굴기 길너 셩시(盛時)이 팔아오고
뽕을 싸 큰 비틀이 필필(匹匹)이 짜닐 적의
쌍원앙(雙鴛鴦) 공작이며 기린 봉황 범나비라
문치(文采)도 찰난하고 슈법(手法)도 기이(奇異)하다
오회월여 고은 실은 슈놋키로 다 진(盡)하고
호상(豪商)이 돈 천냥은 비단 갑시 부족(不足)ᄒ다
시이시이 틈을 타서 칠십노인 슈의(襚衣) 짓고
첩상북근 고은 의복 녹의홍상(綠衣紅裳) 쳐녀 치장(治粧)
어린아희 식옷이며 더신(大臣) 입난 조복(朝服)이라
저녁이 켜난 불노 시벽 조반(朝飯) 얼런 짓니
알알이 혜여 먹고 준준이 모아보니
양(兩)이 모여 관이 되고 관이 모여 빅(百)이로다
울을 뜻고 담을 치고 집을 짓고 기와 이고 앞퓌이 조흔 전답(田畓) 만흘시고
안밧 마구(馬具) 노시 나귀 썩를 츳자 우난 소리
십이중문(十二重門) 쥴 힝낭(行廊)쥴 왕방울을 거러 두고
고디광실(高臺廣室) 놉흔 집이 춘혀마다 풍경 달아
동남풍(東南風)이 건듯하면 잠든 날을 씨와셔라
보라디단 요이불을 반자(半字)까지 도로230) 싸고
용목(용목)231)괘상 두리상을 자지함농 겹쳐 놋코
오동셥합(梧桐舌盒) 빅통연쥭(白筒煙竹) 서초양초 가득하며
왜화기(倭畵器)며 당화기(唐畵器)와 동니반상(東萊盤床) 안성유긔(安城鍮器)
삼간고(三間庫)의 가득하고 슈중 하님232) 열둘이요 반빗하님 슈물둘이라

좌우(左右)로 버려시니 육간디쳥(六間大廳) 가득하다
올벼 타작 일천석(一千石)은 적은 고(庫)이 너어두고
늦벼 타작 이천석(二千石)은 각처 마랍233) 용정(舂精)하고
도게쌀 책빅석(七百石)은 김동지집 봉슈(逢授)234)하고
시츤갑 팔천양(八千兩)은 이낭쳥 이빅삭이235)
날마다 소를 잡아 부모 봉양 유족(有足)하다
찬물도 허다하다 아침저역 갈아 놋코
혼졍신성(昏定晨省) 하올 적이 가진 실과(實果) 약주(藥酒)로다
안진 나락 선 다락이 가진 찬합 열두 설합
굴병(餠) 사탕 편강(片薑)이며 약과(藥果) 산자 장복(長服)이라
쥬먹갓흔 굴근 대초 춘시(春柿) 호도 겹쳐 놋코
전복 쌈약 표육을 싱율(生栗) 쳐서 시이 놋코
호초 싱강 양염이며 은안빅쳑 인절미라
지악(至惡)이 복(福)이 되고 지성(至誠)이면 감천(感天)이라
시집온 지 십연(十年) 만이 가산(家産)이 이러하오
아달 형제 고명쌀은 형용도 기이하다
니외간(內外間)이 화락(和樂)하니 걱정인들 잇슬소냐
갑자 구월 초파일이 국화쥬를 한 잔 먹고
안석(案席)이 이지하여 츈관을 분부하여
다리치 드러누어 옥단어미 칙 보이고
담비디 가로 물고 고요히 듯노라니
호련이 잠이 들어 정신이 흔흔튼니
큰대믄이 무삽 일노 저디도록 요란한고
쳥쳔빅일(靑天白日) 무삽 일고 천동벽역 고이(怪異)하다
놀니여 잠을 찌여 완자영창 열트리미
쏭비 불은 하님연을 저리 급히 연줍난고
엿쥬시요 하난 말이 빅변인지 창안빅발(蒼顔白髮) 우리 존구(尊舅)
쳥여죵을 둘너집고 황황이 드러와서
날을 코고 하난 말삼 이번 과거 즉일창방(卽日唱榜)
너이 낙편 니 아달이 장원급제(壯元及第) 하엿스니 이른 경사(慶事) 쏘 잇나냐
지금까지 오리 사라 부귀공명(富貴功名) 이른 경사(慶事)
이다를손냐 너이 시모(媤母) 삼연(三年)만 더 살드면
동히동락(同喜同樂) 하런마난 혼자 보기 앗갑도다

니 마음 압호거든 너이 너위 오작하랴

전후방군 허다(許多)ᄒ니 첫지돈이 빅양이라

하로잇틀 사흘만이 두본거구 거록하다

지인무동(才人舞童) 열두 놈은 오식비단(五色緋緞) 가진 치장

식천금은 안빅마난 삼복두 디모각디

어사화(御史花) 한 가지가 향풍(香風)이 나붓긴다

전후(前後)이 가진 전비(前陪) 복식(服色)도 황홀하다

안동방고 리한님은 실너위 ᄒ난 소리

어엿분 우리 낭군 분성적(粉成績)도 괴괴ᄒ다

당분 왜밀 어디 두고 먹을 갈아 성적할지

회가로 칠을 하니 얼슘덩슘 그린 모양 호랑등을 불워할가

모자 쌔진 허망근이 쏭지천 무삽 일고

까지 잡고 나연 후이 팔 벌이고 기금 쥴지 박장디소(拍掌大笑) 뉘 아닐가

말 격굴로 타신 양반 서울길로 갸라시냐

사당(祠堂)의 고유(告由)ᄒ고 경사인사(慶事人事) 치 못하여

실너위 ᄒ난 소리 김정성리 서판서라

진이방골 코리육촌 실너 그만 욕비시요

승지딕 사촌형님 무삽 일노 부르시나

괴득스런 사종동서 팔을 어이 이끄시요

안밧으로 허다 빈긱(賓客) 차답상(茶啖床)도 융슝하다

초입사(初入仕)이 쥬성장영 멸군으로 안변부사

성지당상(聖旨堂上) 동니부사 물망(物望)236)으로 평안감사

국은(國恩)도 망극(罔極)ᄒ다 쌍교(雙轎) 독교(獨轎) 홀녀 타고

고을마다 뜨일 적이 연광(年光)이 사십(四十)이라

아랍답고 고은 얼골 인간공도(人間公道) 면할손야

아달 형지 진시(進士) 급지(及第) 가문(家門)도 혁혁(赫赫)하다

쌀을 길러 츌가(出嫁)하니 혼슈범절(婚需凡節) 치힝(治行)이야

다시 일너 엇드하리

츈하추동(春夏秋冬) 사철 이복 디외 싱전(生前) 유족(有足)ᄒ다

바느질이 침선치며 디마구죵(大馬驅從)237) 츈득이요

전갈(傳喝)한 님 영이(令愛)로다

남노여비 가젓스니 전답(田畓)인들 안이 쥬랴

디한불갈(大旱不渴) 조흔 전답(田畓) 삼빅석 밧난 츄슈(秋收)

동도지 오천양은 요용소치(要用所致) 유연하다
나의 신힝(新行) 올 쩌가 도리혀 싱각난다
저 건너 괴쏭어미 시집사리 ㅎ던 말을
너도 더러 알거니와 티강 일너 경기(警戒)하마
지일 처음 시집올지 가산(家産)이 만금(萬金)이라
마댱이 노적(露積)이요 너른 광이 금은(金銀)이라
신힝하여 오난 날이 가마문이 나서면서
눈을 들어 사방 살펴 기침을 크게 하니 신부힝실 바이업다
차담상(茶啖床)이 허다 엄식 싱율 먹기 고이(怪異)하다
무산 비가 그리 곱파 국 마시고 쩍을 먹노라
좌중부녀(座中婦女) 어이 아라 쩍조각을 집어들고
이도 쥬고 져도 주니 시뒥(媤宅) 힝실(行實) 전혀 업다
입구먹이 츔이 흘너 연지분(臙脂粉)도 간 듸 업고
앗사울사 뒤단치마 어룽더룽 흉악(凶惡)하다
신부 힝동 그려하니 뉘 안이 위면(外面)하리
삼일(三日)을 지닌 후이 형용도 긔긔(奇奇)하다
빅쥬(白晝)의 낫잠자기 혼자 안자 군소리며
두리 안자 흉보기와 문틈으로 손보기238)며
담이 올나 시비(是非) 구경 어룬 말삼 초239)달기와
금강산 엇지 알고 구경하니 둘지로다
기역니은 물노그든 칙을 엇지 들고 안노
안짐안짐 용열(庸劣)ㅎ고 거럼거리 망측(罔測)하다
달음박질 하난 쩍의 넛틀우슴 무삼 일고
치마쪼리 히여지고 빈혀 쌔져 긔가 문다
허리띄 어다 두고 불근 허리 드러니노
어룬 걱정 하올 적이 족박함박 드던지며
성니여 솟 뒤닷기 독살부려 그럿 씨기
등잔뒤의 남보기며 가만가만 말듯씨와
안니한 말 지여니여 일가간(一家間)이 이간질과
조흔 물건 잠깐 보며 도적(盜賊)ㅎ기 여사(如事)로다
그 중에 힝실 보소 악(惡)한 사람 부동(附同)하야
착한 사람 흉보기와 지 쳐신 그러ㅎ기
남편인들 귀할손냐 금실(琴瑟) 조차 살푸리며

무병(無病)하라 푸닥거리 이복(衣服) 쥬고 금전(金錢) 쥬어

아달 낫코 부귀(富貴)하기 정성굿 비러보소

산이 올나 산지(山齋)하고 질이 가서 불공(佛供)한들

지 심사(心事) 그러하니 귀신(鬼神)인들 도울손냐

우환(憂患)이 연접(連接)하니 사망(死亡)인들 업슬손냐

딸아딸아 아기딸아 복션화음(福善禍淫)240) 하난 법이 이를 본니 분명하다

저 건너 괴쑹어미 너도 거면 안 보앗나

허다시간 포진천물 남용남식(濫用濫食) 하고나서 그 모양이 디얏고나

딸아딸아 고명딸아 괴쑹어미 경계호고

너이 어미 살을 바다 세금결시 일은 말은 부디 각골명심(刻骨銘心)하라

딸아딸아 울지 말고 부디부디 잘 가거라

효봉구고(孝奉舅姑) 승슌군자(承順君子) 동기우익(同氣友愛) 지친화목(至親和睦)

깃분 소식 듯기오면 명연 삼월 화류시(花柳時)이 모녀상봉(母女相逢) 하나니라

<閨房歌詞>

(6) 邊士行(第3話)

　간성(杆城)의 한 과부(寡婦)가 시모(媤母)를 봉양함에 효성이 극진하였다. 오직 딸 하나를 두었는데 나이 여덟 살이었다. 집이 가난해서 기름을 팔아 살아갔다.

　하루는 어머니가 밖에 나가서 아직 돌아오지 않았는데 할머니가 늙어서 눈이 멀어 기름단지를 요강으로 잘못 알고 들고 나가서 잿더미에다 비우고 있었다. 아직 다 쏟아 버리기 전에 여덟 살배기 소녀가 그것을 보았다. 그러나 소녀는 입을 다물고 아무 말도 하지 않았다. 할머니는 기름을 다 쏟고 들어갔다. 소녀는 대문 옆에 서서 어머니를 기다리다가 어머니가 돌아오자 울면서 말했다.

　"엄마, 할머니가 참 불쌍하셔. 기름과 오줌을 분간 못 하시고 요강인 줄 알고 기름단지를 내다 잿더미에다 쏟아버렸어. 다 쏟기 전에 내가 보았어요. 기름단지라고 얼른 가르쳐드려서 더 못 쏟게 하고 싶었지만, 그럼 할머니는 얼마나 아깝고 무안해 하실 거야. 그래서 말씀드리지 않았어. 엄마도 할머니께 기름단지라고 말하지 말아요."

　어머니는 와락 딸을 끌어안고 등을 쓰다듬었다.

　"아이고, 내 딸아! 아이가 어쩌면 이다지 슬기로운 소견이 빨리 났을까."

　그 이웃에는 불효막심(不孝莫甚)한 여자가 있었는데, 마침 그 여자가 울타리 틈으로 이 광경을 목격하고 크게 감동하여 돌아와서 자기 시어머니에게 아뢰었다.

　"어머님, 오늘부터는 편히 앉아 계셔요. 나무를 갖다 불을 때는 거나 재를 퍼다 똥을 지는 거나, 애기를 보거나, 누에를 치는 것을 다 그만두셔요. 그리고 사기그릇 씻기, 놋그릇 닦기, 부엌 치기, 마당 쓸기, 삼 삼기, 목화 줍기 같은 일들도 이제 다 그만두시고 편히 앉아 노셔요. 못된 며느리가 무슨 말이 있을까 걱정 마시고."

　그 시어머니는 눈물을 떨어뜨리고 파뿌리가 된 머리를 득득 긁으면서 한탄했다.

　"네가 오늘 네 마음에 무엇이 틀려서 이런 비정(非情)한 말을 하느냐? 영감, 영감, 왜 나를 얼른 잡아가지 않고 허구헌날 며느리에게 이런 공박을 듣게 놓아 두우?"

　그 여자는 다시 무릎을 꿇고 아뢰었다.

　"이 못된 년이 이 때까지 포악하여서 며느리의 도리를 전혀 지키지 못하였어요. 오늘 견정 뉘우치게 된 바가 있어 이렇게 말씀을 드리는 것입니다. 우선 마음을 놓으시고 과히 근심 마세요."

　저녁때 남편이 들어오자 그 여자는 자기의 개심(改心)한 바를 남편에게 고백했다. 남편도 불끈 화를 냈다.

"오늘도 필시 우리 어머니를 못 살게 굴고 성깔을 부리던 끝이로구나. 네가 몇 해나 사나움을 피워 어머니를 한시도 편할 날이 없게 하더니 오늘은 갑자기 무슨 바람이 불어 그런 소리를 다하느냐? 이게 필시 비꼬아 더욱 들볶으려는 것이지."

"오늘 우연히 이웃집 과부와 여덟 살배기 계집아이가 하는 양을 보았습니다. 일을 여차여차하고 말이 이래저래합디다. 저이들도 사람이고 나도 사람인데 저이들은 시모에게 효성하고 할머니에게 효성하기를 그토록 지성을 다합디다. 내가 어머님을 받드는 것은 스스로 보아도 상없기 그지없어, 여덟 살배기 아이가 보기에도 죄스러운 인간이라 어찌 마음 아프지 않겠습니까? 내 맹세코 허물을 고쳐 지난날의 흉악한 소행을 다시는 않겠어요."

"글쎄, 그럴 수 있을까?"

그 후 7, 8개월이 지나도록 그 여자의 효심은 변함이 없이 시어머니를 공양하는 것이 극진하였다. 이제 그 시어머니도 아주 편안케 되었다. 남편은 기뻐한 나머지 술을 빚고 송아지를 잡아서 잔치를 벌였다. 인근 사람들을 모두 부르고, 그 이웃의 과부와 소녀를 특별히 초대했다. 손님들 앞에다 큰상을 놓고 음식을 배설한 다음 무릎을 꿇고 사연을 이야기하였다.

"제가 장가를 들어 처음에는 내자가 성질이 사나운 줄 몰랐었지요. 자식 두셋을 낳아야 여자의 본성깔이 드러난다지 않습니까. 제 내자도 과연 자식 몇을 낳더니 그만 흉악한 구습(舊習)이 나와서 노모를 못 살게 구는 것이었습니다. 어찌 이런 여편네를 쫓아 버리고 노모를 편안케 하고 싶은 생각이 없었겠습니까마는, 자식이 여럿이고 또 제딴에 치산(治産)은 잘 하는 편이어서 차마 헤어지지 못하였지요. 마음속으로는 원수처럼 여기고 있어 실가(室家)의 즐거움이란 조금도 없고 항상 불효(不孝)의 수치를 안고 살아왔습니다. 그러더니 저 어지신 모녀분의 덕화(德化)에 흉악한 성질이 감동되어 불효부(不孝婦)를 면하게 되었고, 이제 노모의 여생이 다소나마 편안하게 되었습니다. 보잘 것 없는 음식이나마 감히 감사하는 마음으로 바치옵니다."

모두들 감탄을 하며 돌아갔다.

<青橋別集>

3. 민중의 꿈과 현실적 한계

(1) 許生傳

　　허생(許生)은 묵적골(墨積滑)에 살았다. 남산(南山) 바로 아래 우물가에 오래 된 은행나무가 서 있고, 그 맞은 편에 사립문이 열린 두어 칸짜리 초가가 있는데 비바람을 가리지 못할 만큼 형편없었다. 그런데도 허생은 글읽기만 좋아해 그의 처가 남의 바느질품을 팔아서 근근히 생계를 이어갔다. 하루는 그 처가 너무 배가 고픈 나머지 울음 섞인 소리로 말했다.

　　"당신은 평생 과거(科擧)를 보지도 않으면서 글은 읽어 뭣해요?"

　　허생은 웃으며 대답했다.

　　"내가 아직 글을 충분히 읽지 못해서라오."

　　"그럼 공인(工人) 일은 못 하시나요?"

　　"본래 기술을 익히지 못했으니 어떻게 하겠소?"

　　"그럼 장사는 못 하시나요?"

　　"밑천이 없으니 장사인들 어떻게 하겠소?"

　　처는 왈칵 성을 내며 소리쳤다.

　　"밤낮으로 글만 읽더니 기껏 어떻게 하겠소 소리만 배운 게요? 공인 일도 못하고 장사도 못한다면, 도둑질이라도 못 하시나요?"

　　허생은 읽던 책을 덮고 일어나면서 탄식했다.

　　"아깝다. 내가 당초 글읽기로 십 년을 기약했는데, 이제 겨우 칠 년인걸……."

　　밖으로 나갔으나 거리에 서로 알 만한 사람이 없었다. 곧장 운종가(雲從街)로 나가서 길 가는 사람을 붙들고 물었다.

　　"서울 성안에서 누가 제일 부자요?"

　　변씨(卞氏)[241]라고 말해 주는 이가 있어서, 마침내 변씨의 집을 찾아갔다. 허생은 변씨에게 길게 읍(揖)하고 말했다.

　　"내가 무얼 좀 해 보려고 하는데 집이 가난하니, 만 냥만 꿔 주십시오."

　　변씨가 수락하고 즉시 만 냥을 내어주자 허생은 고맙다는 인사도 없이 가 버렸다. 변씨의 아들들과 빈객(賓客)들이 허생의 행색을 보니 거지와 다름없었다. 술띠의 술이 빠져 너덜너덜하고, 갓신의 뒷굽이 빠졌으며, 쭈그러진 갓에 낡은 도포를 걸치고, 코에선 맑은 콧물이 흘렀다. 허생이 나가자, 모두들 어리둥절해서 **변씨**에게 물었다.

"어르신께서 아는 사람인가요?"

"모르지."

"지금 하루아침에 평생 누군지도 알지 못하는 사람에게 만 냥을 그냥 내어주고선 그 이름조차 묻지 않으시다니, 대체 무슨 영문인가요?"

"그건 너희들이 몰라서 그렇다. 대개 남에게 무엇을 빌리러 오는 사람은 으레 자기 뜻을 크게 떠벌리고 신의(信義)를 자랑하지만 얼굴엔 비굴한 빛이 나타나고 쓸데없이 이러쿵저러쿵 말을 늘어놓기 마련이지. 그런데 그 객은 비록 모양새는 초라하지만, 말이 분명하고 눈을 치켜 뜨며, 얼굴에 부끄러운 기색이 없는 것으로 보아, 재물이 아니더라도 스스로 만족할 수 있는 사람이다. 그 사람이 해 보겠다는 일이 결코 작은 일이 아닐 것이고 나 또한 그를 시험해 보려는 것이다. 주지 않으면 그만이되, 이왕 만 냥을 주는 바에 이름은 물어 무엇하겠느냐?"

허생은 만 냥을 받자, 자기 집에 들르지도 않고 바로 안성(安城)으로 내려갔다. 안성은 경기도와 충청도 사람들이 교역(交易)하는 곳이요, 삼남(三南)의 길목이기 때문이다. 거기서 대추, 밤, 감, 배, 석류, 귤, 유자 등속의 과일을 모두 갑절의 값을 치르고 사들였다. 허생이 과일을 몽땅 쓸었기 때문에 온 나라가 잔치나 제사를 못 지낼 형편에 이르렀다. 얼마 안 가서 허생에게 배(倍) 값으로 과일을 팔았던 상인들이 도리어 열 배의 값을 주고 사가게 되었다. 허생은 길게 한숨을 내쉬었다.

"만 냥으로 나라가 휘청거릴 정도니, 우리나라의 형편을 알 만하구나."

다시 칼, 호미, 포목 따위를 가지고 제주도(濟州島)에 건너가서 말총을 죄다 사들이면서 말했다.

"몇 해 지나면 나라 안의 사람들이 머리를 싸매지 못할 것이다."

과연 얼마 안 가서 망건 값이 열 배로 뛰어올랐다.

허생은 늙은 사공을 만나 물었다.

"나라 밖에 혹시 사람이 살 만한 빈 섬이 있나?"

"있습지요. 언젠가 풍랑을 만나 서쪽으로 줄곧 사흘 동안을 흘러가서 어떤 빈 섬에 닿았습지요. 아마 사문(沙門)242)과 장기(長岐)243)의 중간쯤 될 겁니다. 꽃과 나무는 무성하고 과일 열매가 저절로 익어 있고, 짐승들이 떼지어 놀며, 물고기들이 사람을 보고도 놀라지 않았습죠."

허생은 매우 기뻐하였다.

"자네가 만약 나를 그 곳에 데려다 준다면 함께 부귀를 누릴 걸세."

사공이 그러기로 승낙하여 마침내 바람을 타고 동남쪽으로 가서 그 섬에 도착했다. 허생은 높은 곳에 올라가서 사방을 둘러보고 실망하여 말했다.

"땅이 천 리(千里)도 못 되니 무엇을 해 보겠는가? 토지가 비옥하고 물이 좋으니 다만 부가옹(富家翁)은 될 수 있겠구나."

"텅 빈 섬에 사람이라곤 하나도 없는데, 대체 누구와 더불어 사신단 말씀이오?"

"덕(德)이 있으면 사람이 모이는 법이니, 덕이 없을까 두렵지, 사람이 없는 것이야 근심할 것이 있겠나?"

이 때 변산(邊山)에 수천의 군도(群盜)들이 우글거려 고을마다 군사를 징발하여 잡으려 했으나 좀처럼 잡히지 않았다. 군도도 감히 나가 약탈을 할 수 없어서 굶주리던 판이었다. 허생이 군도를 찾아가서 그 우두머리를 달랬다.

"천 명이 천 냥을 빼앗아 와서 나누면 하나 앞에 얼마씩 돌아가오?"

"한 사람당 한 냥이지요."

"당신들 아내는 있소?"

"없소."

"논밭은 있소?"

군도들이 어이없어 웃었다.

"땅이 있고 아내 있는 놈이 무엇 때문에 힘들게 도둑질을 한단 말이오?"

"정말 그렇다면, 왜 아내를 얻어 집을 짓고 소를 사서 논밭을 갈고 지내려 하지 않는 거요? 그럼 도둑놈 소리도 안 듣고 부부간에 즐거움을 누리면서 살 수 있고, 돌아다니다 잡힐 걱정 않고 오래오래 배불리 입고 먹을 수 있을 텐데."

"그걸 왜 바라지 않겠소? 다만 돈이 없어 못 할 뿐이지요."

허생은 웃으며 말했다.

"도둑질을 하면서 어찌 돈 없음을 걱정할까? 내가 당신들을 위해서 마련할 수 있으니 내일 바다에 나와 보오. 붉은 깃발을 단 것이 모두 돈을 실은 배이니, 마음대로 가져가구려."

허생이 군도와 약속하고 내려가자, 군도들은 모두 그를 미친 놈이라고 비웃었다.

이튿날 군도들이 바닷가에 나가 보았더니 과연 허생이 삼십만 냥의 돈을 싣고 온 것이었다. 모두들 크게 놀라 허생 앞에 줄지어 절하고 말했다.

"장군의 명령대로 따르겠소이다."

"힘닿는 대로 짊어지고 가거라."

그러자 군도들이 다투어 돈을 짊어졌으나 한 사람이 백 냥 이상을 지지 못했다.

"너희들 힘이 백 냥도 채 못 지면서 무슨 도둑질을 한다는 것이냐? 이제 너희들이 양민(良民)이 되려고 해도, 이름이 도둑의 명부(名簿)에 올랐으니 갈 곳이 없다. 내가 여기서 너희들을 기다릴 테니, 각자 백 냥씩 가지고 가서 아내를 얻고 소 한

필을 사오너라.”

허생의 말에 군도들은 모두 좋다고 흩어져 갔다.

허생은 몸소 이천 명이 1년 먹을 양식을 준비하고 기다렸다. 군도들이 하나도 빠짐없이 돌아왔다. 드디어 모두 배에 싣고 그 빈 섬으로 들어갔다. 허생이 도둑을 몽땅 쓸어 가니 나라 안에 시끄러운 일이 없었다.

군도들은 나무를 베어 집을 짓고, 대를 엮어 울을 만들었다. 땅기운이 온전해서 온갖 곡식이 잘 자라서, 1년 혹은 3년을 걸러 짓지 않아도 줄기마다 이삭이 충실했다. 3년 동안 먹을 양식을 비축해 두고, 나머지는 모두 배에 싣고 장기도(長崎島)로 가져다가 팔았다. 장기도는 삼십만여 호나 되는 일본(日本)의 속주(屬州)인데, 마침 그 지방이 큰 흉년이 들어 가지고 간 양식으로 구휼(救恤)하고 은 백만 냥을 얻게 되었다.

허생이 탄식하였다.

“이제 나의 조그만 시험이 끝났구나.”

이에 남녀 이천 명을 모아 놓고 말했다.

“내가 처음에 너희들과 이 섬에 들어올 땐 먼저 부유하게 한 뒤에 따로 문자(文字)를 만들고 의관(衣冠)을 새로 제정하려 하였더니라. 그런데 땅이 좁고 덕이 엷으니, 나는 이제 여기를 떠나련다. 아이들을 낳거들랑 오른손으로 숟가락을 쥐게 하고, 하루라도 먼저 난 연장자(年長者)에게 먼저 먹도록 양보케 하여라.”

나머지 배들은 모조리 불사르며 말했다.

“밖으로 가는 이가 없으면 여기로 들어오는 이도 없으렸다.”

또 돈 오십만 냥을 바다 가운데 던졌다.

“바다가 마르면 주워 갈 사람이 있겠지. 백만 냥은 우리나라에도 쓸 곳이 없거늘 하물며 이런 작은 섬에서랴!”

그리고 글을 아는 자들을 가려 모조리 함께 배에 태우고 말했다.

“이 섬에 화근(禍根)을 없애야지.”

허생은 나라에 돌아오자 두루 돌아다니며 가난하고 의지할 데 없는 사람들을 구제했다. 그러고도 은이 십만 냥이 남았다.

“이건 변씨에게 갚을 것이다.”

허생은 변씨를 찾아갔다.

“나를 기억하시겠소?”

변씨는 놀라 말했다.

“그대의 안색이 조금도 나아지지 않았으니, 혹시 만 냥을 실패보지 않았소?”

허생이 웃으며 십만 냥을 변씨에게 내놓았다.

7"재물로 얼굴에 기름이 도는 것은 당신들 일이오. 만 냥이 어찌 도(道)를 살지 게 하겠소? 내가 하루 아침의 주림을 견디지 못해 글읽기를 중도에 폐하고 당신에 게 만 냥을 빌렸던 것이 부끄러울 뿐이오."

변씨는 크게 놀라 일어나 절하고 사양하며, 십분의 일로 이자를 쳐서 받겠다고 했다.

허생이 잔뜩 역정을 내어 말했다.

"당신은 나를 장사치로 보는가?"

그리고는 소매를 뿌리치고 가 버렸다.

변씨는 가만히 그의 뒤를 따라가 허생이 남산 밑에 조그만 초가로 들어가는 것을 보았다. 마침 한 늙은 할미가 우물터에서 빨래하는 것을 보고 변씨가 물었다.

"저 조그만 초가가 누구의 집이오?"

"허 생원 댁입지요. 가난한 형편에 글공부만 좋아하더니, 어느 날 아침 집을 나 가서 5년이 지나도록 돌아오지 않아, 지금껏 부인이 혼자 살면서 허 생원이 집을 나간 날로 제사를 지냅지요."

변씨는 비로소 그의 성이 허씨라는 것을 알고 탄식하며 돌아갔다.

이튿날 변씨는 받은 돈을 모두 가지고 허 생원 집을 찾아가 돌려주려 했으나 허 생은 받지 않고 거절하였다.

"내가 부자가 되고 싶었다면 백만 냥을 버리고 이제 와서 십만 냥을 받겠소? 내 이제부터는 당신의 도움으로 살아갈 테니, 가끔 내게 와서 양식이나 떨어지지 않고 옷이나 입도록 하여 주오. 일생을 그러면 족하니, 재물 때문에 정신을 괴롭힐 것이 무엇이오?"

변씨가 허생을 여러 가지로 권유했으나 끝내 어찌할 도리가 없었다. 변씨는 그 때부터 허생의 집에 양식이나 옷이 떨어질 때쯤 되면 직접 찾아가 도와주었다. 허 생은 그것을 흔쾌히 받아들였으나 혹 많이 가지고 가면 불쾌한 기색으로 말하곤 했 다. ,

"내게 재앙을 가져오면 어찌하오?"

혹 술병을 들고 찾아가면 아주 반가워하며 서로 술잔을 기울여 취하도록 마셨다.

이렇게 몇 해를 지나는 동안에 두 사람의 친분은 날로 두터워갔다. 하루는 변씨 가 5년 동안에 어떻게 백만 냥이나 되는 돈을 벌었던가 가만히 물어 보았다.

허생이 대답하였다.

"그야 가장 알기 쉬운 일이지요. 조선이란 나라는 외국(外國)과 무역(貿易)을 하 지 않고 도로가 좁아 수레가 나라 안에 편하게 다니질 못해서, 온갖 물화(物貨)가난 자리에서 사라지지요. 무릇 천 냥은 적은 돈이라 한 가지 물종(物種)을 독점할 수 없지만, 그것을 열로 쪼개면 백 냥이 열이므로 열 가지 물건을 살 수 있겠지요. 단위가 작으면 굴리기가 쉬운 까닭에 한 물건에서 실패를 보더라도 다른 아홉 가지의 물건에서 재미를 볼 수 있으니, 이렇게 이익을 취하는 것이 조그만 장사치들이 하는 방법이라오. 만 냥을 가지면 충분히 한 가지 물종을 독점할 수 있기 때문에, 수레면 수레, 배면 배, 한 고을이면 한 고을을 전부, 마치 총총한 그물로 훑어 내듯 할 수 있지요. 뭍에서 나는 만 가지 중에 한 가지를 슬그머니 독점하고, 물에서 나는 만 가지 중에 하나를 슬그머니 독점하면, 한 가지 물종이 한 곳에 묶여 있는 동안 모든 장사치들의 물건이 딸릴 것이니, 이는 백성을 해치는 길이 될 것입니다. 후세에 당사자(當事者)들이 만약 나의 이 방법을 쓴다면 반드시 나라를 병들게 만들 것이오."

"처음에 내가 선뜻 만 냥을 꿔줄 줄 알고 찾아와 청하였습니까?"

허생은 대답했다.

"꼭 당신만이 내게 빌려 줄 수 있었던 것은 아니고, 능히 만 냥을 지닌 사람치고는 누구나 다 주었을 것이오. 내 스스로 내 재주가 족히 백만 냥을 모을 수 있다고 생각했으나 운명은 하늘에 매인 것이니, 낸들 그것을 어찌 알겠소? 그러므로 능히 나의 말을 들어 주는 사람은 복 있는 사람이므로 반드시 더욱더 큰 부자가 되게 하는 것은 하늘이 시키는 일일 텐데 어찌 주지 않았겠소? 이미 만 냥을 빌린 다음에는 그 사람의 복(福)에 의지해서 일을 한 까닭으로 하는 일마다 곧 성공했던 것이니, 만약 내가 사사로이 했었다면 성패를 알 수 없었을 거요."

변씨가 이번에는 딴 이야기를 꺼냈다.

"지금 사대부(士大夫)들이 남한산성(南漢山城)에서 오랑캐에게 당했던 치욕을 씻어 보고자 하니, 지금이야말로 뜻있는 선비가 팔뚝을 걷어부치고 분연히 일어설 때가 아니겠소? 선생같은 재주로 어찌 괴롭게 파묻혀 지내려 하십니까?"

"자고로 묻혀 지낸 사람이 한둘이었겠소? 우선 졸수재(拙修齋) 조성기(趙聖期;1638~1689)[244] 같은 분은 적국(敵國)에 사신으로 보낼 만한 인물이었건만 베잠방이로 늙어 죽었고, 반계(磻溪) 유형원(柳馨遠;1622~1673)[245] 같은 분은 군량(軍糧)을 조달할 만한 능력이 있었건만 저 바닷가에서 소일하고 있지 않습니까? 지금의 집정자(執政者)들은 가히 알만한 사람들이지요. 나는 장사를 잘 하는 사람이라, 내가 번 돈이 족히 구왕(九王)[246]의 머리를 살 만하였으되 바닷속에 던져 버리고 돌아온 것은 도대체 쓸 곳이 없기 때문이었지요."

변씨는 한숨만 내쉬고 돌아갔다.

변씨는 본래 정승 이완(李浣)과 잘 아는 사이였다. 이완이 당시 어영대장(御營大

將)이 되어 위항(委巷)이나 여염(閭閻)에 혹시 쓸 만한 인재가 없는가를 묻기에, 변씨가 허생의 이야기를 하였더니, 이 대장은 깜짝 놀라면서 묻는 것이었다.

"기이하구나. 그게 정말인가? 그의 이름이 무엇이라 하던가?"

"소인이 그분과 서로 어울린 지 3년이 지나도록 여태껏 이름도 모르옵니다."

"그인 이인(異人)이야. 자네와 같이 가 보세."

밤에 이 대장은 시종들을 다 물리치고 변씨만 데리고 걸어서 허생을 찾아갔다.. 변씨는 이 대장을 문밖에 서서 기다리게 하고 혼자 먼저 들어가서, 허생을 보고 이 대장이 몸소 찾아온 연유를 이야기했으나 허생은 못 들은 체 했다.

"가져온 술병이나 어서 이리 내놓으시오."

그리하여 즐겁게 술을 들이켜는 것이었다. 변씨는 이 대장을 밖에 오래 서 있게 하는 것이 민망해서 거듭 말하였으나 허생은 대꾸도 않다가 야심(夜深)해서 비로소 손님을 부르게 하였다. 이 대장이 방에 들어와도 허생은 자리에서 일어서지도 않았다. 이 대장은 몸둘 곳을 몰라 하다가 나라에서 어진 인재를 구하는 뜻을 설명했다.

허생은 손을 저으며 막았다.

""밤은 짧은데 말이 길어서 듣기에 지루하구려. 당신은 지금 무슨 벼슬에 있소?"

"대장이오."

""그렇다면 나라의 신임을 받는 신하로군. 내가 와룡선생(臥龍先生)247) 같은 이를 천거(薦擧)할 테니, 당신이 임금께 아뢰어서 삼고초려(三顧草廬)248) 하게 할 수 있 겠소?"

이 대장은 한참 고개를 숙이고 한참 생각하더니 말했다.

"어렵겠소. 두 번째 계책을 듣고자 하오."

"나는 원래 두 번째라는 것을 모르오."

허생은 외면하다가 이대장의 간청에 못 이겨 말을 이었다.

"명(明)나라 장졸들이 조선은 옛 은혜 있다고 여겨 그 자손들이 많이 우리나라로 망명(亡命)해 와서 정처 없이 떠돌고 있으니, 당신이 조정에 주청(奏請)하여 종실 (宗室)의 딸들을 모두 그들에게 시집 보내고, 공신(功臣)이나 척신(戚臣), 권문세가 (權門勢家)의 집을 몰수하여 나누어 줄 수 있겠소?"

이 대장은 또 머리를 숙이고 한참을 생각하더니 대답했다.

"어렵겠소."

"이것도 어렵다, 저것도 어렵다 하면 도대체 무슨 일을 하겠다는 거요? 그렇다면 가장 쉬운 일이 있는데, 당신이 할 수 있겠소?"

"말씀을 듣고자 하오."

"무릇 천하에 대의(大義)를 외치려면 먼저 천하의 영웅호걸(英雄豪傑)들과 함께 결탁하지 않고는 안 되고, 남의 나라를 치려면 먼저 첩자(諜者)를 보내지 않고는 성공할 수 없는 법이오. 지금 청(淸)나라가 갑자기 천하의 주인이 되어서 한족(漢族)과는 친근해지지 못하는 판에, 조선이 다른 나라보다 저들을 먼저 섬기니 우리를 가장 믿는 터요. 그러니 당(唐)나라, 원(元)나라 때처럼 우리 자제들이 유학 가서 벼슬까지 하도록 허용해 줄 것과, 상인의 출입을 금하지 말도록 할 것을 간청하면, 저들도 반드시 자기네에게 친근하려 함을 보고 기뻐 승낙할 것이오. 나라 안 자제들을 가려 뽑아 머리를 깎고 되놈의 옷을 입혀서, 그 중 선비는 가서 빈공과(賓貢科)249)에 응시하고, 또 서민은 멀리 강남(江南)에 건너가서 장사를 하면서, 저나라의 실정을 정탐하는 한편, 저 땅의 호걸들과 결탁한다면 한번 천하를 뒤집고 국치(國恥)를 씻을 수 있을 거요. 만약 명(明)나라 황족(皇族)에서 구해도 마땅한 사람을 얻지 못할 경우, 천하의 제후(諸侯)를 거느리고 그 가운데 적당한 사람을 하늘의 이름으로 천거한다면, 잘 되면 대국(大國)의 스승이 될 것이고, 못 되어도 백구지국(伯舅之國)250)의 지위를 잃지 않을 것이오."

이 대장은 힘없이 말했다.

"사대부들이 모두 삼가 예법(禮法)을 지키는데, 누가 변발(辮髮)을 하고 호복(胡服)을 입으려 하겠소?"

허생은 크게 꾸짖어 말했다.

"소위 사대부란 것들이 무엇이란 말인가? 오랑캐 땅에서 태어나 자칭 사대부라 뽐내다니, 어찌 어리석지 않다 하겠소? 의복은 흰옷을 입으니 그야말로 상인(喪人)과 같고, 머리털을 한데 묶어 송곳같이 만드는 것은 남쪽 오랑캐의 습속(習俗)에 불과하니, 대체 무엇을 가지고 예법이라 한단 말인가? 번오기(樊於期)251)는 원수를 갚기 위해서 자신의 목숨을 아끼지 않았고, 무령왕(武靈王)252)은 나라를 강성하게 만들기 위해서 되놈의 옷 입기를 부끄럽게 여기지 않았소. 이제 대명(大明)을 위해 원수를 갚겠다 하면서, 그까짓 머리털 하나를 아끼고, 또 장차 말을 달리고 칼을 쓰고 창을 던지며 활을 당기고 돌을 던져야 할 판국에 넓은 소매의 옷을 고쳐 입지 않고 딴에 예법이라고 한단 말인가? 내가 세 가지를 들어 말하였는데, 당신은 한 가지도 행하지 못한다면서 그래도 신임 받는 신하라 하겠는가? 신임 받는 신하라는 게 고작 이렇단 말인가? 당신 같은 자는 목을 베어야 마땅할 거요."

허생이 좌우를 돌아보며 칼을 찾아서 찌르려 하자 이 대장은 놀라 일어나 급히 뒷문으로 뛰쳐나가 도망쳐서 돌아갔다.

이튿날 허생의 집을 다시 찾아가 보았으나 집은 텅 비어 있었다.

<熱河日記 玉匣夜話>

(2) 盜婿

서울의 한 대적(大賊)이 딸을 두고 도둑질을 잘 하는 사위를 골랐다. 한 놈이 자원을 해 와서 그를 사위로 삼게 되었다.

대적의 사위는 날마다 낮잠이 일과였다. 장인이 성화를 내자 사위가 물었다.

"장인은 매일 밤 벌이가 얼마나 됩니까?"

"2,3백전, 아니면 4,5백전이지."

"그것도 돈이라고. 나는 그런 사소한 짓은 하기 싫소."

그날 밤 장인을 끌고 호조(戶曹)로 도둑질을 갔다. 지붕으로 올라가서 기왓장을 들어내고 구멍을 뚫은 다음 장인을 내려보내 천자은(天字銀)을 훔쳐 가지고 집으로 돌아왔다. 만여 전의 값이 되는 것이었다.

다음날 밤에 장인이 한탕 더 하고 싶어서 사위 모르게 다시 호조로 갔다. 구멍으로 엿보니 은이 눈처럼 빛났다. 탐심(貪心)이 크게 일어 기어 내려가다가 잘못하여 꿀독에 푹 빠졌다. 호조에서 은을 도둑맞은 줄 알고 범인을 잡으려고 꿀독 위에 은을 뿌려 유인하였던 것이다. 사위는 장인이 혼자 간 것을 알고 깜짝 놀라 급히 달려가 보니 과연 장인은 독 속에 빠져 고개만 내밀고 있지 않은가.

"장연어른이 이러고 있다간 필시 멸족(滅族)의 화를 당하고 말 것이오."

사위는 그만 장인의 목을 베어 가지고 돌아왔다. 장모가 기절할 만큼 놀라 울음보를 터뜨리려 하자 손을 저었다.

"제발 울음을 참아요. 큰 화가 닥칩니다. 뒷일은 내가 잘 처리할 테니 염려 말아요."

이튿날 호조의 관리들이 보니 머리 없는 시체만 남아 있어 모두 크게 놀랐다.

"이런 꼴이라니 괴상도 하다."

임금께 장계(狀啓)하니 임금 역시 대노하여 포도청의 이완(李浣) 대장을 불러 하교(下敎)하였다.

"국적(國賊)을 장사지내게 둘 수 없느니라. 자세히 정탐하여 잡아내도록 하여라."

"성상의 지엄하옵신 분부 신이 마땅히 힘을 다하겠나이다."

이완 대장은 물러 나와서 머리 없는 시체를 종로(鍾路) 거리에다 내놓고 포졸들을 시켜 지키도록 하였다.

이 때 장모가 사위에게 말하였다.

"장인 신체는 어떻게 찾아올 텐가?"

"그건 염려 마우."

어느 날 밤에 그는 패랭이를 쓰고 소주병을 지고 종로 거리로 나갔다. 한 겨울이라서 시체를 지키는 포교들이 추위에 떨어 몸이 동태가 되었고, 또 여러 날 눈을 붙이지 못한 끝이라 피곤함을 이기지 못하고 있었다. 그는 포교들 옆으로 가서 소주병을 내놓고 불을 쬐다가 이내 꾸벅꾸벅 졸았다. 포교들이 그가 조는 틈을 타서 소주병을 슬쩍 내려다가 서로 한 잔 또 한 잔 따라 마시는 것이었다. 참으로 맛좋은 소주였다. 춥고 배고팠던 끝이라 금방 술에 취하였다. 모두 쓰러져서 인사불성이 되었다. 이틈에 그는 시체를 지고 도망쳤다. 장모가 시신을 보고 반가와 곧 장사를 지내려고 했다.

"장인 장례는 아직 안 되지요. 나중에 좋은 도리가 나설 것이니 염려 말아요. 야단떨지 마세요."

포교들이 잠을 깨어 보니 지키던 시체가 온데간데 없어졌지 않았는가.

"아뿔싸! 속았구나. 조심하지 않은 죄가 크지만 일이 이 지경이 된 바에 사실대로 아뢰지 않을 수 있겠느냐?"

이 일을 듣고 이대장은 분통이 터졌다.

"세상에 이런 일이 있단 말이냐? 내 기어코 그놈을 잡아내서 버릇을 고쳐 놓고 말리라."

재차 명을 내렸다.

"필시 장사는 아직 지내지 못하였을 것이다. 이제부터 양 문에 수직(守直)하여 성문으로 나가는 시체를 검색하여라."

그는 이러한 사실을 듣고는 우선 관목(棺木)을 구해서 염을 하여 입관만 해 두었다. 그리고 곧 주선해서 포교의 사정(使丁)이 되어서 나다니며 조력을 하였다. 그가 워낙 영리한 사람이라 무슨 일이고 척척 해치우니 여러 포교들은 그를 가장 좋아하여 친분을 단단히 맺고 서로 인사가 늦었음을 탄식할 지경이었다. 이렇게 상종하기를 몇 달 계속하였는데, 어느 날 그가 삼베옷을 입고 나타났다.

"그간에 장인의 초상을 당했다네."

여러 포교들은 백지며 양초 등을 부조하였다. 며칠 후에 다시 와서 말하였다.

"아무 날 서대문 밖으로 운상(運喪)을 할 것이니 여러분들 시간을 맞춰와서 잘 검색해 보라구. 대장의 영을 어기지 말아야지."

"자네 그 무슨 망발인가? 자네 집안 일에 우리가 무슨 의심을 두겠나. 그런 염려랑 아예 말게."

장례날에 상행(喪行)을 제법 볼 만하게 꾸며 가지고 서대문에 다다랐다. 포교들이 서로 위로의 말을 하였다. 그는 상여를 멈추고 관뚜껑을 열어 보이려 하자 포교들은 펄쩍 뛰었다.

"거 무슨 망령인가? 열지 말고 나가래두."

"자네들 말이 옳기야 하지만 남들이 보는데 사정을 두는 듯해서 쓰겠나?"

"자네 집 일인데 남과 비할 수 있나. 공연스레 고집부리지 말게."

그는 못 이기는 척 상여를 떠메어 내갔다. 그래서 무사히 완장(完葬)하고 돌아온 것이다.

포교들이 여러 달 검색을 하였지만 진짜는 배송하고 어디서 찾아낼 것인가. 그렇게 속임을 당하다니 얼뜬 위인들이다. 상당한 시일이 지나서 포교들이 아뢰자 이대장은 명령했다.

"너희들 검문을 소홀히 해서 마침내 종적을 놓치고 말았구나. 필시 성문을 빠져 나간 것이다. 검문은 그만 중지하여라. 이제 그 도둑놈 머리가 잘리어진 날짜를 잡아서 소상(小喪)이 되는 날에 널리 사찰을 하여라."

그의 장모가 반우(返虞)하고 재를 지내려 하자 또 말렸다.

"마음이 아프더라도 그냥 참고 지냅시다. 그래야만 일가가 보전합니다."

이듬해 소상날 밤에 장모가 또 제사를 지내려 하자, 제지하였다.

"안 됩니다. 안 돼요. 시방 포교들이 쏘다니며 염문(廉問)을 하고 있어요. 소상을 지내다니요. 당장 불측지화(不測之禍)를 부릅니다."

포교들이 성안을 뒤졌지만 잡아내지를 못하였음이 물론이다. 이듬해 대상(大喪)이 되었다.

"벌써 오래 전 일 아닌가. 이제 무슨 탈이 있겠는가."

장모는 기어코 대상을 지내 묵은 설움까지 털어놓을 심산이었다.

"이번에도 제사를 못 모신다면 인정에 몹시 한이 되겠지만, 큰 화는 면하고 보아야지요. 오늘밤도 필경 염문하고 다닙니다. 아예 생각도 마십쇼."

장모가 결국 취중에 넋두리를 하고 말았다.

"애고 내 신세야. 남처럼 제 명에 죽지도 못하고 대소상도 남처럼 치르지 못하다니."

"야단났소."

그는 방문을 열어젖히고 나가서 소리쳤다.

"여러분들 다 들어오시오."

과연 포교들이 패를 지어서 정탐을 다니는데 그 집 근처에서도 귀를 기울이고 있었던 것이다.

"내 여러분들이 2년을 고생하신 줄 잘 알지요. 이왕 붙잡혔으니 구차히 도망하지 않으리라.'

술과 안주를 푸짐히 내어 포교들과 함께 취하도록 마시고는 자수하였다. 포도대장이 이튿날 잡아들여 문초를 하였다.

"이놈 너는 온갖 간사한 꾀를 다 부려 포위망을 빠져나가다가 이번엔 어떻게 붙잡혔느냐?"

"소인이 전후에 꾀를 써서 화를 벗어난 것이 너무 심했다 하시겠지만 사또께서 끝내 엄명을 내려 정탐을 계속한 것 또한 지독하십니다. 이에 이르러 달리 무슨 아뢸 말씀이 있으리까?"

이대장은 그의 남자다운 태도와 당돌한 언변에 감동하고 그 재주를 아끼어 말했다.

"내 너를 놓아주겠다. 대신 포도청의 일을 부탁하니 잘 거행하여라."

그는 매사에 능란하여 칭찬을 들었다. 하루는 이대장이 그를 불러 분부하였다.

"절해(絶海)의 아무 섬에 도적의 소굴이 있어 그 무리가 수천이 넘는다. 내가 벌써 염탐을 해 두고 아직 손을 못 대고 있다. 힘이 미치니 못해서이다. 너 같은 신출귀몰의 수단이 아니고는 해결할 수도 없구나. 너를 명하여 보내면 모조리 잡아오겠느냐?"

"소인이 이미 장령(將令)을 받고 어찌 감히 헐후(歇后)하리까? 잡아 올릴 테니 사또께서는 비밀히 처단하옵소서. 소인이 나가면 반년이 걸립니다."

그는 포교들을 거느리고 출발하였다. 그 섬 가까이 가서 따라온 포교들에게 당부하였다.

"너희들 여기서 내가 끝장을 낼 때까지 기다려라."

그는 적굴을 단신으로 들어갔다. 도둑들은 모두 그와 구면으로 함께 일하던 자들이었다. 도둑들은 그를 보고 크게 놀라서 일어나 절을 하는 것이었다.

"형님, 어떻게 여길 오십니까?"

"내 세상을 둘러보니 대사를 의논할 사람이 없더구나. 당세의 영웅이라면 이완 대장 한 분이더라. 내 이분과 대사를 같이 하기로 결의를 하고 동지를 찾는 중이다. 너희들이 장차 대사를 도모하려는 줄 알고 평생 손을 잡고 일을 같이 하자고 찾아온 것이다."

"이완 대장이 출중한 인물인 줄은 우리도 배가 부르도록 들었소. 결교(結交)할 의향을 두고 길이 없어하던 차였소."

"너희들 진심의 말이냐? 그렇다면 내가 너희들을 천거하겠으니 나가 보아라. 나가면 반드시 좋은 도리가 있어 대사를 도모할 수도 있을 것이다."

먼저 도둑 한 명을 문서와 함께 올려 보냈다. 중간에 등대시킨 포교가 영거(領去)하였으며, 도둑은 그 문서의 내용을 전혀 알지 못하였던 것이다. 도둑이 서울에 당도하여 즉시 이대장을 찾아가자 대장이 직접 나와 좋은 말로 대하는 것이었다. 도둑은 매우 기뻐하며 소원이 이루어지는 줄로 믿었다. 그러나 그 도둑은 다른 곳으로 이송되어 비밀히 처형당했다. 명을 받은 포교가 또 다른 도둑을 데려오면 서울서 역시 같은 방법으로 처형되었다. 몇 달 사이에 수천의 도둑들이 차례로 서울로 올라가서 간단하게 제거되니 죽는 놈이 죽는 줄도 모르고 죽어 갔다. 나머지 수다한 졸개들은 포교들을 불러 싹 쓸어 버렸다. 일을 끝내자 그가 동료 포교들에게 말하였다.

"나는 대장의 명을 받아 일을 마쳤네. 이제 더 할 일이 없으니 대장이 나를 용납하지 않을 것이니 나는 다른 곳으로 가겠네. 자네들 돌아가면 이렇게 아뢰게. 잘들 지내게."

그는 훌쩍 떠나갔다.

"참으로 빼어난 인물이야."

포교들이 서로 바라보며 혀들을 찼다. 그들이 서울로 돌아와서 이 사실을 아뢰자 대장은 무릎을 치며 분해하였다.

"아뿔싸! 분하다."

이대장의 본심은 일을 마친 후에 그를 해치우려는 속셈이었는데, 그가 이미 알아차렸던 것이다. 그 도둑이야말로 범상한 인물이 아니었을 것이다.

<鷄鴨漫錄>

(3) 婢夫

오모(吳某)는 양산(梁山) 사람이다. 사람됨이 어리석어 짚신을 삼아서 살아가는데, 그 짚신 모양이 매우 볼품없는 것이었다.

어느 서울 소년이 마침 짚신을 보고 우스개 소리를 하고 지나갔다.

"이 짚신이 서울 가면 100금자린걸."

오씨는 이 말을 진담인 줄로 믿고, 짚신 일곱 죽을 삼아서 짊어지고 서울로 올라왔다. 길옆에다 짚신을 벌여 놓고 누가 혹시 값을 물으면, "한 냥입죠."하니 모두 비웃으며 지나갔다. 며칠을 장터에 앉아 있어도 단 한 짝도 팔리지 않았다.

그때 방년 16세에 용모가 예쁘장하고 총명한 재상집 하녀가 정해주는 혼처는 마다하고 일찍부터 제 스스로 적당한 사람을 골라서 짝을 맺겠노라고 말해왔다.

어느 날 이 여자가 오씨의 짚신전 앞을 지나다가, 짚신 값을 턱없이 불러 전혀 사는 사람이 없음을 보고 마음속으로 이상히 여겼다. 3,4일을 계속 나가봐도 매양 한 가지이니 오씨에게 말을 붙였다.

"이 짚신을 내가 전부 사겠어요. 값이 얼마에요?"

"일곱 죽이니 70냥을 내얍죠."

"나와 같이 가서 돈을 받아가세요."

"그럽죠."

드디어 짚신을 지고 따라가 한 곳에 당도하니 집이 으리으리하고 대문이 높았다. 여자가 그를 자기 거처인 행낭으로 끌어들였다. 오씨는 자리에 앉기가 바쁘게 짚신 값을 독촉했다.

"내일 아침에 드릴 테니 하룻밤 묵어가세요."

하고 여자는 좋은 술과 안주를 내오는 것이었다. 다시 저녁상이 나오는데, 그릇이 정결하고 음식이 진기하여 먼 시골에서 채소나 먹던 사람은 난생 처음 구경하는 것이어서 마파람에 게 눈 감추듯 먹어치웠다.

밤이 되자 그 여자가 말했다.

"손님이 이왕 이렇게 오셨으니 저와 같이 자요."

"말인즉 반갑소만, 어찌 감히 바라겠오."

여자는 불을 끄고 옷을 벗고 누워 오씨와 운우지정(雲雨之情)을 누렸다.

이튿날 미명(微明)에 일어나자, 옷장을 열고 새 옷을 꺼내 목욕을 시키고 갈아입히니 풍모가 또한 당당하게 보였다.

"저는 이 댁 사환비(使喚婢)에요. 당신이 이제 제 낭군이 되었으니, 대감께 인사를 올려야 합니다. 그러나 절대로 뜰 아래서 절하진 마세요."

"그러지."

여자가 들어가서 고하였다.

"쉰네가 간밤에 지아비를 얻었습니다. 인사올릴까요?"

"그래, 들어오너라."

오씨가 불쑥 대청으로 올라서서 절을 하니 모시고 있던 사람이 오씨를 끌어내리려 했으나, 오씨는 꿈쩍 않고 서서 말했다.

"나는 명색이 향족(鄕族)이요. 지금 비록 계집종의 지아비가 됐으나, 결코 뜰 아래서 절할 수는 없소."

재상이 웃으며 말했다.

"아므게가 제 신랑감으로 고를 만하구나."

그로부터 오씨는 그 집 행낭살이를 하게 되었다.

하루는 그 여자가 돈 한 꿰미를 내어주며 이르는 것이었다.,

"당선은 퍽 사리에 밝지 못해요. 돈을 써보면 안목이 열리고 가슴이 트일 거예요. 이걸 갖고 나가서 다 쓰고 들어오세요"

저녁 때 오씨가 돌아와서 투덜댔다.

"제길, 먹고 싶지 않은 걸 술이건 떡이건 사먹을 필요가 있나. 진종일 돌아다녀도 돈 쓸 일이 하나도 없데. 한 푼도 못쓰고 그냥 왔어."

"길거리에 걸인(乞人)도 많은 걸 적선(積善)인들 못하나요?"

"아참, 그건 미처 생각 못했네."

이튿날 다시 한 꿰미를 차고 나갔다. 거지들을 모아놓고 돈을 땅에 뿌렸더니, 거지들이 다투어 줍는 것이 꼴이 가관이었다.

날마다 그는 이것이 일과였다. 그러다가 곰곰 생각해보니 허다한 돈을 그저 걸인에게 주어버리는 것이 부질없게 생각되었다. 이에 사장(射場)으로 발길을 돌려, 한량들과 사귀고는 매일 술과 고기를 나눠먹으니, 어느덧 막역한 사이가 되었다. 이어 가난한 형편에 공부하는 선비들과도 교유하여 더러 양식을 대주고, 더러 필묵을 제공하기도 하니, 모두들 요새 세상 사람이 아니라고 칭찬하였다.

그 여자는 오씨에게 사략(略史), 삼략(三略), 손무자(孫武子) 등의 글을 가서 배우도록 하여 대략 그 큰 뜻이나마 짐작하게 되었다. 이렇게 하여 수만 전을 썼다.

이때 여자는 그에게 새로이 당부하였다.

"당신은 아무래도 궁술(弓術)을 익혀 벼슬에 나가야겠어요."

오씨는 본래 건장한 사람인데다 한량들과 더불어 궁술을 연마하여 철전(鐵箭)이나 세전(細箭)이나 다 멀리 쏠 수 있었으며 무경칠서(武經七書)까지 깨친 터라 어렵지 않게 무과(武科)에 급제하여 홍패(紅牌)를 받았다. 부부는 그 홍패를 감추어두고 집안 사람도 모르게 했다.

여자가 오씨에게 말하였다.

"내가 저축했던 돈이 10만에 불과했어요. 당신이 전후에 근 7만 전을 축내고, 이제 3만이 남았으니 그걸로 당신이 장사를 해보면 어때요?"

"도무지 장사속을 알아야지. 무엇을 사서 팔아야 하나?"

"올해 대추 농사가 크게 흉년인데, 오직 호서(湖西) 어느 고을만 대추가 열렸대다 하니 가서 몽땅 사들여 오세요."

오씨가 이 말을 따라 어느 고을에 이르러 보니, 흉작이 심해서 들에 낫을 댈 곡식이 없고, 많은 사람이 굶어 쓰러져 있었다. 오씨는 보기에 너무 불쌍해서 손닿는 대로 돈을 모두 뿌려주고 올라왔다. 그 여자가 말했다.

"적선도 물론 큰 일이죠. 하지만 우리 돈이 떨어질 판인데 나중에 어떻게 살아갈래요?"

그리고 다시 만전을 주며 당부했다.

"면화(棉花) 농사가 팔도가 다 흉년인데, 오직 황해도 몇 고을만 괜찮다 하니, 거기 가서 면화를 사오세요."

오씨는 황해도에 가서도 충청도에서처럼 탈탈 털고 빈손으로 돌아왔다.

"제 돈이 이제 만 전뿐입니다. 이제 바닥을 긁어서 드리는 거예요. 이번엔 이것으로 헌 옷가지를 사 가지고 북도(北道)로 가서 삼베, 인삼, 피물(皮物) 등속과 바꿔오세요. 제발 먼저 같이 낭비하진 말아요."

오씨는 저자에 가서 헌옷 수십 벌을 사 가지고 함경도로 길을 떠났다. 함경도는 본래 면화가 토질에 맞지 않아서 금싸라기만큼이나 귀하기 때문에 옷을 해 입지 못해 겨울철 날이 따뜻해도 오히려 추위를 떨고 있었다. 오씨가 돈을 물쓰듯한 버릇으로 손이 커서 안변(安邊)서부터 육진(六鎭)에 이르기까지 헐벗은 사람들에게 옷가지를 죄다 나눠주어 버리니, 남은 것이라곤 치마와 바지 달랑 한 벌씩이었다.

"내 실로 남의 돈 10만 전만 축냈구나. 손을 털고 빈손으로 돌아가서 무슨 낯으로 집사람을 다시 대한단 말인가? 차라리 호랑이 뱃속에 장사나 지내자."

하고는 밤중에 홀로 산중으로 들어갔다. 벼랑길을 타고 깊은 산골로 들어가는데, 문득 나무가 빽빽한 사이로 등불이 반짝반짝했다. 그 집을 찾아가서 문을 두드리고 자고 가기를 청했니, 할멈이 문을 열고 나왔다.

"이 밤중에 이런 깊은 산골엘 무슨 일로 왔수?"

맞아들여 저녁상을 내오는데 대접이 극진했다. 오씨가 마지막 남은 바지와 치마를 꺼내주니 할멈이 기뻐 어쩔 줄 모르며, 당장 갈아입고 거듭 치하하는 것이었다.

오씨는 상에 놓인 나물이 인삼임을 보고 물었다.

"이 나물은 어디서 났습니까?"

"근방에 도라지 밭이 있어서 매양 캐다 나물해 먹지요."

"더 캐다 둔 것이 있나요?"

할멈이 수십 뿌리를 내보이는데 모두 인삼이고, 잔 것은 손가락만 하고 굵은 것은 발목만 했다. 잠시 뒤에 밖에서 짐을 내려 놓는 소리가 들렸다.

"우리 아이가 왔군요. 저 애가 태어나서 처음엔 겨드랑이 양옆에 조그만 날갯죽지가 돋쳐 가지고 가끔 벽에 날아 붙기도 합디다. 그래 제 애비가 쇠꼬챙이로 지지기도 했으나 날개가 다시 돋칩디다. 점차 자라는데 기운이 초등(超等)하여 이런 평시에는 아무래도 화가 미칠까 염려되어, 이 깊은 산골로 들어와서 사냥을 하여 살아가고 있읍죠. 제 애비는 벌써 죽었고, 나 혼자 저것을 데리고 살아간답니다."

하고, 이어서

"귀한 손님이 오셨다. 들어와 인사올려라. 이 손님께서 내게 치마와 바지를 주시어 몸을 가리게 하시니 실로 은인이시다."

할멈의 아들이 곧 들어와서 절을 했다.

이튿날 아침 할멈에게 말하기를

"도라지 밭을 보고 싶은데요."

할멈이 오씨와 함께 산마루 하나를 넘어가서 한 곳에 이르러 가리키는데 산이 온통 인삼밭이었다. 이날 온종일 인삼을 캤다. 그 크기가 같지는 않았으나 개중에 동자삼(童子蔘)도 많았다. 한 데 모으니 대여섯 바리가 착실히 되었다. 오씨가 걱정하였다.

"산즁에 말도 없고 이걸 다 어떻게 운반한다지?"

할멈의 아들이 말했다.

"내가 원산까지 져다 드리겠습니다. 거기서부터 말에 싣고 가십시오."

오씨는 그 말대로 하여 세마(貰馬)에 싣고 서울로 올라왔다. 집에 돌아와서 아내에게 전후사정을 이야기하자, 아내가 기뻐하며 말했다.

"당신이 적선을 많이 한 덕분에 하느님이 선물을 주신 거예요. 오늘 이렇게 돌아오신 것도 우연이 아니예요. 내일이 대감님 회갑이시라 조정의 벼슬아치들이 모두 모입니다. 당신이 여러 대감들께 인사를 드리면 벼슬 한 자리 얻기가 그리 어렵겠어요?"

다음날 여자가 아침 굵은 것으로 인삼 다섯 뿌리를 골라 대감에게 바쳤다.

"쉰녀의 지아비가 행상을 나갔다가 마침 이 물건을 얻어왔기에 대감마님께 바치옵니다."

대감이 대희(大喜)하여 오씨를 불러보니 여자가 미리 활과 화살을 준비해두어서 착용하고 들어갔다. 대감이 물었다.

"그게 무슨 복장인가?"

"소인이 예전에 무과에 급제했습죠. 장사하느라 홍패를 숨겨두고 아직 대감님께 여쭈지 못했습니다."

"그래, 신수도 초초치 않은 걸."

이윽고 벼슬아치들이 차차 당도해서 대감이 인삼을 자랑했더니, 모두들 부러워했다.

"이런 진귀한 물건을 대감이 독차지하시다니, 우리도 좀 나눠 가집시다."

"얻은 것이 이것뿐인 걸 어떻게 나눠 드릴 수 있겠오."

오씨가 그때 옆에 있다가 말했다.

"소인 행장에 인삼이 좀 남았습죠. 다소간 나눠 드리고 조그만 성의나마 표할까 합니다."

하고 내어다가 세 뿌리씩을 바치었다. 벼슬아치들 역시 크게 기뻐하며 대감에게 물었다.

"저 사람이 누굽니까?"

"제가 귀여워하는 계집종의 지아비지요. 명색은 향족이고, 무과 출신(武科出身)입니다."

"대감댁 비부로 저만한 무변(武弁)이 아직 초사(初仕) 한 자리도 못했다니, 어찌 대감의 허물이 아니겠오?"

"저 사람 무과(武科)는 저 역시 오늘 처음 알았오이다."

해가 이미 기울어져서 여러 벼슬아치들이 취하여 흩어졌다. 오씨는 인삼을 팔아서 수십만 전의 돈을 벌었다. 그 뒤로 여러 벼슬아치들이 서로 끌어주어서 얼마 안 되어 무겸선전관(武兼宣傳官)으로 임용되고, 차차 승진하여 수사(水使)에 이르렀다. 그에 앞서 아내를 속량(贖良)해서 백년해로하였다.

<青邱野談>

(4) 신원충 설화

옛날에 신원충이 살았는데, 살고 있는 집의 몸채는 용담면 옥거리에 있었고, 행랑채는 코큰이 마을(상전면 구룡리 비대마을) 앞에 있는 연방죽에 있었다. 용담 들 건너 층층담 너머 내려오면 반반한 전답이 있는데 이곳이 신충원의 집 몸채 자리이다. 코큰이 연방죽을 메워 행랑채를 만들었다. 신원충은 그 먼 거리를 단 몇 걸음에 옮길 정도로 신기한 힘을 가지고 있었다.

신원충이 남매는 재주가 무척 좋았다. 하루는 누나하고 동생하고 내기를 했다. 그전에는 초가집이었는데, 누나하고 내기를 하여 누나는 하룻밤 사이에 삼씨를 뿌려 하루 식전에 다 키워내어 옷을 지어내기로 하고, 동생은 산에 있는 억새를 베어다가 지붕을 이기로 했다. 동생은 지붕을 다 이고서 조금 남겨 놓고 누나를 내려다보니까 누나는 벌써 옷을 다 지어놓고 있었다. 그래서 누나에게 지고 말았다.

신원충의 아버지가 죽을 때가 되어 유언을 하게 되었다. 모든 식구들이 들어와 임종을 지켜보며 유언을 들으려 하는데 아버지가 남이 있어서 못 하겠다고 했다. 아들이 누가 남이냐고 물으니, 마누라는 남이다 하고 말하는 것이었다. 신원충의 아버지는 "'여자는 말을 못 참고 함부로 내뱉기 때문에 일을 망친다, 그러니 내보내라."고 하였다. 이 말을 듣고 신원충의 자녀들이 어머니는 나가 있으라고 하니까 그 어머니는 한편으로 서운하고 한편으로는 괘씸하여 나가다 말고 문 밖에서 엿들었다.

신원충의 아버지가 유언하기를, "내가 죽거든 목을 끊어서 월계리 샘에 묻고, 나머지 몸뚱이는 느리미고개(금산 가는 고개)에 묻어라"고 했다. 아들이 아버지 유언대로 장사를 지내고 난 후 월계리에는 문둥이가 많이 생기고 느리미고개에서는 원님이 말을 타고 지나다 보면 말 다리가 계속해서 부러졌다. 그러던 차에 어머니하고 아들하고 말다툼이 일어나 어머니가 무의식중에 아들에게 "저 놈은 아버지가 죽은 뒤 목을 자르고 목을 샘에 장사지내고 몸뚱이는 고개에다 장사지낸 놈"이라고 했다.

동네 사람들이 이 말을 듣고 샘을 퍼 보니 학이 한 마리 나왔는데, 꽁지만 안 떨어져서 퍼덕거리다가 사그라져 버렸다. 느리미고개에 가서 몸뚱이 묻은 곳을 파 보니 널을 열두 채 묻었는데 맨 밑에다가 야물게 안팎으로 다져서 장사지내 있었다. 사람들이 함께 관을 뜯어보니 몸뚱이가 용이 거의 다 되고 꼬리만 안 되었다가 사람들이 관 뚜껑을 여는 바람에 사그라져 버렸다. 그러니 관가에서 신원충의 후손들을 잡으려고 나섰는데 누나하고 동생은 도망쳤고 어머니는 잡혀 버렸다.

남매는 도망쳐서 굴바위(현재 용담면 소재지에서 남동 방향으로 약1km 떨어진, 주자천 남쪽 냇가에 이 바위가 있음)에 숨어 있었다. 관가에서는 이들을 잡으려고 어머니를 붙잡아 그 머리채를 말꼬리에 매달아 끌고 다니면서 괴롭히니까 이들이 보다 못하여 바위문을 열고 나와서 잡혔다. 이들이 숨어 있던 바위굴에는 갑옷과 투구, 창들이 있었는데 지금은 사람들이 막아 버렸다고 한다. 아버지가 용이 되었으면 아들이 큰 일을 할 수 있는 사람이 되었을 텐데, 아버지가 용이 되려다 못 되었기 때문에 큰일을 못하고 잡혀 죽은 것이다. 아들과 딸을 죽이고 난 후에 느리미고개에 묘를 썼던 자리를 숯으로 메워 버렸다고 한다.

<임명진 채록>

(5) 말구멍의 아기장수

충남 보령군 웅천면 독산리 뒷바닷가에는 두쪽으로 쪼개져 있는 둥근 큰 바위가 있다. 그 옆에 약 500미터 떨어진 곳에 동굴이 있는데 끝이 나지 않는 긴 굴로 되어 있다.

예전에 한 노파가 바닷가에를 다녀오는데 동굴 안에서 짐승의 울음소리가 났다. 그래서 그 속을 들여다보니 한 마리의 말이 울고 있다가 노파의 인기척을 알아차리고 동굴 속으로 깊숙이 도망갔다. 한데 이상한 것은 그 후 동굴의 근처에 있는 둥근 돌이 하루하루 자라나는 것이다. 처음에는 물 속에 잠겨 있더니 차차 커져서 물 위로 나오게 되었다. 이 이야기는 동내에 퍼지고 관가에까지 알려졌는데, 당시 고을 원님은 마음이 좋지 못한 사람이라서 그 돌이 큰 장군이 태여날 징조라는 걸 예감하고서 빨리 깨버리라고 명령했다. 그래 깨보았더니 그 속에서 날개가 나 있는 한 아기가 나왔다. 마지막 깃이 나지 않아 날지 못하는 아기를 원님은 죽여버리도록 명령했다. 그 아기가 죽은 후 동굴 속에서 말이 뛰어나와서 발광을 하다가 돌에 머리를 부딪혀 죽었다. 이 말은 하늘에서 나려온 말이었는데 장차 나라를 다스릴 아기가 죽어버리자 자기도 따라 죽었던 것이다. 그 후부터 이 동굴을 말구멍이라고 부르기 시작했는데, 이 동굴은 가장 높은 산위의 구멍과 통하고 있기 때문에 하늘의 말이 자랄 수 있었다고 한다.(71. 7. 25, 忠南 保寧郡 熊川面 獨山里)

제 3 장
자연 강토의 노래

1. 보고 느끼는 자연

(1) 夏日卽事

이규보(李奎報;1168~1241)

輕衫小簟臥風檻	가벼운 적삼 작은 대자리로 바람 창에 누웠다가
夢斷啼鷪三兩聲	꾀꼬리 울음소리에 꿈길이 끊어졌네.
密葉翳花春後在	우거진 잎에 가리운 꽃은 봄 뒤에 여전히 남았고
薄雲漏日雨中明	엷은 구름 사이 해는 비 속에 밝아라.

<東國李相國集>

(2) 春興

정몽주(鄭夢周;1337~1392)

春雨細不滴	봄비 가늘어 방울지지 않더니
夜中微有聲	밤중에야 희미하게 소리 들리네.
雪盡南溪漲	눈 녹아 남쪽 개울물이 불어났겠거니
草芽多少生	풀 싹은 얼마쯤 돋아났을까.

<東文選>

(3) 雪

김병연(金炳淵;1807~1863)

天皇253)崩乎人皇崩	천황이 돌아가셨나 인황이 돌아가셨나
萬樹靑山皆被服	청산의 나무마다 다 상복(喪服) 입었네.
明日若使陽來弔	이튿날 해가 와서 조문(弔問)하면
家家簷前淚滴滴	집집마다 처마 끝에 눈물이 방울 짓겠지.

<金笠詩集>

(4) 漁父四時詞(春詞)

압개254)예 안개것고 뒫뫼희 히비췬다
빈 떠라 빈 떠라
밤믈은 거의 디고 낟믈이 미러온다
至匊忽255) 至匊忽 於思臥256)
江村 온갖 고지 먼빗치 더옥 됴타

날이 덥도다 믈우희 고기 떧다
닫 드러라 닫 드러라
굴며기 둘식세식 오락가락 ᄒᆞᄂᆞ고야
至匊忽 至匊忽 於思臥
낫대는 쥐여 잇다 濁酒甁 시릿ᄂᆞ냐

東風이 건들 부니 믉결이 고이 닌다
돋 드라라 돋 드라라
東湖룰 도라보며 西湖로 가쟈스라
至匊忽 至匊忽 於思臥
압뫼히 디나가고 뒫뫼히 나아온다

우난 거시 벅구기가 프른 거시 버들숩가
이어라 이어라
漁村 두어집이 넛속의 나락들락
至匊忽 至匊忽 於思臥
말가ᄒᆞᆫ 기픈 소희 온갇 고기 뛰노ᄂᆞ다

고은 볏티 쬐얀ᄂᆞᆫ디 믉결이 기름ᄀᆞᆺ다
이어라 이어라
그물을 주어두랴 낙시롤 노흘일가257)
至匊忽 至匊忽 於思臥
濯纓歌258)의 興이 나니 고기도 니즐노다

夕陽이 빗겨시니 그만ᄒ야 도라가쟈
돈 디여라 돈 디여라
岸柳汀花ᄂ 고븨고븨 새롭고야
至匊怱 至匊怱 於思臥
三公을 불리소냐259) 萬事를 싱각ᄒ랴

芳草를 볼와보며 蘭芷도 뜨더보쟈
비 셰여라 비 셰여라
一葉扁舟에 시른 거시 무스것고
至匊怱 至匊怱 於思臥
갈 제난 니뿐이오 올 제는 둘이로다

醉ᄒ야 누얻다가 여흘아래 ᄂ리려다
비 매여라 비 미여라
落紅이 흘러오니 桃源이 갓갑도다
至匊怱 至匊怱 於思臥
人世紅塵이 언메나 ᄀ렷ᄂ니

낙시줄 거더 노코 蓬窓260)의 달을 보쟈
닫 디여라 닫 디여라
ᄒ다 밤 들거냐 子規소리 묽게 난다
至匊怱 至匊怱 於思臥
나믄 興이 無窮ᄒ니 갈 길흘 니젓딴다

來日이 또 업스랴 봄밤이 몃덛261) 새리
비 브텨라 비 브텨라
낫대로 막대 삼고 柴扉랄 ᄎ자보쟈
至匊怱 至匊怱 於思臥
漁父生涯ᄂ 이렁구러 디낼로다

<孤山遺稿 卷之六 下 別集>

(5) 賞春曲

정극인(丁克仁;1401~1481)

紅塵(홍진)262)에 뭇친 분네 이내 生涯(생애) 엇더ᄒᆞᆫ고
녯사ᄅᆞᆷ 風流(풍류)ᄅᆞᆯ 미ᄎᆞᆯ가 못 미ᄎᆞᆯ가
天地間(천지간) 男子(남자)몸이 날만ᄒᆞᆫ 이 하건마ᄂᆞᆫ
山林(산림)에 뭇처이셔 至樂(지락)을 ᄆᆞ롤것가
數間茅屋(수간모옥)을 碧溪水(벽계수) 앏픠 두고
松竹 鬱鬱裏(송죽 울울리)에 風月主人(풍월주인) 되여셔라
엇그제 겨을 지나 새봄이 도라오니
桃花杏花(도화행화)ᄂᆞᆫ 夕陽裏(석양리)예 퓌여잇고
綠楊芳草(녹양방초)ᄂᆞᆫ 細雨中(세우중)에 프르도다
칼로 ᄆᆞᆯ아낸가 붓으로 그려낸가
造化神功(조화신공)263)이 物物(물물)마다 헌ᄉᆞ롭다264)
수풀에 우ᄂᆞᆫ 새ᄂᆞᆫ 春氣(춘기)ᄅᆞᆯ 못내 계워 소ᄅᆞ마다 嬌態(교태)로다
物我一體(물아일체)어니 興(흥)이이 다ᄅᆞᆯ소냐
柴扉(시비)예 거러보고 亭子(정자)애 안자보니
逍遙吟詠(소요음영)265)ᄒᆞ야 山日(산일)266)이 寂寂(적적)ᄒᆞᆫ듸
閒中眞味(한중진미)ᄅᆞᆯ 알 니 업시 호재로다
이바 니웃드라 山水(산수)구경 가쟈스라
踏靑(답청)267)으란 오ᄂᆞᆯ ᄒᆞ고 浴沂(욕기)268)란 來日(내일) ᄒᆞ새
아ᄎᆞᆷ에 採山(채산)ᄒᆞ고 나조ᄒᆡ 釣水(조수)ᄒᆞ새
ᄀᆞᆺ 괴여 닉은 술을 葛巾(갈건)으로 밧타노코
곳나모 가지 것거 수 노코 먹으리라
和風(화풍)이 건듯 부러 綠水(녹수)ᄅᆞᆯ 건너오니
淸香(청향)은 잔에 지고 落紅(낙홍)은 옷새 진다
樽中(준중)이 뷔엿거든 날ᄃᆞ려 알외여라
小童(소동)아ᄒᆡ다려 酒家(주가)에 술을 믈어
얼운은 막대 집고 아ᄒᆡᄂᆞᆫ 술을 메고
微吟緩步(미음완보)269)ᄒᆞ야 시냇ᄀᆞ의 호자 안자
明沙(명사) 조ᄒᆞᆫ 믈에 잔 시어 부어들고
淸流(청류)ᄅᆞᆯ 굽어보니 ᄯᅥ오ᄂᆞ니 桃花(도화)ㅣ로다

武陵(무릉)270)이 갓갑도다 져 미이 긘거인고
松間細路(송간세로)에 杜鵑花(두견화)롤 부치들고
峰頭(봉두)에 급피 올나 구름소긔 안자보니
千村萬落(천촌만락)이 곳곳이 버러잇뇌
煙霞日輝(연하일휘)271)는 錦繡(금수)롤 재펏는 돗272)
엇그제 검은 들이 봄빗도 有餘(유여)홀샤
功名(공명)도 날 씌우고 富貴(부귀)도 날 씌우니273)
淸風明月外(청풍명월외)예 엇던 벗이 잇스올고
簞瓢陋巷(단표누항)274)에 훗튼 혜음 아니ᄒ니
아도타 百年行樂(백년행락)이 이만ᄒ들 엇지ᄒ리

<不憂軒集>

(6) 關東別曲

정철(鄭澈;1536-1593)

강호(江湖)에 병(病)이 깁퍼 듁님(竹林)의 누엇더니
관동(關東) 팔빅니(八白里)에 방면(方面)을 맛디시니
어와 셩은(聖恩)이야 가디록275) 망극(罔極)ᄒ다
연츄문(延秋門)276) 드러드라 경회(慶會) 남문(南門) ᄇ라보며
하딕(下直)고 믈러나니 옥졀(玉節)277)이 알퓌 셧다
평구역(平丘驛)278) 믈을 ᄀ라 흑슈(黑水)279)로 도라드니
셤강(蟾江)280)은 어듸메오 티악(雉岳)이 여긔로다
쇼양강(昭陽江) ᄂ린 믈이 어드러로 든단 말고
고신거국(孤臣去國)에 빅발(白髮)도 하도 할샤
동쥐(東州ㅣ)281) 밤 계오 새와 북관뎡(北寬亭)282)의 올나ᄒ니
삼각산(三角山) 데일봉(第一峯)이 ᄒ마면283) 뵈리로다
궁왕대궐(弓王大闕) 터희 오작(烏鵲)이 지지괴니
천고흥망(千古興亡)을 아ᄂ다 몰ᄋᄂ다
회양(淮陽) 녜일홈이 마초아 ᄀ툴시고
급댱유(汲長孺)284) 풍치(風采)를 고텨 아니 볼 게이고
영듕(營中)이 무ᄉ(無事)ᄒ고 시졀(時節)이 삼월(三月)인 제
화천(花川) 시내길히 풍악(風樂)으로 버더 잇다
힝장(行裝)을 다 썰티고 셕경(石逕)의 막대 디퍼
빅천동(白千洞) 겨틱 두고 만폭동(萬瀑洞)285) 드러가니
은(銀)ᄀ툰 무지게 옥(玉)ᄀ툰 용(龍)의 초리
셧들며 뿜ᄂ는 소리 십리(十里)의 ᄌ자시니
들을 제ᄂ는 우레러니 보니ᄂ는 눈이로다
금강딕(金剛臺)286) 민 우층(層)의 션학(仙鶴)이 삿기 치니
츈풍(春風) 옥덕셩(玉笛聲)의 첫줌을 씌돗던디
호의현샹(縞衣玄裳)287)이 반공(半空)의 소소 ᄯ니
셔호(西湖) 녯쥬인(主人)288)을 반겨셔 넘노ᄂ는 둧
쇼향노(小香爐) 대향노(大香爐) 눈 아래 구버보고
정양ᄉ(正陽寺) 진헐딕(眞歇臺) 고텨 올나 안존마리
녀산(廬山) 진면목(眞面目)이 여긔야 다 뵈ᄂ다

어와 조화옹(造化翁)이 헌ᄉ토 헌ᄉ홀샤289)
눌거든 ᄲᅱ디 마나 셧거든 솟디 마나
부용(芙蓉)을 고잣ᄂᆞᆫ 둣 빅옥(白玉)을 믓것ᄂᆞᆫ 둣
동명(東溟)290)을 박츠ᄂᆞᆫ 둣 북극(北極)을 괴왓ᄂᆞᆫ 둣
놉흘시고 망고디(望高臺) 외로올샤 혈망봉(穴望峯)이
하ᄂᆞᆯ의 추미러 므ᄉ 일을 ᄉ로리라
쳔만겁(千萬劫) 디나ᄃᆞ록 구필 줄 모ᄅᆞᄂᆞᆫ다
어와 너여이고 너 ᄀᆞᄐᆞ니 ᄯᅩ 잇ᄂᆞᆫ가
ᄀᆡ심디(開心臺) 고텨 올나 즁향셩(衆香城) ᄇ라보며
만이쳔봉(萬二千峯)을 녁녁(歷歷)히 혀여ᄒᆞ니
봉(峯)마다 및쳐 잇고 긋마다 서린 긔운
ᄆᆞᆰ거든 조티 마나 조커든 ᄆᆞᆰ디 마나
뎌 긔운 흐텨 내야 인걸(人傑)을 ᄆᆞᆫ돌고쟈
형용(形容)도 그지업고 톄셰(體勢)도 하도 할샤
텬디(天地) 삼기실 제 ᄌᆞ연(自然)이 되연마ᄂᆞᆫ
이졔 와 보게 되니 유졍(有情)도 유졍(有情)홀샤
비로봉(毗盧峯) 샹샹두(上上頭)의 올라 보니 긔 뉘신고
동산(東山) 태산(泰山)291)이 어ᄂᆞ야 놉돗던고
노국(魯國) 조븐 줄도 우리ᄂᆞᆫ 모ᄅᆞ거든
넙거나 넙은 텬하(天下) 엇디ᄒᆞ야 젹닷 말고
어와 뎌 디위292)ᄅᆞᆯ 어이ᄒᆞ면 알 거이고
오ᄅᆞ디 못ᄒᆞ거니 ᄂᆞ려가미 고이홀가
원통골(圓通골293) ᄀᆞᄂᆞᆫ 길로 ᄉᆞᄌᆞ봉(獅子峯)을 ᄎ자가니
그 알ᄑᆡ 너러바회 화룡(化龍)쇠 되여셰라
쳔년(千年) 노룡(老龍)이 구비구비 서려 이셔
듀야(晝夜)의 흘녀 내여 창ᄒᆡ(滄海)예 니어시니
풍운(風雲)을 언제 어더 삼일우(三日雨)294)ᄅᆞᆯ 디련ᄂᆞᆫ다
음애(陰崖)예 이온 플을 다 살와 내여ᄉ라
마하연(摩訶衍) 묘길샹(妙吉祥) 안문(雁門)재 너머 디여
외나모 써근 ᄃᆞ리 블뎡디(佛頂臺) 올라ᄒᆞ니
쳔심졀벽(千尋絶壁)을 반공(半空)애 셰여 두고
은하슈(銀河水) 한 구비ᄅᆞᆯ 촌촌이 버혀 내여
실ᄀᆞ티 플텨이셔 뵈ᄀᆞ티 거러시니

도경(圖經)295) 열 두 구비 내 보매는 여러히라
이뎍션(李謫仙) 이제 이셔 고텨 의논ᄒ게 되면
녀산(廬山)296)이 여긔도곤 낫단 말 못ᄒ려니
산듕(山中)을 미양 보랴 동ᄒᆡ(東海)로 가쟈ᄉ라
남여(藍輿)297) 완보(緩步)ᄒ야 산영누(山映樓)298)의 올나ᄒ니
녕농벽계(玲瓏碧溪)와 수셩뎨됴(數聲啼鳥)는 니별(離別)을 원(怨)ᄒ는 듯
졍기(旌旗)를 썰티니 오ᄉᆡᆨ(五色)이 넘노는 듯
고각(鼓角)을 셧부니 ᄒᆡ운(海雲)이 다 것는 듯
명사(鳴沙)길299) 니근 ᄆᆞᆯ이 취션(醉仙)을 빗기 시러
바다ᄒᆞᆯ 겻티 두고 ᄒᆡ당화(海棠花)로 드러가니
ᄇᆡᆨ구(白鷗)야 ᄂᆞ디 마라 네 버딘 줄 엇디 아는
금난굴(金幱窟)300) 도라 드러 총셕뎡(叢石亭) 올라ᄒ니
ᄇᆡᆨ옥누(白玉樓) 남은 기동 다만 네히 셔 잇고야
공슈(工倕)301)의 셩녕302)인가 귀부(鬼斧)로 다ᄃᆞ믄가
구ᄐᆞ야 뉵면(六面)은 므어슬 샹(象)톳던고
고셩(高城)을란 뎌만 두고 삼일포(三日浦)를 ᄎᆞ자가니
단셔(丹書)303)는 완연(宛然)ᄒ되 ᄉᆞ션(四仙)304)은 어ᄃᆡ 가니
예 사흘 머믄 후(後)의 어ᄃᆡ 가 ᄯᅩ 머믈고
션유담(仙遊潭) 영낭호(永郎湖) 거긔나 가 잇는가
쳥간뎡(淸澗亭) 만경ᄃᆡ(萬景臺) 몃 고ᄃᆡ 안돗던고
니화(梨花)는 볼셔 디고 졉동새 슬피 울 제
낙산(落山) 동반(東畔)으로 의샹ᄃᆡ(義相臺)305)예 올라 안자
일츌(日出)을 보리라 밤듕만 니러ᄒ니
샹운(祥雲)이 집픠는 동 뉵뇽(六龍)이 바티는 동
바다ᄒᆡ 써날 제는 만국(萬國)이 일위더니
텬듕(天中)의 티쓰니 호발(毫髮)을 혜리로다
아마도 녈구롬306) 근쳐의 머믈셰라
시션(詩仙)은 어ᄃᆡ 가고 ᄒᆡ타(咳唾)307)만 나맛ᄂᆞ니
텬디간(天地間) 장(壯)ᄒᆞᆫ 긔별 ᄌᆞ셔히도 홀셔이고
샤양현산(斜陽峴山)308)의 텩툑(躑躅)을 므니불와309)
우개지륜(羽蓋芝輪)310)이 경포(鏡浦)로 ᄂᆞ려가니
십리(十里) 빙환(氷紈)311)을 다리고 고텨 다려
댱숑(長松) 울ᄒᆞᆫ 소개 슬ᄏᆞ장 펴뎌시니

믈결도 자도 잘샤 모래롤 혜리로다
고쥬히람(孤舟解纜)312)ㅎ야 뎡즈(亭子) 우히 올나가니
강믄교(江門橋)313) 너믄 겨틱 대양(大洋)이 거긔로다
죵용(從容)ㅎ다 이 기샹(氣像) 활원(濶遠)ㅎ댜 뎌 경계(境界)
이도곤 ᄀ쥰 딕 쏘 어듸 잇닷 말고
홍쟝(紅粧) 고스(古事)314)랄 헌스타 ㅎ리로다
강능(江陵) 대도호(大都護) 풍속(風俗)이 됴흘시고
졀효졍문(節孝旌門)이 골골이 버러시니
비옥가봉(比屋可封)315)이 이제도 잇다 훌다
진쥬관(眞珠館)316) 듁셔류(竹西樓)317) 오십쳔(五十川)318) 느린 믈이
대빅산(太白山) 그림재롤 동히(東海)로 다마 가니
출하리 한강(漢江)의 목멱(木覓)의 다히고져
왕뎡(王程)319)이 유흔(有限)ㅎ고 풍경(風景)이 못 슬믜니320)
유회(幽懷)도 하도 할샤 긱슈(客愁)도 둘 듸 업다
션사(仙槎)321)롤 씌워 내여 두우(斗牛)322)로 향(向)ㅎ살가
션인(仙人)을 추ᄌ려 단혈(丹穴)323)의 머므살가
텬근(天根)324)을 못내 보와 망양뎡(望洋亭)의 올은말이
바다 밧근 하늘이니 하눌 밧근 므서신고
ᄀ득 노흔 고래 뉘라셔 놀내관듸
불거니 쁨거니 어즈러이 구는지고
은산(銀山)을 것거 내여 뉵합(六合)325)의 ᄂ리는 돗
오월쟝텬(五月長天)의 빅셜(白雪)은 므스일고
져근덧 밤이 드러 풍낭(風浪)이 뎡(定)ㅎ거늘
부상(扶桑) 지쳑(咫尺)의 명월(明月)을 기드리니
셔광쳔댱(瑞光千丈)326)이 뵈는 돗 숨는고야
쥬렴(珠簾)을 고텨 것고 옥계(玉階)롤 다시 쓸며
계명셩(啓明星)327) 돗도록 곳초 안자 브라보니
빅년화(白蓮花) 흔 가지롤 뉘라셔 보내신고
일이 됴흔 셰계(世界) 늠대되 다 뵈고져
뉴하쥬(流霞酒)328) ᄀ득 부어 돌ᄃ려 무론 말이
영웅(英雄)은 어딕 가며 스션(四仙)은 긔 뉘러니
아민나 만나 보아 녯 긔별 뭇쟈 ㅎ니
션산(仙山) 동히(東海)예 갈 길히 머도 멀샤

송근(松根)을 베여 누어 픗줌을 얼픗 드니
꿈애 혼 사름이 날드려 닐온 말이
그디롤 내 모르랴 상계(上界)예 진션(眞仙)이라
황뎡경(黃庭經) 일ᄌ(一字)329)롤 엇디 그릇 닐거 두고
인간(人間)의 내려와셔 우리롤 똘오는다
져근덧 가디 마오 이 술 혼 잔 머거 보오
북두셩(北斗星) 기우려 창희슈(滄海水) 부어 내여
저 먹고 날 머겨놀 서너 잔 거후로니
화풍(和風)이 습습(習習)330)호여 냑익(兩腋)을 추혀 드니
구만니댱공(九萬里長空)애 져기면331) 눌리로다
이 술 가져다가 스히(四海)예 고로 눈화
억만창싱(億萬蒼生)을 다 취(醉)케 밍근 후(後)의
그제야 고텨 맛나 쏘 혼 잔 ᄒ쟛고야
말 디쟈 학(鶴)을 트고 구공(九空)의 올나가니
공듕옥쇼(空中玉簫) 소리 어제런가 그제런가
나도 줌을 씨여 바다홀 구버보니
기픠롤 모르거니 ᄀᆞ인들 엇디 알리
명월(明月)이 쳔산만낙(千山萬落)의 아니 비쵠 듸 업다

<松江歌辭 關西本>

2. 자연에서의 삶

(1) 獨樂八曲

권호문(權好文;1532~1587)

太平聖代 田野逸民(再唱)
耕雲麓 釣烟江이 이밧긔 일이업다
窮通이 在天ᄒ니 貧賤을 시름ᄒ랴
玉堂金馬[332]는 내의 願이 아니로다
泉石이 壽域[333]이오 草屋이 春臺[334]라
於斯臥 於斯眠 俯仰宇宙 流觀[335] 品物ᄒ야
居居然 浩浩然 開襟獨酌
岸幘長嘯[336] 景 긔 엇다ᄒ니잇고

태평성대에 시골에서 은거하는 선비(재창)
구튼 밭이랑 갈고, 안개 낀 강가에서 술잔 기울이니 이밖에 일이 없다
빈궁과 영달은 하늘에 있으니, 빈천을 걱정하랴
옥당의 금마는 내 원하는 바 아니로다
천석이 수역이요, 초옥은 춘대로구나
어사와 어사라, 우주를 내리 굽어보며 삼라만상 살피면서
느긋하게 호연지기로 옷깃을 열면서 홀로 술을 마신다
두건을 넘기면서 휘파람 부는 모습, 그것이 어떠합니까?

草屋三間 容膝裏[337] 昂昂[338] 一閒人(再唱)
琴書를 벗을 삼고 松竹으로 울을 ᄒ니
修修[339]生事와 淡淡襟懷예 塵念이 어디나리
時時예 落照趂淸 蘆花 岸紅ᄒ고
殘烟帶風 楊柳 飛ᄒ거든
一竿竹 빗기안고 忘機伴鷗 景 긔 엇다ᄒ니잇고

초가삼간에 겨우 무릎을 놓아두고, 志行 높은 한가한 사람(재창)
거문고와 책을 벗삼고 송죽으로 울타리 치니
정제된 생활, 담담한 마음가짐 속세 생각이 어디에서 나리
때때로 지는 해 맑아지고 갈대꽃은 강가에 붉은데
비낀 안대와 도는 바람에 보들이 날리거든
낚싯대 비스듬히 안고 세사 잊고 갈매기와 어울리는 모습, 그것이 어떠합니까?

士何事乎340) 尙志而已(再唱)
科名損志ᄒ고 利達害德이라
모르미 黃券中 聖賢을 뫼압고
言語精神 日夜애 頤養341)ᄒ야
一身이 正ᄒ면 어디러로 못가리오
俯仰恢恢ᄒ고 往來平平ᄒ니 갈 길롤 알오
立志를 아니ᄒ랴 壁立萬仞 磊落不變342)ᄒ야
嘐嘐然 尙友千古 景 긔 엇다ᄒ니잇고

선비가 무슨 일엔들 평안하리, 뜻을 높게 가질 뿐이로다(재창)
과거에 드는 이름은 뜻을 해칠 뿐이고, 이익과 출세는 덕을 해롭게 할 뿐이네
모름지기 책 가운데서 성현을 모시고
언어와 정신을 낮이나 밤이나 잘 길러서
한 몸이 바르면 어디인들 가지 못하리
굽어보고 쳐다보며, 왕래가 크고 당당하니 갈 길을 아는구나
뜻을 세우지 아니하랴, 벽은 만 길로 서서 흔들림 없이 불변하니
밝디밝게 천고를 벗을 받드는 모습, 그것이 어떠합니까?

入山恐不深 入林恐不密
觀間之野 寂寞 之濱에 卜居를 定ᄒ니
野服黃冠343)이 魚鳥外 버디업다
芳郊애 雨晴하고 萬樹애 花落 후에
靑藜杖 뷔집고 十里溪頭애 間往間來ᄒᄂᆫ 뜨든
曾點氏 浴沂風雩와 程明道344) 傍花隨柳도 이러턴가 엇다턴가
暖日光風이 불쩌니 볼거니 興滿前ᄒ니,
悠然胸次345) ㅣ 與天地萬物 上下同流景 긔 엇다ᄒ니잇고

산에 들면 깊지 않을까 두렵고, 숲에 들면 빽빽하지 않을까 두려워라
넓고 한가한 들판, 적막한 강가에 살 집을 정하니
농부 옷에 누런 모자 써서 고기와 새 밖에는 벗이 없다
향기로운 교외에 비는 개이고 나무마다 꽃이 진 뒤에
명아주 지팡이 짚고서 십 리 길 시냇가를 한가로이 오가는 뜻은
증자가 욕기풍우하고, 정명도가 꽃 따라 버들 좇던 것도 이렇던가 어떻던가
따뜻한 햇볕, 빛나게 부는 바람, 붉거니 밝거니 하여 흥은 앞에 가득하니
유유한 가슴속이 천지만물과 더불어 상하로 흐르는 모습, 그것이 어떠합니까?

집은 范萊蕪346)의 蓬蒿347)ㅣ오 길은 蔣元卿348)의 花竹이로다
百年浮生 이러타 엇다ᄒ리
진실로 隱居求志ᄒ고 長往不返ᄒ면
軒冕349)이 泥塗ㅣ오 鼎鐘350)이 塵土ㅣ라
千磨霜刃351)인들 이 ᄯᅳ들 굿추리랴
韓昌黎 三上書352)는 내의 ᄯᅳ데 區區ᄒ고
杜子美 三大賦353)ㅣ 내 동내 行道ᄒ랴
두어라 彼以爵 我以義 不願人之 文繡ᄒ야
世間萬事 都付天命354) 景 긔 엇다ᄒ니잇고

집은 범래무가 살던 초목, 길은 장원경의 꽃과 대나무 길이네
한 평생 뜬 구름 인생이 이런들 어떠하리
진실로 은거하며 뜻을 구하고, 영원히 가서 돌아오지 않는다면
높은 벼슬도 수렁창 같은 길이고, 귀한 솥 큰 종 역시 흙먼지일 뿐
천 번 갈던 서릿발 칼날인들 이 뜻을 끊을 수 있으리오
한유가 세 번 올린 상서도 나의 뜻과는 각기 다르고
두보의 삼대례부라도 끝끝내 그런 벼슬을 원하겠는가
두어라, 저는 벼슬이고 나는 의리니, 남의 글에 쓰이는 것 원하지 않노라
세상만사가 모두 천명에 맡겨진 모습, 그것이 어떠합니까?

君門深九重ᄒ고 草澤隔萬里ᄒ니
十載心事를 어이ᄒ야 上達ᄒ료

數封奇策이 草ᄒ얀디 오래거다
致君澤民은 내의 才分 아니런가
窮經學道를 ᄣᅳᆮ 두고 이리ᄒ랴
ᄎᆞᆯ하리 藏修丘壑 遯世無悶ᄒ야
날 조ᄎᆞᆫ 번님네 뫼ᄋᆞᆸ고 綠籤³⁵⁵⁾ 山窓의
共把遺經 究終始 景 긔 엇다ᄒ니잇고

임금님 궁궐은 구중궁궐이고, 내 사는 초야와는 만 리로 떨어졌으니
십 년 동안의 이 마음을 어떻게 하면 위로 알릴 수 있을까
몇 가지 기이한 계책을 만들어 써둔 지 이미 오래다
치군택민은 나의 재주와 본분이 아니던가
경서를 궁구하면서 도를 정진하기에 뜻을 두고 이러하랴
차라리 구령과 언덕에 숨어 마음을 닦고, 세상을 피해 근심이 없도록 하여
나를 따르는 벗님네들 모시고, 푸른 책을 산장의 창가에서 함께 보며
성현이 남긴 경전 읽으며 담긴 뜻을 낱낱이 궁구하는 모습, 그것이 어떠합니까?

一屛一榻 左箴右銘(再唱)
神目如電이라 暗室을 欺心ᄒ며
天聽如雷라 私語ㄴ들 妄發ᄒ랴
戒愼恐懼를 隱微間애 닛디 마새
坐如尸³⁵⁶⁾ 儼若思 終日乾乾 夕惕若ᄒᄂᆫ ᄣᅳᆮ든
尊事天君³⁵⁷⁾ᄒ고 攘除外累³⁵⁸⁾ᄒ야
百體從令 五常 不戮ᄒ야
治平事業을 다 이루려 ᄒ였더니
時也 命也인디 迄無成功 歲不我與³⁵⁹⁾ᄒ니,
白首林泉³⁶⁰⁾의 ᄒᆞᆯ 일이 다시 업다
우읍다 山之男 水之北³⁶¹⁾애 斂藏蹤跡ᄒ야
百年閒老 景 긔 엇다ᄒ니잇고

병풍 하나에 평상 하나, 왼쪽에는 잠언 두고 오른쪽에는 명을 새겨(재창)
귀신의 눈은 번개와 같으니 어두운 방안이라 마음을 속이겠으며
하늘이 듣는 것은 천둥처럼 우렁차니 사사로운 말이라도 망발을 하겠는가
경계하고 삼가며, 두려워하고 조심하기를 아주 잠깐 사이라도 잊지 마세

앉음새는 시동 같고, 엄하기는 사려있게 하여, 하루종일 쉼 없이 노력하고, 저녁
에 반성하며 삼가는 뜻은
　하늘이 내린 임금을 존경하며 섬기고 마음 밖의 얽매임을 쓸어 없애고
　한 몸은 명령을 쫓고, 오상에 있어서는 싫어함이 없으며
　세상을 잘 다스려 평안케 하려는 사업을 다 이루려 하였더니
　때인가 운명인가 마침내 이루지 못하고, 세월도 나를 기다리지 않으니
　머리 허연 늙은이, 숨어사는 산천에서 할 일이 다시없다
　우습구나, 산의 남쪽, 물의 북쪽 양지에 발자취를 거두어 숨겨서
　한 백년을 한가하게 늙어 가는 모습, 그것이 어떠합니까?

<松巖集 續集>

(2) 題伽倻山讀書堂

최치원(崔致遠;875~?)

狂奔疊石吼重巒	물 사이 쏟아지는 물소리 온 산을 울리어
人語難分咫尺間	사람들 하는 말 지척에서도 알아듣기 어렵네.
常恐是非聲到耳	세상의 시비소리 귀에 들릴까 두려워
故教流水盡籠山	일부러 흐르는 물로 온 산을 둘러막았네.

<東文選>

(3) 山中新曲(漫興)

山水間 바회아래 뛰집을 짓노라 ᄒᆞ니
그모론 ᄂᆞᆷ들은 운는다 ᄒᆞᆫ다마ᄂᆞᆫ
어리고 햐암362)의 뜻의ᄂᆞᆫ 내 分인가 ᄒᆞ노라

보리밥 픗ᄂᆞ물을 알마초 머근 後에
바횟긋 믉ᄀᆞ의 슬크지 노니노라

그 나믄 녀나믄 일이야 부룰 줄이 이시랴

잔들고 혼자 안자 먼 뫼흘 브라보니
그립던 님이 오다 반가옴이 이리호랴
말솜도 우움도 아녀도 몯내 됴하호노라

누고셔 三公363)도곤 낫다 호더니 萬乘364)이 이만호랴
이제로 헤어든 巢父365) 許由366)ㅣ 냑돗더라367)
아마도 林泉閑興을 비길 곳이 업세라

내 셩이 게으르더니 히늘히 아로실샤
人間萬事롤 호 일도 아니 맛뎌
다만당 드토리 업슨 江山을 딕히라 호시도다

江山이 됴타호들 내 分으로 누얻느냐
님군 恩惠롤 이제 더옥 아노이다
아므리 갑고쟈 호야도 히올 일이 업세라

(4) 시조

山 됴코 물 죠흔 곳의 바회 지허 쒸집 짓고
돌 아래 고기 낙고 구름 속의 밧츨 가니
生理야 足홀가마는 블을 일은 업세라

<古今歌曲>

압 밧희 새 느물 키고 뒤 밧희 고스리 것고
오춤밥 비블니 먹고 草堂의 누어시니
어미妾 블너 니르디 술맛 보라 호더라

<古今歌曲>

아희는 藥 키라 가고 竹亭은 뷔엿는디
흐터진 바독을 뉘 주어 다뭇소니
醉ᄒ고 松下에 져셔니 節 가는 줄 몰래라

<珍本青丘永言>

집方席 니지 마라 落葉엔들 못 안즈랴
솔불 혀지 마라 어제 진 달 도다온다
아희야 薄酒山菜만정 업다 말고 너여라

<古今歌曲>

簑笠의 되롱이 입고 한 손의 호뫼 들고
山田을 미다가 夕陽의 누어시니
牧童이 牛羊을 모라 줌든 날을 씨온다

<古今歌曲>

十年을 經營ᄒ여 草廬 三間 지여내니
나 혼 간 둘 혼 간에 淸風 혼 간 맛져두고
江山은 들일 듸 업스니 둘러 두고 보리라

<珍本青丘永言>

제 4 장

신성(神聖)과 해학(諧謔)의 맛

1. 신성한 이야기

(1) 龜旨歌

屬後漢世祖 光武帝 建武十八年 壬寅三月 禊浴之日[368] 所居北龜旨 有殊常聲氣呼
喚 衆庶二三百人集會於此 有如人音 隱其形而發其音曰 此有人否 九干等云 吾徒在 又
曰 吾所在爲何 對云 龜旨也 又曰 皇天所以命我者 御是處 惟新家邦 爲君后 爲茲故降
矣 你等須掘峯頂撮土 歌之云 龜何龜何 首其現也 若不現也 燔灼而喫也

以之蹈舞 則是迎大王 歡喜踴躍之也 九干[369]等如其言 咸忻而歌舞 未幾仰而觀之
唯紫繩自天垂而着地 尋繩之下 乃見紅幅裹金合子 開而視之 有黃金卵六圓如日者 衆人
悉皆驚喜 俱伸百拜 尋還裹著 抱持而歸我刀家 寘榻上 其衆各散 過浹辰 翌日平明 衆
庶復相聚集開合 而六卵化爲童子 容貌甚偉 仍坐於床 衆庶拜賀 盡恭敬止

<三國遺事 卷2 駕洛國記>

후한(後漢)의 세조(世祖) 광무제(光武帝) 건무(建武) 18년(42년) 임인(壬寅) 3월,
계욕일(禊浴日)에 그들이 사는 마을의 북쪽 구지(龜旨)에서 누군가를 부르는 이상한
소리가 들려왔다. 2,3백 명의 사람들이 그곳에 모여들었는데, 사람 소리는 있는 것
같으나 모습은 보이지 않고 말소리만 들렸다.

"여기 누가 있느냐?"

"우리들이 있습니다."

"내가 있는 데가 어디냐?"

"구지입니다."

"하늘이 내게 명하여 이곳에 나라를 세우고 임금이 되라 하시므로 여기에 왔으
니, 너희는 이 봉우리의 흙을 파서 모으면서 이렇게 노래하여라.

> 거북아 거북아
> 머리를 내밀어라.
> 내어놓지 않으면
> 구워서 먹겠다.

그러면서 춤을 추면 이는 곧 대왕을 맞아 기뻐 날뛰는 일일 것이다."

구간(九干) 등이 그 말대로 즐거이 노래하며 춤추다가 얼마 후 우러러보니 하늘에서 자주색 줄이 늘어져 땅에까지 닿았다. 줄 끝을 찾아보니 붉은 보자기에 금합(金合)을 싼 것이 있었다. 합을 열어보니 태양처럼 빛나는 알 여섯 개가 있었다. 여러 사람들이 모두 놀라 기뻐하며 백 번 절하고 다시 싸서 아도간(我刀干)의 집으로 가져갔다. 책상 위에 모셔 두고 흩어졌다가 그 다음날 아침에 사람들이 다시 모여 금합을 열어보니 알 여섯 개가 모두 남자로 변하였는데, 용모가 매우 거룩하였다. 이에 의자에 앉히고 공손히 예를 갖추어 절하고 공경해 마지않았다.

(2) 朱蒙 神話

始祖東明聖帝 姓高氏 諱朱蒙 先是北扶餘王解夫婁 旣避地于東扶餘 及夫婁薨 金蛙嗣位 于時得一女子於太伯山南優渤水 問之 云 我是河伯之女 名柳花 與諸弟出遊 時有一男子 自言天帝子解慕漱 誘我於熊神山下鴨淥邊室中私之 而往不返 父母責我無媒而從人 遂謫居于此 金蛙異之 幽閉於室中 爲日光所照 引身避之 日影又逐而照之 因而有孕 生一卵 大五升許 王弃之與犬猪 皆不食 又弃之路 牛馬避之 弃之野 鳥獸覆之 王欲剖之 而不能破 乃還其母 母以物裹之 置於暖處 有一兒破殼而出 骨表英奇 年甫七歲 岐嶷異常 自作弓矢 百發百中 國俗謂善射爲朱蒙 故以名焉

金蛙有七子 常與朱蒙遊戱 技能莫及 長子帶素言於王曰 朱蒙非人所生 若不早圖 恐有後患 王不聽 使之養馬 朱蒙知其駿者 減食令瘦 駑者善養令肥 王自乘肥 瘦者給蒙 王之諸子與諸臣將謀害之 蒙母知之 告曰 國人將害汝 以汝才畧 何往不可 宜速圖之 於時蒙與烏伊等三人爲友 行至淹水 告水曰 我是天帝子河伯孫 今日逃遁 追者垂及 奈何 於是魚鼈成橋 得渡而橋解 追騎不得渡 至卒本州 遂都焉 未遑作宮室 但結廬於沸流水上居之 國號高句麗 因以高爲氏

<三國遺事 卷2 奇異 高句麗>

시조 동명성제(BC.37~20)의 성은 고씨요, 이름은 주몽이다. 이보다 전에 북부여왕 해부루가 이미 동부여로 피해갔으며, 후에 부루가 세상을 떠나자, 금와가 왕위를 이었다.

이때 금와가 태백산 남쪽 우발수에서 한 여자를 얻었다. 금와의 물음에 그녀가 대답하였다.

"저는 하백의 딸로, 이름은 유화라고 합니다. 여러 아우들과 나와 놀고 있을 때, 어떤 남자가 자기는 천제의 아들 해모수라 하면서 저를 웅신산 밑 압록강 가에 있는 집 안으로 유인해가서, 몰래 정을 통해놓고 가서는 돌아오지 않았습니다. 부모님은 제가 중매없이 혼인한 것을 꾸짖어, 마침내 이곳으로 귀양보냈습니다."

금와가 그녀를 이상히 여겨 방안에 가두어두었더니 햇빛이 비쳐왔다. 그녀가 몸을 피해가니 햇빛이 또 따라가 비쳤다. 그로 인해 태기가 있어 알 하나를 낳으니 크기가 닷 되들이만했다. 왕은 그것을 개와 돼지에게 던져주었더니 모두 먹지 않았다. 또 길가에 버렸더니 소와 말이 피해가고, 들판에 버렸더니 새와 짐승이 이것을 덮어주었다. 왕이 그것을 쪼개려 했으니, 쪼갤 수 없어서 그 어머니에게 돌려주었다.

그 어머니는 쌀 것으로 알을 싸서 따뜻한 곳에 두었더니 한 아이가 껍질을 부수고 나왔는데, 골격과 외양이 특이하고 기이했다. 나이 겨우 일곱 살에 기골이 준수하여 범인과 달랐다. 스스로 활과 살을 만들어 백 번 쏘면 백 번 다 맞혔다. 그 나라의 풍속에 활을 잘 쏘는 사람을 주몽이라 하므로 이름을 주몽이라 지었다.

금와에게는 아들 일곱이 있었는데, 언제나 주몽과 함께 놀았으나 그 재주와 능력이 주몽을 따르지 못했다. 맏아들 대소가 금와왕에게 말했다.

"주몽은 사람이 낳은 것이 아니니, 만약 일찍 없애지 않으면 후환이 있을까 염려됩니다."

왕은 그 말을 듣지 않고 주몽에게 말을 기르게 했다. 주몽은 좋은 말을 알아보아 좋은 말은 적게 먹여서 여위게 하고, 나쁜 말은 잘 먹여서 살찌게 했다. 왕은 살찐 말은 자기가 타고 여윈 말은 주몽에게 주었다. 왕의 여러 아들과 여러 신하들이 주몽을 장차 죽이려고 꾀했는데, 주몽의 어머니가 이 사실을 알고 주몽에게 말했다.

"나라사람들이 장차 너를 죽이려고 하니, 네 재능과 지략으로 아디를 간들 살지 못하겠느냐? 빨리 대책을 세워라."

이어 주몽은 오이 등 세 사람을 벗삼아 엄수에 이르러 물에게 말하였다.

"나는 천제의 아들이요 하백의 손자다. 오늘 도망 나오는 길인데 뒤쫓는 자가 거의 다 쫓아왔으니 어찌해야 하겠느냐?"

그러자 고기와 자라가 다리를 만들어 그를 건너가게 하고는 곧 흩어지니 뒤쫓는 기병들은 건널 수 없었다.

졸본주에 이르러 도읍을 정했으나 미처 궁실을 짓지 못해, 다만 불류수 위에 옥사를 지어 거처하였다. 국호를 고구려라 하고, 국호에서 따서 성을 고씨로 하였다.

(3) 비리데기

비리데기의 아버지는 천별산 대장군님이고, 어머니는 검탈해 병오님이었다. 천별산 대장군님이 검탈해 병오님한테 장가를 들면 아들 구형제를 낳을 수 있다는 말들 듣고서 둘이는 결혼했다. 그런데, 이태가 가고 삼 년이 지나도 태기가 없어서 공이나 들여보자 하여 삼신산에 불사경을 드리고 석 달 열흘 백일 불공을 드렸더니 그 달부터 검탈해 병오님은 태기가 있게 되었다. 그녀는 석 달이 지나자 머루니 다래니 하는 신 것을 찾게 되고 다섯 달 반삭에 아홉 달 굽을 걸어 열 달만에 순산하니 딸아기였다. 딸아기의 이름은 날 때 청비단에 쌌다고 청난이라 지었다.

청난이가 세 살이 되자 천별산 대장군님 부부는 또 삼신산에 불사경을 드리고 백일 불공을 한 다음 또 아기를 갖게 되어 열 달만에 순산을 하고 보니 역시 딸아기였다. 그 딸은 날 때 홍비단에 쌌다고 홍난이라 이름지었다.

홍난이 세 살이 되자 천별산 대장군님 부부는 또 정성을 드리고 태기가 있어 순산하니 이번에도 딸이었다. 그 아기는 날 때 백비단에 쌌다고 백난이라 했다. 이런 식으로 천별산 대장군님 부부는 행여 다음 번에는 아들을 낳지 않을까 기대하는 마음으로 계속 백일 정성을 드리고 태기가 있어 넷째 딸 사예, 다섯째 딸 오예, 여섯째 딸 육예, 일곱째 딸 칠예, 여덟째 딸 팔예를 차례로 낳았다.

그러자 천별산 대장군님은

"정성을 여덟 번이나 드리고 딸만 여덟을 낳았으니 정나미가 떨어지는구나. 요번 한 번만 정성을 다시 드려보고 또 딸을 낳거든 포기하기로 하자."

하고는 부인과 딸 여덟을 모두 데리고는 하탕에서 목욕하고 중탕에서 세수하고 상탕물을 떠다 놓고는 삼신산에 불사경을 드리고 석 달 열흘 백일 동안 불공을 드렸다. 검탈해 병오부인은 그 달부터 석 달만에 입덧이 났는데 이번에는 먹고 싶은 것이 더 많다고 하며 머루니 다래니 유자니 석류를 찾고 하늘의 천도복숭아까지 마구 따오라고 했다. 아닌 게 아니라 이번에는 검탈해 병오님의 배가 유난히 불러 치마 허리께가 푹푹 나갈 지경이었다. 그래서 기대를 갖고는 열 달만에 순산을 하여 보니 또 딸아기였다. 천별산 대장군님은 머리끝까지 오르는 울화를 참지 못하며

"이번에도 딸을 낳았으니 그 아이를 디딤밭에 내버려라."

하고 호령했다. 검탈해 병오님은 서방님의 영을 차마 거역 못하고 아기에게 헐거운 저고리와 치마를 입혀서 명주 포대기로 싼 다음 디딤밭에 갖다 내버리고는 비리데기라 이름짓고 탄식하며 돌아왔다. 이리하여 비리데기는 아무 돌보아 줄 사람도 없이 밭에 버려진 신세가 되었다. 그런데, 난데없이 하늘에서 학 한 쌍이 너울너울

내려와서는 한 마리는 한짝 날개를 깔고 한짝 날개로 덮어 비리데기를 품어 주고, 한 마리는 음식을 물어다가 비리데기에게 주어 이리저리 길렀다.

어느덧 세월은 흘러 천별산 대장님 부부는 딸 여덟을 다 키워서 남의 집으로 출가를 시킨 후 천별산 대장군님은 황달, 흑달병에 걸리고, 검탈해 병오님은 한 끼니에 소 한 마리를 먹어도 양이 안 차는 아구병에 걸리게 되었다. 온갖 약을 다 써보았지만 이들의 병세는 점점 더해 가기만 했다. 그래서 그들은 유모에게 비자씨한테 가서 단수나 쳐보라고 시켰다. 유모가 비자씨한테 가서 단수를 쳐보니 천살이 끼고 지살이 끼어 천 년을 두고 만년수를 먹어도 나을 수 없으나 다만 서천서역국의 약물을 마시면 병이 완쾌될 수 있다는 점괘가 나왔다. 유모는 부리나케 집으로 달려와

"마마님 서천서역국의 약물을 갖다가 자셔야 병이 나으실 수 있답니다."

하고 전하니 천별산 대장군님 부부는 누구를 보낼까 고민하다가 여덟 딸들을 모두 불러 물어보기로 했다. 여덟 딸들이 다 모이지 천별산 대장군님 부부는 첫째 딸 청난이부터 물어보았다.

"우리들이 너희를 키워 시집 보낸 후에 이렇듯 모진 병이 들었는데 서천서역국의 약물을 갖다 먹으면 낫는다고 하는구나. 청난아 네가 갔다오련?"

"저는 아들 장가갈 날을 받아놔서 못 갑니다."

"그러면 홍난아 네가 갔다오련?"

"저는 딸 시집 보낼 혼처를 받아놔서 못 가겠습니다."

"백난이는 어떻느냐?"

"저는 눈 어둔 시부모를 모시고 있는데 제가 가면 누가 조석을 해 드립니까?"

이렇게 천별산 대장군님이 물을 때마다 사예는 시어른 제사가 다가와서 못 간다 하고, 오예는 서방님의 일 때문에 못 간다고 하고, 육예는 살림살이가 바빠서, 칠예는 애 낳을 달이 다가 와서, 팔예는 서방이 서울로 벼슬 살러 갔다가 죽어서 못 간다고 차례로 말했다. 여덟 딸들이 이와 같이 별의별 핑계를 다 대고 못 간다고 하며 서둘러 시가로 돌아가서, 천별산 대장군님 부부는 그만 허탈해져서 유모를 불러 분부했다.

"전에 우리가 디딤밭에 버렸던 가없은 비리데기를 좀 불러다오. 죽더라도 막내딸 얼굴이나 보고싶구나."

유모는 명을 받고 디딤밭으로 가서

"비리터기야, 비리데기야, 비리데기야."

하고 세 번을 찾으니, 비리데기는

'누가 나를 찾을까? 그 동안 하늘에 있는 학 한 쌍 외에는 나를 찾는 이가 없었

는데…….'

그러다가 문득 자신도 하늘에서 떨어지거나 땅에서 솟아오르지 않은 이상 부모님이 계실 것이니 혹시 부모님께서 찾아오신 것이 아닐까 하는 생각이 들어 보름달같이 어여쁜 얼굴을 살며시 내밀었다.

"누가 저를 찾아오셨읍니까?"

유모를 비리데기를 보고는 반가와하며,

"너의 아버지는 천별산 대장군님이시고 너의 어머니는 검탈해 병오님이시란다. 그런데, 딸을 여덟 낳은 후 아홉 번째로 또 너를 낳았기 때문에 너를 이곳에다 버리신 것이야. 너의 부모님은 그 후 병이 드셔서 곧 돌아가시게 되었는데, 죽기 전에 꼭 네가 한번 보고싶다고 하시기에 이렇게 왔단다."

비리데기는 이 말을 듣고 아리따운 자태를 나타내며 뛰어 나와 유모를 따라 부모님의 집으로 왔다. 비리데기는 부모님 전에 공석을 깔고 아홉 번 절을 올리고는

"불효녀를 용서하옵소서. 부모님께서 살아 계신 줄을 알았더라면 진작에 찾아와 뵈올 것을 대단히 죄송합니다."

하고 아뢰었다.

"아기야 어서 올라오너라. 디딤밭에 내버린 우리 아기가 이렇듯 장성했다니. 우리들은 모진 병에 걸려 너의 언니들 여덟을 불러다가 서천서역국 약물이 좋다고 하여 그것을 구해 오라고 하니 모두 핑계만 대고 못 간다고 하고 다 저희 집으로 돌아갔구나. 그래서 너를 보고나서 죽을려고 이렇게 너를 불렀다."

이 이야기를 들은 비리데기는 그렇다면 자기가 가겠다고 선뜻 나섰다.

비리데기는 아름답던 얼굴에 먹칠을 하고 머리를 잡아매어 틀어 올리고는 행주치마를 두르고 자라병을 옆에 낀 다음 동서남북 어디가 어딘지도 모르는 채 길을 떠났다. 타박타박 하염없이 걷다가 월수천을 건너가 보니 바위 밑에서 빨래하고 있는 부인이 있어서 비리데기는 다가서며 물었다.

"어디로 가야 서천서역국을 갈 수 있읍니까?"

"이 거믄 빨래를 희도록 다 빨아주면 가르쳐 주겠다."

비리데기는 서슴치 않고 가냘픈 팔로 그 빨래를 모두 희도록 빨아 주었다.

"저쪽으로 가다가 다리 놓는 양반들에게 물어보아라."

비리데기가 그의 말대로 걷다 보니 과연 다리 놓는 양반들이 나타났다.

"저 아저씨들, 서천서역국으로 가려면 어디루 가야 합니까?"

"무쇠 다리 아흔 아홉 칸을 다 놔줘야 가르쳐 주겠다."

비리데기는 무쇠 다리를 다 놓아 주었다.

"저기 가다 탑 놓는 양반에게 물어 보아라."

그래서 비리데기가 탑 놓는 양반에게 가서 서천서역국으로 가는 길을 물으니
"탑을 모두 놓아 주어야 가르쳐 주겠다."
고 했다. 비리데기가 할 수 없이 아래 탑, 위 탑, 망자 탑의 탑 세 개를 놓아주자 그는 수경 씻는 양반에게로 가서 물어보라고 말했다. 그래서 비리데기는 수경 씻는 양반에게로 가서 물어보니
"검은 수경을 깨끗이 씻어 주어야 가르쳐 주겠다."
고 하여 비리데기가 호엽밭에 가서 수경을 반짝반짝하게 닦아주니 그는 미륵님 한테 가서 물어보면 될 것이라 대답했다. 그래서 비리데기는 미륵님을 찾아가니 그는 연꽃 위에 정좌하고 있었다. 비리데기는 미륵님께 아홉 번 절을 올리고 나서
"어디로 가야 서천서역국으로 갈 수 있아옵니까?"
하그 여쭈니, 미륵님은 비리데기의 미모에 반하여
"나에게 아들 일곱 형제를 낳아 주어야만 가르쳐 주겠다."
고 대답했다. 비리데기는 어쩔 수 없이 미륵님과 함께 구 년을 살면서 아들 일곱 형제를 다 낳았다.
"미륵님 이제 저에게 서천서역극으로 가는 길을 가르쳐 주소서."
"저 건너가 바로 서천서역국이다만은 소강 대강 만경창파를 어찌 다 건너가려 하느냐?"
하며 미륵님은 만류하였지만, 비리데기는 결심을 굽히지 않고 다시 길을 나섰다. 그렇지만 정작 만경창파를 눈앞에 두고 보니 갈 길이 막막하여 그 자리에 주저앉은 채 흐느끼고 있을 수밖에 없었다. 그때 미륵님의 도움이었는지 난데없는 학 한 쌍이 너울너울 내려와서 비리데기를 태우고 만경창파를 무사히 건네다 주었다. 만경 창파를 무사히 건넌 비리데기는 선녀 셋이 목욕을 하려고 줄을 타고 하늘에서 내려오는 것을 발견하고는 그녀들이 목욕하는 사이에 줄을 몰래 가지고서 덤불 밑에 숨어 있었다. 이윽고 선녀들이 목욕을 마치고 나오며
"애들아, 어디서 사람의 내음이 나는구나. 여기가 어디라고 가히 사람이 왕래를 할 수 있을까?"
하고는 서둘러 옷을 입고 하늘로 올라가려고 아무리 줄을 찾아보아도 줄을 찾을 수가 없었다. 이때 비리데기가 모습을 나타내어 줄을 내주고는
"저도 여자의 몸입니다. 그러니 두려워 마십시요."
하자, 선녀들이 물끄러미 바라보니 비리데기도 선녀가 분명한 듯했다. 그래서 선녀들은 비리데기를 줄에 태우고 함께 하늘로 올라갔다. 비리데기는 마침내 하늘에 도착하여 피 살릴 물과 살 생길 물과, 숨 터질 물을 각각 병에 담아 옷고름에 오롱조롱 매달고, 피 살릴 꽃, 살 살릴 꽃, 숨 살릴 꽃도 꺾어 품에다 품고, 야감나무 가

지를 세 개 꺾어 손에 들고는 선녀들께 감사의 인사를 드리고서 다시 내려왔다.

비리데기가 되돌아가는 길에 만경창파가 다시 앞을 막았으나 용궁에서 효녀가 온다고 거북이를 내 보내어, 비리데기는 거북을 타고 수월히 만경창파를 되건널 수 있었다. 비리데기는 미륵님께 달려가서

"미륵님 이제는 약을 구했으니 소첩은 그만 집으로 돌아가겠아옵니다."

하고 아뢰었다. 미륵님은 매우 서운해하며 비리데기가 떠나기 전에, 저승으로 망자를 실고 돌아오는 배들을 일일이 가리키며 설명해 주었다.

"저기 만경창파 위에 떠있는 수천의 배는 망자들을 실어 저승으로 인도해 주는 배들이오."

"저 앞에 짚을 덮어쓰고 가는 배는 무슨 배이오니까?"

"그 배는 이승에서 부자로 지내던 사람이 가난한 자가 찾아와 구걸하였을 때 짚을 한 단 던져 주었기 때문에, 대신 저승에서는 부자에게 짚을 덮어 씌워 억만지옥으로 보내는 배요."

"그러면 저 배는 어떤 배이오니까?"

"그 배는 부모 앞에서나 이웃의 노인들 앞에서나 눈을 희뜩희뜩 뜨고 혀를 툭툭 차던 버릇없는 사람이 저승에서는 눈을 빼어 조박 안에 바치고 혀를 빼어 입에 물고는 억만지옥으로 가는 배요."

"저기 저 배는 어떤 배인가요?"

"그 배는 이승에서 남의 나무를 몰래 베어 팔아먹던 사람이 죽었기 때문에, 옆구리에 대톱을 걸어가지고 독사지옥으로 보내는 배요."

"저쪽에 가는 배는요?"

"그 배는 이승에서 술장사 할 때 술에 물을 타서 팔아먹던 사람에게 술바가지를 입에 물려 억만지옥으로 보내는 배요."

"저기 저 배들은 다른 배들과는 다르네요?"

"저기 앞의 배는 이승에서 짚신 장수하던 사람이 남에게 공덕을 많이 베풀어 하늘의 견우 직녀성으로 인도되는 배이고, 그 뒤에 있는 배는 이승에서 배고픈 사람에게는 밥을 주고, 옷 없는 사람에게는 옷을 주고, 신 없는 사람에게는 신을 주며, 남에게 장을 줘도 웃거러기는 걷어 속의 노란 것을 퍼주어 공덕을 쌓은 사람이 죽어 노적가리를 차려놓고 웃고름에 돈을 걸고 시왕세계의 꽃밭으로 인도되는 배요."

이렇듯 미륵님의 설명을 다 듣고 비리데기는 미륵님께 하직 인사를 드렸다.

"이제 구경을 다했으니 그만 돌아가겠습니다."

"그렇다면 갈 길이 외로울 테니 아들 칠형제를 데리고 가시요."

그래서 비리데기는 아들 칠형제를 앞세우고 뒤세우고 업고 안고 지고 하여 길을

재촉해서 부모님 집으로 돌아왔다.

천별산 대장군님 부부는 이제나 저제나 비리데기가 돌아오기만을 기다리다가 그만 한날 한시에 죽어 비리데기가 돌아왔을 때는 상여가 벌써 나가고 있는 중이었다. 비리데기는 이 사실을 알자 상여 앞으로 뛰어가서 흐느끼며 말했다.

"상여꾼님네들, 잠시 상여를 내려놓아 주십시오. 우리 부모님 얼굴을 한 번이라도 다시 보고 싶습니다."

이때 비리데기의 여덟 언니들이 다가와서는

"우리 여덟 형제들은 다 종신을 하였는데 너는 어딜 갔다가 이제 오느냐 부모님이 우리에게 논 열다섯 마지기에 밭 열닷 마지기를 다 노나 주시고 너에게는 하나도 물려주시지 않았으니 그리 알라."

하며 비리데기의 뺨을 이리 치고 저리 치고 했다. 비리데기는 하염없이 흐르는 눈물을 닦고 묵묵히 상여로 가서 관을 뜯고 첨판을 떼서 보니 부모님의 시신에는 뼈만 앙상히 남아 있었다. 비리데기는 피 살릴 물을 그 위에 뿌리고 피 살릴 꽃을 흐트린 다음 야감나무 가지로 내리치니 뼈는 불그스름하게 물들었다. 이어서 비리데기는 살 살릴 물과 살 생길 꽃을 뿌리니 뼈에 살이 점점 살아 나오기 시작했다. 다음으로 숨 터질 꽃을 뿌리고 야감나무 가지로 살짝 치고 숨 터질 물을 부모님의 입에 흘려 넣으니 한날 한시에 죽었던 부모님이 한날 한시에 다시 살아났다.

"이것이 꿈인가 생시인가?"

하고 눈을 뜬 천별산 대장군님 부부는 비리데기를 발견하고는

"우리 비리데기가 우릴 살렸구나."

하며 막내딸을 부둥켜안고 기쁨의 눈물을 흘렸다. 여덟 언니들은 부모님이 자기네들에게만 논 열닷 마지기와 밭 열닷 마지기를 물려주었다고 거짓말한 것이 탄로나서 사방 팔방으로 도망가 버리고 말았다.

비리데기와 함께 집으로 돌아온 천별산 대장군님 부부는 일곱 손자들의 재롱 속에서 행복한 나날을 보내게 되었다. 그러던 어느 날 천별산 대장군님은 비리데기에게 신조을 주어야 하겠다고 생각하고는 비리데기를 불러서 물어 보았다.

"너에게 천하를 다 줄까? 아니면 지하를 다 줄까?"

"저는 천하도 싫고 지하도 싫사옵니다. 다만 죽은 사람들을 저승세계에 인도하는 오구신이 되게 하여 주십시오."

그래서 천별산 대장군님은 이를 허락하고는 자신들 부부는 오구판관이 되고 비리데기는 오구 받는 신이 되게 하여 저승으로 가는 사람들의 길을 닦아 시왕세계로 인도하게 하였다.

2. 웃음과 속뜻

(1) 잠노래

잠아잠아 오지마라
요내눈에 오는잠은
말도많고 흉도많다
잠오는눈을 쑥잡아빼여
탱주나무에다 걸어놓고
들며보고 날며보니
탱주나무도 꼽박꼽박

<居昌地方>

(2) 방구노래

우리엄마 방구는 고암방구
우리아바 방구는 야단방구
우리할배 방구는 호령방구
우리누부 방구는 앙산방구
두리동생 방구는 연지방구
우리매부 방구는 풍월방구
이내 방구는 개랄방구

<東萊地方>

(3) 夫妻訟鏡

한 시골 여자가, 서울에는 이른바 청동경(靑銅鏡)이라 하는 것이 있는데 보름달처럼 둥글다는 말을 들었다. 늘상 한 번 보고 싶었지만 방법이 없었던 터에 마침 남편이 서울에 가게 되었다. 그때가 보름이었는데, 여자는 거울의 이름을 잃어버렸던지라 남편에게 말했다.

"서을 저자에 저 달 같은 물건이 있다 하니 꼭 사오셔서 한 번이라도 볼 수 있게 해주세요."

남편이 서울에 이르렀을 때는 달이 이미 현(弦)모양으로 이울어졌으므로 남편이 하늘을 올려다 본 즉 반달인지라, 저자에서 그 반달과 닮은 것을 구하니, 오직 여자의 머리 빗만이 있을 뿐이었다. 그 사내는 아내가 사오라고 부탁한 것이 이것이라고 여기고 마침내 나무빗을 사 가지고 돌아왔는데, 집에 돌아오니 달은 또 다시 둥그런 보름달이었다. 남편이 빗을 꺼내 아내에게 주면서 말했다.

"서울 저자에서 달과 닮은 것은 이것 뿐이길래, 배나 되는 값을 치르고 사 가지고 왔소."

아내는 남편이 사온 것이 자신이 구하던 것이 아닌 사실에 화가 나, 달을 손가락으로 가리키며 남편을 핀잔하였다.

"당신 보기에는 이 물건과 저 달이 비슷한가요?"

남편이 말하였다.

"서울 하늘에 떴던 달은 이 물건과 닮았었는데, 고향 하늘의 달과는 닮지 않으니 참 괴상하네."

다시 사오려고 보름달을 좇아 서울에 이르러 밝은 달을 올려다 본 즉 거울처럼 둥글었다. 결국 거울을 사긴 했지만 그것이 얼굴을 비춰보는 물건임을 알지 못했다.

집에 도착한 남편은 거울을 꺼내 아내에게 보였다. 아내가 거울을 비춰보니 남편 곁에 어떤 여자가 앉아 있는 것이 아닌가! 그녀는 평생 자신의 얼굴을 스스로 본 적이 없었기 때문에 자신을 비춘 모습이 남편 곁에 있다는 사실을 모르고 남편이 새 부인을 얻어온 것이라고만 여겨 크게 화를 내며 투기하였다. 이를 이상하게 여긴 남편이 말했다.

"나도 좀 보아야겠네."

거울을 들여다보니 아내 옆에도 어떤 사내가 앉아 있었다. 남편 또한 자신의 얼굴을 스스로 본 적이 없었던지라 자신을 비춘 모습이 아내 곁에 있다는 사실을 모르고 아내가 다른 남자와 간통하였다고 여겼다. 남편 또한 크게 노한 나머지 서로 다투다가, 부부는 거울을 가지고 관아로 들어가 서로 호소하였다.

"남편이 새 아내를 얻었사옵니다."

"아내가 다른 남편을 얻었사옵니다."

수령이 말하였다.

"그 거울을 올리도록 해라."

마침내 거울을 올려 안상(案床) 위에서 열어 보았다. 수령 또한 거울을 본 적이 없었던지라 자신의 얼굴 생김새를 알지 못하였는데, 자신과 똑같은 위의(威儀)와 관복(官服)을 갖춘 자가 자리에 앉아있는지라 신관 사또가 온 줄로만 알고 급히 배동(陪童)370)을 불러 말하였다.

"교대할 신관 사또가 이미 오셨느니라. 속히 봉인(封印)371)하여라!"

마침내 관아를 파(罷)하였다.

야사씨(野史氏)가 말한다.

"옛날에 어떤 어리석은 사람이 그림자가 따라다닌다는 사실을 모르고 급히 달려 그림자를 피하였는데, 음지에 이르러서야 그림자 따라다니던 것이 멈췄다. 위 부부는 거울에 비친 자신들의 모습을 모르고 관아까지 가 송사(訟事)하였고, 사또 또한 자신의 모습을 자신과 교체할 신관 사또라고 여겨 송사를 판결할 겨를이 없었으니, 그늘에 들어갔기 때문에 그림자 따르던 것이 그쳤다는 사실을 몰랐던 자와 더불어 삼절치(三絶痴)라 이를 만하도다."

<冥葉志諧>

(4) 佯辭指環

한 처녀가 혼인한 첫날밤 유모가 그녀를 데리고 신랑 방에 들어가려 하자, 처녀가 들어가지 않겠노라고 제법 완강하게 버티었다. 유모가 그녀를 억지로 들쳐업고 신랑 방문 앞에 이르렀는데 문의 지도리[樞]를 문고리[環]로 잘못 알고 한참을 잡아당겼지만 열 수 없었다. 처녀가 겉으로는 한사코 사양했지만 내심으로는 지체되는 것이 싫어 유모에게 말했다.

"이 문이 설사 열려도 나는 안 들어갈래! 유모가 당기고 있는 것은 문고리가 아니고 지도리인걸."

야사씨(野史氏)가 말한다.

"이 여자가 사양했던 것은 애초부터 내승에서 나온지라, 문안으로 들어가는 것이 지체됨에 이르러서는 도리어 빨리 들어가고자 하는 마음에 문고리를 가리켜 주었던 것이다. 이는 세상에서 이름을 팔아 이익을 구하고 앞에서는 곧았다가 뒤에 가서는 교활한 자와 더불어 무엇이 다르겠는가."

<冥葉志諧>

(5) 바보 딸 삼형제

옛날 어느 집에서 딸 삼형제를 두었다. 모두 나이가 차는 대로 시집을 가게 되었다.

첫째가 혼인을 하게 되었다. 성대한 잔치 끝에 첫날밤을 치르게 되었다. 신랑은 불은 끄고 신부의 옷을 벗기려 했다. 그러나 신부는 부끄러워 영 옷을 벗으려 하지 않았다. 아무리 해도 응하지 않는 신부를 보고 신랑은 '아마 나를 싫어하는 모양이다.' 생각하고 자존심이 상해서 이튿날 아침에 돌아가 버렸다.

둘째 딸을 여의게 되었다. 첫째 딸의 실패를 거울삼아 첫날밤에 신부는 옷을 모두 벗어 머리에 이고 벌거숭이로 신방에 들어갔다. 이 꼴을 본 신랑은 정나미가 떨어져 달아나고 말았다.

셋째 딸을 여의게 되었다. 두 딸의 경험을 거울삼아 셋째 딸은 조심하기로 했다. 첫날밤이 되었다. 신부는 방문 앞에 다가서서 신랑에게, "옷을 벗고 들어갈까요, 그렇지 않으면 입고 들어갈까요?" 하고 물었다.

이 말을 들은 신랑은 어찌나 기가 막히든지 옆문으로 슬그머니 빠져나가더니 다시는 오지 않았다고 한다.

<한국의 민담>

(6) 노쳐녀가

넷젹의 흔 녀지 이시되 일신(一身)이 가즌 병신(病身)이라 나히 사십(四十)이 넘도록 출가(出嫁)치 못ㅎ여 그져 쳐여(處女)로 이시니 옥빈홍안(玉鬢紅顔)372)이 스스로 늙어가고 셜부화용(雪膚花容)373)이 공연이 업셔시니 셔름이 골슈의 밋치고 분홈이 심즁(心中)의 가득ㅎ여 밋친 듯 취흔 듯 좌불안석(坐不安席)374)ㅎ여 셰월을 보니더니 일일(一日)은 가만이 탄식왈

하날이 음양(陰陽)을 닉시미 다 각기 졍ㅎ미 잇거늘 나는 엇지ㅎ여 이러ㅎ고 셟기도 층양 업고 분ㅎ기도 그지 업니

이쳐로 방황ㅎ더니 믄득 노릭를 지어 화창(話唱)ㅎ니 굴와시되

어와 니 몸이여 셟고도 분흔지고 이 셔름을 어이ㅎ리 인간만ᄉ(人間萬事) 셔룬 즁의 어니 셔룸 갓흘손가 셔룬 말 ㅎᄌ ㅎ니 붓그럽기 층양 업고 분흔 말을 ㅎᄌ ㅎ니 가슴 답답 긔 뉘 알니 남 모로는 이런 셔름 텬지간(天地間)의 쏘 잇는가 밥이 업셔 셜워흘가 옷시 업셔 셜워흘가 이 셔름을 어이 풀니 부모님도 야속ㅎ고 친척들도 무졍ㅎ다 니 본시 둘지쏠노 쓸디 업다 ㅎ려니와 니 나흘 혜여보니 오십(五十) 줄의 드러고나 먼져 는 우리 형님 십구 셰의 시집가고 셋직의 아오년은 이십의 셔방 마ᄌ 티평(泰平)으로 지닉는디 불상흔 이니 몸은 엇지 그리 이러ㅎ고 어니덧 늙어지고 츠릉군이 되거고나 시집이 엇더흔지 셔방맛시 엇더흔지 싱각ㅎ면 싱슝샹슝 쓴지단지 니 물니라

니 비록 병신이나 남과 갓치 못흘소냐 니 얼골 얽다마쇼 얽은 궁게375) 슬긔 들고 니 얼골 검다마쇼 분칠ㅎ면 아니 흴가 흔 편 눈이 머러시나 흔 편 눈은 밝아 잇니 바늘귀를 능히 쮀니 보선볼을 못 바드며 귀먹다 느무러나 크게 ㅎ면 아라듯고 텬동쇼리 능히 듯니 오른손으로 밥 먹으니 왼손 ㅎ여 무엇흘고 왼편 다리 병신이나 뒤간 츌닙 능히 ㅎ고 코구명이 믹믹ㅎ나 니음시는 일슈376) 만네 닙시울이 푸르기는 연지빗흘 발나 보시 엉덩쎼가 너르기는 히산 잘 흘 징본(徵本)이오 가슴이 뒤앗기는 즌 일 잘 흘 긔골일시 턱 아릭 거문 혹은 츄어보면377) 귀격(貴格)이오 목이 비록 옴쳐시나378) 만져보면 업슬손가 니 얼골 볼작시면 곱든 비록 아니ㅎ나 일등슈모(一等手母)379) 불너다가 헌거룹게380) 단장ㅎ면 남디되 맛는 셔방 닌들 혈마 못 마즐가

얼골 모양 그만두고 시속힝실(時俗行實) 웃듬이니 니 본시 총명(聰明)키로 무슨 노릇 못흘손야 기억ᄌ 나냐ᄌ를 십 년만의 씨쳐너니 효힝녹(孝行錄) 열여젼(烈女젼)을 무슈이 슉독(熟讀)ㅎ미 모를 힝실 바이 업고 구고봉양(舅姑奉養) 못흘손가 즁인(衆人)이 모힌 곳의 방귀 쮜여 본 일 업고 밥쥬걱 얻허노와 니를 쥭여 본 일 업니

장독 소리[381] 볏겨니여 뒤물그릇[382] 흔 일 업고 양치디를 집어니여 측목(厠木)흐
여[383] 본 일 업니 이니 힝실 이만흐면 어디 가셔 못슬손가 힝실 즈랑 이만흐고 지
조 즈랑 드러보소

　도포(道袍)[384] 짓는 슈품(手品)[385] 알고 홋옷시며 핫옷[386]시며 누비[387] 상침[388]
모를손가 세폭부치 홋니불을 삼 일만의 맛쳐니고 힝즈치마 지어닐 제 다시 곳쳐 본
일 업니 함박족박[389] 씨아지면 솔뿌리로 기워니고[390] 보션 본을 못 어드면 닛뷔즈
로[391] 졔일이오 보즈[392]를 지울 졔는 안만 노코 말나니니 슬긔가 이만흐고 지조가
이만흐면 음식슉셜(飲食熟設)[393] 못홀손가

　슈슈젼병 부칠 제는 외쏙지를 닛지 말며[394] 상치쌈을 먹을 제는 고초장이 졔일
이오 쳥국장을 담을 제는 묵은 콩이 맛시 업니 쳥디콩[395]을 삼지 말고 모닥불의 구
어 먹쇼 음식묘리 이만 알면 봉제스(奉祭祀)를 못홀손가 니 얼골 이만흐고 니 힝실
이만흐면 무슨 일의 막힐손가

　남이라 별 슈 잇고 인물인들 별홀손가 남디되 맛는 셔방 니 홀노 못 마즈니 엇
지 아니 셔를손가 셔방만 어더시면 뒤거두기 잘못홀가 니 모양 블작시면 어룬인지
ㅇ히런지 바롬 마즌 병인(病人)인지 광긱(狂客)인지 취긱(醉客)인지 여럽기도[396] 그
지 업고 붓그럽기 층양 업니 어와 셔룬지고 니 셔름 어이홀고 두 귀 뒷히 흰 털 나
고 니마 우히 살 잡히니 운빈회안(雲鬢花顏)[397]이 어니 덧 어디 가고 속졀 업시 되
거고나 긴 한숨의 즈른 한숨 먹는 것도 귀치 안코 닙는 것도 조치 안타 어룬인 체
흐쟈 흐니 머리 쏜흔 어룬 업고 니인(內人)[398]이라 흐쟈 흐니 귀 뒷머리 그져 잇니

　얼시고 조흘시고 우리 형님 혼인홀 제 슉슈(熟手)[399] 안쳐 음식흐며 지의(地
衣)[400] 쌀고 츠일(遮日)[401] 치며 모란병풍(牧丹屏風) 둘너치고 교족상(交足床)[402]의
와룡촉디(臥龍燭臺) 세워노코 부용향(芙蓉香)[403] 퓌우면셔 나쥬(羅州)불[404] 질너 노
코 신낭 온다 왁즈흐고 전안(奠雁)[405]흐다 초례(醮禮)[406]흐다 왼집안이 들닐 적
의[407] 븬 방안의 혼즈 이셔 창 틈으로 여어보니 신낭의 풍신 조코 사모풍디 더욱
조타 형님도 져러흐니 나도 아니 져러흐랴 츠례로 홀죽시면 니 아니 둘지런가 형님
을 치워시니 나도 져러 홀 거시라

　이쳐로 졍흔 ᄆᆞ옴 ᄆᆞ옴디로 아니 되어 괴약흔[408] 아오년이 먼젼 츌가흐단 말가
꿈결의나 싱각흐며 의심이나 이실손가 도리쩍[409]이 안팟 업고 후싱목(後生木)이 웃
독흐다 원슈로온 즁미어미 날은 아니 치워 쥬고 사쥬단즈(四柱單子)[410] 의양단즈(衣
樣單子)[411] 오락가락 흐올 적의 니 비록 미련흐나 눈치좃ᄎ 업슬손가 용심[412]이 졀
노 나고 화증이 복발흔다 풀쳐싱각[413] 죰간 흐면 션하퓌움[414] 졀노 는다

　만스(萬事)의 무심(無心)흐니 안즈면 눕기 조코 누으면 닐기 슬타 손님 보기 붓
그럽고 일가 보기 더욱 슬타 이 신세를 어이홀고 살고 시분 뜻이 업니 간슈[415] 먹

고 죽즈흔들 목이 쓰려 엇지 먹고 비상 먹고 죽즈흔들 너음시를 엇지 홀고 부모유
체(父母遺體)416) 난쳐흐다 이런 싱각 져런 싱각 뷘 방즁의 혼즈 안즈 온가지로 싱
각흐나 님맛만 업셔지고 인물만 초골(憔骨)흐다 싱각을 마즈흐나 즈연이 졀노 나고
용심을 마즈흐나 스스로 먼져 나늬 곤츙도 짝이 잇고 금슈(禽獸)도 즈웅(雌雄) 잇고
헌 집신도 짝이 이셔 음양(陰陽)의 비합법(配合法)을 닌들 아니 모를손가 부모님도
보기 슬코 형님게도 보기 슬코 아오년도 보기 슬타 날다려 니른 말이 불상흐다 흐
는 소릭 더고나 듯기 슬코 눈물만 소스나늬 너 신시 이러흐고 너 므옴 이러흔들 뉘
라셔 걱정흐며 뉘라셔 념녀흐리

    이런 싱각 마즈 흐고 혼즈 안즈 밍셰(盟誓)흐여 므옴을 활작 풀고 잠이나 즈즈흐
니 무슨 잠이 추마오며 즈고 씨면 원통(冤痛)흐다 아모 사름 만나블 제 헷우숨이
졀노 나고 무안흐여 도라셔면 긴 한숨이 졀노 나늬 웃지 말고 시침흐면 남보기의
미몰흐고 게정푸리417) 흐즈 흐면 심슐구즌 사름 되늬 아모리 싱각흐나 이런 팔즈
쏘 잇는가 이리흐기 더 어렵고 져리흐기 더 어렵다

    아조 죽어 닛즈흐미 흔두 번이 아니로딕 목숨이 기러던지 무슨 낙(樂)을 보려턴
지 날이 가고 달이 가믹 갈수록 셔룬 심스(心思) 엇지흐고 엇지흐리 벼기를 탁 던
지고 닙은 칙 두러누어 옷가슴을 활작 열고 가슴을 두다리며 답답흐고 답답흐다 이
므옴을 엇지흘고 미친 므옴 졀노 눈다

    딕체(代替)로 싱각하면 니가 결단(結團) 못홀손가 부모동싱 밋다가는 셔방마시
망연(茫然)흐다 오날밤이 어셔 가고 니일 아츰 도라오면 즁믹파(仲媒婆)를 불너다가
긔운(機運)418) 조작으로 표츠로이419) 구혼(求婚)흐면 엇지 아니 못될손가 이쳐로 싱
각흐니 업던 우음 졀노 눈다 음식 먹고 쳬흔 병의 졍긔산(精氣散)420)을 먹은 다시
급히 앓는 곽난병(癨亂病)421)의 쳥심환(淸心丸)을 먹은 다시 활짝 니러 안즈면셔 돌
통딕422를 닙의 물고 쓰덕이며 궁니흐되 니 셔방을 니 갈희지 남다려 부탁홀가 니
엇지 므련흐여 이 의스를 못 니던고 만일 발셔 씨쳐더면 이 모양이 되어실가 쳥각
먹고 슽각흐니 아조 쉬온 일이로다 져근 넘치 도라보면 어늬 년의 츌가(出嫁)홀가
고롬 묏고 니기423)흐며 손바닥의 춤을 밧하 밍셰흐고 니른 말이 니 팔즈의 타인셔
방(他人書房) 엇던 사름 목셰질고 ㅅ침이나 흐여 보세

    알고지고 알고지고 어셔 밧비 알고지고 니 셔방이 뉘가 되며 니 낭군이 뉘가 될
고 텬졍비필(天定配匹) 이셔시면 제라셔 마다흔들 니 고집 니 억지로 우김셩의 아
니 들가 쇼문의도 드러시니 니 눈의 아니 들가 져 건너 김도령이 날과 셔로 년갑
(年甲)이오 뒤골목의 권슈즈눈 니 나브단 더흔지라 인물 조코 줄기츠니424) 슈망(首
望)425)예눈 김도령이오 부망(副望)426)의눈 권슈지라 각각 셩명(姓名) 써 가지고 ㅅ
침통을 흔들면셔 손 고초와 비눈 말이

모년모월모일야(某年某月某日夜)의 사십 너문 노쳐녀는 업더여 뭇줍느니 곽곽선싱(郭覺先生) 니슌풍(李順風)427)과 소강절 원천강(袁天綱)428)은 신지영(神之靈)429) ᄒ오시니 감이순통(感而順通)430) ᄒ옵소셔 후취(後娶)의 춤녀홀가 삼취(三娶)의 춤여홀가 김도령이 비필 될가 권슈ᄌ가 비필 될가 너일노 되게ᄒ여 신통ᄒᄆᆯ 뵈옵소셔

흔들흔들 놉히 드러 쇼침 ᄒ나 썬혀너니 슈망(首望) 치던 김도령이 쳣 가락의 나단 말가 얼시고 조흘시고 이이 아니 무던ᄒ냐 평싱소원(平生所願) 일워고나

올타올타 너 이졔는 큰소리를 ᄒ여 보쟈 형님 볼워 쓸 디 업고 아오년 져만 거시 나를 어이 숭을 보랴 큰지침 졀노 나고 엇게츔이 졀노 난다 누어시락 안ᄌ시락 지게문431)을 ᄌᄌ 열며 엇지 오날 더듸 시노 오날밤은 김도 기다 역졍스레 누으면셔 지지기를 질게 혀고 이리져리 도라누으며 니마 우희 손을 언고 정신을 진졍ᄒ니 잠간 사이 줌이 온다 평싱의 미친 인연 오날밤 츈몽즁(春夢中)의 혼인(婚姻)이 되거고나

압쓸의 츠일 치고 뒤쓸의 숙슈 안고 화문방셕(花紋方席) 만화방셕(萬花方席) 안팟 업시 포셜(鋪設)ᄒ고 일가권속 갓득 모혀 가화 꼬즌 다담상(茶淡床)이 이리져리 오락가락 형님이며 아ᄌ미며 아오년 족하붙이 긴 단장 자른 단장 거록ᄒ게 모혀시니 일긔(日氣)는 화창(和暢)ᄒ고 향니는 촉비(觸鼻)ᄒ다 문젼(門前)이 요란ᄒ며 신낭을 마ᄌ들 졔 위의(威儀)도 거록ᄒ다 츠일 밋히 젼안(奠雁)ᄒ고 초례(醮禮)ᄒ러 드러올 졔 니 몸흘 구버보니 어이 그리 잘낫던고 큰머리 쩌는잠의 쥰쥬투심(珍珠套心)432) 갓초 츠고 귀의고리 룡잠(龍簪)이며 숑숑드리 비단옷과 진홍디단(眞紅大緞)433) 치마 닙고 옷고롬의 노리기를 엇지 이로 다 니르랴 룡문디단(龍紋大緞) 할옷434) 닙고 홍션을 손의 쥐고 수모와 즁미어미 좌우(左右)의 옹위(擁衛)ᄒ여 신낭을 마즐 젹의 엇지 이리 거록ᄒ고 초례교비(醮禮交拜) 마츤 후의 동뇌연(同牢宴)435) 합환주(合歡酒)로 빅연긔약(百年期約) 더옥 조타 감은 눈을 잠간 쓰고 신낭을 살펴보니 슈망치던 김도령이 날과 과연 비필일다 니 졈이 영검(靈驗)ᄒ여 이쳐로 만나는가 하늘이 유의(有意)ᄒ여 너게로 보너신가 이쳐로 노닐다가 즛독436)의 바람드러 인연을 못 닐우고 기소리의 놀나 ᄭᅢ니 침상일몽(枕上一夢)이라

심신(心身)이 황홀(恍惚)ᄒ여 섬거이437) 안져 보니 등불은 희미ᄒ고 월싴(月色)은 만졍(滿庭)ᄒ디 원근(遠近)의 계명셩(啓明星)은 시벽를 지쵹ᄒ고 창 밧게 기소리는 단잠을 ᄭᅢ는고나 앗가올샤 이니 쑴을 엇지 다시 어더 보리 그 쑴을 상시(生時) 삼고 그 모양 상시(生時) 삼아 혼인이 되려무나 미친 증이 대발(大發)ᄒ여 벌썩 니러 안즈면서 닙은 치마 다시 찻고 신은 보션 쏘 츠즈며 방츄돌438)을 엽희 씨고 짓는 기를 ᄯᅳ릴 다시 와당퉁탕 닙들 젹의 업더지락 곱더지락 바람벽439)의 니마 밧고 문지방의 코를 ᄶᅵ며 면경석경 셩젹홈(成赤函)440)을 ᄂᆺᄂᆺ치 다 ᄶᅵ치고 한숨지며 ᄒᄂᆫ

말이 앗갑고 앗가올샤 이니 꿈 앗가올샤 눈의 암암 귀의 징징 그 모양 그 거동을
엇지 다시 ᄒ여 보리

  남이 알가 붓그리나 안 술푼 일 ᄒ여 보쟈 홍독기441)의 ᄌ를 미여 갓 씌오고 옷
닙히니 사룸 모양 거의 갓다 쓰다듬아 셰워 노코 시 져고리 긴 치마를 코긔 잇게
썰쳐 닙고 머리 우희 팔을 드러 제법(諸法)으로 절을 ᄒ니 눈물이 종힝(從行)ᄒ여
닙은 치마 다 젹시고 한숨이 복발(復發)ᄒ여 곡성(哭聲)이 날 듯ᄒ다

  ᄆ움을 강닝(强仍)ᄒ여 가마니 혀여보니 가련ᄒ고 불상ᄒ다 이런 모양 이 거동을
신영은 알 써시니 지셩(至誠)이면 감천(感天)이라 부모들도 의논ᄒ고 동성들도 의논
ᄒ여 김도령과 의혼(議婚)ᄒ니 첫 마듸의 되는고나 혼인퇵일(婚姻擇日) 갓가오니 엉
덩츔이 절노 논다 줌어귀를 볼근 쥐고 죵죵거름 보살피며 삽살기 귀의 듸고 넌즈시
니른 말이 나도 이제 시집간다 네가 너 꿈 씌던 날의 원슈갓치 보와더니 오날이야
너를 보니 니별(離別) ᄒᆞᆯ 날 머지 안코 밥 줄 사룸 나 뿐이랴

  이쳐로 말ᄒᆞᆫ 후의 혼일(婚日)이 다다르니 신부의 칠보단장(七寶丹粧) 쑴과 갓치
거록ᄒ고 신낭의 사모풍터 더고나 보기 좃타 젼안초례(奠雁醮禮) 맛츤 후의 방치년
(房親迎)442) 더욱 조의 신낭의 동탕(動蕩)443)홈과 신보의 아남ᄒ미 츠등(差等)이 업
서시니 텬졍(天定)ᄒᆞᆫ 비필(配匹)인 줄 오날이야 알커고나 이러틋이 쉬온 일을 엇지
ᄒ여 지완(遲緩)턴고 신방(新房)의 금침(衾枕) 퍼고 부뷔 셔로 동침(同寢)ᄒ니 원앙
(鴛鴦)은 녹슈(綠水)의 놀고 비취(翡翠)는 연니지(連理枝)444)의 길드림445) 갓ᄒ니 평
싱소원 다 풀니고 온갓 시름 바히 업니 이젼의 잇던 ᄉᆞ옴446) 이졔록 싱각ᄒ니 도로
혀 츈몽(春夢) 갓고 너가 혈마 그러ᄒ랴 이제는 긔탄 업다 먹은 귀 발아지고 병신
팔을 능히 쓰니 이 아니 희한ᄒᆞᆫ가

  혼인ᄒᆞᆫ 지 십삭 만의 옥동ᄌ(玉童子)를 슌산(順産)ᄒ니 쌍틱(雙胎)447)를 어이 알
니 즐겁기 층양 업니 기기(個個)이 영쥰(英俊)이오 문직(文才)가 비상(非常)ᄒ다 부
부(夫婦)의 금슬(琴瑟) 조코 ᄌ손(子孫)이 만당(滿堂)ᄒ며 가산(家産)이 부요(富饒)ᄒ
고 공명(功名)이 이음츠니448) 이 아니 무던ᄒᆞᆫ가

  이 말이 ᄀᆞ장 우숩고 희한ᄒᆞ기로 긔록ᄒ노라

<古小說板刻本全集 三說記>

(7) 니츈풍젼(李春風傳)

화셜(話說). 슉종디왕 즉위 쵸의 승덕(聖德)으로 치민(治民)ᄒ니, 국티민안(國泰民安)ᄒ고 가급인죡(家給人足)449)ᄒ여 우슌풍죡(雨順風調)450)ᄒ고 셰화셰풍(歲和歲豊)하여 강구(康衢)451)의 동요(童謠) 만코 노인의 격양가(擊壤歌)452)는 쳐쳐(處處)의 이려느니, 뇨지일월(堯之日月)이요 슌지건곤(舜之乾坤)이라.

잇쩌 셔울 타락골 ᄒᆫ 사람이 잇스되, 승(姓)은 니(李)요 명(名)은 츈풍(春風)이라. 성세가 가장 부요(富饒)ᄒ여 장아(長安)의 그부(巨富)로셔 쇼연(少年)의 방탕ᄒ여 ᄒᆞ는 거시 모도 다 바람이라. 츈풍이 본디 친척이 읍셔 뉘라셔 경계할리. 용젼여슈(用錢如水)453)ᄒ여 부모의 됴업(祖業) 슈만 금을 마암디로 남용할 졔 장안츈풍(長安春風) 화류시(花柳時)와 구월단풍(九月丹楓) 황국시(黃菊時)의 화죠월셕(花朝月夕)454) 빈날 읍시 쥬사쳥누(酒肆靑樓)455)의 향뇨(香醪)을 진취(盡醉)ᄒ고 졀디가인(絶代佳人)을 인혼(引混)ᄒ여 쳥가묘무(淸歌妙舞)로 노일 젹의 남북츈 왈즈456) 벗님늬와 ᄒᆫ가지로 협실여셔 미일 장취(長醉) 노릴 젹의 쳥누미식(靑樓美色) 작첩(作妾)ᄒ여 죠흔 노리 말근 슐로 권권ᄒ며, 너비할미 갈비씜을 미일 장취 노일다가 원앙금침(鴛鴦衾寢) 놀고 느니 일이빅양 돈을 푼젼 갓치 남용ᄒ여 잡기방(雜技房)의 다다른면 삼사빅을 일고 느니 집안의 그 무어시 느물손가? 뜻글쳐름 읍셔지고 건초(乾草) 갓치 말느가니 젼의 노든 벗님네도 날을 보면 믈이457) 가고 쳥누방을 차져가니 괄셰가 티심(太甚)ᄒ다. 츈풍이 집이라고 도라오니 집안 형용이 가련ᄒ다.

츈풍 안희 겻티 안져 ᄒ는 말이

"여보시요, 너 말삼 드러보소. 남즈가 셰상의 느미 문무간(文武間)의 힘을 써셔 츈당디(春塘臺) 슨군(聖君) 젼의 과거 보아 입신양명(立身揚名)한 연후의 일홈을 후셰의 두는 거시 썻썻ᄒ 이리여날 그리도 못할진틴 치산(治産)을 놋치 말고 부모 됴업을 직히여셔 즈손의 젼장(傳掌)458)ᄒ고 부부 두리 동신토록 하여 평싱 됴흘시고. 부귀도 공명인니 그것슬 마듯ᄒ고 인역혼 웃지ᄒ여 부모의 셰젼지물(世傳之物)을 일조(一朝)의 다 읍시고, 슈다ᄒᆫ 노비 젼답 뉘게 다 젼장ᄒ고 쳐즈을 돌보잔코 일신(一身)을 맛치고 기쥬탐식(嗜酒貪色) 호튀쳔(好鬪賤)을 듀야로 방탕ᄒ여 이엿트시 질겨ᄒ니 어이ᄒ여 사즌 말가? 부모형졔 읍셔슨니 뉘라셔 경계ᄒ며 일가친척 읍셔스니 뉘라셔 살여쥬리? 마오 마오, 그리 마오. 쳥누미식(靑樓美色) 조와 마오. 자고로 이런 사람 뉘 안니 치픠(致敗)459)할가? 너 말을 즈셔히 드러보오. 미나리골 박화진(朴花眞)이는 쳥누미식 길기다가 니죵의는 굴머 죽고 남손 밋히 니(李)픠두(牌頭)460)는 쇼연의 부지(富者)로셔 쥬식픠도(酒色覇道) 단니다가 죵노(終老) 상거지 되고 모시젼골 김부장은 술 잘 먹기 유명ᄒ여 누룩 장ᄉ가 퇴을 너고 술집마다 분쥬키로 장안의 요란터니 슈만 금을 다 읍시고 니죵의 쏭장ᄉ 당겻다니 일노 두고 볼지라도 쳥누잡기 잡된 마음 부디 부디 죠와 마오."

춘풍이 디답ᄒ되

"자네 닉 말 드러보게. 그 말이 다 올타 ᄒ되, 이 압집 민갈쇠는 ᄒᆫ 잔 술도 못 먹어도 돈 ᄒᆫ 푼 못 모ᄒ고 비우고기 니도명은 오십이 다 되도록 쥬식을 몰ᄂᆞᄉ되 남의 집만 평싱 살고 탁골 사ᄂᆞᆫ 먹돌이ᄂᆞᆫ 튀쳔잡기 몰ᄂᆞᄉ되 슈쳔 금 다 읍시고 니죵의ᄂᆞᆫ 굴며 죽어스니, 이런 일을 두고 볼지라도 쥬식잡기 안니 ᄒ기로 잘 사ᄂᆞᆫ 비 읍ᄂᆞᆫ이라. 닉 말 ᄌᆞ네 드러보게. 슐 잘 먹든 니팅빅은 노나작(鸕鶿勺) 잉무비(鸚鵡 杯)로 미일 장취 노라스되 할님학사(翰林學士) 다 지니고 튀쳔일슈 원두ᄑ,461)ᄂᆞᆫ 잡기을 ᄑ당히 ᄒ여 쇼연의 뉴명ᄒ기로 니죵의 잘 되여셔 정승쇄졍(政丞少卿) 되여스니, 일노 두고 볼진디 잡기쥬식(雜技酒色) 됴와ᄒ기 장부의 할 비라. ᄂᆞ도 일히 논 일다ᄀ 니죵의 일품(一品)되야 후셰의 젼할리라."

안희의 말을 안니 듯고 슛틀니면 두달리기와 젼곡(錢穀) 늠용 일슴으니 일런 변이 쏘 잇ᄂᆞᆫ가? 일리졀이 놀고 ᄂᆞ니 집안 형용 볼 것 읍다.

"ᄂᆞ 신엄(身業)의 젼정(前定)이요, 병무져쇽(並舞低俗) 바이 읍다. 닉 이졔야 회과자칙(悔過自責) 졀노 ᄂᆞᆫ다."

안희의계 사례ᄒ고 지셩으로 비ᄂᆞᆫ 말이

"노야 말고 슬허 마쇼. 닉 마암 ᄌᆞ칙ᄒ여 각금(覺今) 문ᄌᆞ로 말ᄒ되 시이직비(是而昨非)462)로다. 이왕사(已往事)ᄂᆞᆫ 고사ᄒ고 가ᄂᆞᆫᄒ여 못 살기네. 어이ᄒ여 사잔 말가? 오늘버텀 가즁빅사(家中百事)을 자네계 막기ᄂᆞ니 마암디로 치산ᄒ여 의식 염네 읍게 ᄒ쇼."

춘풍 안희 이른 말이

"부모 됴업 슈만 금을 쳥누즁의 다 들려밀고 이 지경이 되엿는디 일후의ᄂᆞᆫ 더욱 우심(憂心)ᄒ니 약간 돈양이 잇다 ᄒᆫ들 그 무어시 ᄂᆞ물손가?"

춘풍이 디답ᄒ되

"ᄌᆞ네 ᄒᆞᄂᆞᆫ 말이 날을 별노 못 밋거든 일후 쥬식잡기 안니 ᄒ기로 졀단코 슈기(手記) 써셔 쥼셰."

지필(紙筆)을 너여 노코 슈기을 넌짓 쓰되

'임ᄌ 사월 십칠 일의 김씨젼(金氏前) 슈기라. 우슈기(右手記) 사ᄯᅡᆫ(事端)ᄂᆞᆫ 불쳥 김씨지언(不聽金氏之言)ᄒ고 됴업 슈만 금을 기지진귀어쳥누지즁(其財盡歸於靑樓之 中)ᄒ니, 각금시이직비(覺今是而昨非) ᄒ,셥졔이막급(悔噬臍而莫及)463)ᄒ여 ᄌᆞ추일후 (自此日後)로 가즁지사(家中之事)을 진부어 김씨 ᄒ거혼 김씨 치산지후(治産之後)로 비록 천금지지(千金之財)가 잇슬 지라도 이 다 김씨의 지물이라. 가부(家夫) 니츈풍은 일푼젼(一分錢)과 일두곡(一斗穀)을 불부차지지의(不復處理之意)로 여시(如是) 슈기ᄒ나니, 일후의 약유후쥬(若有豪酒) 방탕지폐(放蕩之弊)가 잇거든 지ᄎ슈기(持此手記)ᄒ고 관변정ᄉ(官卞政事)464)라. 즈필쥬의(自筆奏議) 가부(家夫) 니츈풍이라.'

칙명(策名)465)ᄒ되, 츈풍 안히 이른 말이

"슈기가 말할손가? 지ᄎ슈기ᄒ고 관변정ᄉ라 ᄒ여슨들 가장(家長)을 걸러 고관(告官)할가?"

츈풍이 이 말을 듯고 후록(後錄)을 다시 ᄒ되

'ᄎ역즁(此如中) 김씨 불신지(不信之) 삼고로 일후 약유이단지폐(若有異端之弊) 잇거든 비부지ᄌ(非父之子)466)라.」

후록을 다시 ᄒ여쥰이 츈풍 안히 그동 보쇼. 우스면셔 슈기 바다 함농 속의 넌짓 넛코 이날부텀 치산할 제 침ᄌ 길삼 다 ᄒ기다. 오 푼 밧고 시버션 짓기, ᄒᆫ 돈 밧고 쓰기 버션, 두 돈 밧고 혼삼(汗衫) ᄒ기, 스 돈 밧고 흔옷 깃기, 네 돈 밧고 창옷 지여, 닷 돈 밧고 도포 ᄒ기, 엿 돈 밧고 쳘뉵467) ᄒ기, 일곱 돈 밧고 금침(衾枕) ᄒ기, ᄒᆫ 양 밧고 볼긔 누비기, 양반(兩半) 밧고 쳘뉵 ᄒ기, 두 양 밧고 졉옷 누비기, 승 양 밧고 관ᄃ(冠帶) ᄒ기, 봄이면 삼베 느코, 하졀(夏節)이면 모시 누비, 츄졀(秋節)이면 염식(染色)ᄒ기, 동졀(冬節)이면 무명 느코, 일렁졀령 사시졀 밤낫 읍시 힘써 ᄒ니, 사오연니의 의식이 풍족ᄒ고 가세가 눈여(潤餘)ᄒ여 츈풍이 안히 덕으로 관망의복(冠網衣服) 칠례ᄒ고 고양진미(膏粱珍味)의 츙복(充腹)ᄒ고 집안 술로 미일 장취ᄒ여 가리츔 곤도 빗고 곤ᄌ손히468)의 기름지니 마암이 교만ᄒ여 이젼 힝실 졀노 ᄂᆞᆫ다.

의관을 들쳐 입고 니다르셔 호조(戶曹) 돈 이쳔 양을 시변(市邊)469)으로 으더 니여 방물장ᄉ 칭틱(稱託)ᄒ고 평양 즁ᄉ 가랴 ᄒ니, 츈풍 안히 그동 보쇼. 이 말 듯고 크게 놀니여 츈풍 압혜 꿀여 안져 의ᄉ로 일으넌 말이

"여보시요, 이 니 말삼 들려보오. 이십 젼의 부모 죠업 슈만 금을 쳥누즁의 다 읍시고, 그 사이 오뉵연을 결단ᄒ고 안져다가 물졍(物情)도 소연(疎然)ᄒ니, 평양 물졍 니 들으니 번화ᄒ고 사치ᄒ여 분벽사창(粉壁紗窓)470) 쳥누미식 단슌호치(丹脣皓齒) 반긔(半開)ᄒ고 쳥가일곡(淸歌一曲) 죠흔 슐노 교틱ᄒ여 마ᄌ 드려 돈 만코 혈앙(虛浪)한 ᄌᄂᆞᆫ 세워 두고 베긴단네. 평양 물졍 일려ᄒ니 부듸 장사 가지 마오."

지성으로 말여 비니, 츈풍이 이른 말이

"나도 ᄯᅩ한 사람이민, 이십 젼에 숀지(損財)ᄒᆫ 일 통입골슈(痛入骨髓) 잇달거든 이다지 슬허 할가? 쳔금산진환부리(千金散盡還復來)라 고셔(古書)의 일너스니 넌들 미양 피할손가? 속속히 가셔 단여옴세. 다른 염예 부듸 부듸 마쇼."

춘풍 안히 이른 말이

"ᄋ보시요, 드르시요. 이젼 치퓌(致敗)하올 적의 한 푼 돈, 한 양 죠을 물부칙슈(勿復着手) 할 뜻즈로 비부지즈(非父之子)라 슈기 써서 이니 함농 속의 두허더니 그 사이의 이졋든가? 의식을 니계 밋고 부디 부디 가지 마오."

츈풍이 비부지즈라 ᄒᄂᆫ 말이 무안허여 착한 안히 머리터을 이러져리 갈나 잡고 두다리며 하는 말이

"쳘이원정(千里遠征) 큰 장스로 경영ᄒᆞ고 가는 길을 요망ᄒᆞᆫ 연 잔말을 이리 할가?"

이리 치고 져리 치니 일언 잠놈 ᄯᅩ 잇는가. 안히을 욱질르고 집안 지물 오빅 양을 가쳡으로 니여 씨고 길을 밧비 써ᄂᆞ라니, 불상ᄒᆞ다 츈풍 안히 아모랸들 말일손가.

잇ᄯᅢ의 츈풍이 돈 이쳔 양을 삭말 니여 노코 즉일노 발힝ᄒᆞ여 반부담(半負擔)471) 죠혼 갈계 호피(虎皮) 도듬 놉피 타고 쥬말가편(走馬加鞭) 밧비 모라 의긔양양 ᄂᆞ려간다. 연쥬문 니달녀서 무악지을 잠간 넘어 평양을 ᄂᆞ려갈 졔 쳥셕골 지니가며 좌우 산쳔 도라보니 이ᄯᅢ는 어느 ᄯᅢ야, ᄯᅢ맛참 삼츈(三春)이라. 골골마다 포포셩(瀑布聲)은 좌우의 ᄯᅥᆯ어지고 양뉴(楊柳)는 쳥산을 둘리온디 황조빅조(黃鳥白鳥) ᄂᆞ라든다. 온갓 초목 무셩ᄒᆞᆫ디 쳔황씨(天皇氏) 목덕 쵸의 일월 동방 부상472)ᄂᆞ무, 원둑 장스 졔빅ᇀ의 귀귀가지 양목(陽木)이며, 황셩(荒城)의 허죠벽간월(盧照壁山月) 과창오운즁(過蒼梧雲中) 고목ᄂᆞ무, 쥬루녹일(周遊落日) 권렴간(眷念間)473)의 임 그려다 상사ᄂᆞ무, 일지ᄂᆞ어 창오ᄒᆞ니 쵸당츈슈 회양ᄂᆞ무, 옥포 풍낭 츄복츈의 월즁단계(月中丹桂) 계슈ᄂᆞ무, 자단빅단(紫檀白檀) 감즈뉴즈(柑子柚子) 평프진 쟝숑이며, 층층폭등 머루다리 넌츌이며, 휘여진 쟝숑(長松)이며, 늘러진 양뉴목(楊柳木)은 광풍의 흥을 계워 의졍위졍 춤을 취고 농츈(弄春)ᄒᆞᄂᆞᆫ 비둘기는 펄펄 ᄂᆞ라 츈졍(春情)의 우름 을고 은갓 츈흥 ᄂᆞᆫ안ᄒᆞᆫ디, 양뉴 쌍잉(雙鸎)은 가지가지 봄소리요 ᄂᆞᄂᆞᆫ ᄂᆞ비 우는 시은 츈광(春光)을 자랑ᄒᆞ다.

일연 경긔 다 본 후의 님 건니 근너가서 쥬마가편 달여가며 동셜영 밧비 넘어 황쥬 병영(黃州兵營) 귀경ᄒᆞ고 평양을 발이보며 영계골 얼는 지니 장님(長林) 슈풀 드러 달여 디동강변(大洞江邊) 다다르니 모란봉 ᄯᅥᆯ어져서 부벽누(浮碧樓)474) 되야 잇고 디동문(大洞門) 연광졍(練光亭)475)은 졔일 강산이 여기로다. 기즈(箕子) 단군(檀君) 이쳔연(二千年) 보통문(普通門)의 우젹(遺跡)일이라. 션부(城府)476)도 조컨이와 영녈사477) 졍ㅁ(精妙)ᄒᆞ다. 시구문 박 독디션은 하사월(夏四月) 초팔일(初八日)의 일광이 황홀ᄒᆞ다. 디동강 얼는 근너 디동문 들러가니 번화ᄒᆞᆫ 인물이며 물졍이 화려ᄒᆞ니 소강남(小江南)이 여기로다.

춘풍의 그동 보소. 포정누 너달느셔 좌우 산천 귀경ᄒ고 동노 압 쎡 느셔셔 긱스 동편 쥬인ᄒ고 열두 바리 시른 돈을 ᄎ례로 나려 노코 삼스 일 뉴슉(留宿)ᄒ며 물 졍을 구경터니, 일일은 창 ᄂ간을 빗계 셔셔 그 압집을 얼는 본이 집치례도 죠큰이 와 집 쥬인는 뉘고, 평양 일식(一色) 츄월(秋月)이라. 얼골도 절묘ᄒ고 시연(時年)이 이팔(二八)이라. 셩즁 호걸긱과 팔도의 노난 활양 ᄒ 번 보면 쳔 양(千兩)은 지단양 돈을 담비 쥬듯 ᄒᄂ구나.

잇쩌 셔울 스는 부셩더고의 츈풍이 슈쳔 양 돈을 싯고 뒤집의 외단 말을 츄월이 먼져 듯고 춘풍을 호리랴고 스창(紗窓)을 반기(半開)ᄒ고 표연(飄然)ᄒ 티도로 녹의 홍상(綠衣紅裳) 다시 입고 외연히 안즌 그동 츈풍이 얼는 보니 그 얼골 티도는 쳥 쳔빅일(靑天白月) 발근 밤의 아츰 이슬의 모란화(牡丹花)요. 절묘ᄒᆫ 져 닙시는 물찬 지비 모양이요, 녹의홍상 입은 그동은 침병(枕屛) 속의 그림이요. 아릿다온 져 얼골 은 월궁(月宮)의 계화(桂花) 갓고, 졍신의 니화 도화478) 말근 빗치 반월(半月) 발근 달이 ᄒ강슈의 쩌오는 듯. 쳥누상의 홀노 안져 칠현금 쥴을 골느 잡고 탕문군(卓文 君) 호려ᄂ든 사마상여(司馬相如) 봉황곡(鳳凰曲)을 둥지덩 둥지덩 닙시 잇계 노는 그동 츈풍이 잠간 보고 심신히 황홀ᄒ여 호탕ᄒ 밋츤 마암 좌불안셕(坐不安席)ᄒ는 구느. 마암이 간절ᄒ여 허된 마암 졀노 ᄂ다. 근본히 쳥누라 ᄒ면 화약고(火藥庫)의 염초(焰硝) 갓고 괴발의 덕셕이라479). 아모리 참즈 ᄒᆫ들 잠시을 참을손야. 잡마암이 쇼스는다. 지남셕(指南石)의 바눌 츳듯 졍신히 살는ᄒ다.

춘풍의 그동 보쇼. 의복을 곤져 입고 츄월의 집 차자갈 제 금사졍의(錦紗毻衣) 혼반(婚班)480) 찻듯, 츈당디(春塘臺)의 글잔 찻듯, 황잉쌍쌍(黃鶯雙雙) 양뉴(楊柳) 찻 듯, 봉봉졉(蜂蜂蝶) 분분(紛紛) 화간(花間) 찻듯, 기러기 동졍호 찻듯, 이리져리 츠자 간다.

즁문 안의 드러가니 잇쩌 츄월의 그동 보쇼. 춘풍의 오는 양을 문틈으로 얼는 보 고 옥안(玉顏)을 번듯 드러 뜰 아리 ᄂ려 셔셔 슴슴옥슈(纖纖玉手) 얼는 드려 ᄂ삼 (羅衫)을 비여 잡고 ᄂ간의 올ᄂ갈 제 좌우을 살펴보니 집칠례가 휘황ᄒ다. 삼간 더 쳥 젼후퇴며 이층 ᄂ간 제법일다. 방안의 드러가셔 좌우을 도라보니, 산슈병(山水 屛) 운무병(雲霧屛)의 묵화(墨畵) 포도쥭엽(葡萄竹葉) 쳐사 셔창(紗窓) 우의 붓쳐 두 고 부벽셔(付壁書)을 도라보니 동즁셔(董仲舒)481)의 칙문(策文)이며 제갈량의 츌사 표(出師表)며 도연명의 귀거리사(歸去來辭)와 젹벽부482) 양양가483)을 귀귀(句句)마 다 붓쳐 노코 눗츳디 동경(銅鏡)이며 요강 타구 지터리며 각계슐디 들미장의 왜경 디경(矮鏡大鏡) 피빅경(幣帛鏡)과 혈침안침 비춰금(翡翠衾)은 젼후좌우 거러 두고 즈기함농 반다지을 여긔져긔 닙시 잇계 노와쑤느.

츄월의 그동 보소. 츄파을 반만 드려 연졉(迎接)ᄒ여 안즌 모양 옥티화용(玉態花

容) 고흔 어골 티도가 은은흐다. 팔즈청산의 감탕484) 갓튼 고흔 머리 봉빈(鬖鬢)니
로 낭즈흐고, 양긱단 갓져고리 인물상귀 비기며 오동철병(烏銅鐵柄) 디모(玳瑁)장도
(粧刀) 슈실 미여 밍즈 고름의는 짓치고, 죠룡귀에 고리 월귀탄이며 순금지환(純金
指環) 옥지화(玉指環)는 밉시가 절묘흐고, 팔양쥬 고장바지 늠봉황느 잔살치마 잔쥴
잡아 지어 입고, 슈화쥬(水禾紬) 겹버션의 도리불슈 꼿당여을 날출(出)즈로 씩여스
며, 익빅청산 번듯 드러 단슌호치(丹脣皓齒) 웃는 모양 츈풍도리화기야(春風桃李花
開野)의 봉접(蜂蝶)보고 반긔는 듯. 슴슴옥슈 얼는 드러 오동슈복 빅통더의 삼등별
초 얼는 담아 청동화로(青銅火爐) 불 다려셔 꿀러 안져 올일 제의 향취(香臭)가 진
동흐다. 츈풍이 바다 물고 츄월더러 아르는 말이

"느도 경성의셔 싱쟝흐여 웃지 청누의 버지 읍다 할가? 평양의 느려와셔 긱슈젹
막(客愁寂寞)흐기로 가련금야슉창가(可憐今夜宿娼家)흐니 챵가소부(娼家小婦)는 불
슈빈(不羞賓)흐쇼. 동원도리편시츈(東園桃李片是春)의 군불견고더쳐(君不見苦待處)흐
다. 빅양485) 동작486) 싱황진(笙篁盡)이라."

흐니, 츄월이 곤쳐 안져 반만 웃고 엿즈오더

"믈고믄 경성 길의 무스티평 오신잇가? 스쳐487)흐여 사오일 유슉(留宿)흐되 어이
그리 더듸온가?"

일현 말삼 절현 말삼 다 후리쳐 바리고 츄월이 이러셔셔 쥬찬(酒饌)을 올일 젹
의, 국화 식인 도리반의 디모(玳瑁) 양각(羊角) 큰 접시며 문어 전복 봉그리고 슝어
씸 갈비씸 저비할미 접산젹의 치슈등물 겻드리고 초간장 김치국을 별노히 블려 노
코 은향(銀杏) 미초488) 조흔 비며 오동병(梧桐瓶) 디모병(玳瑁瓶)의 감홍노489) 화초
쥬(花草酒)을 노자작(鸕鶿勺) 잉무비(鸚鵡杯)로 가득 부어 준니, 츈풍이 이른 마리

"평양을 소강남(小江南)으로 드려스니 권쥬기(勸酒歌)느 드러보셰."

츄월이 반만 웃고 청가일곡으로 쇄옥경 놉피 너여

"즈부시요 즈부시요, 니 슐 흔 잔 즈부시요. 빅연(百年)을 가시일인수(可是一人
壽)490)라도 뉴낙즁분미빅연(憂樂中分未百年)491)이라, 일쳘연(一千年) 못살 인싱 아니
놀고 무엇하랴? 이 슐이 슐이 아니라 한무졔492) 승노반493)의 이슬 바든 것이오니
역여건곤(逆旅乾坤) 부유(浮遊) 갓치 죽어지면 일장츈몽(一場春夢) 그 안인가? 자부
시요 자부시요, 권권(勸勸)할 졔 자부시요. 불노초(不老草)로 빗진 슈리오니 씨느 다
느 즈부시요."

흐되, 츈풍이 바다 먹고 흥을 너여 노느구느. 장안 츈풍이 평양 디동강상 놀고
느니 쌍쌍이 느려온다.

"츄월이 발거는더 츈풍츄월(春風秋月) 연분 미즈 노라 볼가, 츈풍 츄월 두고 월
즈운(月字韻)을 다라 볼가? 아미산반륜월(峨眉山半輪月)과 장안일편월(長安一片月)

계명산츄야월(鷄鳴山秋夜月) 병호심사슈류월, 도리영누망츄월, 북당야야인여월(北堂夜夜人與月), 한산농명월(黃山弄明月), 이월 삼월분의 온잔은 **첩첩흔디 금풍(金風)**494)은 다정흐다. 노빅상화 점문 밤의 초경(初更) 이경(二更) 삼경(三更) 월의 ㄴ는 츈풍이요 너는 츄월인니 일월 갓치 비필되야 장츈풍 장츄월의 천지가 **희멸(偕滅)**토록 풍월이야 변할소야. 조흘시고 조흘시고."

츄월이 화답흐되

"서방님은 월즈운(月字韻)을 다라스니 쇼첩은 풍즈운(風字韻)을 달이로다. 슈슈셔북풍 격벽의 동남풍 낙양성(洛陽城)이 견츄풍(見秋風) 만국병전(萬國兵前) 초목풍(草木風) 백학제층일랴풍 양류사슈만강풍 취젹강산(吹笛江山) 낙월풍 이삼월 조흔 슌풍 동지 슷달 셜안풍(雪寒風), 제풍 화풍 다 바리고 분벽사창(粉壁紗窓) 됴흔 발의 금셩일건풍흐되, ㄴ는 츈풍 너는 츄월 되엿스니 춘추(春秋)가 비필되여 디동강이 말으도록 사시풍(四時風)이야 변할손야. 조흘시고 조흘시고. 청풍명월야삼경(淸風明月夜三更) 양인이 마조 누어 원앙금침의 사랑으로 이제 웃지 만는는고?"

츈풍이 크게 디혹흐여서 츄월로 작첩흐고 호취기렴첩상연이라. 허랑흔 츈풍이 장스엣 마암 전혀 읍고 이날부텀 가져간 돈 이천 오빅 양을 마암디로 쓰는구ㄴ. 조흘시고 말근 슐노 미일 장취 발근 노리로 일수무며 쥬야로 노일 격의 이쩌 츄월이는 슈천 양 돈 홀이야고 교티흐여 이른 마리

"돈사단 가거쥬와 장문쥬을 날 스쥬계. 남봉황ㄴ 팔양쥬 단문쥬을 날 사쥬계. 은죽절(銀竹節)495) 금봉치(金鳳釵)496)을 날 스쥬계. 가진 반상기을 날 스쥬계. 문어 포슉 히삼을 안쥬흐계 날 스쥬계. 밧살히 부족하니 연안 비천 상상미(上上米)로 이십 석만 날 스쥬계. 동니 울산 디장각(大長藿)497)을 열 단만 날 스쥬계."

갓갓치로 홀여닐 제, 허랑흔 츈풍이는 조곰치도 사양안코 오십 양 돈 빅 양 돈을 비일비지(非一非再) 너여 쥬니 흔갓 유흔(有限) ㄴ 지물이라 을미ㄴ ㄴ물손가. 일연(一年)이 못 하여서 이천오빅 양이 한 푼 읍시 다 쩌구ㄴ. 어니 읍슨 츈풍이는 의식을 염예 읍시 츄월이안테 밋친 다시 비 부루계 잡바져셔 츄월의 간스흔 슈을 추호도 몰느구ㄴ. 괘심흔 츄월이요, 츈풍의 지물 다 호려너고 괄셰흐여 **니치랼** 제 서방님이라 말도 아니 흐고,

"여보시요, 니 양반아. 성즁 활양 성외 활양게을 보고 도라가니 어디로 가랴시요? 가는 노비 부족하면 돈이ㄴ 한 돈 봇터리다."

흐며, 돈 한 돈 너여 쥬고 가기을 지촉흐니 츈풍의 그동 보소. 분흐고 분한 마암 층양 읍셔 츄월드려 이른 마리

"당초의 널과 날랑 원앙금침의 두리 누어 원불싱니(願不生離)흐자 흐고 **티산** 갓치 미질 젹의 디동강 깁푼 물이 마르도록 쩌ㄴ지 마궂더니 사랑의 홍을 계워 그려

호냐, 농담으로 그려호냐, 참말인야? 가란 마리 어이 말인냐?"

츄월이 이 말 듯고 질식호여 이른 마리, 씅을 너여 구박호되

"여보쇼 이 사람아, 즈네 그 말 다시 마쇼. 싱긴 거시 멍청이라, 창염을 증 모르는가?"

호고, 등을 밀쳐 마롱 아러 너치니, 츈풍이 분한 즁의 탄식호여 훈심 짓고 젼연(前緣)의 빗계 셔셔 이리져리 싱각호니 한심호고 졀통호다. 경셩으로 가즈 호니 무면도강(無面渡江)498) 못 가깃고 쳐즈도 못 보깃고 친구도 붓그럽다. 쏘한 호죠 돈을 너여다가 혼 푼 읍시 도라가면 금부(禁府)의 가둔 후의 즁죄(重罪)로 두다리면 죽기가 분명호니 이을 어이 하잔 말가? 셔울도 목 가깃다. 이고 이고 스름지고, 이얼 변이 쏘 잇는가? 디동강 깁푼 물의 아조 풍덩 싸져 죽자 호니 춤아 웃지 샌질숀가? 은장도 드는 칼노 목을 길네 죽자 호니 참아 그리도 못하깃다. 이고 답답 스름지고, 어이 하야 사즌 말고? 평양셩즁 걸인되여 이집 져집 비려 먹즈 호니 노쇼인민 아동덜은 셔로 보고 쑤지지며 이놈 져놈 웃고 보니 걸식도 못 하리라. 어디로 가즌 말고? 갈 곳이 젼혀 읍다. 싱각이 아득호여 도로혀 이걸호되 츄월더러 이르는 마리,

"츄월이, 니 말 듯쇼. 어이 그리 박졀혼가? 즈네 집 도로 잇셔 사환(使喚) 불사환을 환을 다른 사람 하는 디로 느도 함계 호여 쥬고 즈네 집의 도로 잇셔면 그 무어시 관계할가? 깁피 깁피 싱각호소."

가련히 이걸호니, 츄월의 그동 보소. 눈을 흘계보고 하는 마리

"여보소 이 사람, 즈네 언힝 못 곤칠가? 츄월아 츄월아 호고 합소 맙소 호여 니 일홈 쏘 불을가? 니 집의 다시 잇셔 사환을 호즈 호면 체면간의 못 하리라."

호고 이쳐름 쓰즁너니, 츈풍이 허일읍셔 보리 졀통한들 어이 할고? 이기씨 마리 졀노 나고 하시요 마리 졀노 는다. 츈풍이 이날부텀 츄월의 집 다시 잇셔 온갓 사환 다할 젹의 싱불여사(生不如死) 가련호다.

이령셩 져렁셩 지나자니 드럽고 드려온 오셰 현순빅결(懸鶉百結)499) 드려오니 상걸인 모양이요 먹는 거슨 씨야즌 혼 사발의 누룽밥의 국을 부어 슉가락 읍시 뜰 아리셔 되는 디로 먹즈 호니 목이 미여 못 먹깃다. 눈물이 썬썬로 소사느니 천지가 아득호여 혼갓 싱각호되, 쥬야 셩즁 할양더리 작당호여 츄월의 집 차즈와셔 츄월과 몸을 협슬여셔 온갓 히롱 다할 젹의 조흔 슐 말근 노러 비반(杯盤)히 낭즈호다. 잇써 츈풍의 그동 보소. 뜰 아리 웃둑 셔셔 방안을 들려다 보니 눈는 디풍연(大豊年)을 당하엿고 입은 극흉연(極凶年)을 당호엿는지라. 제 신셰을 싱각호고 스른 말노 소리호되,

"이그 이고 스른지고, 이을 장차 어이 할가? 셰상사가 가소롭다. 느도 경셩의 싱장호여 이십젼 오입으로 왈즈 벗님네와 청누미식 가득튼니 호죠 돈 이쳔 양과 집안

돈 오빅 양을 가첩으로 니여 씨고 평양의 나려와셔 쥬인과 작첩ᄒ여 원불싱이(願不生離)ᄒ쥣더니, 이 지경이 되여스니 세상사가 가소롭다. 잇ᄯᅢ가 어느 ᄯᅢ야? 동시월(冬十月) 망간(望間)이라. 빅셜(白雪)은 흔날이고 회 다 지고 져믄 날의 찬바람 발근 달의 청쳔(靑天)의 ᄯᅳ오ᄂᆞᆫ 저 기려기야, 이닉 진정(眞情) 가져다가 명쳔(明天)의계 젼ᄒ여라."

ᄒ고 부억계 홀노 누어 목소리을 길게 ᄲᅢ혀 인달히 탄식ᄒ되

"녹양(綠楊)이 쳔만산(千萬山)인들 가는 봄을 어이 ᄒ며, 탐화봉졉(探花蜂蝶)인들 지는 ᄭᅩᆺ츨 어이 할고? 아무리 근원 즁타ᄒ고 녀필종부(女必從夫)라 ᄒ여슨들 가는 사람을 어이 할고? 고향사(故鄉事)을 싱각ᄒ니 어엽쑨 안히 ᄌᆞ식드른 날을 그려 죽어는가, 기다리고 스라ᄂᆞᆫ가? 이리져리 싱각ᄒ니 가슴이 문어지나ᄂᆞᆫ 듯하고 일촌간장(一寸肝腸)이 쇽절 읍시 다 썩ᄂᆞᆫ다. 아셔라, 다 ᄶᅳᆯ쳐든지고 젼의 하든 가사ᄂᆞ ᄒ여 보자. 미화타령(梅花打令) 하리로다."

잇ᄯᅢ 츄월의 방의 노든 활양드리 노리 소리을 듯고 셔로 보며 의심ᄒ니 츄월이 무식ᄒ여 하ᄂᆞᆫ 마리

"너 집 사환 단이ᄂᆞᆫ 셔울놈 이츈풍이오니 신쳥(信聽)500)ᄒ고 드런 쳬도 마릅소셔."

활양드리 이 말을 듯고 셔울 산단 말을 불상히 여겨 슐 한 즌 부어 쥬니 츈풍이 바다 먹고 감지덕지(感之德之) 치ᄉ(致謝)ᄒ니 츈풍의 신세가 가장 가련ᄒ다.

잇ᄯᅢ 츈풍 안히 가군(家君)을 니별ᄒ고 빅 가지로 싱각ᄒ며 밤낫즈로 하ᄂᆞᆫ 마리 장ᄉ의 사만(事望)501) 만하 평안히 도라옴을 쳔만츅슈(千萬祝壽) 바리면셔 쥬야로 기다리되 츈풍이ᄂᆞ 안니 오고 풍편의 오ᄂᆞᆫ 마리, 셔울 사람 니츈풍이ᄂᆞᆫ 평양 장ᄉ 가셔 츄월이 구박ᄒ여 가도 오도 못 ᄒ여셔 상거린 홀노 되여 츄월의 집 다시 잇셔 불사환 ᄒᆞᆫ단 말을 젼젼히 으더 듯고 가슴을 두다리며 디셩통곡(大聲痛哭) 하ᄂᆞᆫ 마리,

"이고, 이거시 웬 말인고? 슬푸다 이닉 가장(家長), 남과 갓치 낫건만는 어이 그리 헐량(虛浪)ᄒᆞᆫ고? 쳥누화방(靑樓花房) 잠연의계 ᄒᆞᆫ 번 픠가도 어렵거든 타도타관(他道他官) 먼먼 길의 막즁공젼(莫重公錢) 니여 씨고 외로히 ᄂᆞ려가셔 허량히 치픠ᄒᆞᆫ단 말가? 이고 이고, 스름지고. 뉘을 밋고 사잔 말고? 젼싱(前生)의 무삼 죄로 인싱의 이갓치 되여 가쟝 ᄒᆞᄂᆞ 못 만ᄂᆞ셔 평싱의 이 고싱ᄒ여 인닉 팔자 일러한가? 이고 이고, 스름지고. 어이 ᄒᆞ야 사잔 말가? 각기 쳔명(天命) 민인 팔ᄌ 도망ᄒᆞ기 어려워라. 너 몸 한ᄂᆞ 세상의 살어 무엇 할고? 죵(終)502) 남산(南山)의 ᄂᆞ아가셔 물명쥬 긴 슈건을 ᄒᆞᆫ ᄭᅳᆺ흔 남게 미고 ᄯᅩ ᄒᆞᆫ ᄭᅳᆺ흔 목의 미고 디룡디룡 죽고 지고. 남산의 빅약호(白額虎)야 ᄂᆞ려와셔 요닉 일신 물어가계. 남산 밋히 구슈션앙 나려와셔

요니 일신 잡어가계. 이고 답답 스름지고."

이을 갈고 흐는 마리

"평양을 느려가면 츄월의 집 츠즈가셔 니 숌씨의 다려드려 츄월의 머리티을 두 손의 갈느 잡고 가락가락 쓰드리라. 셰간좃츠 부슈리라. 연후의 다려드려 츈풍의 허리 싯히 목을 미고 죽으리라."

악독흔 마암으로 이리 흔참 울다가 도로혀 풀쳐 싱각흐되

'우리 가장 경셩으로 다려다가 호조 돈 이쳔 양을 한 푼 읍시 다 가푼 후의 의식 염녜 아니 흐고 부부 두리 화락(和樂)흐여 빅연동낙(百年同樂)흐여 볼가.'

평싱의 흔(恨)일든니 맛춤 굿쩌 김승지(金承旨) 쩍이 잇스되 승지는 임의 죽고 맛즈제가 문장으로 소연의 급제흐여 한님옥당(翰林玉堂) 다 지니고 도승지(都承旨)을 지닌 고로 거연(去年)의 평양감스(平壤監司) 부망(副望)503)으로 잇다가 면연(明年)의 평양감스 할랴 흐고 모계(謀計)흔단 말을 사환편의 드르니, 승지쩍이 가는흐여 아츰 져역으로 국녹(國祿)을 타셔 슈다 식구 사는 즁의 그 딕의 노부인이 잇단 말을 듯고 침즈품을 으드랴고 그 딕 드라가니, 후원 별당 깁흔 곳의 도승지의 모부인(母夫人)이 누원는디 셩셰가 가는키로 식사도 부족흐고 의복도 쵸췌(憔悴)흐다. 츈풍 안히 싱각흐되

'딕의 부치여셔 우리 가장 살여 니고 츄월의 셜치(雪恥)도 할가'

흐고 침즈 길슴 힘쎠 느는 돈 양 다 드려셔 승지딕 노부인계 조셕(朝夕)으로 진지흐니 노부인계 만는 츠담상(茶啖床)504)을 의외의 간간히 차려 드리거늘 부인이 감지덕지 치스흐며 흐는 마리

"이 은혜을 웃지 할고?"

쥬야로 뉴렴(留念)트니, 흔일(一日)은 츈풍의 쳐더려 이르는 마리

"니 드르니 네가 가셔도 치뫼흐고 침즈품으로 산다 흐온디 날마다 츠담상을 츠려 쎅쎅로 드려오니 먹기는 조컨이와 도로혀 불안흐다."

츈풍 안히 엿즈오디

"소여가 혼즈 먹기 어렵기로 마노라님 젼의 드려쌉드니 치스을 밧스오니 도로혀 감스무지(感謝無地)흐여이다."

딕부인이 이 말슴 듯고 츈풍의 쳐을 기특이 여겨 못니 싱각흐드라.

흔일은 도승지가 딕부인 젼의 문안흐고 엿즈오디

"요사이는 어마님 긔후(氣候)가 조흐신지 화기(和氣)가 만안(滿顔)흐오다."

딕부인 흐는 말슴이

"기특흔 일 보아쏘다. 압집 츈풍의 지어미가 조흔 츠담상을 미일노 츠려오니 니 긔운히 졀노 느고 졍신니 감격흐다."

승지가 이 말을 듯고 츈풍의 쳐을 귀히 보아 미일 사랑하시더니, 천만 의외의 김 승지가 평양감스 호엿구느. 츈풍 안히 부인 젼의 문안호고 엿즈오디

"승지디감 평양감사 호엿사오니 이런 경스(慶事) 어디 잇스오리가?"

부인이 일는 마리

"느도 평양으로 느려갈 졔 네도 함계 따라가서 츈풍이느 차져 보라."

호니, 츈풍 안히 엿즈오디

"소녀는 고사호옵고 오리비 잇스오니 비쟝(裨將)505)으로 부리실가, 츠분(處分)을 브리는이다."

디부인이 이른 마리

"네 쳥이야 아니 듯깃는가? 그리하라."

허락호고, 감스계 그 말을 호니 감스도 허락호고

"호계 비쟝 하라."

호니, 조흘시고 조흘시고. 츈풍의 안히 읍든 오리비 보닐손가? 졔가 손슈 가랴 호고 여즈의 의복 버셔 노코 남복(男服)을 치례호되, 외올당씬(網巾) 관즈(貫子) 다 라 밉시 잇게 질근 씨고 쳔은 갓튼 증쥬 타관, 삼빅 디 진사님의 만호 갓튼 산호격 즈(珊瑚格子) 두 귀 밋히 졉쳐 달고 방즈바지 통힝젼의 삼승버션 만셕 당혜 쥐눈히 제즈증을 밉시 잇게 박어 신고 진쥬황느 셩명쥬 창의 예당셰포 뒤퇴기을 몸의 맛계 지어 입고 이양피 갓두루막기 즈지광디(紫芝廣玳) 쟝픠(將牌)506) 죠흔 씌로 슙복통 을 눌너 미고 만션도리 셔픠(黍皮) 휘양(揮項)507) 두 귀을 눌너 씨고 오동졀병 디모 쟝도(玳瑁粧刀)을 밍즈 고름의 눌너 츠고 쇼상반쥭(瀟湘斑竹)508) 쇄금션(碎金扇)509) 의 이궁젼 션쵸(扇貂)510) 다라 한삼 속의 넌짓 쥐고 흐렁거려 닙다 셔니 표연훈 기 남즈(奇男子)라.

승지 씩의 드러가셔 사환의계 략쇽호고 황혼을 기다려셔 츠담상을 별노히 츠려 셔 부인 젼의 드린 후의 계호(階下)의셔 엿즈오디

"츈풍의 쳐 문안호오."

. 부인이 의심호고 이르는 마리

"츈풍의 지어미면 남복(男服)은 어인 일인고?"

비쟝이 엿즈오디

"쇼녀의 지아비가 마암이 허랑호와 쳥누미식 오입으로 한두 번 치픽할 뿐 안니 옵고 호조 돈 이쳔 양을 시변으로 으더 니여 평양의 나려가서 평양 기싱 츄월의계 다 읍시고 올나 오지 아니화와, 소여의 마암이 졀통호여 손여가 남복호고 느려가셔 츄월이도 다시리고 호조 돈도 슈쇄(收刷)511)호고 지익비도 다려다가 빅연동낙(百年 同樂)할 듯지온니 마노라임 덕퇵으로 의심 읍계 호압소셔."

디부인이 드르시고 박쟝디소(拍掌大笑) 하는구ᄂ.

"네 말이 그러ᄒ니 소원디로 하라."

할 졔 시삿도님이 디부인 젼의 문안ᄎ로 니당(內堂) 안의 드러가니 웃더ᄒ 일남ᄌ(一男子)가 방안의셰 문박그로 얼는 ᄂ와 문안을 엿ᄌ오니 삿도 디로(大怒)ᄒ여 호령ᄒ고 이르는 마리,

"네 놈이 웬 놈으로 디부인 니당 안의 쳬면 읍시 츄립(出入)할가? 져놈 밧비 결박ᄒ여라."

디부인 웃스면서 삿도드려 이르는 말리, 츈풍의 쳐의 젼후사(前後事)을 낫낫치 셜화(說話)ᄒ니, 삿도도 쏘ᄒ 디소하고 당상(堂上)의 불너 드려 갓가히 안치고 기특ᄒ다 층츤ᄒ며 좌우을 도라보고 하인 불너 잔속(團束)ᄒ되

"이런 말을 니지 말나."

남ᄂ노복 당부ᄒ고,

"삼일승연(三日盛宴)ᄒ 연후의 현신(現身)512)하라."

분부ᄒ고 승명(姓名)은 김양부라 부르시니, 츈풍 안히 복지(伏地)하고 빅비스례(百倍謝禮)ᄒ온 후의 호계 비쟝 현신하라 다른 비쟝들은 손으로 갈아치며 슈근슈근ᄒ는구ᄂ.

"잘 낫다, 호계비쟝. 어디 사람인지 알지 못하ᄂ, 슈염이 아니 낫스니 그거시 무미(無味)ᄒ되 스람은 기남ᄌ라. 뉘가 아니 층찬하리?"

이날 쳥명 삼토 굿히 발힝ᄒ여 경셩을 ᄯ나날 젹의 기구도 찰ᄂ하고 위염도 엄슉ᄒ다. 얼는 것ᄂ 빅마 등의 쌍교(雙轎) 독교(獨轎) 벌년이면 좌우 쳥총(靑驄) 썩 더들고 호기 잇계 나려갈 졔, 젼비(前陪)513) 슈비(隨陪)514) 칙방(冊房) 비쟝(裨將) 셥슈 잇계 치장ᄒ고 츠례로 느려셔셔 은안빅마(銀鞍白馬) 등의 호피 도돔 노피 타고 소상반쥭 쇄금션으로 일광을 가리오고 평양으로 ᄂ려갈 졔 웃지 아니 호(好) 길는고?

니방(吏房) 호방(戶房) 형방(刑房) 슈비(隨陪) 토인(通引)515) 관노(官奴) 사령(使令) 구로(軍奴) ᄂ장(邏將)이 긔발 속의 ᄂ려셔셔 벽지(辟除)516)소리 권마셩(勸馬聲)의 호스 잇계 ᄂ려간다. 남디문 니다라셔 연쥬문 얼는지니 무악지을 너머 가셔 홍쥬원 바라보고 자근 녹봉 큰 녹봉 지니가며 살펴보니 보는 비가 다 졔일이라. 임슐(壬戌) 칠월기망야(七月旣望夜)의 쇼ᄌ쳠(蘇子瞻)의 션뉴(船遊)하든 범쥬유어젹벽(帆舟遊於赤壁)인가? 무ᄒ경(無限景)이 여기로다. 슈파(水波)는 불흥(不興)이요 월광(月光)은 팅슈(泰秀)로다.

즁화읍니(中和邑內) 슉소ᄒ고 영계골 다다르니 영본관속(營本官屬) 뉵방관속(六房官屬)기 오리 젼의 지디(支待)ᄒ여 신구관(新舊官) 교디 후의 도님ᄎ(到任次)로

드려간다. 작더(作隊) 초관(初官) 션진(先進)ᄒ고 전비비장 후비비장 초관집사 졔장관이 항오발영(行伍發營) 증졔(整齊)ᄒ고 천파총(天把摠)517)이로 등으로 군문(軍門)의 느려셔서 옹위(擁衛)ᄒ고 드러갈 졔, 더장쳥도 각 ᄒ쌍 져 ᄒ쌍 길ᄂ장518) 느려셔서 동셔남북으로 황빅쳥홍긔(黃白靑紅旗)을 졔방우 막홈 얼는 가려 찰ᄂᄒ게 버려 셰우고 금산 형방 현알(見謁)할 졔, 뉴각(六角)519) 사면 그 소리ᄂᆞᆫ 산쳔이 뒤놉ᄂᆞᆫ 듯 권마셩 벽지소리 뉴각셩이 ᄌᆞ욱ᄒ여 취터셩(吹打聲) 진동ᄒ다.

어엽쁜 미싴들은 물싴으로 단쟝ᄒ고 전후좌우 갈ᄂ셔셔 지아즈 지아즈 조흔 소리 반공(半空)의 놉피 뜻다.

전비비쟝 그동 보소. 훨훨 근ᄂᆞᆫ 빅마 등의 등을 기우려 타고 안져 홍쥬 영쥬 사마치520)을 휘휘츤츤 발길ᄉ 홍당의을 집어 미고 셥슈 잇게 드려 간다. 쟝임(長林)을 드려 달ᄂᆞᆫ 더동강변 다다르니 녹슈쳥강(綠水淸江) 쥭여슈ᄂᆞᆫ 적벽강(赤壁江) 크 싸홈의 방통(龐統)521)의 연화경긔(連環驚計)522) 뉴지(陸地) 갓치 모혓든다. ᄂᆞᆫ는 다시 근너 셔셔 더동문 드러갈 졔 전후좌우 구경군ᄂᆞᆫ 셩각쥐가 문허진다. 포졍뉴 압 얼는 지니 동노 거리 쎠 ᄂᆞ셔셔 긱사(客舍)의 현알ᄒ고 더동문 드러갈 졔 탓든 말을 지촉ᄒ여 션화당(宣化堂)523)의 좌즁(座中)ᄒ고 더포슈(大砲手) 불너드려 방포(放砲) 삼셩(三聲) 노은 후의 각방관속(各房官屬) 더솔군관(帶率軍官) 추례로 현신할 졔, 추담상 감(甘)ᄒ 후의 빅여 명 기상(妓生)드리 각기 모도 즁구(衆口) 곶히 삿도 분부ᄒ되 칙방비쟝 각박비쟝 쳐소더로 방슈(防守)ᄒ고 호계비쟝 불너 드려 농담으로 됴롱ᄒ되,

"호계비쟝은 웃지 ᄒ여 호노 잇쎠쩌지 평양 갓치 물싴 죠흔 곳의셔 독슉공방(獨宿空房)ᄒ다 ᄒ오니 그 말이 증말인가?"

호계비쟝 엿즈오더

"소인이 뇌졈(牢定)으로 사오연을 단방(單房)ᄒ옵든니 싴(色)의ᄂᆞᆫ 뜻지 읍ᄂᆞ이다."

호계비쟝 그 말이야 삿도밧긔 뉘가 알니? 삿도 분부ᄒ되

"소연(少年)의 단방ᄒ면 심신히 상(傷)ᄒᄂ니 부더 부더 조심ᄒ라."

온갓 범절ᄒᄂ는 범이 빅집ᄉ(百執事)의 가감(可堪)이라. 삿도 더욱 사랑ᄒ여 일마다 밀우신니, 그런고로 슈삼삭의 누만 양 상덕ᄒ니 뉘 안니 불어ᄒ리요.

잇쎠 호계비쟝 츈풍의 ᄒᄂ는 일을 타인의게 탐문(探問)ᄒ고, 일일은 비쟝이 츄월의 집 추즈갈 졔 삿도게 귀슉(歸宿)ᄒ고 완완히 추즈갈 졔 츈풍의 그동이야 기구ᄒ고 볼 만ᄒ다. 봉두ᄂᆞᆫ발(蓬頭亂髮)524) 헙슉ᄒ더 낫죳추 안니 쓰셔스니 드려온 쩌 달여 잇셔, 십 연이ᄂᆞ 안 쌘 옷슬 동룡동룡 누덕여셔 그령져령 얼거 입고 취비(醜卑)함믈 뉘가 안니 츰을 비틀이요. 츈풍이야 졔의 안히줄을 꿈의ᄂᆞ 알야만ᄂᆞᆫ 비쟝이야

모을손가? 분흔 마암 감초오고 츄월의 방의 드러가니 간수흔 츄월이는 호계비장 호
리야고 마암 먹어 호계비쟝 엿보와서 교틱흐여 슈작타가 각별히 츠담상을 츠려 만
반진슈(滿盤珍羞) 드리거눌, 비쟝이 약간 먹고 스환흐는 걸인놈을 상치로 너여 쥬며
흐는 말리

"불상흐다, 져 걸인놈아. 너가 본디 걸인야? 어이 글리 췌비흐야?"

츈풍니 복지흐여 엿즈오디

"소인도 경성 스람으로서 그리 되여스니 샤졍이야 웃지 다 칭하하리잇가만는 나
리님 잡슈시든 츠담상을 소인 갓튼 츤흔 놈을 상치로 물여 쥬시니 틱산(泰山) 갓튼
놉혼 은덕(恩德) 감스무지(感謝無地)흐여이다."

비쟝이 미소흐고 쳐소로 도라와서 슈일 후의 분부흐여 츈풍이을 잡아드려 셩틀
우의 올여 미고

"이놈, 네 드려라. 네가 츈풍이야? 너는 웬 놈으로 막즁국젼(莫重國錢) 호됴 돈을
시변으로 너여 씨고 평양 쟝스 느려와서 사오 연히 지니가되 일 푼 상납(上納) 아
니 흐기로 호조의셔 관즈(關子)525)하여 너을 잡아 쥬기라 흐여스니 너는 쥭기을 사
양치 말느."

흐고, 사령의게 호령흐여

"각별 미우 치라."

흐니, 사령이 미을 들고 십여 두(十餘度)을 즁쟝(重杖)흐니, 츈풍의 약쟉 달리의
셔 낫낫치 갈느셔셔 유혈이 낭즈한지라. 비쟝이 느려다 보고 쏘 치려 하다가 혼잣
말로 참아 못치기다 흐고, 사령 불너

"네 미 잡어라. 츈풍아 네 듯거라. 그 돈을 다 웃지 흐엿느야? 퇴쳔(鬪牋)을 흐엿
느야? 쥬식(酒色)의 셧느야? 돈 쓴 곳을 바로 알오여라."

츈풍디 셩틀 우의셔 울면셔 엿즈오디

"다 스인히 호조 돈을 너여 씨고 평양의 나려와서 너집 쥬인 츄월이와 일연(一
年) 함게 놀고 느니 일푼 돈도 읍셔지고 이 지경이 되어스니, 나리님 분부디로 쥭기
거느 살이거느 흐옵소셔."

비쟝이 근본 츄월이라 흐면 원슈 갓치 아는 즁의 이 말 듯고 일얼 갈고 호령흐
여 사령게 분부흐되

"네 가셔 그 연 잡아 오라. 밧비 밧비 잡아오되 만일 지체(遲滯)흐다가는 네가
즁죄(重罪)을 당하리라."

흐니, 스령니 덜미 집허 잡아 왓거눌

"셩틀 우의 올여 미고 별틱쟝(別笞杖) 골느 잡고 각별이 미우 치라. 사령, 네 스
졍 두다가는 네 목슘 쥭그리라."

한느 치고 고찰ᄒ고, 둘을 치고 고찰ᄒ다. 미미마다 응표ᄒ여 십여 두을 중장ᄒ며

"이 연, 밧비 다짐ᄒ여라."

호령이 셜리 갓치 ᄒ는 말이

"네 죄을 네가 아는야?"

츄월니 엿즈오디

"츈풍이 가져온 돈, 소여가 아올잇가?"

비장이 이 말을 듯고 쓩을 니여 분부ᄒ되

"여담절각(汝墻折角)526)이라 ᄒ는 말을 네 아는야? 불 갓튼 호조 돈을 영문(營門)의 무러 쥬며 본관(本官)의셔 무러 쥬며 빅셩의게 슈렴(收斂)하랴? 네 이 지경의 무슨 잔말 하랴?"

군노 등이 두 눈을 부릅쓰고 형장(刑杖)을 놉피 드려 빅일쳥쳔(白日靑天)의 별악 치듯, 만쳡쳥산(萬疊靑山) 울러하듯, 금장소리 호통ᄒ며 ᄒ는 말이

"네가 일졍 발명(發明)치 못할가? 너을 우션 쥭기리라."

ᄒ고, 쥬장(朱杖)으로 기르면셔 오십 두 중장ᄒ고

"밧비 다짐 못할손야?"

셜리 갓치 호령ᄒ니, 츄월이 기가 막혀 삼혼칠빅(三魂七魄) 느러는든 혼미즁(昏迷中) 겁니여 쥭기을 면할야 ᄒ고 이결ᄒ여 엿즈오디

"국법(國法)도 엄슉ᄒ고 관령(官令)도 지엄ᄒ고 날이임 분부도 엄ᄒ오니, 츈풍의 가져오 돈을 영문(營門) 분부디로 소여가 밧치리다."

비장이 하는 말이

"호조의셔 관즈 노와 너을 밧비 쥭기라 ᄒ여스되 네 죄을 네가 알고 돈을 모다 바치마 ᄒ니 너을 살려 쥬건니와, 호조 돈 잇조(利條)는 즈문지예527)로 오쳔 양을 몰슈히 궤봉(饋奉)하라."

츄월이 엿즈오디

"십일 말미을 쥬옵스면 오쳔 양을 밧치리다."

ᄒ고 다짐을 쎠셔 올이거놀, 그졔야 비장이 츈풍이와 츄월이을 형틀 우의 느려 노코 츈풍이을 다시 불너 가만이 약속ᄒ되

"열흘 안으로 몰슈이 바다 가지고 셔울노 올느 오라. 너가 또훈 뉴고(有故)ᄒ야 먼져 쩌느 올느가니 네가 셔울노 올느 오거든 딕문ᄒ(宅門下)의 문안하라."

츈풍이 감스하야 느려셔셔 엿즈오디

"나리임 덕틱으로 호됴 돈을 슈쇄ᄒ오니."

비장이 삿도 젼의 엿즈오디 츈풍과 츄월을 쳐치(處置)ᄒ 말삼을 낫낫치 다 고ᄒ

고 죠용히 엿즈오디

"니일 하직ᄒ고 경성으로 갈랴 ᄒ오니 삿도님 덕틱으로 츄월의계 분부ᄒ여 자문지예도 오천 양을 몰슈히 슈쇄ᄒ여 츈풍의계로 보니기을 천만 발리는이다."

삿도 허락ᄒ고, 이튯날 하직ᄒ고 상덕ᄒ 돈 슈만 양을 환전(換錢)으로 붓쳐 노코 인ᄒ여 발힝(發行)할시 평양을 하즉ᄒ고 경성으로 올ᄂ와서 환전 돈을 즉시 찻고 츈풍이 오기을 기다리든니, 평양 삿도 본관의 분부ᄒ되 츄월을 잡아드려 돈 바치라 성화ᄒ되, 십일(十日) 다 못ᄒ여 오천 양을 다 밧치니, 츈풍이가 돈을 씻고 경성으로 올ᄂ갈 제, 잇쩌 츈풍의 안히 문박계 썩 ᄂ셔서 츈풍의 손을 비어잡고

"어이 그리 더듸온가? 장ᄉ의 ᄉ망(事望) 만하 평안이 오신잇가?"

츈픙이 반기면셔

"그 사이의 잘 잇슨넌가?"

ᄒ고, 열두 바리 실른 돈을 장사의 닝긴 드시 여기겨기 드려 노코 의긔양양 ᄒᄂ구ᄂ. 츈풍의 초담상을 별노히 츠려 드리거놀 츈풍이 온 교틱 다할 젹의 기구ᄒ고 볼 만ᄒ다. 코살도 찡글리며 입맛도 다셔보고 절가락도 글넌 박으며 하ᄂ 말이

"싱치(生雉) 다리도 들 구어스며 즈반의도 기름이 즉고 황뉵(黃肉)좃차 마시 즉다. 평양으로 갈가부다. 호조 돈 곳 안님너면 올나오지 아니 힛지. 니일은 호조 돈을 다 밧치고 평양으로 ᄂ려갈 제 너도 함계 쌸라 가셔 평양감영 소가집의 그 음식 먹어 브소."

온즛 교만 다 할 젹의 츈풍 안히 츈풍을 속기랴 ᄒ고 황혼을 기다려셔 여즈 이복(衣服) 버셔 노코 비장 의복 다시 입고 흔를거려 드러오니, 츈풍이 의아ᄒ여 방안의셔 쥬져쥬져 ᄒᄂ지라. 비장이 호령ᄒ되

"평양의 왓든 일을 싱각ᄒ라. 네 집의 왓다한들 그 다시 그만ᄒ야."

츈풍이 그계야 즈셔히 본즉 과연 평양의셔 돈 바다 쥬든 호계비쟝이라. 쌈작 놀ᄂ면셔 문박계 뛰여 ᄂ려 문안 엿즈오디, 호계비쟝 ᄒᄂ 말이

"평양의셔 맛든 믹가 을믜ᄂ 아프던야?"

츈풍이 엿즈오디

"웃지 감히 아푸다 하올인잇가? 소인의계는 상(賞)이로소이다."

호계비쟝 한는 말이

"평양의셔 쩌눌 젹의 너더려 이르기을, 돈을 싯고 셔울노 올ᄂ오거든 딕의 문안 ᄒ라 ᄒ엿든니, 풍문 소식 하기로 믹일 기두르다가 앗계 마춤 남산 밋희 박승지 딕의 가 슐을 먹고 디취ᄒ여 종일 노다가 홀연히 네가 왓단 말을 듯고 네 집의 도라 왓스니 흰쥭이ᄂ 쑤어 달ᄂ."

흔티 츈풍이 제 지어미을 아몰리 츠근들 잇슬손가. 졔가 손슈 쥭을 쑤랴 ᄒ고 쥭

싸을 니여 들고 부억그로 느아거눌, 비쟝이 호령ᄒ되

"네 지어미는 어디 가고 너계다가 너외(內外)을 ᄒᄂ야?"

츈풍이 묵묵부답(默默不答)ᄒ고 혼ᄌᆞᆺ말노 심즁의 혀오디 그리든 츠의 가솔(家率)을 만ᄂᆞ스니 우리 두리 잠이ᄂ 잘 ᄌᆞ볼가 ᄒᆞᆼ엿든니 안ᄒᆞᄂᆫ 간디 읍고 비쟝은 이쳘름 호령ᄒ니 진실노 밋망(憫惘)ᄒᄂ 무가ᄂᆞᄒ(無可奈何)라.

호계비쟝 너다 보니, 츈풍의 쥭 쑤ᄂᆫ 모양이야 우습고도 볼 만ᄒ다. 그졔야 쥭상을 드리거눌 비쟝이 먹기 슬은 쥭을 조고만치 먹는 쳬하다가셔 츈풍이을 상치로 쥬면 ᄒᄂᆫ 말이

"네가 평양감영 츄월의 집의 사환으로 잇슬 ᄯᅴ의 다 ᄶᅵ야즌 혼 사발의 누룽밥의 국을 부어셔 슉가락 읍시 쓸 아리 셔셔 되ᄂ 디로 먹든 일을 싱각ᄒ여 다 먹그라."

ᄒ니, 그졔야 츈풍이 그졔야 안ᄒ가 어듸셔 쥭 먹ᄂᆫ 양을 볼가 ᄒ여 여긔져긔 살펴보며 얼는얼는 먹ᄂᆫ지라. 그졔야 츈풍 안ᄒ 혼ᄌᆞᆺ말노,

'이른 그동 볼작시면, 뉘가 안니 웃고 볼가? ᄒᄂᆫ 힝실 져러ᄒ니 어디 가셔 스람으로 뵈일는가? 아무커ᄂ 속기기을 더ᄒᆼ지던이 참아 그리 우슈워라. 일런 꼴을 볼작시면 ᄂ 혼ᄌ 보긔 악갑도다.'

이런 그동 져런 그동 다 본 연후의 호계비쟝 의복 버셔 노코 여ᄌ 의복 다시 입고 우슈면셔

"이 멍쳥아!"

츈풍의 등을 밀치면셔 ᄒᄂᆫ 말이

"안목이 그다지 무도ᄒᆫ가?"

츈풍이 어이 읍셔 ᄒᄂᆫ 말이

"이왕의 ᄌᆞ네 쥴 아라스ᄂ 의ᄉ을 보ᄌ ᄒ고 그리ᄒᆞᆼ엿노라."

ᄒ고, 그날 밤의 부부 두리 원낭금침 펴쳐 덥고 누어스니 아조 그만 졔법일셰.

그렁져렁 ᄌᆞ고 ᄂᆞ셔 그 잇튼날 호조 돈을 여슈히 다 밧치고, 상덕(賞得)ᄒ니 슈만 양 지손으로 노비 젼답 다시 장만ᄒ여 의식이 풍족ᄒ고 뉴ᄌᆞ싱여(有子生女)ᄒ여 화연평싱(和然平生) 조흘시고, 그린 굿 읍시 지니스니, 디져 일긔 여ᄌ로셔 손슈 남복(男服)ᄒ고 호계비쟝 나려가셔 츄월도 다스리고 츈풍 갓튼 낭군도 다려오고 호조 돈도 슈쇄(收刷)ᄒ고 부부 두리 종신토록 사라스니, 만고(萬古)의 희로(偕老)ᄒᆫ 이런 고로 디강 긔록ᄒ여 후셰 스람의계 젼ᄒᄂ니 만일 여ᄌ 되거든 이른 일 효측(效則)하압소셔.

<서울대 가람문고본>

3. 재미나는 성(性)의 노래와 이야기

(1) 雙花店

雙花店528)에 雙花 사라 가고신된
回回아비529) 내 손모글 주여이다
이 말숨미 이 店밧긔 나명들명
다로러거디러 죠고맛감 삿기광대 네 마리라 호리라
더러둥셩 다리러디러 다리러디러 다로러거디러 다로러
긔 자리예 나도 자라 가리라
위 위 다로러거디러 다로러
긔 잔 디그티 덦거츠니530) 업다

三藏츠애 브를 혀라 가고신된
그 뎔 社主ㅣ 내 손모글 주여이다
이 말스미 이 뎔 밧긔 나명들명
다로러거디러 죠고맛간 삿기上座ㅣ 네 마리라 호리라
더러둥셩 다리러디러 다리러디러 다로러거디러 다로러
긔 자리예 나도 자라 가리라
위 위 다로러거디러 다로러
긔 잔 디그티 덦거츠니 업다

드레우므레 므를 길라 가고신된
우뭇龍이 내 손모글 주여이다
이 말스미 이 우믈 밧긔 나명들명
다로러거디러 죠고맛간 드레바가 네 마리라 호리라
더러둥셩 다리러디러 다리러디러 다로러거디러 다로러
긔 자리예 나도 자라 가리라

위 위 다로러거디러 다로러

긔 잔 디ᄀ티 덦거츠니 업다

술플 지븨 수를 사라 가고신ᄃᆞᆫ

그 짓 아비 내 손모글 주여이다

이 말ᄉᆞ미 이 집 밧의 나명들명

다로러거디러 죠고맛간 싀구바가 네 마리라 호리라

더러둥셩 다리러디러 다리러디러 다로러거디러 다로러

긔 자리예 나도 자라 가리라

위 위 다로러거디러 다로러

긔 잔 디ᄀ티 덦거츠니 업다

<樂章歌詞·時用鄕樂譜>

(2) 시조

色ᄀ치 됴흔 거슬 긔 뉘라셔 말리ᄂᆞᆫ고

穆王은 天子ㅣ로되 瑤臺에 宴樂531)ᄒᆞ고 項羽ᄂᆞᆫ 天下壯士ㅣ로되 滿營秋月에 悲

歌慷慨ᄒᆞ고　明皇은 英主ㅣ로되 解語花532) 離別에 馬嵬驛533)에 우럿ᄂᆞ니

ᄒᆞ믈며 날ᄀᆞᄐᆞᆫ 小丈夫로 몃 百年 살리라 히올 일 아니 ᄒᆞ고 속절업시 늘그랴

<珍本 靑丘永言>

즁놈도 사롬이 냥ᄒᆞ여 자고 가니 그립듯

고 즁의 숑낙 나 베읍고 내 죡도리 즁놈 베고 즁의 長衫 나 덥습고 내 치마란

즁놈 덥고 자다가 ᄶᆡ드르니 둘희 ᄉᆞ랑이 숑낙534)으로 ᄒᆞ나 죡도리로 ᄒᆞ나

이튼날 ᄒᆞ던 일 싱각ᄒᆞ니 흥글항글 ᄒᆞ여라

<珍本 靑丘永言>

니르랴 보쟈 니르랴 보쟈 내 아니 니르랴 네 남진535)ᄃ려

거줏거스로 믈 깃는 체ᄒ고 통으란 ᄂ리와 우믈젼에 노코 쏘아리 버서 통조지에 걸고 건넌집 쟈근 **金書房**을 눈기야 불러내여 두 손목 마조 덤셕 쥐고 슈근슈근 말ᄒ다가 삼밧트로 드러가셔 므스일 ᄒ던지 존 삼은 쓰러지고 굴근 삼대 ᄆᆞᆺ만 나마 우즑우즑ᄒ더라 ᄒ고 내 아니 니르랴 네 남진ᄃ려

져 아희 입이 보도라와 거즛말 마라스라 우리는 ᄆᆞ을 지서미536)라 실삼 죠곰 키더니라

<珍本 靑丘永言>

(3) 妓評詩律

부안(扶安) 기생 계월이 시 잘 짓고 거문고 잘 타고 스스로 호(號)를 매창(梅窓)이라 하였다. 명기로 뽑혀 상경함에 귀공재자가 다투어 서로 맞이하지 않는 이 없고, 더불어 수창(酬唱)하고 시를 지을 쌔 하루는 유모(柳某)가 찾아갔더니, 먼저 김, 최(金崔) 양인이 협기(俠氣)깨나 있다고 뽐내면서, 이미 먼저 자리에 있는지라, 계월이 술상을 보아 대접하매 술이 반쯤 취하여 세 사람이 다 주목하여 서로 배격하고자 할쌔, 계월이 웃음을 머금고 가로되

"여러분은 각각 풍류장시(風流場詩)를 읊어 즐거움을 도울진저."

玉臂千人枕이요	흰 팔은 천인의 베개요
丹脣萬客嘗을	붉은 입술은 만객의 것인 것을
汝身非霜刃이니	네 몸이 칼날이 아닌 바에
何遽斷我腸가	어찌하여 내 창자를 끊는가.

또한 읊되

足無三更月이요	다리는 한밤중 달 아래 춤추고
衾翻一陣風을	이불 들썩거려 일진의 바람이 읾을
此時無限味는	이때의 무한한 즐거움은

惟在兩人同이라   오직 두 사람이 다 같으니라.

이러한 것은 이 천기(賤妓)의 전송(傳誦)한 바니, 족히 귀를 기울일 것이 못되나, 그러나 만약 일찍이 이 세상에 없는 훌륭한 시품(詩品)으로 나의 마음을 흐뭇하게 한다면, 가히 더불어 오늘밤을 즐기리라.”

세 사람이 그렇게 하기로 한 후에 김이 먼저 칠절(七絶)을 송하여 가로되

窓外三更細雨時에   한밤중 창 밖에 가랑비 올 때에
兩人心事兩人知라   둘이 마음을 둘이만이 아는도다.
新情未洽天將曉하니   새 정이 미흡한데 날은 새거니
更把羅衫問後期라   다시금 님의 옷깃잡고 뒷기약을 묻노라.

최가 계속해서 읊어 가로되

抱向紗窓弄未休하니   끌어안고 사창을 향하여 희롱하니
半含嬌態半含羞라   반은 아양이요 반은 부끄러움이라
低聲暗問相思否아   소리 낮춰 가만히 묻되 사랑하느냐
手整金釵笑點頭라   금비녀를 꽂아주니 웃으며 끄떡인다.

계월이 듣고 나서 웃으며 가로되
“처음 시는 매우 옹졸하고 다음 시는 조금 묘하긴 하나 수단이 다 떨어져서 족히 들을 만 하지 못한지라 무릇 칠절(七絶)의 정교한 것은 칠언(七言)에 가깝고 더욱 율(律)의 어려운 것은, 내가 마땅히 그 어려움을 취하리라.”
김이 드디어 읊어 가로되

年纔十五窈窕娘이   나이 겨우 열 다섯 고운 낭자가
名滿長安第一唱을   서울에서 명창으로 으뜸이로세.
蕩子恩情深似海하고   탕자의 은정은 바다와 같고
花官威令肅如霜을   화관(花官)의 엄한 명령은 서릿발 같네.
蘭窓日煖朝粧急이요   난초 창에 햇볕 따사롭고 아침 단장이 급한데
松峴風高夕屧忙을   소나무 고개 바람이 높으매 저녁놀이 바쁘다.
相別時多相見少하니   헤질 때가 많고 만날 때가 적으니

陽臺雲雨惱襄王이라　　　　양대의 운우가 양왕을 뇌살시키는도다.

최가 듣고 나서 가로되
"이 시는 비록 아름다우나 이보다 더 아름다운 시가 있으니 보라."
하며 칠률(七律)을 지어 가로되

立馬江頭別故遲하니　　　　말을 강가에 세우고 이별이 더디니
生憎楊柳最長枝라　　　　　버들가지가 가장 긺을 미워하노라.
佳人緣薄含新態하고　　　　미인에게 연분이 없어 애교를 새로 머금고
蕩子情深問後期라　　　　　탕자는 정이 깊어서 뒷기약을 묻는도다.
桃李落來寒食節이요　　　　도리꽃이 떨어지니 한식절이요
鷓鴣飛去夕陽時라　　　　　자고새가 날아가니 해질녘이라.
艸長南浦春波濶하니　　　　풀 자란 남포에 봄 물결 넘치니
欲採蘋花有日思라　　　　　빈화꽃 딸 때마다 님 생각 아롱인다.

하고 읊으매 계월이 가로되
"이 시는 절반 가량은 청운(淸韻)이 있으나 또한 족히 나의 마음을 움직일 수 없
도다."
하고 유(柳)에게 일러 가로되
"그대만 홀로 읊지 않는가?"
유가 가로되
"내가 본시 단문하나 다만 노독(嫪毒)이 관륜(貫輪)한 바와 같은 재주가 있으니
어쩔 테냐?"
계월이 웃으면서 대답치 않는지라 최가 분연히 가로되
"그대가 비록 그와 같은 재주가 있다 하나 오늘의 일은 마땅히 시(詩)의 우열을
가지고서 논해야 하리라."
하니 김이 자못 스스로 자랑하는 일이 있어 좌우를 돌아보며 일러 가로되
"재 일률(一律)이 있어 가히 여러분을 압두하리라."
하고 곧 칠율 한 수를 읊으니

秋宵易曙莫言長하라　　　　가을밤이 길다고 말하지 말라.
促向灯前解繡裳을　　　　　등 앞에 향하여 치마 벗기를 재촉한다.

獨眼未開晴吐氣요　　　　외눈을 뜨지 않았으나 눈알은 기운을 토하고
兩胸自合汗生香을　　　　두 가슴이 서로 합하여 땀은 향내를 풍기네.
脚如蝦蟆波翻急하고　　　다리는 청개구리가 물결에 뒤쳐 허둥대는 것 같고
腰似蜻蜓點水忙을　　　　허리는 잠자리가 물을 차는 듯이 바쁘도다.
强健向來心自負하니　　　내 것이 기운 센 것을 언제라도 자랑하리니
愛根深淺問娘娘이라　　　물건의 깊고 옅은 것을 낭자에게 묻노라.

한즉 계월이
"그만하면 꽤 잘 지었소."
유가 가로되
"여러분의 읊은 시가 다 썩어빠진 개고기 맛이니, 어찌 족히 괄목할 것이리오.
내가 마땅히 새로 일률을 지어 오늘의 석상에 내 놓으리라."
하고 드디어 계월로 하여금 운을 부르라 하고 운에 맞추어 읊어 가로되

探春豪士氣昂然하니　　　봄 찾는 호걸이 기운 뻗치니
翡翠衾中有好緣이라　　　비취 이불 속에 그댈 만났네
撑去玉臂兩脚屹이라　　　흰팔 베고 누우니 두 다리 드높다
貫來丹穴兩絃圓을　　　　붉은 구멍을 꿰었으매 두 줄이 둥근 것을
初看嬌眼迷如霧하고　　　교안(嬌眼)을 얼핏보니 안개 서린 듯하고
漸覺長天小似錢을　　　　점차로 긴 하늘이 돈 짝만큼 보이도다
這裡若論滋味別인댄　　　이 속에 만약 재미가 유별남을 말한진댄
一宵高價値千金이라　　　하룻밤 높은 값이 천 금에 해당하리.

읊어 끝나매 계월이 탄식해 가로되
"이는 운에 응하여 서서 읊으며 잘 그 놀음의 정경을 그리고도 남은지라, 뜻이
지극히 호매하고 건장하니, 진실로 범재가 아니라. 원컨대 고명(高名)을 듣자와지이
다."
하니 유가 가로되
"내야 유 아무개가 아니오."
계월이 손뼉을 치며 가로되
"당신께서 이렇게 저의 집에 왕림하실 줄은 꿈 밖이와요. 이제 다행히 만났도다."

하며 조금만 손상을 다시 차려 오며 웃음을 띄우고 가로되

"만약 온 하늘이 돈 짝만 할양이면 그 값이 어찌 천 금만 되오리까?"

하고 두 사람에게 향하여 가로되

"그대들의 읊은 바는 한 잔의 차가운 술값만도 못한 것이오."

하거늘, 최·김 양인이 다 묵연히 물러가고 유는 드디어 뜻을 얻어 계월을 끼고 잤다 한다.

<奇聞>

(4) 五子嘲父

어떤 사람이 다섯 아들을 두었는데, 다섯 아들이 모의하였다.

"아버지와 어머니가 우리 다섯 아들이 있는데도, 여전히 동침하기를 게을리 하지 않는구나. 만약 아이가 태어나면 틀림없이 우리들로 하여금 아이를 안고 업게 하여 편리를 도모할 것이니, 그 더러운 일을 어찌 감당할까? 우리 다섯 사람이 각각 저녁 시간을 분담해, 정해진 시간에는 지키고 누워 잠자지 않으면서 부모님으로 하여금 서로 합환하지 못하게 하여 고초를 면하는 것이 나을 것이다."

그들이 약속대로 빠짐없이 차례로 잠자지 않고 지키는지라 부부가 자못 난처하였다. 5경을 지키는 아이가 가장 어렸는데 잠자기를 좋아하였다. 부부는 그 틈을 타 누운 채 뒷자세로 일을 치르려는데 아이가 잠에서 깨어 큰 소리로 외쳤다.

"엄마! 엄마! 밤이 아직 다 지나지 않았는데, 아버지를 업고 어디 가시려고 하세요?"

부부는 어쩔 수 없어, 날이 밝자 다섯 아들을 소와 말을 치라고 내보냈다. 다섯 아들은 인사를 하고 집을 나왔으나 가지는 않고 창 밖에서 숨을 죽이고 부부가 하는 것을 엿보며 듣고 있었다. 부부가 장차 운우(雲雨)의 정을 나누려고 하면서, 각각 교태스러운 말을 한 차례씩 하였다.

남편이 부인의 양미간을 어루만지며 말하였다.

"이것이 무엇이오?"

"이른바 팔자문(八字門)입지요."

눈을 만지며 말하였다.

"무엇이오?"

"망부샘(望夫泉)이옵니다."
코를 만지며 말하였다.
"무엇이오?"
"감신현(甘辛峴)이옵지요."
입을 만지며 말하였다.
"무엇이오?"
"토향굴(吐香窟)이옵니다."
턱을 만지며 말하였다.
"무엇이오?"
"사인암(舍人岩)입니다."
젖을 만지며 말하였다.
"무엇이오?"
"쌍마루(双嶺)이예요."
배를 쓰다듬으며 말하였다.
"무엇이오?"
"유선곶(遊船串)이랍니다."
둔덕「岸」을 쓰다듬으며 말하였다.
"무엇이오?"
"옥문산(玉門山)이예요."
털을 만지며 말하였다.
"무엇이오?"
"감초밭(甘草田)이랍니다."
옥문을 만지며 말하였다.
"무엇이오?"
"온정(溫井)이지요."
이번에는 바꿔서 부인이 남편의 양경을 어루만지며 물었다.
"이것이 무슨 물건이지요?"
"이른바 주상시(朱常侍)라는 것이오."
낭환을 어루만지며 물었다.
"무엇이예요?"
"홍동씨(紅同氏) 형제지!"

말을 미처 마지기도 전에 다섯 아들이 기침 소리를 내며 집안으로 들어왔다. 아버지가 놀라 나오며 다짜고짜 꾸짖었다.

"개놈의 자식들! 내가 너희들에게 종일 소와 말을 치라고 하였는데, 어찌하여 가자마자 곧바로 돌아왔느냐?"

"이런 꾸지람을 받다니, 억울하옵니다. 벌판에 내놓아 이미 배불리 먹이고, 목욕을 시켜 쉬게 한 뒤 걷기 힘든 험난한 곳을 지나왔는데, 수고했다고 위로는 못해줄망정 도리어 꾸짖으시다니요!"

아버지가 역정을 내며 꾸짖었다.

"간지가 반식경도 되지 않았는데, 너는 곳에서 먹이고, 어느 물에서 목욕시키고, 어느 곳에서 쉬게 했다고, 나를 이처럼 속이느냐?"

그러자 다섯 아들이 일제히 대답하였다.

"처음 팔자문을 경유하여 나간 뒤 망부샘과 감신현을 지나고 토향굴과 사인암을 거쳐서 간신히 쌍마루를 넘었지요. 유선곳을 넘어 옥문산에 올라 감초 밭에서 말 먹이고, 온정의 물에 목욕을 시켰답니다."

아버지가 더욱 분이 나서 큰 몽둥이를 들고 아이들을 쫓아가며 말하였다.

"누구 본 사람이 있느냐?"

다섯 아들이 달아나면서 또 응답을 하였다.

"어찌 본 사람이 없으리까? 주상시와 홍동씨 형제가 증명해 줄 수 있을 것입니다."

사신은 말한다.

"사랑하되 엄히 하는 것은 자식을 사랑하는 도리이고, 사랑하되 공경하는 것은 아버지를 사랑하는 도리이다. 엄하지 않은 것은 개가 사랑하는 것과 같고, 공경하지 않는 것은 금수가 사랑하는 것이다. 다섯 아들이 아버지를 조롱한 것을 보면, 아버지가 먼저 자식 사랑하는 도리를 잃어버렸음을 알 수 있도다. 그러나 자식된 도리는, 아버지가 엄하지 않다고 하여 공경하지 않는 것은 안된다. 다섯 가지의 형벌「五刑」에 속하는 것이 3천가지 죄인데, 그 중에서도 불효가 가장 큰 죄이다. 다섯 아들의 죄를 다섯 가지의 형벌에 준 한다면 사형을 내려도 오히려 남은 죄가 있을 것이다."

<禦眠楯>

제 5 장
삶에 대한 인식과 태도

1. 짧은 삶, 긴 즐거움

(1) 靑山別曲

살어리 살어리랏다
청산애 살어리랏다
멀위랑 두래랑 먹고
청산애 살어리랏다
얄리얄리 얄랑셩 얄라리 얄라

우러라 우러라 새여
자고 니러 우러라 새여
널라와 시름한 나도
자고 니러 우니로라
얄리얄리 얄라셩 얄라리 얄라

가던 새 가던 새 본다
믈아래 가던 새 본다
잉537) 무든 장글란538) 가지고
믈 아래 가던 새 본다
얄리얄리 얄라셩 얄라리 얄라

이링공 뎌링공 ᄒᆞ야
나즈란 디내와손뎌
오리도 가리도 업슨
바므란 쏘 엇디 호리라
얄리얄리 얄라셩 얄라리 얄라

어듸라 더디던 돌코
누리라 마치던 돌코
믜리도 괴리도 업시

마자셔 우니노라
얄리얄리 얄라셩 얄라리 얄라

살어리 살어리랏다
바르래 살어리랏다
ᄂᆞ믹자기539) 구조개랑 먹고
바르래 살어리랏다
얄리얄리 얄라셩 얄라리 얄라

가다가 가다가 드로라
에졍지540) 가다가 드로라
사스미 짔대541)예 올아 셔
히금을 혀거를 드로라
얄리얄리 얄라셩 얄라리 얄라

가다니 비브른 도긔
설진542) 강수를 비조라
조롱곳 누로기 미와
잡스와니 내 엇디ᄒᆞ리잇고
얄리얄리 얄라셩 얄라리 얄라

<樂章歌詞·時用鄉樂譜>

(2) 翰林別曲

元亨文543) 仁老詩544) 公老545)四六546)
李正言547) 陳翰林548) 雙韻走筆
沖基549)對策550) 光鈞551)經義 良鏡552)詩賦
위 試場ㅅ景 긔 엇더ᄒ니잇고
(葉) 琴學士553)의 玉笋門生554) 琴學士의 玉笋門生
　　　위 날조차 몃부니잇고

唐漢書 莊老子 韓柳文集
李杜集 蘭臺集555) 白樂天集
毛詩尙書 周易春秋 周戴禮記
위 註 조쳐556) 내외옰景 긔 엇더ᄒ니잇고
(葉) 太平廣記557) 四百餘卷 太平廣記 四百餘卷
　　　위 歷覽ㅅ景 긔 엇더ᄒ니잇고

眞卿書558) 飛白書559) 行書草書
篆籀書 蝌蚪書560) 虞書南書561)
羊鬚筆 鼠鬚筆 빗기드러
위 딕논 景 긔 엇더ᄒ니잇고
(葉) 吳生劉生 兩先生의 吳生劉生 兩先生의
　　　위 走筆ㅅ景 긔 엇더ᄒ니잇고

黃金酒 柏子酒 松酒醴酒562)
竹葉酒 梨花酒 五加皮酒
鸚鵡盞 琥珀盃예 ᄀ득 브어
위 勸上ㅅ景 긔 엇더ᄒ니잇고
(葉) 劉伶563)陶潛564) 兩仙翁의 劉伶陶潛 兩仙翁의
　　　위 醉혼景 긔 엇더ᄒ니잇고

紅牧丹 白牧丹 丁紅牧丹
紅芍藥 白芍藥 丁紅芍藥

御柳玉梅565) 黃紫薔薇 芷芝冬柏
위 間發ㅅ景 긔 엇더ᄒ니잇고
(葉) 合竹桃花 고온 두 분 合竹桃花 고온 두 분
　　　위 相映ㅅ景 긔 엇더ᄒ니잇고

阿陽琴 文卓笛 宗武中琴
帶御香 玉肌香 雙伽倻ㅅ고
金善琵琶566) 宗智稲琴 薛原杖鼓
위 過夜ㅅ景 긔 엇더ᄒ니잇고
(葉) 一枝紅의 빗근 笛吹 一枝紅의 빗근 笛吹
　　　위 듣고아 좀드러지라

蓬萊山 方丈山 瀛洲三山
此三山 紅縷閣 婥妁仙子567)
綠髮額子568) 錦繡帳裏 珠簾半捲
위 登望五湖ㅅ景 긔 엇더ᄒ니잇고
(葉) 綠楊綠竹 栽亭畔애 綠楊綠竹 栽亭畔애
　　　위 囀黃鸎 반갑두셰라

唐唐唐 唐楸子 皂莢남긔
紅실로 紅글위 미요이다
혀고시라569) 밀오시라 鄭少年하
위 내가논ᄃᆡ ᄂᆞᆷ갈셰라
(葉) 削玉纖纖 雙手ㅅ길헤 削玉纖纖 雙手ㅅ길헤
　　　위 携手同遊ㅅ景 긔 엇더ᄒ니잇고

<樂章歌詞>

(3) 返俗謠

설요(薛瑤)

化雲心⁵⁷⁰⁾兮思淑貞   운심(雲心)이 일어나네, 정숙을 생각했건만
洞寂滅兮不見人   쓸쓸한 골짜기여, 찾는 이 하나 없네.
瑤草芳兮思芬蒕   고운 꽃의 아름다움이여, 향기를 피워내니
將奈何兮青春   장차 어쩔거나, 이 청춘(青春)을.

<全唐詩>

(4) 山行

송익필(宋翼弼;1534~1599)

山行忘坐坐忘行   가노라면 쉬는 걸 잊고 쉬노라면 가는 걸 잊고
歇馬松陰聽水聲   솔 그늘에 말 쉬고 물소리 듣네.
後我幾人先我去   뒤에 오던 이 몇이나 앞서 갔을꼬
各歸其止又何爭   가는 곳 서로 다르니 다툴 것 뭐 있겠나.

<大東詩選>

(5) 八月十五夜

이행(李荇;1478~1534)

平生交舊盡凋零⁵⁷¹⁾   평생에 사귄 벗들 다 죽고 없는데
白髮相看影與形⁵⁷²⁾   백발이 되어 몸과 그림자만 서로 보고 있네.
正是高樓明月夜   높은 누각 달 밝은 이 밤에
笛聲浸斷不堪聽   피리소리 처량하여 차마 들지 못하겠네.

<容齋集>

(6) 시조

百歲를 닷 못사라 七八十만 살지라도
벗고 굼지 말고 病업시 누리다가
有子코 有孫ᄒᆞ오면 긔 願인가 ᄒᆞ노라

<珍本靑丘永言>

劉伶이 嗜酒ᄒᆞ다 술조차 가져가며
李白이 愛月ᄒᆞ다 둘조차 가져가랴
남은 술 남은 달 가지고 玩月長醉ᄒᆞ리라

<古今歌曲>

늘거든 다 쥭으며 졈으면 다 사느냐
져 건너 뎌 무덤이 다 늘근의 무덤이랴
아마도 草露人生이 아니 놀고 어이리

<古今歌曲>

일졍 빅년 산들 긔 아니 초초ᄒᆞᆫ가
초초ᄒᆞᆫ 부싱이 므스 일을 ᄒᆞ랴 ᄒᆞ야
내 자바 권ᄒᆞᄂᆞᆫ 잔을 덜 먹으려 ᄒᆞᆫ다

<정철(1536~1593), 松江歌辭>

2. 여성의 삶과 애환

⑴ 怨夫詞(一名 閨怨歌)

엇그제 아히러니 하마 거의 다 늙것다
소년힝락(少年行樂)을 쇽졀 업시 다 노니고
늙계야 셜운 뜻을 싱각ᄒ니 목이 멘다
공후비필(公侯配匹)573)은 바라지 못ᄒ야도
평싱(平生)에 원ᄒ오디 군ᄌ호구(君子好逑) 되엿더니
솜싱(三生)에 원긔 잇고 월하(月下)에 연분(緣分)574)으로
장안셩즁(長安城中) 화류간(花柳間)에 경박ᄌ(輕薄子)575)졔 엇어두고
ᄂ 마음 용심(用心)ᄒ기 살어름 듸듸온 듯
십오세 갓 치니고 이십이 못ᄒ 젹에
텬싱려질(天生麗質)은 남디되 일너 잇고
년광(年光)이 수히 가고 됴물(造物)이 시음 발나
츄월츈풍(秋月春風)이 베오리에 북576) 지나가듯
운변홍안(雲鬢紅顏)이 꿈갓치 지닌 후
모츈(暮春)에 도진 도화(桃花) 어늬 나븨 도라보리
이젼에 됴튼 소리 님의 귀에 듯기 실고
인젼에 곱든 얼골 님의 눈에 보기 실타
쳥루주ᄉ(靑樓酒肆) 죠흔 곳에 시스랑 경영ᄒ야
월황(月黃) 계위갈 졔 뎡쳐 업시 나가더니
경구준마(輕裘駿馬)577) 갓초고셔 어디머로 단기는고
인연이 긋쳣거든 싱각지나 말으소셔
긔별을 못 듯거든 그립지나 말넘은아
한 둘 셜흔 날 다 보니고 열두 둘 지낸 후에
옥홍(玉缸)에 잉도화(櫻桃花)는 멷 번이나 뛰여진고
겨을밤 여름히에 븬 방에 혼ᄌ 안겨

월흑숨경야(月黑三更夜)에 ᄌ최눈 뿌릴 젹과
반야오동(半夜梧桐)에 굴근 빗발 훗터질 제
이리 헤고 저리 혜니 아ᄆ도 모진 목슘 못 죽어 원슈(怨讎)로다
도로혀 펼처 혜니 이리ᄒ야 어이ᄒ리
청등(靑燈)을 도도혀고 록긔금(綠綺琴)578) 니여 노코
벽련화(壁蓮花) 혼 곡됴(曲調)를 근심 죠ᄎ 섯거 타니
소상야우(瀟湘夜雨)에 디소리 섯도는 듯
화죠월셕(花朝月夕)에 별하(別下)에 소리로다
부용화(芙蓉花) 젹막(寂寞)ᄒ디 셤셤옥슈(纖纖玉手) 님의ᄒ니
녯소리 잇다마는 뉘 귀에 들닐소냐
니 팔자 이러ᄒ니 원망(怨望)ᄒ기 허ᄉ(虛事)로다
져근듯 잠으 드러 꿈에나 보려ᄒ니
광풍(狂風)에 지는 입과 월하(月下)에 우는 즘싱
무슴 일노 날을 뮈여 이니 간장(肝腸) 다 끈는고
우리 임 계신 디는 무슴 약슈(弱水) 갈엿관디
가면 올 줄 모르는고 셕양(夕陽)이 빗긴 후에
쥭림(竹林) 깁흔 골에 죠셩(鳥聲)이 더욱 셟다
라군(羅裙)을 뮈여 잡고 인간ᄉ람 헤여보니
날갓흔 이 또 잇는가 홍안박명(紅顔薄命)579) 홀 일 업다
아ᄆ도 님에 타스로 살든 심ᄉ 다 녹는다

<高大本 樂府>

(2) 老處女歌

人間世上(인간세상) 사롬들아 이니 말슴 드러보쇼
天下万物(천하만물) 삼긴 後(후)에 草木禽獸(초목금수)라도 짝이 잇다
人間(인간)에 숨긴 男女(남녀) 夫婦子孫(부부자손) 갓것마는
이니 八字(팔자) 險(험)쑤즐손580) 날갓흔 니 쏘 잇난가
百年(백년)을 다 살아야 三万六千日(삼만육천일)이로다
혼ㅈ살이 千年(천년) 살면 貞女(정녀)581) 되야 万年(만년) 살ㅆ
畓畓(답답)혼 우리 父母(부모) 가난혼 좀兩班(양반)이
兩班(양반)인 체 된체ㅎ고 處事(처사)가 不敏(불민)ㅎ야
怪妄(괴망)582)을 일슴으니 다만 혼 쌀 늙어간(다)
寂寞(적막)혼 뷘 房(방) 안에 寂寂寥寥(적적요요) 혼ㅈ 안ㅈ
輾轉不寐(전전불매)583) 잠 못 드러 혼ㅈ 辭說(사설) 드러보쇼
老妄(느망)혼 우리 父母(부모) 날 길너 무엇ㅎ리
죽도록 날 길너셔 잡아 쓸ㅆ 구어 쓸ㅆ
人皇氏(인황씨)584)적 숨긴 男女(남녀) 伏羲氏(복희씨)585)적 지은 嫁娶(가취)
人間配合(인간배합) 婚娶(혼취)함은 예로 잇것마는
엇던 處女(처녀) 八字(팔자) 됴와 二十前(이십전) 싀집간다
男女子孫(남녀자손) 싀집 장가 쩟쩟혼 일이건만
이니 八字(팔자) 奇險(기험)ㅎ야 四十(사십)ㅆ지 處女(처녀)로다
이런 쥴 알앗스면 처음 아니 나올 거슬
月明紗窓(월명사창) 긴긴 밤에 寢不安席(침불안석)586) 잠 못 드러
寂寞(적막)혼 뷘 방 안에 오락가락 단니면셔
將來事(장래사)를 싱각ㅎ니 더욱 畓畓(답답) 憫憫(민망)ㅎ다
父親(부친) ㅎ나 半便(반편)이오 母親(모친) ㅎ나 菽麥不辨(숙맥불변)587)
날이 시면 來日(내일)이오 歲(세)가 쇼ㅣ면 來年(내년)이라
婚姻辭說(혼인사설) 全廢(전폐)ㅎ고 艱難辭說(가난사설)쑨이로다
어딘셔 손任(님) 오면 幸(행)혀나 仲媒(중매)신가
아희 불너 詰問(힐문)혼즉 風憲約正(풍헌약정)588)還上(환상)589) 지촉

어디셔 片紙(편지) 왓네 幸(행)혀나 請婚書(청혼서)션가

兒孩(아해)다려 무러보니 外三寸(외삼촌)의 訃音(부음)이라

읻달고 셔른지고 이 肝腸(간장)을 어이할고

압집에 아모 阿只(아기) 발셔 子孫(자손) 낫단 말가

東便(동편)집 옴펑이590)는 今明間(금명간)의 싀집 가니

그 同務(동무)에 無情歲月(무정세월) 싀집 가셔 풀 것마는

親舊(친구) 업고 血屬(혈속) 업다 慰勞(위로)ᄒ리 專(전)혀 업네

우리 父母(부모) 無情(무정)ᄒ야 니 싱각 專(전)혀 업다

富貴貧賤(부귀빈천) 生覺(생각) 말고 人物(인물) 風彩(풍채) 맛당커든

處女(처녀) 四十(사십) ᄂ히 젹쇼 婚姻擧動(혼인거동) 츠려 쥬쇼

金童(금동)이도 喪妻(상처)ᄒ고 李童(이동)이도 棄妻(기처)로다

仲媒(중매)홀미 專(전)혀 업네 눌 차지 리 뉘시든고

감정암쇼 살져 잇고 奉祀田畓(봉사전답)591) 갓것마는

士族家門(사족가문) 가리면셔 이디도록 늙어간다

臙脂粉(연지분)도 잇것마는 成赤丹粧(성적단장)592) 全廢(전폐)ᄒ고

감정치마 헌 져고리 花鏡(화경)거울 압희 놋코

遠山(원산)갓흔 푸른 눈섭 細柳(세류)갓흔 허리

아름답다 ᄂ의 恣態(자태) 妙(묘)ᄒ도다 ᄂ의 擧動(거동)

흐르는 歲月(세월)에 앗가올손 늙어간다

거울다려 ᄒᄂ 말이 어화 畓畓(답답) ᄂ 八字(팔자)여

갈 씨 업다 ᄂ도ᄂ도 쓸 씨 업다 너도너도

우리 父親(부친) 兵曹判書(병조판서) 혼아비지 戶曹判書(호조판서)

우리 門閥(문벌) 이러ᄒ니 風俗(풍속) 좃기 어려워라

俄然(아연)듯 春節(춘절) 드니 草木群生(초목군생) 다 즐기네

杜鵑花(두견화) 滿發(만발)ᄒ고 잔듸닙 속닙 난다

싹은 바자 씽씽ᄒ고 종달싀 도두 쓴다

春風夜月(춘풍야월) 細雨時(세우시)에 獨宿空房(독수공방) 어이홀고

怨讐(원수)의 兒孩(아해)들아 그런 말 ᄒ지 마라

압집에ᄂ 新郞(신랑) 오고 뒷집에는 新婦(신부) 왓네

너 귀에 듯는 ᄇᄂ 늣길 일도 ᄒ고 만타

綠楊芳草(녹양방초) 졈은 날에 힌는 어니 수이 가노
草露(초로)갓흔 우리 人生(인생) 飄然(표연)이 늙어가니
머리치는 엽히 씨고 다만 흔슘쑨니로다
긴 밤에 싹이 업고 긴 놀에 벗시 업다
안잣다가 누엇다가 다시금 싱각ᄒᆞ니
아마도 모진 목숨 죽지 못히 怨讐(원수)로다

<高大本 樂府>

(3) 靑春寡婦傳

천지 인간(天地人間) 만물즁(萬物中)에 무상(無常)헐손 이닉 사졍
못헐닉라 못헐닉라 공방(空房)살임은 못헐네라
얼거스나 거머스나 임 갓튼 이 쏘 잇는가
늘거스나 졀머스나 부부(夫婦)박게 쏘 잇는가
견우셩(牽牛星) 직녀셩(織女星)도 두리 셔로 마쥬 셧고
용쳔금 틱아검(龍泉劍 太阿劍)593)도 두리 셔로 짝이 되고
날짐싱 길버러지도 각각 짝 잇거마는
젼싱(前生) 차싱(次生) 무슴 죄로 우리 두리 부부 되여
검든 머리 빅발(白髮) 되고 희든 몸이 황금(黃金) 되니
이팔쳥츈(二八靑春) 소년(少年)드라 날을 보고 웃지 마라
너의 쳥츈(靑春) 미양(每樣)이야 자손만당(子孫滿堂) 영화(榮華) 보고
빅년히로(百年偕老) 사자더니 하나임도 무상(無常)ᄒ고
가운(家運)이 불힝(不幸)ᄒ고 조물(造物)이 시긔(猜忌)ᄒ고
귀신(鬼神)조차 사졍 업다 글 잘 ᄒ고 말 잘 ᄒ고
인물(人物) 죠코 활 줄 쏘고 키 활신 큰 우리 낭군(郎君)
무삼 나이 그리 만아 쳥산고혼(靑山孤魂) 되단 말가
삼싱연분(三生緣分)594) 안일는가 사쥬팔즛(四柱八字) 그러튼가
긔위(旣爲)595) 부부 되여거든 죽지 말고 사러거나
그리 죽자 헐짝시면 만나지나 말어거나
부질업슨 이 닉 심스(心事) 어늬 뉘가 위로헐리
심회(心懷)로다 심회(心懷)로다 쥬야장천(晝夜長川) 심회(心懷)로다
하히(河海)갓치 깁푼 슈심(愁心) 틱산(泰山)갓치 놉흔 심회(心懷)
상스(相思)로다 상스(相思)로다
상스(相思)ᄒ든 우리 낭군 어이 그리 못오든가
와병(臥病)의 인스젼(人事絶)ᄒ니 병이 드러 못오든가
약슈삼철이(弱水三千里)가 둘녀 못오든가
말니장셩(萬里長城)이 가리워 못오든가
하운(夏雲)이 다긔봉(多奇峰)ᄒ니 산이 놉하 못오든가
츈슈(春水)가 만사틱(滿四澤)596)ᄒ니 물이 깁허 못오든가
뫼(山)이 놉거든 긔여 넘고 물이 깁거든 빈을 타지

츄월(秋月)이 양명휘(揚明揮)혼데 빅셜(白雪)이 날이여 못오든가
동창(東窓)의 도든 달이 셔창(西窓)의 돗거든 오려는가
어이 그리 못오는고 병풍(屛風)의 긔린 황계(黃鷄)
두 나리 둥덩 치며 사경(四更) 일졈(一點)의 날 시라고
짜른 목 길게 쎄여 쪼긔요 울거든 오러시나
금강산(金剛山) 상상봉(上上峰)이 평지(平地) 되여
물 미러 빅 둥둥 쓰거든 오러는가
가슴속의 불이 나니 싱쵸목(生草木)이 다 타간가
눈물이 비가 되야 붓는 불을 쓰련마는
한숨이 바람 되여 뎡뎡 붓터
구곡간장(九曲肝腸)597) 셔근 물이 눈으로 소사날 졔
구연지슈(九年之水)598) 되엿구나 한강슈(漢江水)가 되얏구나
쳑쳑 사랑599) 녕이별은 두말 업는 니 일야
구즁쳥산(九重山川)600) 깁흔 골에 잠자느라고 못 오든가
자네 일졍 못 오거든 이 니 몸을 다려가쇼
선쳔(先天) 후쳔(後天) 싱긴 후에 날 갓튼 니 쏘 잇는가
부므 동싱 업셔스니 미들 곳지 바이 업다
익그익고 셔방임아 눌노 ᄒᆞ야 이러혼고
근뭔(根源) 버힐 칼이 업고 근심 업슬 약이 업다
사라실 졔 ᄒᆞ든 거동 눈의 삼삼 걸녀 잇고
쥭어갈 졔 ᄒᆞ든 말슴 귀에 징징 바겨 잇네
보고지고 보고지고 임의 얼골 보고지고
듯고지고 듯고지고 임의 소리 듯고지고
원슈(怨讎)로다 원슈(怨讎)로다 져승길이 원슈(怨讎)로다
천하사람 만컨마는 연소(年少)ᄒᆞ신 우리 임을
무슴 죄로 다려가셔 쳘셕간장(鐵石肝腸) 녹이는고
안즈스나 누어스나 온갓 회포(懷抱) 졀노 난다
슈삼 년만 더 사라도 유복자(遺腹子)나 잇슬 거슬
사촌동싱 친동세는 무슨 젹덕(積德) ᄒᆞ야관디
아들 나아 손즈 보고 부부 함게 질기는고
장츔봉네 쌀아기는 니 동갑에 손즈 보고
김디장네 면울아기 니 동갑에 사외 보네
날 갓튼 인싱 보소 자식 읍시 과부(寡婦) 되여

이렁져렁 지너다가 니니 몸이 죽어갈 제
어늬 자식이 압혜 안져 엄마엄마 슬피 울고
과부 중에 청춘과부(靑春寡婦) 금슈(禽獸)에도 못 비헐네
안니 죽고 사자헌들 무엇 먹고 사자 ᄒ며
의복 업셔 슬피 우니 임 싱각이 졀노 난다
잇고 답답 니 팔자야 가소롭고 가소롭다
청강녹슈(靑山綠水) 원앙(鴛鴦)시야 교티(嬌態) 마라 보기 슬타
교티ᄒ는 네 거동은 니가 참아 못 보겟다
노구지리 놉히 쓰고 치양바자601) 씽씽 울 제
ᄒᆡ는 어이 더듸 가노 한쉼 쉬기 병이 되고
오동금졍(梧桐金井)602) 써러지니 밤은 어이 그리 긴고 울름 울기 병이 되네
이 날 가고 져 날 가고 륙빅네 날 다 지넌들
우슘 우슬 날이 업고 눈물 말을 ᄯᅢ가 업네
다시곰 싱각ᄒ니 하든 일도 ᄒ기 실코
누어 곰곰 싱각ᄒ니 업든 병 졀노 난다
져것 이것 싱각ᄒ니 온갓 싱각 졀노 난다
머리 싹고 중이 되야 념불(念佛)공부나 ᄒ야 볼가
빅팔염쥬(百八念珠) 목에 걸고 보살 신당 되여 볼가
그리져리 다 못 ᄒ면 여취여광(如醉如狂) 되어쏘다
천사만사(千事萬事) 싱각ᄒ니 마음 둘 데 바이 업다
방졍마진 니 팔즈야 팔즈 중에 불측ᄒ다
십칠 셰가 겨우 되여 과부 될 쥴 어이 알니
사십 과부 되엿스면 한탄ᄒ올 기쌀 업네
집안 거동 돌나보니 쳐량ᄒ고 가련ᄒ다
니외분합(內外分閤)603) 물임퇴604)의 션즈(扇子)츈여605) 굴도리606)도
네 팔즈도 가이 업고 능화도벽(綾花塗壁)607) 조흔 방도
네 사쥬도 불측ᄒ다 션단이불608) 국화(菊花)판 조흔 요며
쌍봉(雙鳳) 그린 쌍배기도 네 사쥬도 측양 업고
동니 왜반(東萊倭盤)609) 조흔 반상(盤床) 경황(景況) 업시 언져 놋코
갑계슈리610) 셩젹함(成赤函)도 졍신업시 언져 두고
남슈화쥬(藍繡霞調)611) 셕즈슈건 싱각업시 걸어 두고
이것저것 싱각ᄒ니 니니 심사 측양업다
부용(芙蓉)갓튼 이니 얼골 외쏫갓치 되얏구나

전동(箭筒)612)갓치 고은 허리 거뮈쥴이 되얏도다
압집 동무 뒤집 동무 져런 팔즈 엇더ᄒ여
분벽사창(粉壁紗窓) 조흔 방의 이리 궁글 져리 궁글
아들 ᄯᆞᆯ을 가려 나코 부부 함끠 질기는고
니니 팔즈 드러 보소 이십 안짝 과부 되여
츄월 츈풍(秋月春風) 조흔 시졀 눈물노 다 보닌다
다른 이별 셜다헌들 녕이별 갓틀소야
안자 곰곰 싱각ᄒ니 싱불여사(生不如死) 쑌이로다
누어 곰곰 싱각ᄒ니 임의 쇼리 졍영 난다
반겨 듯고 나셔 보니 임은 오지 아니ᄒ고
츄월 삼경(秋月三更) 깁흔 밤에 ᄯᅡ 일코 울고 가는 외기러기 소리로다
소상(瀟湘)으로 향ᄒ는냐 동졍호(洞庭湖)613)로 가려는냐
너도 심이 무졍(無情)ᄒ다 소식 ᄒ 번 못 젼ᄒ네
죽은 목슘 셜다헌들 날갓치 셜울소냐
비나기다 비나이다 하눌임게 비나이다
인졔 죽어 고혼(孤魂) 되여 맛나보게 ᄒ옵소서
피눈물 반쥭(斑竹) 되니 아황(娥皇) 여영(女英)의 셜음이요614)
우산의 지는 히는 졔경공(齊京公)의 셜음이요615)
방야찬 바위틈에 져의 모친 이별ᄒ든 슉낭즈(淑娘子)의 셜음이요616)
눈물노 하직ᄒ고 호지(胡地)로 드러가던 왕쇼군(王昭君)의 셜음이요617)
모자(母子)간 망명ᄒ던 왕(王)부인의 셜음이요618)
부모 동싱 왜장ᄒ든 이암부인의 셜음이라
셜음 사람 만타헌들 니니 셜음 당헐소야
익고 답답 니 팔즈야 한심ᄒ고 가이 업다
월명셩희(月明星稀)ᄒ고 오작(烏鵲)이 남비(南飛)로다619)
부모 동싱 즁헌 연분 쳔지에도 업것마는
낭군 그려 셜른 마음 참아 잇지 못헐너라
견우셩(牽牛星) 직녀셩(織女星)도 일연 일도(一年一度) 그리다가
칠월칠셕(七月七夕) 맛나는데
우리 낭군 어이 ᄒ여 조흔 연분 그리는고
안남산 조흔 밧츨 어늬 낭군이 가라 쥬며
동창하(東窓下) 비진 슐을 눌노 ᄒ여 맛슬 볼쇼
옥면(玉面)을 잠간 드니 장원(牆垣)에 투향졉(偸香蝶)은 날을 좃촛 이러난다

청녀장(靑藜杖) 손의 들고 반공(半空)의 놉히 쓰여
천하(天下)을 구버 보니 눈 압헤 구쥬(九洲)620)로다
빅운(白雲)을 둘너 타고 오로봉(五老峰)621) 차자 가셔
삼신산(三神山) 니려가셔 불사약(不死藥) 어더 먹고
니리 져리 단니다가 씨여 보니 남가일몽(南柯一夢) 쑨이로다
명명(明明)ᄒ신 하느임은 이니 셜음 아르시고
쳥궁(天宮)의 다려다가 상졔전(上帝前) 사죄ᄒ고
세상 인연 다시 만나 빅년히로(百年偕老) 시겨쥬오
쳥천명월(靑天明月)이 호호(晧晧)ᄒ야 니니 셔름 아르시고
월궁(月宮)에 더려다가 셤씨(蟾臺)622)의나 의지ᄒ야
상졔전 현공(獻功)623)ᄒ고 후싱(後生)길을 닥가 보세
신명(新明)ᄒ신 후토부인(后土婦人)624) 니니 인싱 다려다가
십왕전(十王殿)625) 사죄ᄒ고 우리 낭군 만나 보세
광디(廣大)헌 천지간(天地間)에 날 갓트니 ᄯᅩ 잇는가
임의계셔 오신 편지 보듯 마듯 숀의 들고
가슴 우의 언져더니 편지가 중치 아니ᄒ나
가슴이 답답ᄒ다 슬푸고 가소롭다
춘몽(春夢)이니 니 쑴아 ᄯᅩ 오너라 지금 편지 다시 보자
아셔라 활활 다 버리고 뉴산구경 ᄒ여 보자
산은 쳡쳡(疊疊) 쳡봉(疊峰) 되야 만학쳔봉(萬壑千峰) 버려 잇고
물은 츌넝 굽의 되여 폭포창파(瀑布蒼波) 흘너는데
힝심일경 빗긴 길노 가만 가만 드러가니
꼿밧테 잠든 나뷔 자취소리 아쥬 펄펄 다라난다
좌우를 도라보니 온갓 짐싱 다 모얏다
이 골 져 골 닷는 거슨 열업슨 노로로다
방정마진 망월(望月)토기626) 슈풀 속의 니닷는다
ᄯᅩ 한편 바라보니 왼갓 시가 다 울러난다
빅노(白鷺) 빅구(白鷗) 홍안(鴻雁)들은 도화뉴슈(桃花流水) 너머 가고
잉무(鸚鵡) 공작(孔雀) 봉황(鳳凰)들은 빅운쳥산(白雲靑山) 너머 가고
화중두건(花中杜鵑) 뉴상잉(柳上鶯)은 곳곳마다 봄소리라
비금쥬슈(飛禽走獸) 각식 짐싱 춘흥(春興) 겨워 교티(嬌態)ᄒ고
슬푸다 촉국시는 니 산 가도 귀촉도(歸蜀道)요
져 산 가도 귀촉도라 귀촉도 슬피 우네

던던반측(輾轉反側) 드러가니 산슈(山水)도 절승(絶勝)ᄒ고
녹죽창숑(綠竹蒼松)은 층암절벽(層巖絶壁) 더퍼 잇고
완보(緩步)로 드러가니 종성(鐘聲)이 들니거늘
절연가 자시 알고 사문(寺門)에 다다르니
난데 업는 소승 ᄒ나 사문 밧게 나왓스되
빅팔염쥬(百八念珠) 목의 걸고 류환장을 숀의 들고
언연이 나오더니 합장지비(合掌再拜) 뭇는 말이
부인 오기 뜻밧기요 이 곳 엇지 오시는요
남승(男僧)인가 자시 보니 여승(女僧)일시 분명ᄒ다
그제야 반겨ᄒ야 더강 문안(問安)ᄒ 연후 승을 짜라 드러가니
광치도 찰난ᄒ고 경긔도 절승ᄒ다
별유천지비인간(別有天地非人間)의 션경(仙境)일시 분명ᄒ다
불젼의 비례ᄒ고 불당좌긔ᄒ올 젹에 졔승(諸僧) 모다 질겨ᄒ네
노승이 뭇는 말이 그더 젼사(前事)627) 아르시요
엄용(艶容)628) 더답ᄒ는 말이 소첩 팔즈 박복(薄福)ᄒ야
가부를 이별ᄒ고 슈회(愁懷)에 골몰ᄒ야 젼사을 모로옵니이다
그더 이 절 법승 되여슬 쎠 부쳐임게 득죄ᄒ고
인간의 니치시기로 쳥농사(靑龍寺) 부쳐임게옵셔
인간의 지시ᄒ여 쳥츈에 죄을 밧고
니 졀 부쳐 되여시면 팔즈가 거룩ᄒ련마는
니것 져것 다 못ᄒ면 후싱길이나 닥가 볼가 ᄒ노라

<高大本 樂府>

(4) 사촌형요

형님온다 형님온다
분고개로 형님온다
형님마중 누가갈가
형님동생 내가가지
형님형님 사촌형님
시집살이 어떱데까
이애이애 그말마라
시집살이 개집살이
앞밭에는 당추심고
뒷밭에는 고추심어
고추당추 맵다해도
시집살이 더맵더라
둥글둥글 수박식기
밥담기도 어렵더라
도리도리 도리소반
수저놓기 더어렵더라
五里물을 길어다가
十里방아 찧어다가
아홉솥에 불을때고
열두방에 자리걷고
외나무다리 어렵대야
시아버니같이 어려우랴
나뭇잎이 푸르대야
시어머니보다 더푸르랴
시아버지 호랑새요

시어머니 꾸중새요
동새하나 할림새요
시누하나 뾰죽새요
시아지비 뾰중새요
남편하나 미련새요
나하나만 썩는샐새
귀먹어서 三年이오
눈어두어 三年이오
말못해서 三年이오
석삼년을 살고나니
꽃같은 요내얼굴
호박꽃이 다되었네
삼단같은 요내머리
네사리춤이 다되었네
백옥같은 요내손길
오리발이 다되었네
열새무명 반물치마
눈물씻기 다젖었네
두폭붙이 행주치마
콧물받기 다젖었네
울었던가 말았던가
벼개머리 소이겼네
그것도 소이라고
거위한쌍 오리한쌍
쌍쌍이 때들어오네

<慶山地方>

(5) 꼬댁각씨요

꼬댁꼬댁 꼬댁각씨
한살먹어 어멈죽어
두살먹어 아버지죽어
세살먹어 말을배워
네살먹어 걸음배워
다섯살먹어 삼촌집에 찾아가니
비겨락으로 내려쫓네
들어가니 삼촌숙모
불떠다가 부수대로 내쫓네
아이고 답답스런지고
요니팔자 왜이런고
방이라고 들어가니
四寸오빠 공부하다
서상대로 내어쫓네
아이고 답답스런지고
요니팔자 왜이런가
밥이라고 주는 것이
굽이굽이사발구비 부쳐주네
건거니라고 주는 것이
三年묵은 된장에다
굽이굽이접시구비 부쳐주네
아이고 답답스런지고
요니팔자 왜이런가
그럭저럭 열대여섯살에
중신아비 들랑날랑
예라요년 요년때밀
아긴문지방 다달른다
아이고 답답스런지고

요내팔자 왜이런가
사주라고 받는 것이
가랑잎사구 받었고나
옷이라고 해준 것이
짓만남은 삼베적삼
치마라고 해준 것이
허리만남은 삼베치마
속옷이라고 해준 것이
허리만남은 삼베고쟁이
아이고 답답스런지고
요내팔자 왜이런고
시집이라고 가서보니
고재랑군 얻었거나
아이고 답답스런지고
요내팔자 왜이런고
부엌에라 들어가보니
밑빠진 솥만남았더라
디란이라 가서보니
밑빠진 바구니하나걸렸네
그바구니 옆에끼고
뒷동산에 올라가니
양지쪽에 발고사리
음지쪽에 먹고사리
디듬디듬 꺾어다가
국끓이고 밥을지여
열두반상 봐다가
시금시금 시아버지
이만저만 주무시고

아침밥상 받으세요
예라요년 못먹겠다
네가먹고 개나줘라

<禮山地方>

(6) 첩노래

달이떴네 달이떴네
산넘에다 첩둘라니
범들가바 수심이요
산밑에다 첩둘라니
산태날까 수심이요
물가운데 첩둘라니
물질가바 수심이요
장터겥에 첩둘라니
장군들가 수심이요
첩아첩아 애동첩아
은장두 필성이면
허리에나 차렸마는
은동문이 담뱃대면
일시라도 잊을손가
첩아첩아 애동첩아
거동보소 고동보소
큰어마님 거동보소
날로밴아 딸로밴아
첩이란년 죽이자고
큰칼갈아 품에품고

찬칼갈아 손에들고
등넘에라 재넘에라
솔잎꺾어 손에들고
은산이슬 닥처와도
치운줄을 모를네라
참칼같이 먹은마음
첩이란년 죽이자꼬
첩의집에 달려드니
거동보소 거동보소
첩이란년 거동보소
재비납작 날러와서
나비납작 절을하고
은사립에 담배담고
놋사립에 불을담아
서발너발 화주설때
크다크다 큰어마님
잡우시오 잡우시오
담배한대 잡우시요

<達城地方>

(7) 친정 가는 노래

달도밝고 별도밝다　　　　아이종아 말몰아라
청도밀양 가고지고　　　　어른종아 소몰아라
울어머니 보고지고　　　　활장같이 굽은길로
어신매는 찰떡치고　　　　설대같이 가고지고
새벽에는 메떡치고　　　　시집으로 올때에는
영게잡아 웃짐치고　　　　느름나무 꺾어쥐고
신게잡아 짝짐치고　　　　느름느름 오고지고
친정으로 갈때에는
오동나무 꺾어쥐고
오동오동 가고지고

<榮州地方>

(8) 바늘노래

양치은 상품쇠는　　　　성인군자 유리복도
지어내니 바늘이라　　　　널로하여 지어낸다
삼사월 긴긴해에　　　　부러진 흔적이나
규중처녀 벗일러니　　　　낚시를 휘어내어
애껴애껴 불리다가　　　　청류수를 내달아서
네몸이 자끈하니　　　　잉어를 낚아내어
부러졌네 부러졌네　　　　부모봉양 하고지고
단통으로 부러졌네
나라님의 곤룡도포
널로하여 지어입고

<昌原地方>

(9) 孀女

어떤 재상(宰相)의 딸이 출가했다가 일년도 못되어 상부(喪夫)하고 친정에 와서 홀로 지내고 있었다.

하루는 재상이 귀가했다가 아랫방에서 딸이 곱게 몸단장을 하고 자신을 거울에 물끄러미 비춰보다가는 거울을 내던지고서 얼굴을 가리고 흐느끼는 것을 보았다. 그 모습이 어찌나 측은하던지 재상은 도로 사랑으로 나와서도 한동안 말이 없었다.

때마침 문하(門下)에 출입하던 잘 아는 무변(武弁)이 들어와 문안을 드리었다. 그는 아직 집도 없고 아내도 없는 젊고 건장한 사람이었다. 재상은 사람을 물리치고 조용히 말을 꺼냈다.

"자네 신세가 곤궁한데, 내 사위가 되지 않으려나?"

그가 황송하여 말하였다.

"그 어인 분부이시온지? 소인은 무슨 뜻인지도 모르겠고, 감히 명령을 받들 수 없사옵니다."

"농담이 아니네."

재상이 궤 속에서 한 봉의 은덩이를 꺼내주면서 당부하였다.

"이걸 가지고 가서 튼튼한 말과 가마를 세내어 오늘밤 파루(罷漏) 후 우리 집 뒷문 밖에서 기다리게. 절대로 시간을 어겨선 안 되네."

그는 반신반의(半信半疑)하여 그것을 받아 가지고 가서, 그 말대로 가마와 말을 준비하여 뒷문에서 대령하고 있었다. 이윽고 캄캄한데 재상이 한 여자를 데리고 나와 가마 속에 들게 한 뒤에 무변에게 경계하였다.

"곧장 북관(北關) 땅으로 가서 살도록 하게."

그는 영문도 모른 채 하직하고 가마를 뒤따라 성밖으로 나갔다.

한편 재상은 돌아와 아랫방으로 들어가 통곡을 하며 딸이 자결했다고 하니, 집안 사람들이 모두 경황없이 애통해하는 것이었다.

"이 애가 평소 누구에게도 자신을 보이려 하지 않았더니라. 내가 직접 염습(斂襲) 하겠으니 남매간이라도 아예 들여다보지 말아라."

재상은 자기 혼자 이불을 싸서 묶어 가지고 시체 모양을 꾸며서 홑이불로 덮어둔 다음 비로소 사돈집에 통부(通訃)하고 입관(入棺)하여 그 시가(媤家)의 선산(先山)에 장사지냈다.

몇 년 뒤에 재상의 아들 모(某)가 수의어사(繡衣御使)로 함경도 지방을 암행했다. 어느 고을에 당도하여 한 인가에 들렀더니, 주인이 나와 맞는데 방에서 책을 읽던

두 아이의 얼굴이 맑고 준수하여 자기집 전형(典型)과 흡사했다. 마음속으로 심히 이상히 여기었는데 마침 날도 저물고 피곤하여 그 집에서 유숙하게 되었다.

야식해서 한 여자가 들어와 손을 잡고 눈물을 흘렸다. 깜짝 놀라 찬찬히 보니 벌써 죽은 자기의 누이가 아닌가. 더욱 깜짝 놀라 물어보니, 아버지의 말씀으로 여기 와서 살고 있으며, 아들 둘을 낳았는데 바로 저 아이들이라는 것이었다. 어사는 입이 붙어 한참이나 말없이 있다가, 대강 막힌 회포를 불고 새벽같이 일어나서 떠났다.

그가 복명(復命)한 후에 집에 돌아와 밤에 자기 부친을 모시고 있다가 마침 조용한 틈을 보아 소리를 낮춰 말을 꺼냈다.

"이번 걸음에 괴상한 일이 있었습니다."

그러자 재상이 두 눈을 부릅뜨고 뚫어지게 바라보며 말이 없었다. 아들은 감히 발설을 못하고 물러나고 말았다. 재상의 성명은 여기 적지 않는다.

<靑邱野談>

3. 신앙과 성찰

(1) 願往生歌

文武王代 有沙門名廣德嚴莊二人友善 日夕約曰 先歸安養者須告之 德隱居芬皇西里
蒲鞋爲業 挾妻子而居 莊庵栖南岳 大種力耕 一日 日影拖紅 松陰靜暮 窓外有聲 報云
某已西往矣 惟君好住 速從我來 莊排闥而出顧之 雲外有天樂聲 光明屬地 明日歸訪其
居·德果亡矣 於是乃與其婦收骸 同營蒿里[629] 旣事 乃謂婦曰 夫子逝矣 偕處何如 婦曰
可 遂留 夜將宿欲通焉 婦斬之曰 師求淨土 可謂求魚緣木[630] 莊驚怪問曰 德旣乃爾 予
又何妨 婦曰 夫子與我 同居十餘載 未嘗一夕同床而枕 況觸汚乎 但每夜端身正坐 一聲
念阿彌陁佛號 或作十六觀[631] 觀旣熟 明月入戶 時昇其光 加趺於上 竭誠若此 雖欲勿
西奚往 夫適千里者 一步可規 今師之觀可云東矣 西則未可知也 莊愧赧而退 便詣元曉
法師處 懇求津要 曉作鍤(淨)觀法[632]誘之 藏於是潔己悔責 一意修觀 亦得西昇 鍤觀在
曉師本傳與海東僧傳中 其婦乃芬皇寺之婢 盖十九應身[633]之一 德嘗有歌云 月下伊底亦
西方念丁去賜里遣 無量壽佛前乃 惱叱古音多可支白遣賜立 誓音深史隱尊衣希仰支 兩
手集刀花乎白良 願往生願往生 慕人有如白遣賜立 阿邪 此身遺也置遣 四十八大願成遣
賜去

<三國遺事 卷5 感通 廣德嚴莊>

　　문무왕(文武王;661~681) 때 광덕(廣德)과 엄장(嚴莊)이란 스님이 있었는데, 두 사
람은 좋은 벗이었다. 두 사람은 항상 약속하였다.

　　"먼저 서방 극락으로 가는 사람은 꼭 알려주기로 하세."

　　광덕은 마을에서 동떨어진 분황사 서쪽에서 살았다. 그는 부들로 신을 삼아 생계
를 꾸리며 처자와 살았다. 엄장은 남악 기슭에 화전(火田)을 일구어 경작하였다.

　　어느 날 저녁 붉은 해 그림자가 짙게 드리우고 솔밭은 어둠 속에 고요한데, 방안
에 있던 엄장은 창 밖에서 누군가 자기에게 하는 말을 들었다.

　　"나는 이제 서방 극락으로 가니 그대는 잘 있다가 속히 나를 따라오게."

　　엄장은 급히 문을 열고 나가 사방을 살폈다. 구름 밖 멀리에서 하늘나라의 풍악
소리가 들리고 밝은 빛이 땅까지 뻗쳐 있었다. 이튿날 엄장이 광덕의 집에 가 보니
그는 정말 죽어 있었다. 엄장은 광덕의 아내와 함께 유해를 거두어 장례를 치렀다.
장례를 마치고 엄장은 광덕의 아내에게 말했다.

"남편이 이미 세상을 떠났으니 우리 둘이 함께 사는 것이 어떻소?"

"괜찮습니다."

그 날부터 엄장은 그 집에서 살았다. 그 날 밤 엄장이 잠자리에 들어 부인과 관계하려 하자 부인이 그를 심하게 나무랐다.

"스님이 서방 정토에 가기 바라는 것은 고기를 잡으러 나무에 오르는 것과 같습니다."

엄장은 아주 이상한 듯이 물었다.

"광덕이 이미 이러했을 터인데 나라고 무엇을 거리끼겠소?"

"남편과 내가 같이 산 지 10여 년이나 되었지만 남편은 하룻밤도 나와 잠자리를 같이 한 적이 없었는데, 어떻게 부부의 정을 나눌 수 있었겠습니까? 오직 밤마다 단정히 앉아 한결같이 아미타불만 염불하셨고, 십륙관(十六觀)을 수련하여 이미 높은 경지에 올라 밝은 달빛이 방안에 들면 그 빛을 타고 가부좌로 앉아 정진하셨습니다. 이 만큼 정성을 다 쏟으셨으니 서방정토(西方淨土)로 가지 않고 어디로 갔겠습니까? 천 리를 갈 사람은 그 첫 걸음으로 알 수 있습니다. 지금 스님의 깨우침으로는 거꾸로 동(東)으로 갈지언정 서방정토로 가리라고는 여겨지지 않습니다."

엄장은 부인의 말에 매우 부끄러웠다. 그는 그 집을 나와 곧바로 원효 스님을 찾아가 수행의 요체를 가르쳐 달라고 간청하였다. 원효 스님은 정관법(淨觀法)을 만들어 그를 가르쳤다. 엄장은 정관법을 익혀 몸과 마음을 닦으며 지난날의 잘못을 뉘우쳐 스스로를 꾸짖고, 오직 한 뜻으로 수련을 하여 마침내 서방정토로 갔다. 정관법은 원효 스님의 본전(本傳)과 해동고승전(海東高僧傳)에 실려 있다. 그 부인은 분황사의 종이었는데, 관음보살 십구응신(應身) 중의 하나라고도 하였다. 광덕은 일찍이 이런 노래를 불렀다.

> 달님이여, 이제
> 서방까지 가셔서
> 무량수불(無量壽佛) 전에
> 일러다가 사뢰소서.
> 다짐 깊으신 부처를 우러러
> 두 손을 모아 올려
> 원왕생(願往生) 원왕생(願往生)
> 그리는 사람 있다고 사뢰소서
> 아, 이 몸을 남겨 두고
> 사십팔대원(四十八大願)을 이루실까

(2) 樂道歌

나옹(懶翁;1320~1376)

靑山林(청산림) 깁흔 고디 一間茅屋(일간모옥) 지여 두고
松門(송문)을 半開(반개)ᄒ고 石徑(석경)에 徘徊(배회)ᄒ니
春風(춘풍)이 건들 불어 花草(화초)를 掀動(흔동)ᄒ다634)
隔林(격림)에 百花(백화) 곳은 處處(처처)에 피엿거든
物外(물외)에 神仙鶴(신선학)은 白雲間(백운간)에 셧도난 듯
風景(풍경)도 죠커니와 物象(물상)이 더욱 조타
그 중에 無心樂(무심락)은 世上樂(세상락)과 다름이라
한 쏘각 珍寶香(진보향)은 玉爐(옥로) 중에 쏘자 두고
寂寂(적적)한 明月(명월) 下(하)에 무심히 홀로 안저
十年(십년)을 期限(기한) 定(정)코 一大事(일대사)를 窮究(궁구)ᄒ니
從前(종전)에 모르든 걸 今日(금일)에사 알리로다
一段高明(일단고명) 心之月(심지월)은 萬古(만고)에 밝앗스되
無明長夜(무명장야)635) 業海浪(업해랑)636)에 길 몰나 단엿더니
靈鷲山(영취산)637) 諸佛會相(제불회상) 處處(처처)에 뫼아거든
小林屈(소림굴) 組師家品(조사가품)638) 엇지 멀리 어들소냐
千經萬論(천경만론) 眞法說(진법설)은 耳邊(이변)에 昭昭(소소)ᄒ고
百域刹土(백역찰토)639) 眞佛面(진불면)은 眼前(안전)에 顯顯(현현)ᄒ다
靑山(청산)은 默默(묵묵)ᄒ고 綠水(녹수)난 潺潺(잔잔)ᄒ 터
淸風(청풍)이 瑟瑟(슬슬)ᄒ니 이 엇더ᄒ 消息(소식)이며
明月(명월)이 단단ᄒ기 이 엇더ᄒ 境界(경계)던고
一二題銘(일이제명)ᄒ온 中(중)에 활계죠차 具足(구족)ᄒ다
萬壑千山(만학천산) 푸른 松葉(송엽) 一鉢(일발) 中(중)에 담어 두고
百孔千瘡(백공천창)640) 기은 누비 두 엇계에 거럿스니
飢寒(기한)에 無心(무심)ᄒ다
飢寒(기한)에 無心(무심)ᄒ니 世慾情(세욕정)이 잇슬소냐
慾情(욕정)이 淡薄(담박)ᄒ니 人我之相(인아지상)641) 쓸 디 업네
四相山(사상산)642) 업난 고디 法性山(법성산)643)이 놉고 놉다
千山(천산)이 깁고 깁허 一物(일물)도 업난 中(중)에
一圓相(일원상)이 獨路(독노)로다

皎皎(교교)한 夜月(야월) 下(하)에 圓覺(원각)644)상에 올나 안저
無空笛(무공적)을 빗겨 불고 無絃琴(무현금)을 노피 타니
石虎(석호)난 춤을 추고 松風(송풍)은 和答(화답)흐다
無爲自性(무위자성)645) 眞空樂(진공낙)은 그 中(중)에 갓챗더라
長天(장천)을 두러 쓰고 大地(대지)를 건너 안자
無着嶺(무착영)을 넌짓 올라 부지촌을 구버 보니
覺樹淡畵(각수담화) 죠흔 꼿치 處處(처처)에 피엿더라

<普勸念佛文>

(3) 自警別曲

이이(李珥;1536~1584)

痛憤(통분)호다 痛憤(통분)호다 不學無識(불학무지) 痛憤(통분)호다
天性(천성)으로 삼긴 心性(심성) 物慾(물욕)으로 變(변)탄 말가
離婁(이루)646)가치 발근 눈의 보난 거시 錢穀(전곡)이오
師曠(사광)647)가치 聰(총)훈 귀의 듯는 거시 酒色(주색)이오
公輸(공수)648)가치 巧(교)훈 손의 棋博沽酒(기박고주) 汨沒(골몰)호고
夸夫(과부)649)가치 것는 발은 財利上(재리상)의 奔走(분주)호다
興戎出好(흥융출호)650) 호난 입의 言語操心(언어조심) 아니호며
惰其四肢(타기사지)651) 이 사람이 不顧父母(불고부모) 大不孝(대불효)라
千金(천금)가치 귀훈 몸이 百年(백년) 못 살 인생이라
生前(생전)의 이러호면 死後(사후)의 그 뉘 알가
사람마다 이 훈 몸이 父母遺體(부모유체) 뉘 아닌가
文章功名(문장공명) 富貴(부귀)호야 父母榮華(부모영화) 못 뵈거든
豪俠放蕩(호협방탕) 亂雜(난잡)호야 父母貽憂(부모이우) 무삼일고
切痛(절통)호다 切痛(절통)호다 생각호면 切痛(절통)호다
世上天下(세상천하) 萬物(만물) 中(중)의 사람이 貴(귀)탄 말슴
배와서 알 거신가 드러서 斟酌(짐작)홀가
天地造化(천지조화) 化生(화생)홀 제 賤(천)훈 거시 禽獸(금수)로다
假令(가령) 닐러 禽獸(금수)되면 못될 것도 無數(무수)호다
麒麟(기린)이 귀컨마는 닷는 짐싱 毛族(모족)이요
鳳凰(봉황)이 祥瑞(상서)라도 나난 싀이 羽族(우족)이다
冀北(기북)652)에 貴(귀)훈 거시 千里馬(천리마)를 좃타 홀가
遼東(요동) 貴物(귀물) 자랑 므소 白頭豕(백두시)653)도 賤(천)호도다
寧爲鷄口(영위계구)654) 호잔 말이 그 아니 鄙言(비언)인가
一獸走(일수주) 百獸驚(백수경)果(과)655) 鳥之將死(조지장사) 其鳴哀(기명애)는
날고 닷고 그 뿐이라 知覺(지각) 이셔 그리는가
貴(귀)호도다 貴(귀)호도다 오직 사람 貴(귀)호도다
元亨利貞(원형이정)656) 順理(순리)호고 仁義禮智(인의예지) 稟性(품성)호야
三綱五倫(삼강오륜) 우리 人間(인간) 萬善百行(만선백행)이 世上(세상)의
貴(귀)훈 스롬 되야 나셔 飽食煖衣(포식난의)657) 擧動(거동)보소

ᄒ난 거시 自行自止(자행자지)658) 아난 거시 如醉如狂(여취여광)
良知良能(양지양능) 本然心(본연심)659)乙(을)660) 自暴自棄(자포자기) ᄒ여 갈 제
近於禽獸(근어금수) 고사ᄒ고 牛馬襟裾(우마금거)661) 네 아닌가
ᄉ롬되야 胎生(태생)ᄒ니 못날 디도 ᄒ도 만타
北胡地(북호지)662)의 生長(생장)ᄒ면 凶奴(흉노)를 못 면ᄒ며
西藩(서번)663)의 生長(생장)ᄒ면 犬戎(견융)664)이 아조 쉽고
南蠻國(남만국)665)의 生長(생장)ᄒ면 臭舌荒服(격설황복)666) 될 번 ᄒ듸
조흘시고 우리 東國(동국) 文明(문명)ᄒ다 우리 東國(동국)
堯之日月(요지일월) 舜之乾坤(순지건곤)667)의 檀君故國(단군고국) 箕子州(기자주)라
文冠制度(문관제도) 彬彬(빈빈)ᄒ고 禮樂文物(예악문물) 郁郁(욱욱)ᄒ다
飛禽走獸(비금주수) 아니되고 天賦之靈(천부지령)668) ᄉ롬 되어
南蠻北狄(남만북적)669) 아니되고 朝鮮聖世(조선성세) 生長(생장)ᄒ니
四都八路(사도팔로)670) 널운 들의 山明水麗(산명수려) 萬世基(만세기)라
家給人族(가급인족) 太平界(태평계)의 國泰民安(국태민안) 조흘시고
老而不學(노이불학)671) 져 老人(노인)은 擊壤歌(격양가)를 몰나든가
童子何知(동자하지)672) 져 아희는 康衢謠(강구요)673) 뜻을 알가
우리 東國(동국) 人民(인민)되야 無識(무식)ᄒ고 씰 디 업다
니바 우리 同門生(동문생)아 ᄉ롬될 닐 議論(의논)ᄒ시
ᄉ롬이 ᄉ롬될 닐 學問(학문) 밧긔 다시 업늬
萬古大聖(만고대성) 孔夫子(공부자)는 韋編三絶(위편삼절)674) ᄒ시도다
八年治水(팔년치수) 夏禹氏(하우씨)는 寸陰(촌음)을 앗겨시니
우리 가탄 新學小生(신학소생) 虛送歲月(허송세월) ᄒ잔 말가

<필사본>

(4) 옥중뎨셩(獄中提醒)

우민(愚昧)ᄒ다 군논(窘難)675)이여 텬상과(天上科)676)롤 뵈심이라

인인션악(人人善惡) 표편(褒貶)677)홀 졔 허실진가(虛實眞價) 분명ᄒ다

셰속(世俗)고롬678) 엇더ᄒ냐 디옥지고(地獄之苦) 그림즈라

예수 슈난(受難) 싱각ᄒ면 만의 ᄒ나 다 못 되네

ᄋᆡ쥬ᄋᆡ인(愛主愛人)679) 열심ᄒ나 모든 즁에 몬져680) 간션681)

불상ᄒ다 낙방디쟈(落榜之者)682) 뎌 령혼(靈魂)을 엇지ᄒ나

금년(今年) 명년(明年) 우리 싱젼(生前) 무심즁(無心中)에683) ᄎᆞ지시리684)

열심사쥬(熱心事主) 예비ᄒ야 엄형고쵸(嚴刑苦楚) 달게 밧소

예수 고샹(苦像)685) 셩교(聖敎) 도리(道理) 만히만히 싱각ᄒ소

죽기까지 맛들리도686) 오쳔사ᄇᆡᆨ(五千四百) 다 못 맛네

젼능텬쥬(全能天主) 디부모(大父母)687)를 한사(限死)ᄒ고 공경(恭敬)ᄒ소

이런 ᄶᅵ난 열심 신공(神功)688) 만홀사록 힘이 나네

셩경(聖經) 도리(道理) 못 드라면 닝담(冷淡)ᄒ기 쉬오리라

텬당(天堂) 길이 아득ᄒ니 ᄒᆞᆼ상(恒常) 가야 가리로다

희난 셔산(西山) 너머가고 우리 갈 길 언마689) 되나

무심타가 큰일 나리 ᄌᆞ긔 졈졈(點點)690) 혜아리소

이 육신(肉身)이 큰 원슈(怨讐)라 이 원슈를 엇지ᄒ나

편ᄒᆞᆫ 디만 두려ᄒ고 량심(良心) 말을 듯지 안네

만 번 죽어 눕분691) 육신(肉身) ᄒᆞᆫ 번 죽기 실타 ᄒᆞ냐

디옥으로 가난 스롬 그져 두고 보잔 말가

가이업다 이닉 ᄆᆞ음 버례밥만 도라보네

몹쓸 육신 위홀사록 조갈병(燥渴病)692)에 물이로다

집에 안자 닝(冷)ᄒᆞᆫ ᄆᆞ음 혹형(酷刑) 기갈(飢渴) 엇지 밧나

잠고잠형(暫苦暫刑) 못 받으면 영고영벌(永苦永罰) 엇지 밧나

텬당(天堂) 길이 좁다 ᄒ니 먼눈팔다 슬수(失手)ᄒ리

훙ᄒᆞᆫ 육신 위로 말게 위홀스록 병(病)집 나네

치명자(致命者)693)의 영광이여 념예(念慮)업시 즉시 가네

공심판(公審判)694)에 엄ᄒᆞᆫ ᄶᅵ도 겁이 업산 영광이라

열심히 념경(念經)ᄒ고 진졍으로 긔구(祈求)ᄒ소

구ᄒ여야 주시난니 만히만히 긔구(祈求)ᄒ소

진심으로 쥬롤 춋고 셩춍(聖寵)으로 힝션(行善)ᄒ야
인쥬인인 두 숯츠로 진복팔단(眞福八端)695) 누리ᄂ니
고상(苦像) 압히 슈유불이(須臾不離)696) 썬난 스이 은혜 업네
오란697) 스견(私見) 두루두루 스언힝위(思言行爲) 쥬믜 두고
아모랴면 텬상과유698) 허오(虛勞)ᄒ고 평안(平安)홀가
마젼장스699) 수고ᄒ다 긔튼700) 죄롤 엇지ᄒ나
오십여인701) 견고ᄒ다 공(功)이 덕(德)이 스못 춋네702)
어려시이703) 시승704)일세 두루두루 본을 밧소
불상ᄒ다 우리 뜻은 넝담ᄒ야 겁만 니고
평싱힝위(平生行爲) 업난 고로 마암으로 비쥬(背主)ᄒ다
이리ᄒ다 무엇 되나 참혹ᄒ다 ᄆᆞᆷ이여
쥬모은춍(主母恩寵) 조곰 쥬면 우리 의량(衣糧) 넉넉ᄒ리
셩춍(聖寵)으로 스쥬(事主)ᄒ소 끈허지면 마시 업네
그리져리 식어가면 나죵에는 바리ᄂ니
쥬(主)의 ᄆᆞᆷ 마암 삼아 인쥬인인 흥상 ᄒ소
보비셰월 허송(虛送) 말고 달흔705) 긔회(幾回) 탐치 말게
수고 업시 복(福)을 밧나 예수 고상(苦像) 본을 밧소
군는(窘難) 즁에 더옥 열심 쥬모(主母) 인지706) 사랑ᄒ라
열심열심 열심ᄒ면 셩신지춍(聖神至寵) 도으시리
이리ᄒ고 간구(懇求)ᄒ면 셩회(聖會) 아문(我門)707) 부우(孚佑)708)ᄒ리
쵸셩(超性)709) 통회(痛悔) 뎡기(定改)ᄒ고 만스불스(萬死不死) 범죄(犯罪) 말게
충신 효ᄌ 열스(烈士)들도 고상ᄒ고710) 죽엇ᄂ니
아모랴면 ᄒᆞᆫ 번 죽네 위쥬(爲主)ᄒ야 못 죽을가
요힝(僥倖)으로 살가 ᄒᆞᆫ들 지공지의(至公至義) 엇지홀가
됴흔 스승 엇지ᄒ고 ᄌᄌ쥬쟝(自主張)을 쓰단 말가
됴흔 표양(表樣) 엇지ᄒ고 제 임의로 ᄒᆞᆫ단 말가
져만 밋다 디옥 가니 ᄒᆞᆫ두 사람 아니로다
군는(窘難) 즁에 링담타가 대군(大君) 대부(大父)711) 비반홀이
쥬(主)의 셩심(聖心) 엇더신고 내 겁(怯)으로 면ᄒ릿가
큰 죄 업다 방심 말나 젹은 죄도 ᄌ라ᄂ니
ᄌ긔 힝실 덥지 말소 뒤젹이면 쳔업(千業)이라
기과쳔션(改過遷善) 실(實)노 ᄒ면 쥬모신셩(主母神聖) 질기시리
동국쥬보(東國主寶) 셩모은덕(聖母恩德) 우리 신부(神父) 힘을 입어

치명ᄌ(致命者)의 열정(熱情)이여 아람답다 빗치 느네
보텬하(普天下)에 몃 만 사람 위쥬치ᄉ(爲主致死) 몃치신고
이런 일이 드물진디 귀흔 일을 감ᄉ(感謝)ᄒ소
ᄇ라느니 은혜로다 셩교회룰 보존ᄒ기
우리 ᄆ옴 쓰는 모양 져만 위ᄒᆯ 뜻이로다
셜운지고 ᄆ옴이여 엇지ᄒ면 위쥬(爲主)ᄒ나
죽기갓지 일어ᄒ면 디옥영고(地獄永苦) 못 면ᄒᆯ리
셜운지고 세상이여 빅ᄉ만ᄉ(百事萬事) 여몽(如夢)일셰
셜운지고 육신(肉身)이여 ᄉ지(四肢) 삼일(三日) 썩어지면
셜운지고 디옥영고(地獄永苦) 흔 번 가면 흔(限)이 업네
쥬모은혜(主母恩惠) 무흔(無限)ᄒ다 가지가지 싱각이라
착히 살다 착히 죽어 쥬와 홈끠 일싱 사셰
ᄉ쥬구령(事主救靈)712) ᄒ는 법은 세고(世苦) 밧긔 ᄯ 잇는가
보세만민(普世萬民) 우리 형들 텬당(天堂)으로 가사이다

<금 베두루 가첩>

(5) 도덕가(道德歌)

턴디음양(天地陰陽) 시판(始判) 후의 빅쳔만물(百千萬物) 화(化)히 느셔
디우지(至愚者ㅣ) 금수(禽獸)오 최령지(最靈者)ㅣ 스람이라
젼희오눈 세상 말이 턴의인심(天意人心) 갓다 호고
디졍수(大定數)713) 듀역쾌(周易卦)의 눈칙지(難測者)ㅣ 귀신(鬼神)이오
디학(大學)의 이른 도(道)은 명명기덕(明明其德)714)호여 니야
디어지선(止於至善)715) 안일넌가
듕용(中庸)의 이른 말은
턴명지위셩(天命之謂性)이오 솔성지위도(率性之謂道)오
수도디위교(修道之謂敎)716)라 호야 성경(誠敬) 이(二) 쯔(字) 발켜 두고
아동방(我東方) 현인달ᄉ(賢人達士) 도덕군ᄌ(道德君子) 이름 호ᄂ
무지(無知)훈 세상스람 아는 비 턴디라도
경외지심(敬畏之心) 업셔스니 아는 거시 무어시며
턴상(天上)의 상제(上帝)님이 옥경디(玉京臺)717) 겨시다고
보눈 다시 말을 호니
음양리치(陰陽理致) 고스호고 허무지셜(虛無之說) 안일넌가
흔ᄂ라 무고ᄉ(巫瞽事)가 아동방(我東方) 젼희와셔
집집이 위훈 거시 명식(名色)마다 귀신(鬼神)일세
이런 지각(知覺) 귀경호쇼
턴디 역시 귀신이요 귀신 역시 음양인 줄
이가치 몰ᄂ스니 경젼(經典) 살펴 무엇ᄒ며
도(道)와 덕(德)을 몰ᄂ스니 현인군ᄌ 엇지 알니
금세(今世)ᄂ 이러ᄒᄂ ᄌ고(自古) 성현(聖賢) ᄒ신 말슴
디인(大人)은 여턴디합기덕(與天志合其德)
여일월합기명(與日月合其明) 여귀신합기길흉(與鬼神合其吉凶)이라
이가치 발켜ᄂ니야 영세무궁(永世無窮) 젼희스니
몰몰(沒沒)훈 지각자(知覺者)ᄂ 옹종망총ᄒ난718) 말이
지금은 노턴(老天)이라 영험도ᄉ(靈驗道士) 업거니와
몹슬 스람 부귀(富貴)호고 어진 스룸 궁박(窮迫)다고
ᄒᄂ 말이 이쑨이오
약간 엇디 수신(修身)ᄒ면

지벌(地閥) 보고 가세(家勢) 보아 추세(趨勢)히셔 흐는 말이
아모논 지벌도 조커이와 문필(文筆)이 유여(有餘)흐니
도덕군주 분명타고 모물염치(冒沒廉恥)719) 추돈(追尊)흐니
우숩다 져 스람은
지벌이 무어시게 군자롤 비유(譬喩)흐며
문필(文筆)이 무어시게 도덕을 의논흐노
아셔라 너의 스람
보즈 흐니 욕이 되고 말흐즈니 변거흐되720)
늑도 쏘흔 이 세상의 양의스상(兩儀四象)721) 품긔(稟氣)히서722)
신톄발부(身體髮膚) 바다니야 근보가성(僅保家聲) 스십평싱(四十平生)
포의흔스(布衣寒士)쑨이라도 텬리(天理)야 모를쇼냐
스람의 수족동정(手足動靜) 이논 역시 귀신이오
션악간(善惡間) 마암 용스(用事) 이논 역시 긔운(氣運)이오
말흐고 웃논 거슨 이논 역시 됴화(造化)로세
그러느 흐늘님은 지공무스(至公無私)723) 흐신 마음
불틱션악(不擇善惡) 흐시느니
효박(淆薄)흔 이 세상을 동귀일톄(同歸一體) 흐단 말가
요순지세(堯舜之世)의도 도척(盜跖)이 잇셔거든
흐물며 이 세상의 악인음희(惡人陰害) 업단 말가
공즈지세(孔子之世)의도 환퇴(桓魋)가 잇셔스니
우리 역시 이 세상의 악인지셜(惡人之說) 피홀쇼냐
수심졍긔(修心正氣) 흐여 니야 인의례지(仁義禮智) 디켜 두고
군즈 말슴 본바다셔 성경(誠敬) 이(二) 쯔(字) 지켜 니야
션왕고례(先王古例) 일츠느니 그 엇지 혐의(嫌疑) 되며
세간오륜(世間五倫) 발근 법(法)은 인성지강(人性之綱)이로셔
일치 마즈 밍세흐니 그 엇지 혐의 될쬬
성현(聖賢)의 가라치미 이불쳥음성(耳不聽淫聲)흐며 목불시악식(目不視惡色)이라
어지다 제군(諸君)들은 이런 말슴 본을 바다
아니 잇즈 밍세히셔 일심(一心)으로 지켜니면
도성입덕(道成立德) 되려니와
번복지심(翻覆之心) 두게드면 이논 역시 역니즈(逆理者)오
물욕교폐(物慾交蔽) 되게드면 이논 역시 비류즈(鄙陋者)오
헷말노 유인흐면 이논 억시 혹세즈(惑世者)오

안으로 불냥(不良)ᄒ고 것트로 ᄭ며 니면
이ᄂᆞᆫ 역시 긔텬ᄌᆞ(欺天者)라 뉘라셔 분간(分揀)ᄒ리
이가치 아니 말면
경외지심(敬畏之心) 고ᄉᆞ(姑捨)ᄒ고 경명순리(敬命順理) ᄒ단 말가
허다(許多)ᄒᆞᆫ 세상악질(世上惡疾) 물약ᄌᆞ효(勿藥自效) 도얏스니
그이(奇異)코 두려오며
이 세상 인심(人心)으로 물욕(物慾) 졔거(除去)ᄒ여 니야
기과쳔션(改過遷善) 도얏스니 셩경(誠敬) 이(二) ᄶᅡ(字) 못 지킬가
일일(一一)이 못 본 ᄉᆞ롬 상ᄉᆞ지회(相思之懷) 업슬쇼냐
두어 귀(句) 언문가사(諺文歌辭) 드른 다시 외와 니야
졍심수도(正心修道) ᄒᆞᆫ 후의 잇디 말고 싱각ᄒ쇼

<龍潭遺辭>

⑹ 調信의 꿈

　　昔新羅爲京師時　有世逵寺之莊舍　在溟州㮈李郡　本寺遺僧調信爲知莊　信到莊上　悅太守金昕公之女　惑之深　屢就洛山大悲前　潛祈得幸　方數年間　其女已有配矣　又往堂前怨大悲之不遂己　哀泣至日暮　情思倦憊　俄成假寢　忽夢金氏娘　容豫入門　粲然啓齒而謂曰　兒早識上人於半面　心乎愛矣　未嘗暫忘　迫於父母之命　强從人矣　今願爲同穴之友　故來爾　信乃顚喜　同歸鄕里　計活四十餘霜　有兒息五　家徒四壁　藜藿不給　遂乃落魄扶攜糊其口於四方　如是十年　周流草野　懸鶉百結　亦不掩體　適過溟州蟹縣嶺　大兒十五歲者忽餒死　痛哭收瘞於道　從率餘四口　到羽曲縣　結茅於路傍而舍　夫婦老且病　飢不能興　十歲女兒巡乞　乃爲里獒所噬　號痛臥於前　父母爲之歔欷　泣下數行　婦乃□澁拭涕　倉卒而語曰　予之始遇君也　色美年芳　衣袴稠鮮　一味之甘　得與子分之　數尺之煖　得與子共之出處五十年　情鍾莫逆　恩愛綢繆　可謂厚緣　自比年來　衰病日益深　飢寒日益迫　傍舍壺漿人不容乞　千門之恥　重似丘山　兒寒兒飢　未遑計補　何暇有愛悅夫婦之心哉　紅顔巧笑　草上之露　約束芝蘭　柳絮飄風　君有我而爲累　我爲君而足憂　細思昔日之歡　適爲憂患所階君乎予乎　笑至此極　與其衆鳥之同餒　焉知隻鸞之有鏡　寒棄炎附　情所不堪　然而行止非人　離合有數　請從此辭　信聞之大喜　各分二兒將行　女曰　我向桑梓　君其南矣　方分手進途而形開　殘燈翳吐　夜色將闌　及旦鬢髮盡白　惘惘然殊無人世意　已厭勞生　如猒百年苦貪染之心　洒然氷釋　於是　慚對聖容　懺滌無已　歸撥蟹峴所埋兒　乃石彌勒也　灌洗奉安于隣寺　還京師　免莊任　傾私財　創淨土寺　勤修白業　後莫知所終

　　　　　　　　　　　　　　　　<三國遺事 卷4 塔像 洛山二大聖觀音正趣調信>

　　옛날 서라벌이 서울이었을 때 세규사(世逵寺)의 사유지가 명주(溟州) 내리군(㮈李郡)에 있었다. 본사(本寺)에서 그 관리인으로 승려 조신(調信)을 파견하였다.

　　조신이 그곳에 와서 태수 김흔(金昕)공의 딸을 좋아하여 그녀에게 깊이 빠졌다. 여러 번 낙산사 관음보살 앞에 나아가서 그 여자와 관계를 맺기를 몰래 빌었다. 수년이 흐르는 사이에 그 여자에게 배필이 정해졌다. 그러자 또 불당 앞에 가서 관음보살이 자기의 소원을 이루어주지 않음을 원망하여 날이 저물도록 슬피 울다가 그리운 상념에 지쳐서 옷을 입은 채 그 자리에서 잠이 들었다.

　　문득 꿈에 김씨 낭자가 기쁜 낯빛으로 문으로 들어와서 반가이 웃으며 말했다.

　　"저는 일찍이 스님을 잠깐 보고 알게 되어 속으로 사랑하여 아직 잠시라도 잊지 못하고 있는데 부모의 명령에 못 이겨 억지로 다른 사람에게 시집가게 되었습니다. 그러나 이제 부부가 되고 싶어 찾아왔습니다."

조신은 매우 기뻐하며 함께 향리로 돌아갔다. 40여 년을 같이 살면서 자녀 여섯을 두었으나, 집은 다만 벽뿐이오, 끼니조차 잇기 어려웠다. 끝내 찌든 가난에 그 가족들은 서로 부축하고 끌면서 사방으로 다니며 입에 풀칠해야 하는 지경에 이르렀다. 이렇게 10년이나 두루 돌아다니다 보니 갈가리 찢어진 옷은 몸뚱이를 가릴 수도 없었다.

때마침 명주 해현(蟹縣) 고개를 지나는데 열다섯 살 된 큰아이가 갑자기 굶어죽어 통곡하며 길가에 묻었다. 그리고 나머지 네 자녀를 데리고 우곡현(羽曲縣)에 이르러 길가에 띠집을 짓고 살았다. 그들 부부는 늙고 병들었으며, 또 굶주려서 일어나지도 못했다. 열 살 난 계집아이가 밥 얻으러 다니다가 마을 개에게 물려 아프다고 부르짖으면서 앞에 와서 눕자 부모도 흐느껴 목이 메어 눈물이 끊임없이 흘렀다. 부인이 눈물을 훔치면서 말했다.

"내가 처음 당신을 만났을 때는 얼굴도 아름답고 나이도 젊었으며 의복도 많고 깨끗했습니다. 한 가지 음식이라도 당신과 나누어 먹었고 얼마 안 되는 의복도 당신과 나누어 입으면서 함께 산 지 15년에 정이 맺어져 매우 친밀해졌으며, 은애(恩愛)도 굳게 얽혀졌으니 두터운 인연이라고 할 수 있었습니다. 그러나 근년에 와서는 쇠약해져 생긴 병이 해마다 더욱 심해지고 굶주림과 추위가 날로 더욱 닥쳐오니, 곁방살이와 보잘것없는 음식도 남에게 빌 수 없게 되었습니다. 천문만호(千門萬戶)에 걸식하는 그 부끄러움은 산더미를 진 것보다 더 무겁습니다. 아이들이 추위에 떨고 굶주려도 이조차 미처 돌보지 못하는데, 어느 틈에 부부의 애정을 즐길 수 있겠습니까? 혈색 좋던 얼굴과 어여쁜 웃음도 풀 위의 이슬처럼 사라져 버렸고 지란(芝蘭)같은 백년가약(百年佳約)도 버들개지가 바람에 날리듯 없어져 버렸습니다. 당신은 나 때문에 괴로움을 받고, 나는 당신 때문에 근심이 되니 옛날의 기쁨을 곰곰이 생각해보니, 그것이 바로 우환의 터전이었습니다. 당신과 내가 어찌해서 이 지경에 이르렀는지, 뭇새가 함께 굶어죽는 것보다는 차라리 짝 잃은 난새가 거울 향하여 짝을 부르는 것만 못할 것입니다. 역경(逆境)을 당하면 버리고 순경(順境)에 있으면 친하고 하는 것은 인정상 차마 못할 짓이지만, 행하고 그치고 하는 것은 인력(人力)으로 되는 것이 아니며, 헤어지고 만나고 하는 것도 운수(運數)가 있는 것이니, 제발 지금부터 헤어집시다."

조신은 이 말을 듣고 크게 기뻐하며 각기 아이 둘씩을 맡아 바야흐로 떠나려 하니 여인은 말했다.

"저는 고향으로 가겠습니다. 당신은 남쪽으로 가십시오."

막 헤어져 길을 떠나려 할 때 그만 꿈을 깨었다. 이때 등잔불은 깜박거리고 밤이 바야흐로 새려 했다. 아침이 되니 수염과 머리털은 모두 희어지고 망연하여, 전혀 세상에 뜻이 없어져 사는 것도 벌써 싫어지고, 한평생 괴로움을 겪은 것 같았다. 탐염(貪艶)의 마음도 깨끗이 얼음 녹듯 없어져버렸다. 이에 관음보살상을 대하기가 부끄러워져서 잘못을 뉘우쳐 마지않았다.

　돌아와 해현 고개에 묻은 아이를 파보니 그것은 바로 돌부처였다. 이것을 물로 씻어 부근의 절에 모셨다. 서울로 돌아가 장원의 소임을 그만두고 사재(私財)를 들여 정토사(淨土寺)를 세우고 착한 일을 근실히 닦았다. 그 후에 세상을 어디서 마쳤는지 알 수 없다.

제 6 장

우리 문학에 대한 인식과 논리

(1) 論詩中微旨略言

이규보(李奎報 ; 1168~1241)

夫詩以意爲主 設意尤難 綴辭次之 意亦以氣爲主 由氣之優劣 乃有深淺耳 然氣本乎
天 不可學得 故氣之劣者 以雕文爲工 未嘗以意爲先也 蓋雕鏤其文 丹靑其句 信麗矣
然中無含蓄深厚之意 則初若可翫 至再嚼則味已窮矣 雖然 自先押韻 似若妨意 則改之
可也 唯於和人之詩也 若有險韻724) 則先思韻之所安然後措意也 至此寧且後其意耳 韻
不可不安置也 句有難於對者 沈吟良久 想不能易得 則卽割棄不惜宜也 何者計其間儻足
得全篇 而豈可以一句之故 至一篇之遲滯哉 有及時備急 則窘矣 方其搆思 思若深僻則
陷 陷則着 着則迷 迷則有所執而不通也 惟其出入往來 變化自在 而達于圓熟也 或有以
後句救前句之弊 以一字助一句之安 此不可不思也 純用淸苦爲體 山人之格也 全以姸麗
裝篇 宮掖725)之格也 惟能雜用淸警雄豪姸麗平淡 然後備矣 而人不能以一體名之也

詩有九不宜體 是予之所深思而自得之者也 一篇內多用古人之名 是載鬼盈車體也 攘
取古人之意 善盜猶不可 盜亦不善 是拙盜易擒體也 押强韻無根據 是挽弩不勝體也 不
揆其才 押韻過差 是飮酒過量體也 好用險字 使人易惑 是設坑導盲體也 語未順而勉引
用之 是强人從己體也 多用常語 是村父會談體也 好犯語忌726) 是凌犯尊貴體也 詞荒不
刪 是莨莠滿田體也 能免此不宜體格 而後可與言詩矣 人有言詩病者 在所可喜 所可言
則從之 否則在吾意耳 何必惡聞 如人君拒諫 終不知其過耶 凡詩成 反覆視之 略不以己
之所著觀之 如見他人及平生深嫉者之詩 好覓其疵失 猶不知之 然後行之也 凡所論不獨
詩也 文亦幾矣 況古詩者 如以美文句斷押韻者佳矣 意旣優閑 語亦自在 得不至局束也
然則詩與文亦一揆歟

<東國李相國集>

시(詩)는 의(意)가 주(主)가 되므로 의를 잡는 것이 가장 어렵고 말을 잇는 것은
그 다음이다. 의는 또한 기(氣)가 위주가 되며, 기의 우열(優劣)에 따라 의의 심천
(深淺)이 생긴다. 그러나 기란 하늘로부터 선천적으로 타고나는 것이어서 후천적인
노력으로 얻을 수 없다. 그러므로 기가 떨어지는 사람은 글 다듬는 것을 능사로 여
겨 의를 우선으로 여기지 않는다. 대개 글을 깎고 다듬어 문구(文句)를 아롱지게 하
면 아름다움에는 틀림없으나 거기에 깊고 그윽한 뜻이 함축되어 있지 않으면 처음
에는 볼 만하나 다시 씹어보면 맛이 이미 없어져 버린다. 비록 그렇지만 처음에 낸
운자(韻字)가 문장 전체의 뜻을 해칠 것 같으면 그 운자를 고치는 것이 옳다. 다른

사람의 시에 화답할 때에는 험운(險韻)이 있으면 먼저 운자를 어떻게 두어야 할 것 인가를 생각한 다음에 뜻을 안배해야 한다. 구에 대구(對句)하기가 어려운 것이 있 으면 우선 오랫동안 깊이 생각해보고, 그래도 대구가 얻어지지 않는다면 곧 그 구 절을 떼어버리되 서운해 할 필요가 없다. 시를 구상할 적에 생각이 너무 한쪽으로 치우치게 되면 잘못된 생각에 빠지기 쉽고, 잘못된 생각에 빠지면 생각을 다시 돌 이키기 어렵고, 그렇게 되면 미혹(迷惑)되고, 미혹되면 종국에는 자신의 생각에만 집착하여 의미가 통하지 않게 된다. 오직 출입왕래하며 변화가 자유자재이어야 원 만하고 난숙한 경지에 이를 수 있다. 때로 뒷구로 앞구에서 잘못된 부분을 구제하 기도 하고, 한 글자로 한 구의 의미를 잘 통하게 돕기도 하는 것이니, 이것은 간과 할 수 없는 것이다. 순전히 맑고 고아한 글자로만 시를 지으면 산에 사는 사람의 격(格)이요, 전부 화려한 말로 시편을 장식하면 대궐에 사는 사람의 격이니, 오직 맑음, 강하고 호방함, 곱고 아름다움, 평이하고 담담함 등을 섞어 쓴 다음에야 시의 체(體)와 격(格)이 갖추어져서 사람들이 어느 한 체로써 한정하지 못하는 것이다.

시에는 아홉 가지의 마땅히 삼가해야 할 체(體)가 있으니, 이는 내가 깊이 생각 해서 스스로 얻은 것이다. 한 편 안에 옛사람의 이름을 많이 쓰는 것은 바로 귀신 을 실어 수레를 가득 채운 체요, 옛사람의 뜻을 몰래 가져다 쓰는 것은 설령 좋은 뜻을 가져다 썼을지라도 옳지 못한 일이거늘 몰래 가져다 쓴 것조차 좋지 못하다면 이것은 서툰 도적이 쉽게 잡히는 것과 같은 체다. 강운(强韻)을 전후 문맥과 상관없 이 무작정 내어쓰는 것은 바로 활시위를 당겨놓고 이기지 못하는 체요, 자신의 글 재주를 헤아리지 않고 운자를 정도에 어렵게 내는 것은 바로 술을 지나치게 마시는 체요, 험한 글자를 쓰기 좋아해서 다른 사람들로 하여금 의미가 무엇인지 헷갈리게 하는 것은 바로 구덩이를 파놓고 장님을 그리로 이끌고 가는 체요, 말이 순조롭지 못한데 굳이 인용하는 것은 억지로 남들로 하여금 자신을 따르게 하는 체요, 일상 적인 말을 많이 쓰는 것은 시골 사람들이 모여서 떠드는 체요, 기휘(忌諱)하는 말을 쓰기 좋아하는 것은 존귀한 이를 능멸하고 범하는 체요, 거친 말을 다듬지 않는 것 은 바로 잡초가 밭에 가득한 체다. 이 아홉 가지 불의체(不宜體)를 능히 면한 사람 이어야 더불어 시를 이야기할 수 있다. 사람들 가운데 내 시의 잘못된 점을 지적해 주는 사람이 있다면 이는 기뻐할 일이다. 그의 말이 옳으면 받아들이고 옳지 않으 면 내 뜻대로 하면 그만이니, 어찌 듣기 싫어하기를 임금이 충신(忠臣)의 간언(諫 言)을 막는 것처럼 하여 끝내 자신의 허물을 알지 못할 필요가 있겠는가? 무릇 시 가 이루어지면 반복해서 보되 마치 자기가 쓴 것이 아니라 다른 사람이나 평생 깊 이 미워한 사람이 쓴 시를 보는 것처럼 하여, 그 시의 잘못된 점을 아무리 열심히 찾아도 하자(瑕疵)를 알 수 없는 경지에 이르러야 시를 세상에 내놓을 수 있다. 무룻 논한 바는 비단 시뿐만 아니라 문(文)도 그러하니, 하물며 고시(古詩)에서 문구가 아름다운데 거기에 운자를 단 것도 아름다워 뜻은 이미 넉넉하고 여유로우며 말은 또한 자유로워서 문자에 구속되지 않음에 있어서랴! 그런즉 시와 문은 역시 한 법칙일 것이다.

(2) 陶山十二曲跋

이황(李滉;1501~1570)

陶山十二曲者 陶山老人之所作也 老人之作此何爲也哉 吾東方歌曲 大抵多淫哇不足言 如翰林別曲之類 出於文人之口 而矜豪放蕩 兼以藝慢戲狎 尤非君子所宜尙 惟近世有李鼈六歌者 世所盛傳 猶爲彼善於此 亦惜乎其有玩世不恭之意 而少溫柔敦厚727)之實也 老人素不解音律 而猶知厭聞世俗之樂 閑居養疾之餘 凡有感於情性者 每發於詩 然今之詩異於古之詩 可詠而不可歌也 如欲歌之 必綴以俚俗之語 蓋國俗音節 所不得不然也 故嘗略倣李歌而作爲陶山六曲者 二焉 其一言志 其二言學 欲使兒輩 朝夕習而歌之 憑几而聽之 亦令兒輩 自歌而舞蹈之 庶幾可以蕩滌鄙吝 感發融通 而歌者與聽者 不能無交有益焉 顧自以蹤跡頗乖 若此等閒事 或因以惹起鬧端 未可知也 又未信其可以入腔調 諧音節與未也 姑寫一件 藏之篋笥 時取玩以自省 又以待他日覽者之去取云爾 嘉靖四十四年歲乙丑暮春旣望 山老書

<退溪集>

<도산십이곡>은 도산(陶山)에 우거(寓居)하는 노인 이황이 지은 것이다. 노인의 몸으로 이 노래를 지은 것은 무엇 때문인가? 우리나라의 가곡(歌曲)은 대개 음란(淫亂)한 내용이 많아서 입에 담기에 좋지 않다. <한림별곡> 같은 노래는 비록 문인의 입에서 나왔으나 너무 호방하고 방탕하며 아울러 절제 없이 건방지고 멋대로 노니 역시 군자가 마땅히 숭상할 바가 못 된다. 다만 근세에 이별(李鼈)의 여섯 노래가 세상에 널리 전해지는데, <한림별곡>보다 낫기는 하나 또한 애석하게도 세상을 우습게 보고 공손하지 않는 뜻이 있어 온유돈후(溫柔敦厚)의 실상이 적었다. 내가 본디 음률(音律)을 잘 이해하지는 못할망정 세속의 음악이 듣기에 좋지 않은 것은 알아, 한가로이 지내며 병을 치료하는 틈틈이 성정(性情)에 느껴지는 것을 매번 시로 표현하였으나 지금의 시는 옛날의 시와 달라 읊을 수는 있어도 노래할 수는

없다. 만약 노래로 부르고자 한다면 반드시 세속의 말로 엮어내야 하니 대개 우리 나라 음악의 특성이 그런 까닭이다. 그래서 일찍이 이별의 여섯 노래를 모방하여 도산의 여섯 노래를 지은 것이 둘인데, 하나는 뜻을 말한 것이요 하나는 배움을 말한 것이다. 아이들로 하여금 아침저녁으로 익혀 노래부르게 하곤 안석(案席)에 기대어 듣곤 하였다. 아이들 역시 스스로 노래하고 춤추다 보면 비루하고 더러운 마음이 한순간에 씻겨 내려가고 확 트인 느낌이 일어나 두루 통하게 될 것이니, 노래를 하는 자와 듣는 자가 서로 유익할 것이다. 스스로를 돌아보건대 선비로서 자취가 자못 어그러졌으니 이같이 한가로운 일이 혹 시끄러운 일을 야기할지도 모르겠고, 또 곡조에 얹었을 때 음절이 잘 맞지 않을지도 모르겠다. 이에 우선 한 부를 베껴 상자 속에 담아두고 때때로 꺼내 완상(玩賞)하면서 스스로를 반성하고, 훗날 이 노래를 보는 사람의 판단에 따라 버려지거나 취해지기를 기다릴 뿐이다.

가정(嘉靖) 44년 을축년(1565년;명종 20년) 3월 16일 이황 쓰다.

(3) 詩辯

허균(許筠 ; 1569~1618)

今之詩者 高則漢魏六朝 次則開天大曆 最下者稱蘇728)陳729) 咸自謂可奪其位也 斯妄也已 是不過拾其語意 蹈襲剽盜 以自衒者 烏足語詩道也哉 三百篇自爲三百篇 漢自漢 魏晉六朝 自魏晉六朝 唐自爲唐 蘇與陳亦自爲蘇與陳 豈相倣 而出一律耶 盖各自成一家 而後方可爲至矣 間或有擬作 亦試爲之 以備一體 非恒然也 其於人脚下爲生活者非豪杰也

然則詩何如而可造極耶 曰先趣立意 次格命語 句活字圓 音亮節緊 而取材以緯之 不犯正位 不看色相 叩之鏗如卽之絢如 抑之而涵深 高之而騰踔 闇而雅健 闢而豪縱 放之而淋滿 鼓舞用鐵如金 化腐爲鮮 平澹不流於淺俗奇古不隣於怪癖 詠象不泥於物類 鋪叙不病於聲律 綺麗不傷理 議論不粘皮 比興深者 通物理 用事工者 如己出 格見於篇成渾然不可鐫 氣出於外語浩然不可屈 盡是而出之 則可謂之詩也 彼漢魏以下諸公 皆悟此而力守者也 不然則雖漢趨魏步六朝服而唐言 動御蘇陳以馳 足自形其穢而已 可其非矣

<惺所覆瓿藁>

오늘날 시를 하는 사람들은 높은 수준에서는 한위(漢魏) 육조(六朝) 시대의 것을

배우고 다음은 개원(開元;713~741)과 천보(天寶;742~756), 대력(大曆;766~779) 연간의 것을 배우고 가장 낮게는 소식(蘇軾;1037~1101)과 진사도(陳師道;1053~1102)를 들먹이며 모두가 스스로 이르기를 '그 위치를 뺏을 수 있다.'고 하지만 이것은 헛소리에 불과하다. 이들은 그 말과 뜻을 주워 모아 그대로 답습하거나 표절하여 스스로 자랑하는 사람에 불과하니 어찌 시도(詩道)를 말할 수 있겠는가? <시경> 삼백 편은 그 자체로 삼백 편이고, 한(漢)은 그 자체로 한이며, 위진육조(魏秦六朝)는 그 자체로 위진육조이고, 당(唐)은 그 자체로 당이며, 소식과 진사도 또한 그 자체로 소식과 진사도일 뿐이니, 어찌 서로 모방하여 일률적으로 하였겠는가? 대개 제각기 나름대로 일가(一家)를 이룬 다음에야 바야흐로 어떤 경지에 이르렀다고 말할 수 있을 것이다. 간혹 남의 글을 본떠 짓더라도 역시 시험삼아 하다가 자신만의 체(體)를 갖추는 것이지 늘 그렇게 흉내만 내는 것은 아니다. 남의 발 밑에서만 생활하는 사람은 결코 뛰어날 수 없다.

그렇다면 어떻게 하여야 시에 있어서 최고의 경지에 나아갈 수 있는가? 느낌보다는 생각과 뜻을 앞세우고 격조(格調)를 다음으로 하여 말을 엮는다. 구절은 활기 있고 글자는 원만하며, 음향은 맑고 음절의 변화와 리듬은 굳건한 것으로 기본을 삼고, 소재를 취하여 엮되 바른 위치를 잃어서는 안 되며, 수식이나 치장을 덧붙이지 말아야 한다. 그리하여 두드리면 쇳소리가 나게 하고 만져보면 화려하게 하며, 내리눌러서 깊이 있게 하고 높게 놀려서는 치달리게 하며, 닫을 때는 맑고 힘차게 하고 열 때는 호기 있고 여유 있게 하며, 생각을 자유롭게 풀어내어 흥취에 흠뻑 젖어 북 치고 춤추듯이 해야 한다. 쇠를 가지고 금을 만들고, 썩은 것을 변화시켜 싱싱하게 하며, 평범하고 담담하되 천박하고 속된 데에 흐르지 말고, 기이하고 고고하되 괴벽(怪癖)에 가깝게 말며, 형상(形象)을 읊되 사물의 외형에 얽매이지 말고, 깔아서 늘이되 성률(聲律)에 지나치게 집착하지 말며, 논의(論議)는 외향을 흐리게 하지 말아야 한다. 비(比)와 흥(興)을 깊이 있게 하려는 자는 사물의 이치를 통해야 하고 용사(用事)를 잘하려는 자는 자신의 입에서 나온 것과 같이 해야 한다. 그리하면 품격(品格)이 작품 전체에 나타나되 완전하여 흠집을 잡을 수 없고, 기력(氣力)이 말 밖으로 풍겨 나오되 호연하여 꺾을 수 없게 된다. 이상의 법칙을 모두 갖춘 다음에야 내놓으면 비로소 시라고 할 수 있다. 저 한나라 위나라 이래 모든 시인(詩人) 문인(文人)들은 모두 이 법칙을 깨닫고 힘써 지킨 사람들이다. 그렇지 않다면 아무리 한나라의 뜀박질에다 위나라의 걸음마를 더하고, 육조를 옷으로 입고 당의 말을 쓰며, 소식과 진사도를 마부 삼아 치달리더라도 그저 자신의 추함만을 드러낼 뿐이니, 이미 그릇된 것이다.

(4) 鸚鵡之言

김만중(金萬重 ; 1637~1692)

松江關東別曲 前後思美人歌 乃我東之離騷[730] 而以其不可以文字寫之 故惟樂人輩
口相授受 或傳以國書而已 人有以七言詩翻關東曲而不能佳 或謂澤堂少時作非也 鳩摩
羅什有言曰 天竺[731]俗最尙文 其讚佛之詞 極其華美 今以譯秦語 只得其意 不得其辭
理固然矣 人心之發於口者 爲言 言之有節奏者 爲歌詩文賦

四方之言雖不同 苟有能言者 各因其言而節奏之 則皆足以動天地通鬼神 不獨中華也
今我國詩文 捨其言而學他國之言 設令十分相似 只是鸚鵡之人言 而閭巷間樵童汲婦咿
啞而相和者 雖曰鄙俚 若論眞膺 則固不可與學士大夫所謂詩賦者 同日而論 況此三別曲
者 有天機之自發 而無夷俗之鄙俚 自古左海眞文章 只此三篇 然又就三篇而論之 則後
美人尤高 關東前美人 猶借文字以飾其色耳

<西浦漫筆>

송강 정철(松江;1536~1593)의 <관동별곡>과 <사미인곡> <속미인곡>은 우리나
라에 있어서 중국 굴원(屈原)의 <이소(離騷)>에 버금가나, 한자(漢字)로 기록하지
않았기 때문에 오직 악공(樂人)들만이 입에서 입으로 주고받아 서로 전하거나, 또는
한글로 써서 전해 왔을 뿐이다. 어떤 사람이 칠언시(七言詩)로 <관동별곡>을 번역
하기도 했지만 한글만큼 아름답지 못했고, 어떤 사람은 이것을 택당 이식(李植;158
4~1647)이 젊은 시절 지은 것이라고 하나 사실이 아니다. 구마라집(鳩摩羅什)이 말
하기를, '인도의 풍속은 문(文)을 꾸미는 것을 가장 숭상하여 그들이 불(佛)을 찬양
하는 노래는 화려하기 이를 데 없다. 지금 이것을 한자로 번역하면 단지 그 뜻만을
알 수 있을 뿐이지 그 말씨는 알 수 없다' 하였으니, 그 이치가 정녕 그러할 것이
다. 사람의 마음이 입을 통해 발현된 것이 말이요, 말 중에 절주(節奏)가 있는 것이
시가(歌詩)와 문부(文賦)가 되는 것이다.

비록 사방의 말이 같지는 않더라도 말하는 사람이 각기 그 나라의 말에 따라서
제대로 절주를 맞춘다면, 모두가 천지를 진동시키고 귀신을 감통(感通)시킬 수 있을
것이니, 이는 중국에만 해당하는 것이 아니다. 지금 우리나라의 시문(詩文)은 우리
자신의 말을 버리고 다른 나라의 말을 배워 표현한 것이니, 설령 십분 비슷하다 하
더라도 이는 단지 앵무새가 사람의 말을 흉내내는 것과 같다. 여염집 골목길에서
나무하는 아이들이나 물긷는 아낙네들이 에야디야 하며 서로 주고받는 노래가 비록
저속(低俗)하다고는 하나, 그 참된 가치를 따진다면 진실로 학사(學士) 대부(大夫)들

의 시부(詩賦)라고 하는 것과는 같은 반열에 올려놓고 논할 수가 없는 것이다. 하물며 이 세 별곡(別曲)은 타고난 개성의 자연스런 발로요 위항(委巷)의 저속함도 없으니, 예로부터 우리나라의 참 문장은 다만 이 세 편뿐이다. 그러나 또 이 세 편을 가지고 논한다면, <속미인곡>이 가장 고상하고, <관동별곡>과 <사미인곡>은 그나마 한자를 빌려 수식을 했다.

(5) 寄淵兒

정약용(丁若鏞 ; 1762~1836)

汝弟才分 比於乃兄 稍遜一籌 今年夏 令作古詩散賦 已多佳作 秋間汨於周易 繕寫之工 雖不能讀書 其見解不至鹵莽 近日讀左傳 頗學先王典章之餘 大夫辭令之法 已蔚然可觀 況汝本來才分 比弟頗勝 初年讀習 比弟粗備 今若猛然立志奮然向學 不過三十 當以大儒得名 用舍行藏 何足言哉 零瑣詩律 雖或得名 不足有用 須自今冬 以至來春 讀尙書左傳 雖佶屈聱牙 艱險淵深 旣有注解 潛心玩究 可以讀之 以其餘力 觀高麗史 磻溪隨錄 西厓集 懲毖錄 星湖僿說 文獻通考等書 鈔其要用 不可已也 汝之學問 漸漸過時 家間情地 宜於出游 來此同過 萬萬得當 而婦女不知大義 必有難捨之情 汝弟文學識見 方有春噓物苗之勢 恤其兄而遣其弟 亦所不忍 今意庚午之春 始可還送 其前汝將虛送日月耶 百回商量 有在家學習之望 則留待汝弟 面看交代 如其事情 萬無一望 明年春和之後 抛却百千萬事 下來同業 斷不可已 第一心術日壞 行已日卑 來此聽受可也 第二眼力短促 志氣沮喪 來此聽受可也 第三經學鹵莽 才識空疎 來此聽受可也 小小事情有不足顧恤耳

　向來醒叟[732]之詩見之矣 其論汝詩 切切中病 汝當服膺 其所自作者雖佳 亦非吾所好也 後世詩律 當以杜工部爲孔子 蓋其詩之所以冠冕百家者 以得三百篇遺意也 三百篇者 皆忠臣孝子烈婦良友 惻怛忠厚之發 不愛君憂國 非詩也 不傷時憤俗 非詩也 非有美刺勸懲之義[733] 非詩也 故志不立 學不醇 不聞大道 不能有致君澤民之心者 不能作詩 汝其勉之 杜詩用事無跡 看來如自作 細察皆有本 所以爲聖 韓退之詩 字法皆有所本 句語多其自作 所以爲大賢也 蘇子瞻詩 句句用事而有痕有跡 瞥看不曉意味 必也左考右檢採其根本然後 僅通其義 所以爲博士也 乃此蘇詩 以吾三父子之才 須終身專工 方得刻鵠 人生此世 可爲者多 何可爲此乎 然全不用事 吟風咏月 譚棋說酒 苟能押韻者 此三家村裏村夫子之詩也 此後所作 須以用事爲主 雖然我邦之人 動用中國之事 亦是陋品

須取三國史 高麗史 國朝寶鑑 輿地勝覽 懲毖錄 燃藜述 及他東方文字 採其事實考其地
方 入於詩用 然後方可以名世而傳後 柳惠風 十六國懷古詩 爲中國人所刻· 此可驗也
東事櫛本爲此設 今大淵無借汝之理 十七史東夷傳中 必抄採名跡 乃可用也

<與猶堂全書>

　　네 동생 학유(學遊)의 재주가 너에 비하면 조금 부족한 것 같더니만 올 여름 고
시(古詩)와 운(韻)이 안 달린 부(賦)를 짓게 했더니 좋은 작품들이 많이 나왔더구나.
가을 무렵에는 주역(周易) 베끼는 일에 힘쓰느라 책을 많이 읽지는 못했지만 그 애
의 견해는 제법이고, 요즘은 좌전(左傳)을 읽는데, 옛 임금들의 제도와 문물이라든
지 대부(大夫)들이 임금께 응대하는 예법 등을 거의 다 배워 아주 잘 알고 있어 상
당한 경지에 이르렀단다.

　　너는 본래 네 동생에 비해 재주가 조금 낫고 어렸을 때 독서한 것도 동생에게
비해 대강 갖추어졌으니, 이제라도 분연히 뜻을 세워 향학열(向學熱)을 돋운다면 마
땅히 서른이 넘기 전에 대학자로서 이름을 얻을 게다. 나라에 등용되어 쓰이거나
등용되지 못하여 은거하는 일 따위는 말할 필요도 없다. 자질구레한 시율(詩律) 정
도에 더러 명성을 얻는다 해도 쓸 모 없는 일이니, 아무쪼록 이번 겨울부터 내년
봄까지 상서(尙書)와 좌전(左傳)을 읽도록 해라. 너무 어려워서 읽을 수 없는 곳이
나 의미가 깊은 곳일지라도 이미 다 주석(註釋)이 달려 있으니, 마음을 가라앉히고
잘 연구하면 읽을 수 있을 게다. 그 다음에는 고려사(高麗史), 반계수록(磻溪隨錄),
서애집(西涯集), 징비록(懲毖錄), 성호사설(星湖僿說), 문헌비고(文獻備考) 등의 책을
읽고 이 중에서 요점을 골라 옮기는 일도 그만두어서는 안 된다.

　　너의 배움이 점점 때를 넘기고 있는데, 집안 사정으로 봐서는 밖에서 유학을 해
야 할 것 같구나. 이곳에 와서 나와 같이 지내는 것이 여러 가지로 마땅하겠지만
대의(大義)를 모르는 집안 아낙네들이 틀림없이 놓아주지 않을 것 같다. 네 동생의
학문이나 식견은 바야흐로 봄기운이 돌아 모든 초목이 움터 오를 듯한 기세인데,
너의 처지를 딱하게 여겨 네 동생을 보내려다가 차마 보내지 못한다. 지금 생각으
로는 내년을 보내고 경오년(庚午年) 봄에나 보낼 수 있겠구나. 그 날까지 세월을 허
비하지 말고, 아무리 생각해보아도 아버지에게 공부하고 싶다면 네 아우를 만나보
고 교대하거라. 만약 사정이 여의치 못하면 내년 봄 기후가 풀린 뒤에 온갖 일을
과감히 떨쳐버리고 내려와서 같이 공부하자꾸나. 이는 단연코 결행하지 않으면 안
된다. 왜냐하면 첫째, 네 마음씨가 날로 무너지고 행동거지가 날이 갈수록 비루해지
니 이곳에 와서 내 가르침을 받는 것이 좋겠고, 둘째, 사물을 보는 안목이 좁고 다
급해지고, 뜻과 기상이 막히고 잃어가니 이곳에 와서 내 가르침을 받는 것이 좋겠

고, 셋째, 경전 공부의 수준이 거칠고 재주와 식견이 공소(空疎)해졌기에 이곳에 와서 내 가르침을 받는 것이 좋겠구나. 조그만 사정이야 돌아보거나 아까워해서는 말거라.

접때에 성수(醒叟;1770~1835)의 詩를 보았다. 그가 네 시를 논평함이 절절이 병통에 맞으니, 너는 마땅히 수긍하도록 해라. 그가 직접 쓴 시가 비록 좋기는 하더라만 내가 좋아하는 바는 아니더구나. 오늘날 시율(詩律)은 마땅히 두보(杜甫)를 모범으로 삼아야 할 것이니, 대개 그의 시가 백가(百家)의 으뜸이 될 수 있는 까닭은 시경(詩經)에 있는 시 300편의 유의(遺意)를 얻었기 때문이란다. 300편은 모두 충신(忠臣), 효자(孝子), 열부(烈婦), 양우(良友)의 측달충후(惻怛忠厚)함의 발로이니, 임금을 사랑하고 나라를 근심하지 않으면 시가 아니요, 시대를 상심하고 풍속을 걱정하지 않으면 시가 아니요, 선을 권장하고 악을 징계하는 의로움을 지니지 않으면 시가 아니다. 그러므로 뜻이 서지 않고, 학문이 순수하지 않으며, 대도(大道)를 듣지 아니하고, 임금의 올바른 정사를 돕고 백성에게 고루 은택(恩澤)이 베풀어지게 하는 마음을 가질 수 없는 자는 능히 시를 지을 수가 없는 것이니, 너는 이를 힘쓰도록 해라.

두보의 시는 고사(古事)를 인용하되 그 흔적이 없어 얼른 보아 모두 자기가 만들어낸 말인 듯 하나 자세히 보면 다 출처가 있으므로 그를 시성이라 부른단다. 한유의 시는 자구(字句)가 모두 출처가 있으나 시어(詩語)는 자기 창작이 많으니 그를 시의 대현(大賢)이라 부르고, 소식의 시는 글귀마다 고사를 인용했는데 그 흔적이 다 드러내서 처음에는 의미가 잘 통하지 않다가 두루 여러 가지로 고증을 한 다음에야 겨우 통하게 되므로 그를 시에서 박사(博士)라고 부른단다. 소식의 시는 우리 삼부자(三父子)의 재간으로써 한평생 전공을 하면 따라 잡을 수 있을 것이나 인생이 이 세상에서 할 일이 하도 많은데 무엇 때문에 그런 본을 따르겠느냐? 그러나 시를 쓰는데 전연 고사를 인용하지 않고 음풍영월(吟風詠月)이나 하며 바둑이나 술 이야기에 그치고 만다면 그것은 또 운율은 맞았다 하더라도 세상일에는 관심이 없는 고루한 마을 훈장들이나 할 노릇이다. 그러니 너는 시를 쓸 때 고사를 자연스럽게 인용하도록 해라.

고사를 인용함에 있어서 우리나라 사람이 중국 이야기만 많이 늘어놓은 것은 대단히 누추한 일일 터, 삼국사기(三國史記), 고려사(高麗史), 국조보감(國朝寶鑑), 여지승람(輿地勝覽), 징비록(懲毖錄), 연려실기술(練藜室記述), 기타 우리나라 서적들에서 훌륭한 사실을 찾아내며 또 지방의 현실을 고찰하여 시에 인용하여야만 그 시가 세상에 이름을 남기며 후대에 전하게 될 게다. 유득공(柳得恭;1749~?)의 16국회고서(十六國懷古書)가 중국사람들에 의하여 간행된 것도 우리의 주체를 살려야 한다는 것을 실증하여 준단다. 동사즐본(東史櫛本)이 이런 필요로 만들어진 책인데, 대연이가 너에게 쉽사리 빌려주지 않을 것이니 17사(十七史)의 동이전(東夷傳) 가운데서 좋은 고사들을 뽑아서 활용하여라.

(6) 東歌選序

백경현(白景炫 ; 1792~1846이후)

書曰 詩言志 歌永言 聲依永 律和聲 諸者出自吾心 筆之於書 寫景記事 如國風所載 後來攷俗化驗性情 則亘萬古垂千秋而不朽者也 歌者詩之餘也 轉喉而吐氣 棹吻而出聲 方其唱歌之時 高低淸濁蔓數緩促 務盡其妙 合於節奏 或繞樑塵 或斡白雲 及其曲罷之後 則無痕無蹟 只是爲太空之歸 然而有心者誦而傳之 好事者采而記之 古人之觸物起感 代語道懷 如堯民之擊壤 舜臣之賡載 大禹之塗山 箕子之麥秀 夷齊之採薇 夫子之獲麟 甯戚之飯牛 馮之彈鋏 優孟之杭慨 荊卿之易水 雜出乎傳記子史 而與詩竝行而不朽 則歌亦詩之一類也 余 用是 於東國名賢所作歌曲中 選各調若干 名之曰東歌選 若夫忠臣烈士奇節憤惋之心 征夫怨女憂思幽鬱之懷 太平氣像康衢烟月之樂 山林隱逸琴鶴逍遙之 聞 當時不過托於聲 瀉其情而已 後人咏歎 亦足以攷俗化驗性情 則歌豈徒然乎哉 憤惋者由是而洩之 幽鬱者由是而暢之 樂者由是而興起 聞者由是而消遣 以此言之歌 亦末必無少補於云爾

<悟齋集>(국어국문학 11호 수록)

서경(書經 : 虞書 舜典)에 시(詩)는 뜻을 말로 표현한 것이고, 가(歌)는 그 말을 가락에 맞추어 읊은 것이며, 목소리는 가락에 따라 내게 되고 음률은 목소리와 조화를 이루어야 한다고 하였다. 이 모든 것은 마음에서 우러나와 글로 옮겨져서 정경을 묘사하고 사실을 기록한 것인데, 이것들은 시경(詩經)의 국풍(國風)에 수록된 작품들과 같이 후대에 세속 교화를 상고하게 하고 성정을 징험할 수 있게 할 것이므로 항구적으로 전해져 결코 없어지지 않을 것이다.

가(歌)는 시(詩)의 주변적인 것이다. 목구멍을 움직여 기운을 토하고 입술을 움직여 소리를 내어 바야흐로 창가(唱歌)를 할 때 소리의 높고 낮음 맑고 흐림 느리고 빠름 느슨하고 촉급함은 힘써 그 묘미를 살려 반주와 화합되면, 혹은 대들보 먼지에 그 여운이 감돌고 혹은 흰 구름에 그 여운이 맴돌 것이다. 곡을 마친 후에는 흔적도 없어 다만 공허한 상태로 되돌아간다. 그러하여 유심자(有心者)는 노래하여 전하고 호사자(好事者)는 채집하여 기록하였다.

옛사람은 만물에 접촉하여 감흥이 일어나면 말을 대용하여 생각을 표현하였다. 요(堯)임금 때 어떤 백성의 격양가(擊壤歌), 순(舜)임금 신하의 갱재가(賡載歌), 우

(禹)임금의 도산가(塗山歌)[734], 기자(箕子)의 맥수가(麥秀歌)[735], 이제(夷齊)의 채미가(採薇歌), 공자(孔子)의 획린가(獲麟歌), 영척(甯戚)의 반우가(飯牛歌)[736], 풍환(馮驩)의 탄협가(彈鋏歌)[737], 우맹(優孟)의 항개가(杭慨歌)[738], 형경(荊卿)의 역수가(易水歌)[739]같은 것이다.

이 작품들은 전(傳) 기(記) 자(子) 사(史) 여기 저기에서 찾아 볼 수 있으니 시와 더불어 나란히 전하여 없어지지 않을 것이다. 그런 까닭에 가(歌)는 역시 시의 한 종류라고 할 수 있다.

나는 이로써 우리나라 명현들이 지은 가곡 중에서 각 조의 작품 약간씩 뽑아 동가선(東歌選)이라고 이름하였다.

충신 열사의 뛰어난 절개와 분개 원망의 심정, 원정간 군사와 남편이 없어 슬퍼하는 여자의 근심스럽고 아주 우울한 회포, 태평시절에서의 강구연월의 즐거움, 산림은일처사가 거문고 학으로 소요하는 이야기 같은 것들은 당시에 소리에 의탁하여 그 심정을 토로한 것에 지나지 않을 따름이지만, 후대 사람이 노래하면서 느끼게 되어 그때나 후대나 충분히 세속 교화를 살필 수 있고 성정(性情)을 체험할 수 있으니 가(歌)를 어찌 헛되다고 하겠는가.

분개하고 원망하는 사람은 이로 말미암아 분원을 덜고, 우울한 사람은 이로 말미암아 우울함을 떨치고 화락하게 되고, 즐기는 사람은 이로 말미암아 더욱 흥을 돋우고, 한가한 사람은 이로 말미암아 소일한다.

이상으로 가(歌)에 대해서 말하였는데, 또한 말한 것에 보완할 것이 반드시 조금도 없지는 않을 것이다.

<尾 註>

1) 선흐면 : 그악스러우면. 까딱 잘못하면.
2) 곤륜(崑崙) : 곤륜산(崑崙山). 황하의 원류로, 옥이 나오며, 서왕모(西王母)가 산다
고 전해지는 낙토(樂土).
3) 越溪女(월계녀) : 월나라에는 미인이 많았다 하여 훗날 미인을 지칭하는 뜻이 되
었다.
4) 흐마 : 벌써. 이미.
5) 왼듸 : 외처(外處). 외지(外地).
6) 슬뮈거느 : 싫고 밉거나.
7) 최여셔 : 없어져서. 죽어 사라져서.
8) 숫 : 새끼.
9) 나남즉 : 내(我) 남(他) 할 것 없이.
10) 늠대되 : 남이 다 하는 대로.
11) 낙타교(駱駝橋) : 개성 보정문(保定門) 안에 있었던 다리 이름. 탁타교(橐駝橋)를
가리킨다.
12) 국학(國學) : 개성의 탄현문(炭峴門) 안에 있던 성균관(成均館)을 가리킨다.
13) 선죽리(善竹里) : 개성 선죽교(善竹橋) 부근의 마을 이름.
14) 무산(巫山) : 중국 사천성(四川省)에 있는 산 이름으로, 특히 열두 봉우리가 빼어
나게 아름다우며 각 봉우리에는 선녀가 살고 있는데, 아침에는 구름이 되었다
저녁에는 비가 된다고 한다. 초(楚)나라 양왕(襄王)이 양대(陽臺)를 짓고 무산 선
녀와 즐겼다는 고사가 전해지는데, 이후 남녀 사이의 즐거운 정을 운우지정(雲
雨之情)이라고 한다.
15) 사마상여(司馬相如) : 중국 전한 때의 문인. 자는 장경(長卿). 사부(詞賦)를 잘 짓
고 거문고를 특히 잘 탔다. 젊었을 때 임공(臨邛)이라는 곳을 지나다가 거문고를
타서 부잣집 딸인 과부 탁문군(卓文君)을 꾀어내어 부부가 되어 성도(成都)로 돌
아와 살았다고 한다.
16) 남교(藍橋) : 중국 섬서(陝西) 남전현(藍田縣) 동남쪽에 있는 땅 이름. 세상에 전하
기를 그 곳에 신선이 사는 굴이 있는데, 당나라 때 배항(裴航)이 운영(雲英)을 만
난 곳이라고 한다.
17) 도리가지(桃李枝) : 복숭아꽃과 오얏나무 가지. 여기서는 이생과 최랑을 꽃에 비
유한 것.
18) 원앙침(鴛鴦枕) : 신혼부부 방에 놓여지는 베개 이름. 여기서는 이생과 최랑의 동
침(同寢)을 빗댄 말.
19) 봄소식(春消息) : 이생과 최랑과 사랑을 비유한 말.
20) 풍우(風雨) : 이생과 최랑의 부모들이 사실을 알고 화낼 것을 비유한 말.

21) 방호산(方壺山) : 신선이 산다는 삼신산(三神山) 중 하나인 방장산(方丈山)을 말한다.

22) 위언(韋偃) : 당(唐)나라 때의 화가. 산수, 인물, 대나무를 잘 그렸다.

23) 여가(與可) : 송(宋)나라 때 화가. 대나무와 산수를 잘 그렸다.

24) 삼매경(三昧境) : 잡념을 떨치고 한 대상에 마음을 집중시키는 마음의 경지.

25) 송설체(松雪體) : 중국 원(元)나라 초기의 문인이자 명필가였던 조맹부(趙孟頫)의
서체를 일컬음. 송설(松雪)은 그의 호.

26) 백설조(百舌鳥) : 때까치.

27) 옥문관(玉門關) : 감숙성(甘肅省) 돈황(燉煌) 서쪽에 있던, 서역(西域)으로 통하는
중국의 옛 관문. 중국의 국경이므로 외국을 정벌하는 군사들이 통과하였다.

28) 빙하(氷河) : 북쪽 지방의 추운 사막 지대.

29) 단향목(檀香木)을 꺾다 : 남의 집에 심은 나무를 꺾음. 곧 남의 집 처녀를 엿본다
는 뜻이다. <시경> 정풍(鄭風)에 출전한다.

30) 위당(渭塘)의 처녀 : 위당은 원나라 때 금릉(金陵) 땅. <전등신화(剪燈神話> 위당
기우기(渭塘奇遇記)에 보면, 원나라 때 왕생이 위당에 가서 위당의 처녀와 서로
눈이 맞아 마침내 부부가 되었다는 내용이 나온다.

31) 교동(狡童) : 얼굴은 예쁘나 마음이 성실하지 못한 아이. 곧 남자를 경멸하는 말.

32) 연못에 묻혀 있을 인물(池中之物) : 못 속에 잠복해 있던 교룡(蛟龍)이 구름과 비
를 얻게 되면 못에서 솟구쳐 오른다는 말로, 곧 초야에 묻혀 있을 인물이 아니
라는 뜻.

33) 맹광(孟光) : 후한 때 고결한 선비였던 양홍(梁鴻)의 아내. 부잣집 딸이었지만 남
편의 뜻을 받들어 검소한 차림으로 시집와서 평생 남편을 극진히 봉양하여 좋
은 가정을 이루었다.

34) 포환(鮑桓) : 전한 때 포선의 아내. 포선이 일찍이 환소군의 아버지에게 글을 배
웠는데, 소군의 아버지가 포선의 청빈한 지조를 칭찬하여 사위로 맞아들였다. 소
군이 시집올 때 가지고 온 시종과 복식 등을 포선이 거절하자 소군도 그의 뜻
을 받들어 짤막한 베옷을 입고 검소한 행장으로 녹거(鹿車)를 끌고 갔다는 고사
가 전한다. 녹거는 사슴 한 마리가 겨우 들어갈 정도의 작은 수레를 뜻한다.

35) 복주(福州) : 지금의 경상북도 안동.

36) 오관산(五冠山) : 경기도 장단 서쪽 30리 지점에 있는 산.

37) 즌 터 : 진 곳. 진흙탕같이 질퍽거리고 더러운 곳.

38) 쩨날 뉘 : 떠날 사이.

39) 가정(嘉靖) 경술년(庚戌年) : 가정은 명나라 세종(世宗)의 연호이며, 경술년은 1550
년(명종 5년)에 해당한다.

40) 옥야천리(沃野千里) : 한없이 넓고 기름진 땅.

41) 국부민강(國富民康) : 나라가 부강하고 백성이 편안함.

42) 도불습유(道不拾遺) : 선정(善政)이 베풀어져 백성들의 삶이 풍유롭고 도의(道義)가
이루어져 길에 물건이 떨어져 있어도 주워 가지는 사람이 없음을 가리키는 말.

43) 야불폐문(夜不閉門) : 밤에 대문을 닫지 않고 삶. 곧 세상이 태평하여 인심이 순박함을 이르는 말.

44) 침음양구(沈吟良久) : 속으로 깊이 생각한 지 매우 오랜 뒤에.

45) 전지(傳旨) : 임금의 명령을 전하는 글. 곧 임금의 명령서.

46) 돈연무려(頓然無慮) : 전혀 근심이나 걱정을 하지 않는 모습.

47) 불초자(不肖子) : 부모에 대하여 자기를 일컫는 말. 부모를 닮지 못한 자식.

48) 빈도(貧道) : 중이나 도사(道士)가 자기를 낮추어 일컫는 말. 소승.

49) 고항(膏肓) : 염통과 가로막의 사이. 몸의 깊숙한 곳.

50) 약수(弱水) : 신선이 산다는 중국의 전설적인 강. 길이가 3천리나 되며, 부력(浮力)이 매우 약하여 기러기의 털도 가라앉는다고 한다.

51) 오활(迂闊) : 실제와는 관련이 멂. 혹은 사정에 어두움.

52) 의문지망(依門之望) : 어머니가 자녀가 돌아오기를 기다리며 늘 문에 기대어 바라봄. 곧 어머니가 자식의 무사귀환을 기다리는 마음을 이른다.

53) 소상(瀟湘) : 소수(瀟水)와 상수(湘水). 상수(湘水)는 호남성의 동정호로 빠지고 소수(瀟水)는 그 지류임. 이 근처에 경치가 매우 좋아서 소상팔경(瀟湘八景)이란 이름이 있다.

54) 양진(陽辰) : 해와 달.

55) 망지소조(罔知所措) : 어찌할 바를 모름.

56) 봉미선(鳳尾扇) : 의장(儀仗)의 한 가지. 봉황새의 꽁지 모양으로 만든 부채.

57) 시이불견(視而不見) : 보기는 했으나 본 것이 아님. 즉 본체만체 하고 지나감.

58) 자각봉(紫閣峰) : 신선(神仙), 도인(道人), 은사(隱士)가 머문다는 산봉우리.

59) 적송자(赤松子) : 신선의 이름. 신농(神農) 때의 우사(雨師)로서, 후에 곤륜산(崑崙山)에 입산하여 선인이 되었다 한다.

60) 왕자진(王子晋) : 주(周)나라 영왕(靈王)의 태자로서 직간(直諫)을 하다 서인(庶人)으로 폐해져 쫓겨나 유랑의 삶을 살았던 비극적 인물. 전설 속에서는 환상적이며 초월적인 선인(仙人)으로 미화된다.

61) 엄군평(嚴君平) : 한나라 사람. 이름은 준(遵). 성도에서 복서(卜筮)로 생계를 이으며 노자를 연구하여 <노자지귀(老子指歸)>를 저술하였다.

62) 두목지(杜牧之) : 만당(晩唐) 때의 시인. 자(字)는 목지, 호는 번천(樊川). 시풍은 호방하면서도 또한 아름다웠으며, 풍채가 좋고 잘 생겨서 뭇 여성들의 신망의 대상이 되었다고 한다. 그가 수레를 타고 양주 땅을 지날 때 그의 멋진 모습을 한 번이라도 보기 위해 여자들이 던진 귤이 수레를 가득 채웠다는 고사는 유명하다.

63) 취란자봉(翠鸞紫鳳) : 깃털이 푸른 난새와 붉은 깃털의 봉황새. 상상속의 새.

64) 동방삭(東方朔) : 한(漢)나라 무제(武帝) 때의 사람. 속설에 서왕모(西王母)의 복숭아를 훔쳐먹어 죽지 않고 장수하였으므로 후세에 오래 사는 사람을 비유하는 말이 되었다.

65) 흉흉(洶洶) : 물결이 어지럽고 세차게 일어남.

66) 셔다히 : 서쪽.

67) 형장(兄丈) : 나이가 비슷한 친구 사이에 상대방을 높여 이르는 말. 여기서는 형을 일컫는다.

68) 창천후토(蒼天后土) : 하늘과 땅. 곧 천지신명을 가리킨다.

69) 곤전(坤殿) : 중궁전(中宮殿). 왕후를 높여 일컫는 말.

70) 격군(格軍) : 수부(水夫)의 하나로 사공(沙工)의 일을 돕는 사람.

71) 옥골선풍(玉骨仙風) : 신선같이 고아하고 아름다운 용모를 지닌 사람을 일컬음.

72) 고두(叩頭)하고 : 머리를 조아리고.

73) 희불자승(喜不自勝) : 어찌할 줄을 모를 만큼 매우 기쁨.

74) 생불여사(生不如死) : 극도로 곤란한 지경에 빠져 삶이 죽음만 같지 못함.

75) 소비(小婢) : 여종이 상전에게 자기를 낮추어 이르던 말.

76) 군자호구(君子好逑) : 군자의 좋은 짝.

77) 만단수회(萬端愁懷) : 여러 가지 근심과 회포.

78) 요지(瑤池) : 서왕모(西王母)가 산다는 중국 곤륜산(崑崙山)에 있는 못 이름.

79) 비희교집(悲懷交集) : 여러 가지 감정이 뒤얽힌 모습.

80) 흔흔(欣欣) : 마음에 매우 기쁘고 흡족함.

81) 창결(悵缺) : 몹시 서운함.

82) 소무(蕭武) : 중국 전한(前漢)의 충신.

83) 상림원(上林苑) : 중국 장안(長安)의 서쪽에 있던 한(漢)나라의 정원.

84) 지인지감(知人之鑑) : 사람을 알아보는 슬기.

85) 동량지신(棟樑之臣) : 나라의 대들보같은 역할을 하는 신하.

86) 자괴지심(自愧之心) : 스스로 부끄럽게 여기는 마음.

87) 선장(先場) : 과거(科擧)에서 제일 먼저 답안지를 제출하는 일.

88) 일필난기(一筆難記) : 한 붓으로 이루 기록할 수 없을 만큼 깊고 많음.

89) 건즐(巾櫛) : 수건과 빗. 남편이 세수할 때 아내가 곁에서 수건과 빗을 들고 시중을 든다는 뜻으로, 아내의 소임을 낮추어 말하는 것. 전하여 혼인을 뜻한다.

90) 스텬감(司天監) : 천문(天文)을 맡아보던 관리.

91) 동방(洞房) : 혼례식을 마치고 신랑, 신부가 첫날밤을 치르도록 차린 방.

92) 금지옥엽(金枝玉葉) : 금으로 된 가지와 옥으로 된 잎이란 뜻으로, 그 가지와 잎은 자손을 뜻함. 곧 귀여운 자손을 소중하게 이르는 말.

93) 부마도위(駙馬都尉) : 임금의 사위.

94) 흠향(歆饗) : 제사지내는 음식 기운을 먹음.

95) 角弓(각궁) : <시경> 소아(小雅)의 편명. 유왕(幽王)이 골육(骨肉)을 멀리하고 간사한 사람을 가까이 함을 나무라는 내용을 담고 있다.

96) 粉墻(분장) : 흰색으로 칠한 담.

97) 葵心(규심) : 해를 따라 방향을 트는 해바라기의 마음을 통해 임금에 대한 변함

없는 충절을 표현한 것이다.

98) 녜놋다 : 가도다.

99) 괴암즉 : 사랑 받음직. 사랑 받을만.

100) 군뜻이 : 딴 뜻이. 딴 마음이.

101) 이래야 : 아양이며 응석이며.

102) 春寒苦熱(춘한고열) : 꽃샘추위와 더운 열기. 즉 봄과 여름을 가리킨다.

103) 秋日冬天(추일동천) : 가을과 겨울.

104) 朝夕(조석)뫼 : 아침 저녁의 밥.

105) 세시는가 : 잡수시는가.

106) 님다히 : 님이 계신 쪽. 여기서는 임금이 계신 한양 궁궐 방향을 가리킨다.

107) 어둥졍 : 어리둥절하게. 어수선하게.

108) 江天(강천) : 강가.

109) 헤뜨며 : 헤매며.

110) 바자니니 : 바장이니. 방황하니.

111) 오전된 : 방정맞은.

112) 졀의 : 잠결에.

113) 번드시 : 뚜렷하게. 환하게.

114) 天翁(천옹) : 하늘을 사람에 비유한 말.

115) 감장새 : 굴뚝새.

116) 굽니러 : 몸을 구부렸다 폈다 하면서.

117) 텬샹빅옥경(天上白玉京) : 도가(道家)에서 이르는 옥황상제(玉皇上帝)가 있는 곳. 이백의 시 '天上白玉京 二十樓五城'에 나옴.

118) 빅티쳔염(百態倩艶) : 모든 태도가 예쁘고 곱다는 것.

119) 왕소군(王昭君) : 한원제(漢元帝)의 궁녀(宮女). 명(名)은 장(嬙). 한(漢)을 위해서 흉노의 추장에게 시집을 가서 왕비가 되어 부귀를 누렸으나 고향에 대한 그리움을 지우지 못하였다.

120) 서시(西施) : 춘추시대(春秋時代) 오왕(吳王) 부차(夫差)의 총희(寵姬). 월나라의 미인이었다.

121) 형산팔선녀(衡山八仙女) : 형산(衡山)은 중국 오악(中國五嶽) 중의 남악(南嶽). 호남성(湖南省) 형산현(衡山縣) 서북에 있다. 팔선녀(八仙女)는 구운몽(九雲夢)에 나오는 양소유(楊少遊)의 처첩 여덟 미인을 가리킨다.

122) 남악 위부인(南嶽 衛夫人) : 남악(南嶽)은 형산(衡山)의 별명(別名). 위부인(衛夫人)은 구운몽(九雲夢)에 나오는 선녀(仙女).

123) 위공자 자란(魏公子 紫鸞) : 위공(魏公)은 노(魯)나라의 군주인 유공(幽公)의 아우. 자란(紫鸞)은 그의 총희(寵姬)인 듯하며 운영전(雲英傳)에는 궁녀로 나온다.

124) 거사(居士) : 속인(俗人)으로 불교의 법명(法名)을 가진 남자.

125) 목탁깅증(木鐸鉦鉦) : 목탁과 징.

126) 표백(暴白) : 원통한 것을 모두 아뢰는 것. 또는 사리를 밝힘.

127) 가사(袈裟) : 목련(木蓮)빛의 법복(法服). 탐(貪), 진(嗔), 치(痴)의 삼독(三毒)을 버린 표로, 장삼 위 어깨에 걸쳐 입는다.

128) 즈좌오향(子坐午向) : 자방(子方)을 등지고 오방(午方)을 바라보는 좌향. 자방위(子方位)는 24방위(方位)의 하나로 정북(正北)을 중심으로 한 15도의 각도 안. 오방(午方)은 정남(正南)을 중심으로 한 15도의 각도 안.

129) 안의(安義) : 경상남도 함양군에 속한 지명.

130) 진양(晋陽) : 지금의 진주.

131) 나은의 원망(羅隱之冤) : 나은(羅隱)은 당나라 말기의 시인. 원래 이름은 횡(橫)이었는데, 실력이 있음에도 불구하고 어지러운 세상 탓에 과거에 열 번이나 낙방하자 스스로 이름을 바꾸어 은(隱)이라 하였다. 후세에 불우한 문인이 난세를 한탄하는 것을 가리켜 나은지원(羅隱之冤)이라 하게 되었다.

132) 원헌의 가난(原憲之貧) : 원헌(原憲)은 공자의 제자로, 평생 곤궁한 생활을 했기 때문에 후세에 선비의 곤궁을 가리켜 원헌지빈(原憲之貧)이라 하였다.

133) 장사의 언덕(長沙岸) : 옛날 초나라 땅으로 동정호 주변을 가리킴. 옛날 굴원(屈原)과 가의(賈誼)가 쫓겨가서 방황하던 곳이며, 항우(項羽)가 의제(義帝)를 변방으로 몰아내어 마침내 죽게 한 곳이다.

134) 수양산의 끼친 풍모(首陽之遺風) : 백이(伯夷)와 숙제(叔齊)가 수양산에 들어가 고사리를 캐어먹다가 굶어죽은 이후 이들이 후세에 길이 남긴 충절을 가리켜 이르는 말.

135) 고마도해의 의기(叩馬蹈海之義) : 고마(叩馬)는 주나라 무왕이 은나라의 폭군 주왕을 정벌하러 갈 때 백이와 숙제가 무왕의 말고삐를 붙잡고 만류하면서 신하된 도리를 간언했던 일이며, 도해(蹈海)는 전국시대 제나라의 노중련이 진나라에 조국이 망하게 되면 자기는 바다에 몸을 던져 죽을지언정 진나라의 신하는 되지 않겠다고 했던 일. 즉 신하된 자의 충절과 의로움을 표현하는 말이다.

136) 경천봉일의 충성(擎天捧日之忠) : 하늘을 떠받치고 해를 받든다는 말로, 임금을 높이 받들어 섬기는 신하의 충성스런 마음을 뜻한다.

137) 육척지고를 부탁하고 백리지명을 감당할(託六尺之孤 寄百里之命) : 육척지고는 본래 어린 아이를 가리키는 말로, 어린 나이에 왕위에 오를 후계자를 의미한다. 백리지명은 조그만 나라의 운명을 맡게 됨을 뜻한다. 즉 유약한 왕을 보필하고 나라의 운명을 감당할 만한 충성스런 인물에 대해 쓰이는 말. <논어(論語)> 태백편(泰伯編)에 나옴.

138) 거짓 깨달은 자(狐媚取禪者) : 스스로 깨달음을 얻었다고 거짓으로 떠들어대며 여우처럼 간사하고 아첨을 잘 하는 사람을 비유한 말. 엄우(嚴羽)의 <창랑시화(滄浪詩話)>에 야호선(野狐禪)이라는 말이 나온다.

139) 신(新)나라 : 왕망(王莽)이 한나라에서 난을 일으켜 신이라는 나라를 세우고 황제를 칭하였으나 15년만에 망하고 말았다. 여기서 거짓 왕노릇이란 이러한 사실에서 연유한 말이다.

140) 의제(義帝) : 항우가 초패왕(楚覇王)을 자처하고 초 회왕 손자 심(心)을 의제로
세웠으나 이것은 자신이 황제가 되기 위한 위장술책에 불과했다.

141) 첫 번째 자리에 앉은 사람(第一坐者) : 박팽년(朴彭年;1417~1456). 자는 인수(仁
叟)이며 호는 취금헌(醉琴軒).

142) 두 번째 좌석에 앉은 사람(第二坐者) : 성삼문(成三問;1418~1456). 자는 근보(謹
甫)이며 호는 매죽헌(梅竹軒). 부친 성승(成勝)도 무장으로 단종 복위 모의에 동
참해서 함께 죽었다.

143) 세 번째 좌석에 앉은 사람(第三坐者) : 하위지(河緯地;1412~1456). 자는 천견(天
牽)이며 호는 단계(丹溪).

144) 네 번째 좌석에 앉은 사람(第四坐者) : 이개(李塏;1417~1456). 자는 청보(清甫)
호는 백옥헌(白玉軒).

145) 다섯 번째 좌석에 앉은 사람(第五坐者) : 유성원(柳誠源;?~1456). 자는 태초(太初)
호는 낭간(琅玕). 수양대군이 김종서 등을 역적으로 몰아 살해한 다음 그 공을
찬송하는 글을 집현전 학자들에게 짓게 했는데, 다른 학자들은 미리 알아 모두
피했으나 유성원만이 피하지 못해 부득이 그 글을 지었다고 한다.

146) 복건자(幅巾者) : 남효온(1454~1492). 자는 백공(伯恭) 호는 추강(秋江). 세조의
왕위찬탈 때 목숨을 걸고 단종에 대한 충절을 지켰던 사육신(死六臣)을 모델로
육신전(六臣傳)을 지었다.

147) 초수의 비탄(楚囚悲) : 간신들의 모함으로 초(楚)에 유배되었던 굴원의 원통한
심정과 슬픔을 가리킨다.

148) 정위(精衛)새 : 산해경(山海經)에 염제(炎帝)의 딸이 바다에 빠져 죽어 그 혼이
새로 되었는데 그 이름이 정위라고 한다.

149) 문산의 의(文山之義) : 문산(文山)은 남송(南宋)의 충신 문천상(文天祥)의 호. 충절
이 뛰어난 것으로 이름났다.

150) 중자의 청렴(仲子之清) : 중자(仲子)는 춘추 시대 청렴하기로 유명한 진중자(陳仲
子)를 일컫는다.

151) 해월거사(海月居士) : 자허(子虛)가 사마상여(司馬相如)의 <자허부(子虛賦)>에서
유래한 말로 가공적인 존재임을 뜻하는 것처럼, 해월거사 역시 바다 속의 달이
란 포착할 수 없는 대상이듯 역시 가공의 인물이라는 의미를 내포하고 있다.

152) 五嶽(오악) : 동서남북과 중앙에 위치한 산. 동악은 토함산(吐含山), 남악은 지리
산(智異山), 서악은 계룡산(鷄龍山), 북악은 태백산(太白山), 중앙은 팔공산(八公
山)이다.

153) 三山(삼산) : 삼신산(三神山)을 뜻하는 듯하다. 삼신산은 신선이 살며, 불노불사
약(不老不死藥)이 있다고 전해지는 전설상의 산으로, 봉래산(蓬萊山), 영주산(瀛
州山), 방장산(方丈山)을 가리킨다.

154) 무이 : 매우. 함부로.

155) 오왕ㅎ면(誤往-) : 워워 하고 소리치면.

156) 도지거든 : 돌아서거든.

157) 계엄 : 남이 가진 것을 부러워하고 시기하는 것.

158) 암상 : 샘이 많고 앙칼짐.

159) 시앗년 : 남편의 첩을 멸시해서 하는 말.

160) 홍구덕 : 남의 허물을 떠벌리어 궂게 하는 말.

161) 십벌지목(十伐之木) : 열 번 찍어서 아니 넘어가는 나무가 없다는 말로 여기서
    는 넘어진 나무를 말한다.

162) 긴 장죽(長竹) : 긴 담뱃대.

163) 반분써(半粉黛) : 한나절을 얼굴에 분바르기와 눈썹 그리는 것을 말함.

164) 쵸롱군 : 의식이 있을 때 등롱(燈籠)을 들고 다니는 사람.

165) 말젼쥬 : 이쪽 말은 저쪽에, 저쪽 말은 이쪽에 전하여 이간질을 하는 것.

166) 음식츄심(飮食推尋) : 음식을 찾아서 다니는 것.

167) 관비정속(官婢定屬) : 죄인을 관아(官衙)의 비녀(婢女)로 만드는 일.

168) 용통 : 매우 용렬하고 미련함.

169) 시체(時體) : 시대의 풍속.

170) 미팔즈 : 집안 실림은 돌보지 않고 혼자만 먹고 자유로 돌아다니는 사람을 가리
    키는 말.

171) 조방군(助幫軍) : 오입판에서 남녀교합(男女交合)을 중매(仲媒)하는 사람.

172) 쩌셰허고 : 남의 세력을 빙자하다.

173) 승긔즈(勝己者) : 자기 보다 재주가 나은 사람. 승기자염(勝己者厭)은 자기 보다
    나은 사람을 시기하고 미워함을 뜻한다.

174) 반복소인(反覆小人) : 언행을 늘 고치는 간교한 사람.

175) 경계판(輕繫版) : 죄인이라는 상판. 곧 보고 경계로 삼을 상판대기.

176) 상하탱석(上下撑石) : 몹시 꼬이는 일을 당하여 임시변통으로 이리저리 견디어
    가는 일.

177) 구목(丘木) : 무덤에 있는 나무.

178) 쩌믈니라 : 꺼늘어물리다. 우격다짐으로 물리게 하다.

179) 즈장격지(自將擊之) : 스스로 나가서 묶어 끌어가지고 옴.

180) 살결박(-結縛) : 죄인의 옷을 벗기고 맨살에 포승하여 묶음.

181) 상팔십(上八十) : 상수팔십(上壽八十)이라는 말. 나이에는 하(下)·중(中)·상수(上
    壽)가 있다. 여기서는 아무렇게 살아도 팔십은 맡아 놓은 팔자라는 뜻.

182) 위젼(位田) : 위토전(位土田). 수확을 일정한 목적에 쓰기 위해 설정한 밭.

183) 관즈구셜(官災口舌) : 관가(官家)로부터 받는 재앙과 시비하는 말.

184) 디모관자(玳瑁貫子) : 대모갑(玳瑁甲)으로 만든 관자(貫子). 대모갑은 대모(玳瑁)의
    등과 배에 싸고 있는 껍데기. 관자는 망건에 달아 당줄을 꿰는 작은 고리.

185) 쥬체(酒-) : 술을 너무 많이 마셔 술병이 난 것.

186) 양복기 : 소의 밥통을 잘게 썰어서 볶은 음식.

187) 죽녁고(竹瀝膏) : 죽력(푸른 대쪽을 불에 구워서 받은 기름)을 섞어서 만든 소주. 생지황, 꿀, 계심, 석창포 따위와 함께 조제하여 아이들이 중풍으로 별안간 말을 못 할 때 구급약으로 쓴다.

188) 모쥬 : 술을 떠내고 남은 찌끼에 물을 부어 거른 막걸리 같은 술.

189) 각장(角壯) 장판 : 방바닥에 바르는 장판지. 두꺼운 종이에 기름을 결은 것.

190) 소라반즈 : 소란 반자에서 온 말. 반자틀을 여러 '井'자를 모은 것처럼 소란을 맞추어 짜고 그 구멍마다 네모진 널조각의 개판을 얹어 만든 것.

191) 션후(先後)구죵 : 앞뒤를 모시고 다니는 하인.

192) 셕시 : 석새삼베의 준말. 240올의 날실로 짠 품질이 낮은 굵은 삼베.

193) 졍강말 : 정강이의 힘으로 걷는다는 뜻. 말을 타지 않고 자기 발로 걷는 경우를 일컫는다.

194) 슴승보션 : 몽고에서 나는 무명으로 만든 보선.

195) 티셔혜(太史鞋) : 헝겊이나 가죽으로 울을 하고, 코와 뒤축 부분에 흰 줄무늬를 새기어 놓은 남자의 마른신의 한가지.

196) 끌레발 : 헙수룩한 모양의 발. 끄레와 같은 발. 끄레는 걸기질하는 농사기구.

197) 화류면경(樺榴面鏡) : 붉은빛을 띠며 결이 곱고 몹시 단단한 목재로 만든 작은 거울.

198) 돈피비즈 : 노랑 담비의 모피로 만든 배자. 배자(褙子)는 저고리 위에 덧입은 옷.

199) 릉라쥬의(綾羅周衣) : 능비단과 나비단으로 만든 두루마기.

200) 삼복(三伏) 다름 바지 : 무더운 더위에 어울리지 않는 바지.

201) 거쥭 : 물체의 겉 부분. 여기서는 옷이 형편없음을 비하하는 말.

202) 당디발복(當代發福) : 어버이를 좋은 땅에 장사해 그 아들이 곧 부귀를 누림.

203) 검티 갓다 : 체면을 돌아보지 않고 재물을 얻으러 감.

204) 혼검(閽禁) : 관아(官衙)에서 쓸데없는 사람이 문에 들어오는 것을 금하는 일.

205) 무렵(無廉)보고 : 염치가 없는 것을 보고.

206) 가디문셔(假代文書) : 가대문서(假貸文書)에서 온 말. 허물을 너그럽게 해준다는 핑계로 만든 문서.

207) 비리호송(非理好訟) : 까닭 없이 이치에 맞지 않는 송사를 즐김.

208) 엇(堰)막이며 보(洑)막이며 : 물을 대기 위하여 막아 쌓은 둑과 보(洑)를 막은 방축.

209) 이소능장(以少凌長) : 젊은이가 늙은이를 업신여김.

210) 긴헌 체로 : 가장 가까운 체하는 것으로. 곧 친한 체 하는 모양.

211) 쟝별리 : 장판에서 돈놀이하는데 붙는 변리.

212) 장쳬기 : 장마다 갚는 변리를 채다.

213) 환미(換買) : 물건과 물건끼리 바꿈. 물물교환(物物交換).

214) 한림(翰林) : 예문관(藝文館) 검열(檢閱)의 별칭.

215) 학사(學士) : ①조선조 초기 중추원(中樞院)의 종2품 벼슬. ②갑오경장 이후 경연

청(經筵廳), 규장각(奎章閣), 홍문관(弘文館)의 칙임(勅任) 벼슬.

216) 천상적강(天上謫降) : 천상이나 선계의 인물이 하늘에서 죄를 지어 인간세계로 쫓겨옴.

217) 대모장도(玳瑁粧刀) : 자루와 칼집을 대모의 껍데기로 꾸민 장도.

218) 복마구(卜馬꾼) : 짐 싣는 말의 말몰이꾼.

219) 삼종지도(三從之道) : 여자가 순종하고 따라야 하는 세 가지 법도. 어릴 적엔 아버지의 뜻을 따르고, 시집가서는 남편의 뜻을 따르고, 늙어서는 자식의 뜻을 따르는 것.

220) 번화갑제(繁華甲第) : 화려하게 꾸며진, 크고 너르게 잘 지은 집.

221) 심하시도 : 엄하여도.

222) 션우슴 : 우습지 않은데 억지로 너스레를 떨면서 웃는 웃음.

223) 슈지부모(受之父母) : 부모님에게 받은 몸.

224) 현사당(見祠堂) : 새색시가 시집오면 처음으로 시댁의 사당에 들어가 절하고 예를 갖추는 것.

225) 탕관(湯罐) : 국을 끓이거나 약을 달이는 작은 그릇.

226) 전당(典當) : 물건을 잡고 돈을 꿔 주는 일.

227) 지 : 내. 나의.

228) 기요 : 겨우.

229) 석시집신 : 총이 굵은 짚신.

230) 도로 : 돌우어.

231) 용목(龍目) : 나무결이 불규칙하고 고운 재목.

232) 하님 : 하인.

233) 마랍 : 마름. 지주의 위임을 받아서 소작권을 관리하는 사람.

234) 봉슈(逢授) : 돈이나 물건을 맡김.

235) 이빅삭이 : 아이 낳을 때 아이를 받아내는 산파에게 주는 품삯.

236) 물망(物望) : 여러 사람이 우러러보는 명망.

237) 더마구종(大馬驅從) : 세력이 당당하고 재산이 많은 가문 마부의 우두머리.

238) 손보기 : 찾아온 손님을 살펴봄.

239) 초달기 : 말꼬리를 잡아 말대답하는 것.

240) 복션화음(福善禍淫) : 착한 일을 하면 하늘에서 복을 받고 악한 일을 하면 벌을 받음.

241) 변씨(卞氏) : 변승업(卞承業)의 윗대로 생각됨. 아버지는 응성(應星).

242) 사문(沙門) : 마카오. 무역의 중심지였다.

243) 장기(長崎) : 일본의 구주(九州)에 있는 항구도시. 동양 무역의 한 중심지였다.

244) 조성기(趙聖期) : 숙종 때의 학자. 자는 성경(成卿). 저서에 <졸수재집(拙修齋集)>이 있다.

245) 유형원(柳馨遠) : 호는 반계(磻溪). 실학파의 선구자. 부안 반계동에 은거했다.

246) 구왕(九王) : 청나라 세조(世祖)의 숙부로 실제 정권을 쥐었던 인물. 이름은 다이곤(多爾袞). 예친왕(睿親王)에 봉해졌다.

247) 와룡선생(臥龍先生) : 후한 때 유비를 도와 촉한(蜀漢)을 세운 제갈량(諸葛亮)의 별호.

248) 삼고초려(三顧草廬) : 유비가 자신의 대업을 도울 인물로 제갈량(諸葛亮)을 소개받고 그의 집을 찾아 세 번이나 갔던 일. 즉 임금이나 지위 높은 사람이 훌륭한 인재를 찾기 위해 성의를 다하는 것을 이르는 말.

249) 빈공과(賓貢科) : 중국 당나라 때 외국의 유학생을 위해 설치한 과거.

250) 백구지국(伯舅之國) : 천자의 외삼촌의 나라로, 제후국 가운데 가장 높은 대우를 받는 나라.

251) 번오기(樊於期) : 중국 전국시대 진(秦)나라의 장수로 연(燕)나라에 망명한 인물. 형가(荊軻)가 진시황을 암살하려 진나라에 들어갈 방법을 모색할 때 선선히 자기 목을 베어 주었다.

252) 무령왕(武靈王) : 중국 전국시대 조(趙)나라의 임금. 북방 오랑캐에 대항하기 위해 전쟁에 편리한 호복(胡服)을 입었다.

253) 天皇(천황) : 고대 중국에 있었다는 전설적인 임금. 사람들에게 나무로 따비를 만들어 농사짓는 법과 약초로 병을 고치는 법을 가르쳐 주었다고 한다. 그러한 천황의 덕을 오행의 첫째인 나무(木)에 비유하여 목덕(木德)이라고 칭한다. 인황(人皇), 지황(地皇)과 더불어 삼황(三皇)으로 일컬어진다.

254) 압개 : 앞의 포구(浦口).

255) 至匊怱(지국총) : 닻을 감을 때 찌거덩 찌거덩 하고 나는 소리. 뱃노래의 여음(餘音)으로 쓰인다.

256) 於思臥(어사와) : 닻을 감을 때나 노를 저을 때 어여차, 어기여차 하고 외치는 소리. 뱃노래의 여음(餘音)으로 쓰인다.

257) 노흘일가 : 놓아둘 일인가?

258) 濯纓歌(탁영가) : 굴원(屈原)의 <초사(楚辭)>에서 유래한 말로, 세상의 청탁에 따라 융통성 있게 처신하는 삶의 자세를 담고 있다.

259) 불리소냐 : 부러워할 것이 있는가?

260) 篷窓(봉창) : 대나무 잎을 엮어서 만든 배의 지붕에 작게 나 있는 창문.

261) 멋덛 : 얼마 안되어. 어느덧. 곧.

262) 紅塵(홍진) : 번거로운 인간세상.

263) 造化神功(조화신공) : 만물을 창조 변화시키는 신령스러운 조물주의 솜씨.

264) 헌스룹다 : 야단스럽게 화려하다.

265) 逍遙吟詠(소요음영) : 천천히 거닐면서 시를 읊조림을 일컫는다.

266) 山日(산일) : 산에서 사는 삶의 하루하루.

267) 踏靑(답청) : 3월 3일 삼짇날에 들에 나가 새봄에 돋은 풀이나 새순을 밟고 산

책하는 민속놀이.

268) 浴沂(욕기) : 냇물에 목욕하는 일. <논어(論語)> 선진편(先進篇)에 나온 말로, 공
자의 질문에 증자가 기수(沂水)에서 목욕하고 무우에서 바람쐬이고 돌아오고 싶
다고 대답한 데서 유래하였다.

269) 微吟緩步(미음완보) : 나직하게 시를 읊조리며 천천히 걸음. 소요음영(逍遙吟詠)
의 의미와 같다.

270) 武陵(무릉) : 무릉도원(武陵桃源)의 준말로, 별천지(別天地) 혹은 선경(仙境)을 가
리킨다. 진(晋)나라 도연명의 <도화원기(桃花源記)>에서 유래하였다.

271) 煙霞日輝(연하일휘) : 햇살에 빛나는 아름다운 안개와 노을.

272) 재폣는 돗 : 펴놓은 듯.

273) 믜우니 : 꺼리니. 싫어하니.

274) 簞瓢陋巷(단표누항) : 자연을 벗삼아 소박하고 청빈하게 삶을 이르는 말로, <논
어> 옹야편에서 공자의 제자 안회의 삶을 표현한 말이다.

275) 가디록 : 갓가지로. 갈수록.

276) 연츄문(延秋門) : 경복궁(景福宮)의 서문(西門).

277) 옥졀(玉節) : 옥(玉)으로 만든 임금이 신표(信票)로 주는 패(牌).

278) 평구역(平丘驛) : 양주(楊州) 동쪽 70이에 있는 역(驛) 이름.

279) 흑슈(黑水) : 여주(驪江)를 가리킨다.

280) 셤강(蟾江) : 한강의 한 갈래로서, 원주(原州) 서남 50이에 있는 산.

281) 동쥐(東州) : 철원(鐵原)의 옛이름.

282) 북관뎡(北寬亭) : 철원(鐵原) 북쪽에 있는 정자.

283) ᄒᆞ마면 : 웬만하면. 거의.

284) 급댱유(汲長濡) : 중국 한무제(漢武帝) 때 사람이니 이름은 급암(汲黯)이요, 장유
(長濡)는 그의 자. 일찍 회양(淮陽) 태수가 되어 직간(直諫)을 하매 회직(淮直)이
라도 부르며, 와치회양(臥治淮陽)이라는 고사(故事)가 있다.

285) 만폭동(滿瀑洞) : 장안사(長安寺) 東北으로 들어가는 골짜기.

286) 금강디(金剛臺) : 표훈사(表訓寺) 북쪽에 있는 석벽.

287) 호의현샹(縞衣玄裳) : 흰 윗옷과 검은 치마라는 뜻으로 학의 외모를 말함.

288) 셔호 녯쥬인(西湖 -主人) : 중국 송(宋) 때 서호(西湖)가에서 학과 매화를 즐기고
사랑하였다는 시인 임포(林逋)를 가리킨다.

289) 헌스토 헌샤홀샤 : 야단스럽기도 야단스럽구나!

290) 동명(東溟) : 동해바다.

291) 동산(東山) 태산(泰山) : 동산(東山)과 태산(泰山)은 중국 산동성(山東省)에 있는
명산이니, ,맹자(孟子)> 진심장(盡心章)에서 인용한 것이다.

292) 디위 : 경계(境界).

293) 원통골(圓通-) : 표훈사(表訓寺) 북쪽에 있는 골짜기 이름.

294) 삼일우(三日雨) : 계속하여 내리는 비.

295) 도경(圖經) : 산수를 그림으로 설명한 책. 산수도경(山水圖經)이나 여지승람(輿地勝覽) 같은 책을 뜻한다.

296) 녀산(廬山) : 중국 강사성(江西省) 파양호반(鄱陽湖畔)에 있는 폭포와 온천으로 유명한 산.

297) 남녀(藍輿) : 뚜껑 없는 가마.

298) 산영누(山映樓) : 유점사(楡岾寺)의 문루(門樓).

299) 명사(鳴沙) : 밟으면 뽀독뽀독 소리나는 알이 곱고 깨끗한 모래밭.

300) 금난굴(金幱窟) : 통천(通川) 동쪽에 있는 굴.

301) 공슈(工倕) : 중국 고대의 공장(工匠)의 이름.

302) 성녕 : 연장 벼리는 것. 제작한다는 뜻. 솜씨.

303) 단셔(丹書) : 삼일포(三日浦) 섬 가운데 석면(石面)에 새기어있는 "永郞徒南石行"의 여섯 자의 단서.

304) 사선(四仙) : 삼일포(三日浦)에서 삼일불반(三日不返)하였다는 신라의 사선도(四仙徒), 즉 술랑(述郞), 남랑(南郞), 영랑(永郞), 안상(安詳)을 말한다.

305) 의샹디(義相臺) : 양양(襄陽)에 있는 오봉산(五峰山)이니, 이 산에 신라 의상(義相)이 창건하였다는 낙산사(洛山寺)가 있다.

306) 녈구롬 : 부운(浮雲). 행운(行雲). 떠가는 구름.

307) 희타 : 장자(長者)의 말을 이름이나, 여기서는 전하는 시구(詩句)를 말하는 것.

308) 샤양현산(斜陽峴山) : 양양(襄陽) 북쪽에 있는 산.

309) 므니불와 : 잇달아 밟아.

310) 우개지륜(羽蓋芝輪) : 푸른 새 깃으로 뚜껑을 하고 지초(芝草)의 푸른빛으로 수레바퀴를 칠하였다는 뜻으로, 귀인이 타는 수레를 가리킨다.

311) 빙환(氷紈) : 얼음과 같이 희고 깨끗한 비단.

312) 고쥬히람(孤舟解纜) : 닻줄을 끄른다는 뜻이니, 배가 떠나는 것.

313) 강문교(江門橋) : 강릉(江陵) 경포대(鏡浦臺) 동쪽에 있는 판교(板橋).

314) 홍장 고스(紅粧 古事) : 홍장(紅粧)은 고려 말기 강릉(江陵)의 명기(名妓)이니 당시의 감사(監事) 박신(朴信)이 瓜滿 귀경(瓜滿歸京)할 제 부사(府使) 조운흘(趙云訖)이 경포(鏡浦)에 뱃놀이를 차려 홍장을 선녀(仙女)로 의장(擬裝)하여 박신을 현혹하였다는 고사.

315) 비옥가봉(比屋可封) : 그 고장에 사는 사람이 모두 착하다는 뜻.

316) 진쥬관(眞珠館) : 삼척부(三陟府)의 객관(客館).

317) 듁셔류(竹西樓) : 삼척(三陟) 진주관(眞珠館) 서쪽에 있는 누각.

318) 오십천(五十川) : 삼척부(三陟府) 남쪽으로 흐르는 내로 죽서루(竹西樓) 아래로 흐름.

319) 왕뎡(王程) : 관원(官員)의 노정.

320) 못 술믜니 : 싫지 않으니.

321) 션사(仙槎) : 선인(仙人)이 타는 떼라는 뜻이니, 배를 말함.

322) 두우(斗牛) : 북두성과 견우성.

323) 단혈(丹穴) : 고성(高城) 南에 있는 사선(四仙)이 유상(遊賞)하였다는 곳.

324) 텬근(天根) : 동방(東方)에 있는 저성(氐星)의 별명이니, 동천(東天)의 밑바닥이라
는 뜻이다.

325) 뉵합(六合) : 천지와 사방이니, 곧 우주.

326) 셔관쳔댱(瑞光千丈) : 달빛을 가리킨다.

327) 계명성(啓明星) : 금성의 별명. 샛별.

328) 뉴하쥬(流霞酒) : 선인이 마신다는 술의 이름.

329) 황정경 일자(黃庭經 일자) : 도가의 경서(經書). 신선이 옥황상제 앞에서 황정경
(黃庭經) 일자(一字)를 오독(誤讀)하면 죄로 이 세상에 적하(謫下)한다는 이야기
로 많이 쓰인다.

330) 습습(習習) ; 바람이 부드럽게 부는 모양.

331) 겨기면 : 자칫하면.

332) 金堂玉馬(금당옥마) : 한나라 때 금마문과 옥당전으로, 후세에 한림원(翰林院)을
지칭하게 되었다.

333) 壽域(수역) : 인수(仁壽)의 경역(境域)이란 뜻으로, 태평성세를 비유한 말.

334) 春臺(춘대) : 창경궁 안에 있는 누대인 춘당대(春塘臺)를 가리킨다. 왕실에 경사
가 있을 때면 이곳에서 문무과(文武科) 과거인 춘당대시(春塘臺詩)를 열었다고
한다. 여기서는 전하여 태평성세를 비유하기도 한다.

335) 流觀(유관) : 멀리 바라보는 것.

336) 岸幘長嘯(안책장소) : 두건이 뒤로 제쳐져 이마가 드러난 채로 휘파람을 길게
부는 모습. 예법에 얽매이지 않는 자유분방한 모습을 뜻한다.

337) 容膝裏(용슬리) : 겨우 무릎을 들여놓을 만큼 좁은 집. 도연명의 <귀거래사(歸去
來辭)>에 출전한다.

338) 昂昂(앙앙) : 지행(志行)이 높은 모양.

339) 修修(수수) : 정제된 모습.

340) 士何事乎(사하사호) : 선비는 무엇을 일삼아야 하는가 하는 말로, <맹자(孟子)>
진심장(盡心章)에 출전한다.

341) 頤養(이양) : 마음을 가다듬어 고요하게 정신을 수양함.

342) 磊落不變(뇌락불변) : 마음이 활달하여 작은 일에 구애되지 않는 공명정대한 모습.

343) 野服黃冠(야복황관) : 시골 촌부들이 입는 옷과 풀로 만든 관. 소박한 옷차림을
뜻한다.

344) 程明道(정명도) : 송나라 낙양 사람. 이름은 이(顥), 자는 백순(伯淳).

345) 悠然胸次(유연흉차) : 여유롭고 편안한 마음상태.

346) 范萊蕪(범래무) : 후한 때 사람. 자는 사운(史雲). 평생을 몹시 가난했으나 여유
롭게 살았다고 하여, 후세에 안회와 더불어 안빈낙도하는 삶의 전형으로 일컬
어진다.

347) 蓬蒿(봉호) : 쑥무더기가 자라는 시골 궁벽진 곳.

348) 蔣元卿(장원경) : 한나라 때 사람. 이름은 허. 일찍이 대나무 아래에 세 길을 열고 친구인 중양(仲羊), 중종(仲從)과 더불어 노닐었다고 한다.

349) 軒冕(헌면) : 대부가 타는 수레나 대부가 쓰는 관으로, 고관대작을 뜻함.

350) 鼎鐘(정종) : 공적을 새겨 종묘에 갖추어 두는 그릇.

351) 千磨霜刃(천마상인) : 천 번을 갈아서 서릿발 서슬이 푸르고 날카로운 칼.

352) 三上書(삼상서) : 한퇴지(韓退之)가 세 번의 상서를 올렸으나 모두 받아들여지지 않고 그 때마다 귀양을 갔다는 고사에서 유래한 말.

353) 三大賦(삼대부) : 두보(杜甫)가 당나라 현종에게 지어 올린 <대례부(大禮賦)> 3편으로, 이를 계기로 벼슬길에 나아가게 되었다고 한다.

354) 都付天命(도부천명) : 모두가 천명으로 주는 것.

355) 綠籤(녹첨) : 장서(藏書)의 구분을 위해 만든 표지. 여기서는 선비가 책을 쌓아둔 곳.

356) 坐如尸(좌여시) : 시동(尸童)처럼 반듯하고 장중한 태도로 앉는 모습. <예기(禮記)> 곡례편(曲禮編)에 나온다.

357) 尊事天君(존사천군) : 타고난 마음을 바르게 하여 잘 섬기는 것. 천군은 마음을 뜻한다.

358) 攘除外累(양제외루) : 사물에 대한 집착이나 미혹은 떨치고 벗어난 것.

359) 歲不我與(세불아여) : 세월은 나와 더불어 기다려주지 않는다는 말로, <논어(論語)> 양화편(陽貨編)에 출전한다.

360) 白首林泉(백수임천) : 늙도록 자연에 묻혀 사는 것.

361) 山之南 水之北(산지남 수지북) : 산의 남쪽과 물의 북쪽. 곧 양지쪽을 가리킴.

362) 하얌(鄕闇) : 시골의 우매한 사람을 일컫는 말.

363) 三公(삼공) : 삼정승(三政丞). 영의정(領議政), 좌의정(左議政), 우의정(右議政).

364) 萬乘(만승) : 천자(天子)를 일컫는 말. 옛날 중국에서 천자는 만(萬) 채의 수레를 소유하였다 한 데서 유래.

365) 巢父(소부) : 요(堯)임금 때의 은일지사(隱逸志士). 요임금이 천하를 맡기려 했으나 받지 않고 은거하며 살았다. 또 요임금이 자신에게 황제 자리를 선위하려 하였다는 허유의 얘기를 듣고는 허유가 귀를 씻은 영천(潁川)의 더러운 물에서 소를 먹일 수 없다고 떠나갔다. 산의 나무 위에서 살았기 때문에 소부라고 불렸다.

366) 許由(허유) : 요(堯)임금 때 은일지사(隱逸志士). 요임금이 자신에게 선위하겠다고 하자 그 말을 들은 귀를 영천(潁川)에 씻고 기산(箕山)에 들어가 숨어 살았다.

367) 냑돗더라 : 약더라. 영리하고 꾀가 많더라.

368) 禊浴之日(계욕지일) : 3월 첫 번째 巳日(사일)에 해당하며, 액을 덜기 위해 목욕하고 물가에서 술을 마셨다.

369) 九干(구간) : 간(干)은 아직 국가가 성립되지 않은 고대에 그 지방의 부족장을 이름하며, 아홉은 중국의 구관(九官) 등을 모방한 듯하다. 구간은 아도간(我刀

干), 여도간(汝刀干), 피도간(彼刀干), 오도간(五刀干), 유수간(留水干), 유천간(留天干), 신천간(神天干), 오천간(五天干), 신귀간(神鬼干) 등이다.

370) 陪童(배동) : 시동(侍童). 관아에서 심부름이나 잔일을 하는 하인.

371) 封印(봉인) : 관아에서 일시 휴가로 업무를 보지 않는 것.

372) 옥빈홍안(玉鬢紅顏) : 곱고 검은 머리와 붉은 뺨, 젊고 아름다운 여인의 모습을 일컫는 말.

373) 설부화용(雪膚花容) : 눈처럼 하얀 피부와 꽃처럼 아름다운 용모, 여인의 아름다운 모습과 고운 자태를 일컫는 말.

374) 좌불안석(坐不安席) : 마음이 불안하여 한 군데에 오래 앉아 있지 못함을 일컫는 말.

375) 궁게 : 구멍.

376) 일슈(一手) : 한번에, 단번에.

377) 츄어 보면 : 밑에서 추켜 올려다보면.

378) 옴처시나 : 옴츠러 있으나, 오그라져 작고 짧으나.

379) 일등슈모(一等手母) : 신부의 단장을 해주고 그를 도와서 예식을 행하는 데에 옆에서 거들어주는 여자 하인. 여기서 일등은 가장 솜씨가 좋다는 뜻.

380) 헌거(軒擧)롭게 : 풍채가 좋고 의기가 당당해 보이게.

381) 소리 : 독 뚜껑이나 그릇으로 쓰이는 굽이 없는 질그릇. 여기서는 뚜껑을 말한다.

382) 뒤물그릇 : 여자의 음부나 항문을 씻는 물을 담는 그릇.

383) 측목(厠木)ᄒ여 : 종이가 없거나 귀했던 옛날 변을 보고 뒤를 닦던 나무.

384) 도포(道袍) : 옛날 남자의 통상 예복으로 입던 겉옷.

385) 슈품(手品) : 솜씨, 기술.

386) 핫옷 : 솜을 넣어 만든 옷.

387) 누비 : 천을 겹으로 포개 놓고 사이에 솜을 두어 줄이 죽죽 지게 박는 바느질.

388) 상침(上針) : 저고리의 깃이나 보료·방석 따위의 솔기에 장식으로 실밥이 겉으로 드러나게 하는 박음질.

389) 함박족박 : 통나무를 파서 큰 바가지.

390) 솔뿌리로 기워너고 : 시골에서 박을 꿰맬 때에 솔뿌리에 물을 축여 꿰맴.

391) 닛뷔즈로 : 잇짚으로 엮은 비.

392) 보즈 : 보자기.

393) 음식슉셜(飮食熟設) : 음식 장만. 음식 차림.

394) 슈슈전병~닉지 말며 : 전병을 부칠 때에는 외꼭지로 기름을 철판에 발라 부치는 것을 말한다.

395) 쳥디콩 : 채 여물지 않아 물기가 있는 콩.

396) 여럽기도 : 겸연쩍기도.

397) 운빈회안(雲鬢花顏) : 머리털이 탐스럽고 얼굴이 아름답게 생긴 여자의 모습을 일컫는 말.

398) 닉인(內人) : 원래는 궁궐 안에서 대전(大殿)·내전(內殿)을 가까이 모시는 내명부
    (內命婦)의 궁인들을 통틀어 이르던 말. 여기서는 안사람, 즉 아내를 가리킨다.

399) 숙슈(熟手) : 음식 솜씨가 좋아 잔치 따위의 큰일에 음식을 만드는 사람이나 그
    일을 업으로 하는 사람.

400) 지의(地衣) : 헝겊으로 가를 두르고 여럿을 이어 붙여서 만든 큰 돗자리.

401) 츠일(遮日) : 햇볕을 가리기 위해 치는 포장.

402) 교족상(交足床) : 혼례 때 나조반을 올려놓는 상. 나조반은 납채(納采) 때 신부집
    에서 쓰는 것으로, 억새나 갈대 따위를 한 자 길이쯤 되게 잘라 묶고 기름을
    부은 뒤, 붉은 종이로 싸서 불을 켜도록 만든 나좃대를 올려놓는 쟁반.

403) 부용향(芙蓉香) : 옛날 혼례 때 피우던 향의 일종. 향꽂이에 꽂아서 족두리하님
    이 들고 신부 뒤에 감. 족두리하님은 혼행(婚行)에 신부를 따라가던 여자하인,
    당의를 입히고 족두리를 씌워 향꽂이를 들게 하였음.

404) 나주불(羅州)불 : 나주 지방에서 만든 촛대의 불로, 혼례 때 켜는 붉은 초.

405) 젼안(奠雁) : 신랑이 신부집에 기러기를 가지고 가서 상위에 놓고 절하는 예.

406) 초례(醮禮) : 혼인하는 예식.

407) 들넬 적의 : 떠들썩할 때에.

408) 괴악훈 : 언행이 괴이하고 흉악한 혹은 극성스러운.

409) 도리썩 : 초례상(醮禮床)에 놓는 둥글고 큼직한 흰 떡. 일명 달떡.

410) 사쥬단ㅈ(四柱單子) : 정혼한 뒤 신랑집에서 신랑의 사주를 적어 신부집에 보내
    는 종이.

411) 의양단ㅈ(衣樣單子) : 옷 치수 단자, 흔히 신랑과 신부의 옷 치수를 적은 종이.

412) 용심 : 남을 미워하고 심술부리는 마음.

413) 풀쳐싱각 : 맺혔던 생각을 풀어 버리고 스스로 위로함.

414) 션하퓌움 : 사납고 모진 마음.

415) 간슈 : 소금이 습기에 녹아 저절로 흐르는 것으로, 매우 독성이 강함.

416) 부모유체(父母遺體) : 부모가 남긴 몸이라는 뜻으로 자식된 도리를 일컫는 말.

417) 게정푸리 : 불만을 품고 하는 말이나 짓. 심술풀이.

418) 긔운(機運) : 어떤 일을 할 수 있는 기회와 운수.

419) 표츠로이 : 드러내놓기에 겉보기가 번듯하게.

420) 졍긔산(精氣散) : 한방에서 위장을 범한 외감(外感)을 다스리는 탕약.

421) 곽난병(癨亂病) : 한방에서 음식이 체하여 토하고 설사하는 급성위장병을 일컫
    는 말.

422) 돌통디 : 돌로 담배통을 하여 만든 담뱃대.

423) 고롬 믹고 닉기 : 자신만만할 때 고름맺기 내기를 한다고 함. 민속놀이의 하나.

424) 쥴기추니 : 억세고 힘찬 기세가 꿋준하니.

425) 슈망(首望) : 조선 때 벼슬아치의 망정(望定)에서 첫 번째 오르던 일 또는 그 사람.

426) 부망(副望) : 조선 때 벼슬아치의 망정(望定)에서 두 번째 오르던 일 또는 그 사

람.

427) 곽곽선싱 니슌풍(郭璞先生 李順風) : 중국 진나라 때 학자. 박학하고 사물, 점술에 뛰어나 훗날 판수 복술의 수호신으로 불렸다. 눈병이 났을 때 이 신에게 빈다.

428) 원쳔강(袁天綱) : 중국 당나라 때에 있었던 점쟁이의 이름.

429) 신지영(神之靈) : 신들 가운데서도 신령스럽고 영험함.

430) 감이슌통(感而順通) : 기도에 감응(感應)하여서 일이 바람대로 순조롭게 이루어지게 함.

431) 지게문 : 마루에서 방으로 출입하는 문.

432) 준쥬투심(珍珠套心) : 도투락댕기 맨 위에 매는 진주로 된 장식물.

433) 진홍디단(眞紅大緞) : 옛날 중국에서 나던 비단의 일종으로 진홍색을 띰.

434) 활옷 : 왕조 때 공주나 옹주가 입던 대례복인데, 훗날 민간의 신부 혼례복으로 착용되었다.

435) 동뇌연(同牢宴) : 초례(醮禮) 때 교배(交拜)를 바치고 신랑 신부가 술잔을 나누는 잔치.

436) 즛독 : 머리에 있는 숨구멍.

437) 섬거이 : 맥없이. 싱겁게.

438) 방츄돌(棒鎚-) : 다듬이돌.

439) 바람벽 : 건물의 둘레나 칸살 사이를 막은 부분.

440) 성젹홈(成赤函) : 혼례 때 신부가 화장하는 데에 쓰이는 물품을 넣어두는 함.

441) 홍두기 : 옷감을 감아 다듬이질하는 굵고 둥근 몽둥이.

442) 방치년(房親迎) : 나이 어린 신랑 신부가 초례를 하고 삼일(三日)을 치를 때에 신부가 신방에 들어가서 얼마동안 가만히 앉아 있다가 나오는 일.

443) 동탕(動蕩) : 얼굴이 토실토실하고 잘 생김.

444) 연니지(連理枝) : 한 나무의 가지와 다른 나무의 가지가 서로 붙어서 나무결이 하나로 이루어진 것, 부부 또는 남녀의 애정이 깊은 것을 비유한다.

445) 길드림 : 나뭇가지 따위가 길가에 드리워짐.

446) 스옴 : 샘. 남을 부러워하거나 공연히 미워하는 마음.

447) 쌍태(雙胎) : 한 태에 태아 둘을 배는 일 또는 그 태아, 쌍둥이.

448) 이음츠니 : 대대로 이어지니.

449) 가급인족(家給人足) : 재화가 넉넉하고 백성들의 삶이 풍족함.

450) 우슌풍죡(雨順風調) : 비가 시기에 맞게 알맞게 내리고 바람이 적당히 부는 등 기후가 고른 것을 일컬음.

451) 강구(康衢) : 사통오달(四通五達)의 큰 거리.

452) 격양가(擊壤歌) : 풍년이 들어서 농부가 태평한 세월을 부르는 노래. 중국 요(堯) 임금 때, 늙은 농부가 태평한 생활을 즐거워하여 땅을 치면서 부른 노래라고 한다.

453) 용젼여슈(用錢如水) : 돈을 물 쓰듯 함부로 씀.

454) 화죠월셕(花朝月夕) : 꽃 피는 아침과 달 뜨는 저녁. 경치가 좋은 시절을 일컫는 말.

455) 쥬사청누(酒肆青樓) : 술을 팔고 기생들이 있는 주점.

456) 왈즈 : 언행이 단정하지 못하고 수선스러운 사람의 별칭.

457) 믈이 : 멀리.

458) 전장(傳掌) : 재산, 가업 등을 후손이나 후임자에게 물려줌.

459) 치피(致敗) : 살림을 탕진하고 아주 패가망신하는 것.

460) 픠두(牌頭) : 죄인의 형벌을 맡은 사령.

461) 원두표(元斗杓ㅣ) : 조선 인조 때의 재상(1593-1664). 인조 반정 때 포의(布衣)로
서 공신이 되어 원평부원군(原平府院君)에 봉해졌으며, 벼슬은 좌의정(左議政)까
지 올랐다.

462) 시이직비(是而昨非) : 앞의 각금(覺今)과 이어서 오늘의 옳음과 어제의 잘못을
깨닫는다는 뜻으로 해석해야 한다.

463) 호셥제이막급(悔噬臍而莫及) : 배꼽을 물려고 해도 입이 닿지 않는 것과 같이
후회해도 이미 늦어 소용없는 일이라는 말.

464) 관변정ᄉ(官卞政事) : 관아에 소송할 일.

465) 칙명(策名) : 수기에 이름을 올림.

466) 비부지ᄌ(非父之子) : 아버지의 아들이 아님. 곧 사람 자식이 아니라는 뜻.

467) 철늇(天翼) : 무관의 공복(公服).

468) 곤ᄌ손히(곤자소니) : 소의 똥구멍 속에 있는 창자의 한 부분. 곤자소니가 기름
지다는 말은 부귀를 누리고 크게 호기 부리며 뽐내는 것을 이른다.

469) 시변(市邊) : 돈 한 냥에 대하여 한 달에 한 돈씩 늘어가는 비싼 변리 돈.

470) 분벽사창(粉壁紗窓) : 하얗게 꾸민 벽과 깁으로 바른 창이라는 뜻. 곧 화려하게
장식된 집을 가리킨다.

471) 반부담(半負擔) : 물건을 담아서 말등에 실어 운반하는 작은 농짝.

472) 부상(扶桑) : 해가 뜨는 동해 속에 있다는 상상의 신목(神木).

473) 권렴간(眷念間) : 둘러보는 사이.

474) 부벽누(浮碧樓) : 평양 모란대 밑 절벽 위에 있는 누각 이름.

475) 연광정(練光亭) : 평양 대동강 가에 있는 정자 이름.

476) 셩부(城府) : 성으로 둘러싸인 시가.

477) 영별사(永明寺) : 평양 금수산(錦繡山)에 있는 절 이름.

478) 니화(李花) 도화(桃花) : 복숭아 꽃과 오얏 꽃. 여기서는 어떤 일을 하든지 허장
성세를 부리지 않고 꾸준히 힘쓰는 정신 상태를 일컫는다. 곧 복숭아와 오얏나
무는 사람을 부르지 않아도 그 아름다운 꽃과 맛좋은 열매 때문에 늘 사람들이
오고 가 나무 밑에는 절로 길이 생긴다(桃李不言下自成蹊)에서 유래한 말이다.

479) 괴발의 덕셕이라 : 고양이 발에 덕석. 원래 덕석은 추울 때에 소의 등을 덮어주
는 멍석임. 곧 괴발의 덕석은 격에 맞지 않은 행동이나 처신을 일컫는 말.

480) 혼반(婚班) : 서로 혼인을 맺을 만한 지체.

481) 동중셔(董仲舒) :전한(前漢)의 유학자. 무제(武帝) 때 <천인삼책(天人三策)>을 건
의하여, 유가사상을 정치의 근본사상으로 하는 계기를 마련하였다.

482) 적벽부(赤壁賦) : 북송의 문학가인 소식(蘇軾)이 적벽강에서 뱃놀이하면서 지은
작품.

483) 양양가(襄陽歌) : 이백이 지은 장시(長詩). 양양에서 노닐며 호탕하게 소요하는
회포를 읊은 작품.

484) 감탕(甘湯) : 메주를 쑨 솥에 남은 진한 물.

485) 빅양(柏梁) : 한무제(漢武帝)가 불사약을 구하기 위해 남산에 향백재(香柏材)로
지은 누대 이름.

486) 동작(銅雀) : 삼국시대 위(魏)의 조조(曹操)가 자신의 사후를 위해 만든 전망대로
서 옥상에 동으로 만든 봉황을 장식하였던 데서 유래하였다.

487) 스쳐 : 길을 가다가 묵음.

488) 민초 : 대추.

489) 감홍노(甘紅露) : 평양에서 나던, 지치 뿌리를 꽂고 꿀을 넣어서 밭은 붉은 소주.

490) 가시일인수(可是一人壽) : 사람이 누릴 수 있는 수명.

491) 뉴낙중분미빅연(憂樂中分未百年) : 인간의 생애를 백년이라고 하지만 근심과 즐
거움을 나누면 채 백년이 못된다는 말.

492) 한무계(漢武帝) : 서한(西漢)의 제7대 황제. 통치기간 동안 강력한 중앙집권제를
구축해 서한 시기 가장 홍성한 국가를 이룩했으며, 흉노를 몰아내고 장건(張騫)
으로 하여금 서역을 개척하게 했다.

493) 승노반(承露盤) : 한무제가 건초궁(建章宮)에서 세운 동으로 만든 쟁반. 감로주
(甘露酒)를 받기 위해 만든 것.

494) 금풍(金風) : 가을 바람을 달리 이르는 말. 오행(五行)으로 볼 때 가을은 금(金)에
해당하기 때문이다.

495) 은죽절(銀竹節) : 은으로 대마디 같이 만든, 여자의 쪽에 꽂는 장식품.

496) 금봉치(金鳳釵) : 봉황으로 머리를 새긴 금비녀.

497) 디장각(大長藿) : 넓고 길쭉한 미역.

498) 무면도강(無面渡江): 항우가 유방에게 패한 후 고향인 강동(江東)으로 돌아갈 면
목이 없다고 하면서 목숨을 끊은 고사에서 연유하여 일에 실패하여 고향으로
돌아갈 면목이 없다는 말.

499) 현순빅결(懸鶉百結) : 가난하여 옷이 갈가리 찢어진 모양.

500) 신쳥(信聽) : 믿고 곧이들음.

501) 사만(事望) : 장사에서 이익을 많이 보는 운수.

502) 죵(終) : 차라리.

503) 부망(副望) : 벼슬아치를 발탁할 때 후보자를 추천하는 세 사람 중의 두 번째
사람.

504) 츠담상(茶啖床) : 손님 대접으로 음식을 차린 상.

505) 비장(裨將) : 조선시대의 관직. 지방 장관이나 해외 사신을 따라다니던 무관.

506) 장픽(將牌) : 군관(軍官)이나 비장(裨將)들이 허리에 차던 나무로 만든 패.

507) 휘양(揮項) : 머리에 쓰는 방한구의 하나. 남바위와 비슷하나 목덜미와 뺨까지 싸게 되었으며 볼끼는 뒤로 잦혀 매기도 함..

508) 쇼상반죽(瀟湘斑竹) : 얼룩무늬가 있는 대나무. 중국 요임금의 딸인 아황(娥皇)과 여영(女英)이 순임금에게 시집가서 살다가 순임금이 창오산(蒼梧山)에서 죽자 슬피 울다가 상강(湘江)에 빠져 죽었는데, 그때 두 비(妃)가 흘린 눈물이 대나무에 떨어져서 소상반죽이 생겼다고 한다.

509) 쇄금선(碎金扇) : 아름다운 시나 글귀를 써넣은 부채.

510) 선쵸(扇貂) : 부채 고리에 늘어뜨리는 장식.

511) 슈쇄(收刷) : 남에게 빌려 준 돈을 거두어 들임.

512) 현신(現身) : 아랫사람이 윗사람을 처음으로 뵈는 것.

513) 젼비(前陪) : 벼슬아치의 행차 때나 상관의 행차 때, 앞에서 인도하던 관아의 하인.

514) 슈비(隨陪) : 행차나 전근 때에, 원을 따라다니며 시중들던 아전.

515) 토인(通引) : 지방 관아의 수령 앞에 딸리어 잔심부름 하던 이속.

516) 벽지(辟除) : 지위가 높은 사람이 행차할 때 잡인의 통행을 금하던 일.

517) 쳔파총(千把摠) : 천총과 파총. 천총은 각 영문(營門)의 정3품 벼슬이며, 파총은 각 군영(軍營)의 종4품 무관 벼슬이다.

518) 길ᄂ장(羅將) : 수령이 외출할 때에 길을 인도하던 사령.

519) 뉵각(六角) : 여섯 가지 악기. 북·장구·해금·피리·밀·태평소 한 쌍.

520) 사마치 : 예전에, 융복(戎服)을 입고 말을 탈 때에 두 다리를 가리던 아랫도리 옷.

521) 방통(龐統) : 삼국시대의 촉한(蜀漢)의 사람. 유비에게 출사하여 종사하였으며 제갈량(諸葛亮)과 더불어 와룡봉추(臥龍鳳雛)라 일컬어진다.

522) 연화경기(連環驚計) : 중국 삼국시대에 오나라의 주유(周瑜)가 위나라 조조의 군사를 화공(火攻)할 때에 방통(龐統)을 보내어 조조로 하여금 군함을 쇠고리로 연결시키게 한 고사.

523) 션화당(宣化堂) : 각 도의 관찰사가 사무를 보는 정당(正堂).

524) 봉두ᄂ발(蓬頭亂髮) : 쑥대강이같이 마구 흐트러진 머리털.

525) 관ᄌ(關子) : 관청 등에서 내린 공문서.

526) 여담절각(汝墻折角) : 네 집 담이 아니면 내 소의 뿔이 부러졌겠느냐는 뜻에서, 남에게 책임을 지우기 위하여 억지를 쓰는 말.

527) ᄌ문지예 : 1년간의 변리를 원금의 2할 이내로 정한 이율.

528) 雙花店(쌍화점) : 만두가게.

529) 回回아비(회회-) : 중국계 서역인. 중국과의 무역을 통해 들어온 터키계 사람들.

530) 덦거츠니 : 지저분한 것이. 거친 것이.

531) 宴樂(연락) : 잔치를 베풀고 즐김. 주색(酒色)의 즐거움.

532) **解語花(해어화)** : 말을 하는 하얀 꽃이란 뜻으로 미인(美人)을 이름. 여기서는 양 귀비(楊貴妃)를 뜻함.

533) 마외역(馬嵬驛) : 당(唐) 현종(玄宗)이 안록산(安祿山)의 난으로 피난한 곳. 이곳에 서 양귀비가 안록산의 난에 연류되어 죽임을 당함.

534) 숑낙(송낙) : 여승이 쓰는 모자.

535) 남진 : 남편.

536) 지서미 : 지어미.

537) 잉 : 이끼.

538) 장글란 : 쟁기일랑.

539) 느 ᄆ자기 : 나문재. 해변가 육지에 나는 여과(藜科)에 딸린 1년초 들나무의 일종.

540) 에졍지 : 청산을 뜻하는 듯하다.

541) 짒대 : 장대.

542) 설진 : 덜 익은.

543) 元淳(원순) : 유원순(兪元淳;1168~1232). 유승단(兪升旦)의 초명(初名). 고문에 뛰 어나 원순문으로 불렸다. 강종이 태수로 있었을 때 발탁되어 시학으로 있다가 고종 즉위함에 특히 신임을 받았다.

544) 仁老(인로) : 이인로(李仁老;1152~1220). 자(字)는 미수(眉叟). 명종 10년 과거에 장원급제하여 사한으로 14년을 지냈다. 그를 포함 당시의 7명의 선비들이 시와 술로 서로 즐겼는데, 이들을 강좌칠현(江左七賢)이라 하였다.

545) 公老(공로) : 이공로(李公老;?~1224). 자는 거화(去華). 문장이 풍부하고 특히 사 류문에 일가를 이루었다. 명종조에 과거에 급제하여 한림에서 일했다.

546) 四六(사륙) : 사륙병려문(四六騈儷文). 한 편 전체가 4자와 6자의 대구로 이루어 진 문체. 산문과 운문의 중간쯤에 해당한다.

547) 李正言(이정언) : 이규보(李奎報;1168~1241). 자는 춘경(春卿), 호는 백운거사(白 雲居士). 명종 20년에 과거에 급제하여 신종 2년에 처음 전라사록에 보임되고 이후 직한림원, 우정언 지제고, 추밀부사 우산기상시, 호부상서 등을 역임했다. 시호는 문순(文順)이다.

548) 陳翰林(진한림) : 진화(陳華). 상대방과 각기 다른 운(韻)을 택하여 잇달아 글을 짓는 솜씨가 뛰어났다.

549) 冲基(충기) : 유충기(劉冲基). 국자감 대사성을 지낼 만큼 문장이 풍부하고 넓었 으며, 특히 대책에 뛰어났다.

550) 對策(대책) : 문제를 내걸어서 그에 대한 해결방안이나 대책을 논술하는 양식으 로, 과거 시험과목의 하나.

551) 光鈞(광균) : 민광균(閔光鈞). 고종 때 사람으로 경전의 뜻을 해석하는 데 밝았다.

552) 良鏡(양경) : 김인경(金仁鏡;?~1235). 초명은 양경. 명종 때 을과에 급제하여 사 관을 맡았고, 그후 추밀원 우승선, 형부상서 한림학사, 이부상서 감수국사 등 을 역임하고 중서시랑 평장사에 올랐다. 시사가 청신하고 특히 근체시와 부 (賦) 어났다.

553) 琴學士(금학사) : 금의(琴儀;1153~1230). 자는 절지(節之). 최충헌이 국정을 맡자 그에게 아부하여 요직을 두루 역임하였다. 희종 4년에는 우부승선으로 과거를 관장하였고 이후에도 여러 차례 과거를 전담하여 인재를 선발하였다.

554) 玉笋門生(옥순문생) : 뛰어난 재주를 가진 문인이 많은 것을 비유하는 말.

555) 蘭臺集(난대집) : 한나라 때 난대령사(蘭臺令使)들의 시문집. 동탁이 수도를 관중으로 옮기자 윤이 난대와 석실의 도서를 모두 거둬들여 장안으로 가져와 조목별로 분류하였다.

556) 조처 : 겸하여. 아울러.

557) 太平廣記(태평광기) : 송나라 태평흥국 2년(977) 태종의 명에 의해 지어진 일종의 설화민담집으로, 후대 소설의 모태가 되었다.

558) 眞卿書(진경서) : 당나라 때 유명한 서예가 안진경(顔眞卿)의 서체. 특히 해서(楷書)와 초서(草書)에 뛰어났다.

559) 飛白書(비백서) : 필세가 나는 듯 힘차고 붓자국이 비로 쓴 자리처럼 보이는 서체. 후한(後漢)의 채옹(蔡邕)이 처음 시작한 필체.

560) 蝌蚪書(과두서) : 창힐(蒼詰)이 지었다고 전해지는 고대문자로, 글자의 모양이 올챙이 같다 하여 이렇게 붙여졌다.

561) 虞書南書(우서남서) : 당나라 때 서예가 우세남(虞世南)의 서체.

562) 醴酒(예주) : 예(醴)는 원래 봉황이 와서 마신다는 샘물 이름이지만, 후세에는 보통 감주(甘酒)를 이르는 말로 쓰이게 되었다.

563) 劉伶(유령) : 서진(西晉) 때 죽림칠현(竹林七賢)의 한 사람. 술을 너무 좋아하여 수레를 타고 술 한 병을 차고 시종을 시켜 삽을 메고 따르게 하면서 자신이 술에 취해 죽으면 그 자리에 묻으라고 했다는 일화가 전해진다. 결국 술에 취해 세상을 떠났으며, <주덕송(酒德頌)>을 지었다.

564) 陶潛(도잠) : 도연명(陶淵明;365~427). 동진(東晋) 때의 시인. 41세 때 팽택(彭澤) 현령이 되었으나 당시 어지러운 시대상에 환멸을 느끼고 80일만에 <귀거래사(歸去來辭)>를 읊고 귀농했다. 국화와 술을 좋아했으며, 버드나무 5그루가 집앞에 심어져 있어 오류(五柳)선생이라고도 불린다. 전원시(田園詩)의 개척자.

565) 御柳玉梅(어류옥매) : 대궐 안에서 자라는 버드나무와 매화.

566) 金善琵琶(금선비파) : 당시 가야금의 명수. <정읍사>의 악조명(樂調名) 가운데 금선조(金善調)는 그가 창제한 듯하다.

567) 婥灼仙子(작작선자) : 아른다운 선녀.

568) 綠髮額子(녹발액자) : 윤기 나는 검푸른 머리카락이 이마에 드리워져 있는 모습.

569) 혀고시라 : 당기십시오.

570) 雲心(운심) : 비가 내릴 적에 구름이 자욱하고 대기가 축축하고 무거운 것처럼 마음에 근심 걱정이 많아 괴롭고 상쾌하지 않은 것을 말한다.

571) 凋零(조영) : 나무가 말라죽어 잎이 모두 떨어진 상태로서, 여기서는 사람의 죽음을 비유하는 말로 쓰인다.

572) 影與形(영여형) : 조식(曹植)의 <상책궁시표(上責躬詩表)>에 나온 말로, 형영상

조(形影相弔)의 준말. 아무도 없이 홀로 외로이 지내는 상황을 표현한다.

573) 공후비필(公侯配匹) : 고귀한 사람과 짝을 맺음. 공경대부(公卿大夫)와 제후(諸侯)의 아내.

574) 월하의 연분(月下의 緣分) : 월하빙인(月下氷人)이 맺어 준 인연. 월하빙인은 중매인이니, 곧 월하노인(月下老人)와 빙상인(氷上人)을 일컫는다. 하늘이 정해준 남녀의 연분을 뜻한다.

575) 경박즈(輕薄子) : 행동이 경솔한 사람.

576) 북 : 베틀에 달린 실구리 넣는 나무통.

577) 경구준마(輕裘駿馬) : 지위가 높고 귀한 사람의 나들이 때의 차림새.

578) 녹기금(綠綺琴) : 한(漢)나라 사마상여(司馬相如)가 쓰던 거문고. 사마상여(司馬相如)는 녹기금(綠綺琴)으로 봉구황곡(鳳求凰曲)을 타서 그때 탁왕손(卓王孫)의 딸 탁문군(卓文君)이 새로 과부가 되어 있는 것을 꾀어 내었다 한다.

579) 홍안박명(紅顏薄命) : 얼굴에 복숭아 빛을 띤 예쁜 여자는 팔자가 사나움. 미인박명(美人薄命)과 같은 말.

580) 險(험)쑤즐손 : 험하고 궂은 것은.

581) 貞女(정녀) : 한번도 남자와 관계하지 않은 여자.

582) 怪妄(괴망) : 말과 행실이 기괴하고 망칙함.

583) 輾轉不寐(전전불매) : 누워서 이리저리 몸을 뒤척임. 잠 못 들어 하는 모습을 일컫는다.

584) 人皇氏(인황씨) : 중국 옛 전설에 나오는 왕. 천황(天皇), 지황(地皇), 인황(人皇)이 형제로서 구주(九州)를 나누어 다스렸다고 한다.

585) 伏羲氏(복희씨) : 중국 옛 전설에 나오는 왕(王). 처음으로 백성에게 어렵(漁獵), 목축(牧畜), 팔괘(八卦)를 가리켰다.

586) 寢不安席(침불안석) : 근심 걱정으로 편히 잠을 이루지 못함을 일컫는다.

587) 菽麥不辨(숙맥불변) : 콩인지 보리인지를 분간 못함. 어리석고 못난 사람을 비유할 때 쓰인다.

588) 風憲約正(풍헌약정) : 풍헌, 약정 모두 향약(鄕約)의 소임(所任). 향청(鄕廳)에는 좌수(座首), 유사(有司), 별감(別監). 면(面)에는 풍헌(風憲), 유사(有司). 리(里)에는 존위(尊位) 기타 소임(所任)이 있었다. 향약은 권선징악을 취지로 한 향촌의 규약.

589) 還上(환상) : 각 고을의 사창(社倉)에서 백성에게 꾸어 주었던 곡식을 가을에 받아들이는 일.

590) 옴펑이 : 눈이 움푹 들어간 사람을 지칭하는 말로서, 속이 좁은 여자라는 뜻을 내포하고 있다.

591) 奉祀田畓(봉사전답) : 조상의 제사를 받들기 위해 마련된 논과 밭.

592) 成赤丹粧(성적단장) : 혼인날에 신부 얼굴에 분을 바르고 연지를 찍어 곱게 꾸미는 것을 말한다.

593) 용천검 태아검(龍泉劍 太阿劍) : 둘 다 옛날 중국에 있었다는 보검의 이름.

594) 삼생연분(三生緣分) : 전생(前生), 현생(現生), 차생(次生)에 얽혀 있는 인연.

595) 긔위(旣爲) : 이미. 이왕.

596) 츈슈가 만사틱(春秋滿四澤) : 봄이 되어 눈 녹은 물이 사방의 시내에 가득하다는 말. 도연명의 오언시 <사시(四時)>의 첫구절이다.

597) 구곡간장(九曲肝腸) : 굽이굽이 꼬부라진 창자에 마디마다 맺혀진 설움.

598) 구년지수(九年之水) : 중국 요임금 때 9년 동안 계속된 홍수.

599) 척척(慽慽)사랑 : 깊고 슬픈 사랑.

600) 구중청산(九重靑山) : 봉우리가 첩첩이 둘러진 아주 깊은 산.

601) 치양바자 : 차양(遮陽)에서 온 말. 햇빛을 가리기 위해서 처마 끝을 달아 붙인 것. 바자는 대, 갈대, 수수깡 등으로 엮어 만든 울타리.

602) 오동금정(梧桐金井) : 금정(金井)에 있는 오동(梧桐)과 같은 말. 금정은 서쪽 해 떨어지는 곳에 있다고 하는 우물. 오행설(五行說)에 의하면 금(金)은 방위에서 사방(西方)이고 계절에서는 가을이므로 오동금정이란 가을의 오동이란 뜻이다.

603) 닉외분합(內外分閤) : 안과 밖의 분합문(分閤門). 분합은 대청 앞에 드리우는 네 쪽의 긴 창살문.

604) 물임퇴 : 물림과 퇴(退)는 같은 말. 집채의 원간날 밖으로 앞뒤가 좌우에 붙여 지은 간살.

605) 션즈츈여(扇子추녀) : 지붕의 끝에 부채를 편 듯이 치켜 올라간 부분.

606) 굴도리 : 방 벽 내부의 아랫도리.

607) 능화도벽(綾花塗壁) : 서로 어긋나게 줄무늬가 있는 비단으로 바른 문.

608) 션단이불 : 새로 단을 댄 이불.

609) 동닉왜반(東萊倭盤) : 동래(東萊)에서 만드는 일본풍의 밥상.

610) 갑계슈리 : 일본말에서 온 말로서 왜식(倭式) 궤짝의 장롱.

611) 남슈화쥬(藍繡霞調) : 저녁 노을과 같은 무늬로 수를 놓은 남빛 비단.

612) 전동(箭尙) : 화살을 넣는 통.

613) 동정호(洞庭湖) : 호남성(湖南省) 북쪽에 양자강과 연해하는 호수. 중국에서 가장 큰 호수, 그 남쪽에 소상(蕭湘)의 두 강이 있다.

614) 아황(娥黃) 여영(女英)의 셜음이요 : 아황(娥皇)과 여영(女英)은 중국 고대의 제왕인 요제(堯帝)의 두 딸이며, 동시에 순제(舜帝)의 비(妃)였다. 순제가 남쪽으로 순시하러 떠났다가 창오야(蒼梧野)에서 세상을 떠나니, 이 소식을 들은 두 황비(皇妃)는 먼길을 떠나가 소상강(瀟湘江)에 이르러 통곡해 우니, 피눈물이 대나무에 튕겨서 무늬가 지더니 그대로 얼룩진 대반죽(斑竹)이 되었다고 한다.

615) 제경공(齊京公)의 셜음이요 : 우산(牛山). 중국 산동성 치현(淄縣) 남쪽에 있는 산. 제(齊)의 경공(京公)이 이곳에 놀며 그 나라의 아름다움을 보고 자기가 조만간 죽을 것이 슬퍼 울었다는 고사.

616) 슉낭즈(淑娘子)의 셜음이요 : 숙랑자(淑娘子)는 고대 소설 <숙향전(淑香傳)>의 주

인공인 숙향(淑香)을 말한다. 무대가 중국 송말(宋末)로 되어 있다. 숙향이 어릴
적에 금(金)나라의 침범을 받아 피난을 가는데, 부모는 부득이 딸을 버리고 난을
피해야만 되었다. 이때 부모는 숙향의 입에 진주 두 알과 사주(四柱)를 넣어 주
었는데, 이것이 계기가 되어 하늘이 정한 배필인 이선(李仙)과 만나게 된다.

617) 왕쇼군(王昭君)의 셜음이요 : 왕소군(王昭君)은 중국 전한 원제 때의 궁녀. 한(漢)
이 북방 흉노족과의 화친을 맺으려는 정책에 희생이 되어 호한사단우(呼韓邪單
于)에게 시집갔다. 왕소군은 호지(胡地)에서 사사(死思)의 노래를 짓고 독을 마시
고 죽었다. 호지의 풀은 모두 누른데 소군의 무덤만 푸르러 이를 청총(青塚)이
라고 했다.

618) 왕부인의 셜음이요 : 고대 소설 <조웅전(趙雄傳)>의 주인공인 조웅과 그의 어
머니 왕부인이 간신 이두병(李斗柄)의 난을 피하면서 겪는 역경을 말한다. 배경
은 중국 송(宋)나라로, 주인공 조웅과 문제(文帝)의 태자가 간신 이두병의 발호
로 나라가 위태로워지자 후일을 기약하고 작별한다. 방랑하던 조웅이 장소저(張
小姐)를 만나 장래를 약속한 뒤, 위기에 빠진 태자를 구출하고 수십만 대군으로
간신 이두병을 무찔러 송나라를 회복시킨다는 이야기이다.

619) 월명셩희(月明星稀)ᄒ고 오작(烏鵲)이 남비(南飛)로다 : 송(宋) 문인 소식(蘇軾)의
<전적벽부(前赤壁賦)>에 나오는 구절.

620) 구쥬(九洲) : 여러 나라.

621) 오로봉(五老峰) : 중국 노산(盧山)의 남쪽 기슭에 있는 고봉. 지금의 강사성(江四
省) 성자현(星子縣)의 북쪽.

622) 셤쩨(蟾臺) : 달 속에 있다는 궁전.

623) 현공(獻功) : 윗사람에게 정성을 다함.

624) 후토부인(后土婦人) : 토지의 신.

625) 십왕전(十王殿) : 저승에서 인간을 심판한다는 십대왕(十大王)이 있는 누각. 십대
왕은 진광대왕(秦廣大王)・초강대왕(初江大王)・송제대왕(宋帝大王)・오관대왕(伍
官大王)・염라대왕(閻羅大王)・변성대왕(變成大王)・태산대왕(泰山大王)・호등대
왕(乎等大王)・도시대왕(都市大王)・오도전륜대왕(五道轉輪大王)이다.

626) 망월토기(望月토끼) : 달을 바라보는 토끼. 달 속에 토끼가 있다는 전설에서 나
온 말.

627) 전사(前事) : 전생(前生)에 있었던 일.

628) 엄용(艶容) : 매우 아름다운 모습.

629) 蒿里(호리) : 중국 태산 남쪽에 있는 땅 이름으로, 사람이 죽으면 혼백이 그곳으
로 돌아간다고 해서 무덤 또는 장사지낸다는 뜻으로 쓰인다.

630) 求於緣木(구어연목) : 연목구어(緣木求魚)와 같은 말. 나무에 올라가 물고기를 구
한다는 말로, 도저히 불가능한 일을 비유한다.

631) 十六觀(십육관) : 중생이 현생에 진리를 체득하여 죽어서 극락세계로 가기 위해
수련하는 법.

632) 淨觀法(정관법) : 모든 생각의 더러움과 번뇌의 유혹을 끊어 없애고 서방정토로

가는 법. 십팔관(十八觀)이라고도 한다.

633) 응신(應身) : 부처가 중생을 교화하기 위해 여러 가지로 변하여서 인간에게 모습을 드러내는 것.

634) 掀動(흔동) : 떨치는 위세가 당당하여 한 세상을 진동함. 흔동일세(掀動一世).

635) 無明長夜(무명장야) : 무명을 어두운 긴 밤에 비유하여 일컫는 말. 무명은 사제(四諦)의 진리인 불교의 근본의(根本義)에 통달하지 않은 마음의 상태. 곧 모든 번뇌의 근원이 되고 사견(邪見), 망집(妄執)으로 법의 진리에 어두운 일을 말한다.

636) 業海浪(업해랑) : 넓고 넓은 업보의 세계.

637) 靈鷲山(영취산) : 중인도(中印度) 말갈타국(摩竭陀國), 왕사성(王舍城) 동쪽에 있는 산. 석가여래가 이 곳에서 법화경(法華經)과 무량수경(無量壽經)을 강(講)하였다 한다.

638) 組師家品(조사가품) : 조사란 한 종파를 세워서, 그 종지(宗止)를 열어 주장한 사람의 존칭.

639) 百域刹土(백역찰토) : 모든 지역. 찰토는 국토(國土)를 불교에서 이르는 말.

640) 百孔千瘡(백공천창) : 여러 가지 폐단으로 엉망진창이 됨.

641) 人我之相(인아지상) : 인(人)을 가벼이 알고, 아(我) 곧 그 본체를 중시하는 마음.

642) 四相山(사상산) : ①사람이 겪는 네 가지 상, 곧 생(生)·노(老)·병(病)·사(死). ②만물이 생멸변화(生滅變化)하는 네 가지 상, 곧 사상(生相)·주상(住相)·이상(異相)·멸상(滅相). ③중생이 실재라고 믿는 네 가지 상, 곧 아상(我相)·인상(人相)·중생상(衆生相)·수명상(壽命相), 이 네 가지 상은 허무하고 거짓된 것인데 이에 미혹되면 영영 중생에 그치고 이를 깨달으면 부처가 된다.

643) 法性山(법성산) : 모든 법의 체성(體性), 만유(萬有)의 실체, 우주의 본체.

644) 圓覺(원각) : 석가여래의 각성(覺性), 원만(圓滿) 주비(周備)하여 조금도 결감(缺減)이 없는 우주의 신령스러운 깨침을 일컫는다.

645) 無爲自性(무위자성) : 자연스러운 성품. 무위는 인연에 의하여 조작(造作) 및 생멸(生滅)·무변(無變)인 것. 일반적으로 현상을 초월하여 상주불변(常住不變)하는 존재를 말한다.

646) 離婁(이루) : 옛날 중국의 눈이 매우 밝았다는 사람.

647) 師曠(사광) : 춘추시대 진(晉)나라의 악사(樂師). 음악을 듣고 길흉을 점쳤다고 한다.

648) 公輸(공수) : 옛날 중국의 손재주가 뛰어났던 목수. <묵자(墨子)>에 나오는 사람으로 나무를 깎아 만든 까치가 너무 교묘하여 날았다고 한다.

649) 夸夫(과부) : <산해경(山海經)>에 나오는 이야기로 힘이 세고 걸음이 빠른 신수(神獸)라고 한다.

650) 興戎出好(홍융출호) : 쉽게 화를 내기도 하고, 좋으면 못 참고 금방 좋은 태도를 들어냄을 말한다.

651) 타기사지(惰其四肢) : 게을러서 팔다리를 움직이지 않고 가만히 있는 모양.

652) 冀北(기북) : 중국의 기주(冀州) 북쪽 땅이라는 말로, 곧 황하 이북을 가리킴.

653) 白頭豕(백두시) : 머리털이 흰 돼지.

654) 寧爲鷄口(영위계구) : 차라리 닭의 입이 된다는 말로, 큰 짐승의 꼬리가 되느니 작은 짐승의 머리가 되어야 한다는 뜻.

655) 果(과) : 우리말을 한자의 음을 빌어서 쓴 차자 표기.

656) 元亨利貞(원형이정) : 천도(天道)의 네 가지 덕(德). 원(元)은 봄과 인(仁), 형(亨)은 여름과 예(禮), 이(利)는 가을과 의(義), 정(貞)은 겨울과 지(智)를 상징한다.

657) 飽食煖衣(포식난의) : 배불리 음식을 먹고 따뜻하게 옷을 입음을 일컫는다.

658) 自行自止(자행자지) : 제멋대로 행동함.

659) 良知良能 本然心(양지양능 본연심) : 밝은 지혜와 착한 일을 할 수 있는 능력이 있는 본래 타고 난 마음. 여기서 乙은 차자 표기이다.

660) 乙(을) : 차자표기.

661) 牛馬襟裾(우마금거) : 소나 말과 같은 처신을 한다는 뜻. 금거는 의복을 뜻하니, 소나 말이 사람의 옷을 입고 처신한다는 의미이다.

662) 北胡地(북호지) : 중국 북쪽의 오랑캐 땅. 곧 지금의 만주와 몽골 및 러시아 지역.

663) 西藩(서번) : 중국 서쪽 변방의 나라. 곧 서역(西域)을 가리킨다.

664) 犬戎(견융) : 고대 중국 서쪽 지방에 있던 이민족.

665) 南蠻國(남만국) : 중국의 남쪽 지역에 있는 오랑캐 나라.

666) 鴃舌荒服(격설황복) : 백설조(百舌鳥)가 지저귀듯 말하는 오랑캐와 완전히 정복할 수 없는 먼 지역의 야만인을 일컫는다.

667) 堯之日月 舜之乾坤(요지일월 순지건곤) : 요임금이 다스리던 때와 순임금이 다스리던 태평한 시절.

668) 天賦之靈(천부지령) : 하늘이 내려주신 신령스러움.

669) 南蠻北狄(남만북적) : 중국의 남쪽에 있는 오랑캐와 북쪽에 있는 오랑캐.

670) 四都八路(사도팔로) : 사방의 많은 사람들이 모여 사는 도시와 팔방으로 통하는 길.

671) 老而不學(노이불학) : 늙도록 배우지 못하였다.

672) 童子何知(동자하지) : 어린 아이가 어찌 알겠는가?

673) 康衢謠(강구요) : 옛날 중국에서 어린이들이 번화한 길에서 불렀다는 태평가. 강(康)은 오방(五方)으로 통한 길이고, 구(衢)는 사방(四方)으로 통한 길을 의미한다.

674) 韋編三絶(위편삼절) : 옛날 공자(孔子)가 만년에 <주역(周易)>을 좋아하여 너무 많이 읽어서 책을 맨 가죽끈이 세 번이나 끊어졌다는 고사.

675) 군난(窘難) : 천주교 박해(迫害). 어떤 종교적 단체의 구성이나 활동, 그리고 이와 관련된 말과 표현들을 금지하고 탄압하는 것.

676) 천상과(天上科) : 하늘나라의 과거(科擧). 심판(審判). 인간이 세상에 있는 동안 행하였던 감정 및 언행(言行)에 대하여, 하느님이 복음과 율법에 따른 선악(善惡)의 정도를 기준으로 세상에 사는 동안, 그리고 세상을 떠난 후 판결을 내리는 것.

677) 표편[포폄(褒貶)] : 시비선악(是非善惡)을 가려 착한 사람을 기리어 표창하고 악

한 사람은 물리치는 것.

678) 고롬 : 괴로움.

679) 이쥬이인(愛主愛人) : 하느님을 사랑하고 이웃을 사랑함.

680) 몬져 : 먼저.

681) 간션(揀選) : 간택하여 뽑음.

682) 낙방디쟈(落榜之者) : 천상과(天上科)에 떨어진 사람.

683) 무심중(無心中) : 생각하지도 못한 사이에.

684) 츠지시리 : 찾으시리. 찾으시리라. 찾으실 것이다.

685) 고상(苦像) : 십자고상(十字苦像). 십자가에 못 박힌 예수의 수난을 그려낸 그림이나 새긴 형상.

686) 맛들리도 : (매를) 맞드라도.

687) 대부모(大父母) : 하느님을 일컫는 호칭.

688) 신공(神功) : 기도.

689) 언마 : 얼마.

690) 점점(點點) : 생각과 말과 행동 하나하나.

691) 납분 : 나쁜.

692) 조갈병(燥渴病) : 아주 심한 갈증을 겪는 병.

693) 치명자(致命者) : 순교자(殉敎者).

694) 공심판(公審判) : 최후의 심판.

695) 진복팔단(眞福八端) : 천당의 복락(福樂)을 누릴 수 있는 여덟 가지 참 행복의 조건. 가난(겸손)함, 착함, 죄지음을 슬퍼함, 의로움을 행함, 자비를 베품, 마음이 깨끗함, 화목함, 박해를 받음.

696) 수요불이(須臾不離) : 잠시도 떠나 있지 않음.

697) 오란 : 오랜.

698) 텬상과유(天上과유) : '과유' 미확인. '천당으로 가는 길(동안)'의 뜻인 듯함.

699) 마젼장스 : 생베를 삶아서 여러 번 빨아 말려 바래는 일을 하는 사람.

700) 긔튼[기튼<기티다] : 남은.

701) 오십여인 : 당시에 순교한 치명자들을 일컫는 듯함.

702) 스믓 춧네 : 아주 가득하네.

703) 어려시이 : 어렵게.

704) 時乘 : 帝王의 卽位. 여기서는 천당에 들어가는 성인(聖人)을 이름.

705) 달흔 : 다른.

706) 인지(人子ㅣ) : 사람의 아들, 곧 예수를 이름.

707) 성회(聖會) 아문(我門) : 천주교회의 신도들.

708) 부우(孚佑) : 믿고 도와 줌.

709) 쵸성(超性) : 자연성을 초월하는 일.

710) 고상ㅎ고 : 고생하고.

711) 대군(大君)·대부(大父) : 하느님을 일컫는 호칭.

712) ᄉ쥬구령(事主救靈) : 하느님을 섬기며, 영혼을 구원하는 일.

713) 대정수(大定數) : 천지 자연의 이법(理法)에 정해져 있는 수.

714) 명명기덕(明明其德) : <대학(大學)>의 도(道)는 밝은 덕을 밝히는 데 있다는 말. 사람이 하늘에서 영리(靈理)를 받아 태어나 만사(萬事)에 응하는 모습을 뜻한다.

715) 지어지선(止於至善) : <대학(大學)>의 도의 내용을 밝힌 것으로, 지극한 선에 이르러 그친다는 말. 여기서 지선(至善)은 사물 이치의 당연한 표준을 뜻하며, 지(止)는 이에 이르러 옮기지 않음을 뜻한다.

716) 텬명지위셩 솔성지위도 수도지위교(天命之謂性 率性之謂道 修道之謂敎) : <중용(中庸)>의 대의(大義)를 담고 있는 구절. 하늘이 명하신 것을 성(性)이라고 하고 그 타고난 성품 그대로를 따르는 것을 도(道)라고 하며, 도를 등급하고 제한하여 천하에 법이 되게 하는 것을 교(敎)라고 한다.

717) 옥경디(玉京臺) : 하늘 위에 옥황상제가 사는 곳.

718) 옹종망총하다 : 옹송망송하다. 옹송옹송하다. 정신이 흐리어 무슨 생각이 나다가 말다가 하다.

719) 모몰염치(冒沒廉恥) : 염치없는 줄 알면서 무릅쓰고 하는 것.

720) 변거하다 : 번거하다. 번거롭다.

721) 양의사상(兩儀四象) : 양의는 음(陰)과 양(陽), 사상은 태양(太陽), 소양(少陽), 태음(太陰), 소음(少陰).

722) 품기(稟氣) : 기운을 받아서

723) 지공무ᄉ(至公無私) : 지극히 공정하여 사사로운 마음이 없다는 뜻.

724) 險韻(험운) : 고시(古詩)에서 운자를 쓰는 방식의 하나. 일반적으로 거의 사용하지 않는 어렵고 드문 글자로 압운(押韻)해서 읽는 사람이 시의 흐름이 순조롭지 못하다고 느끼게 되므로 험운이라고 이름한다.

725) 宮掖(궁액) : 궁궐. 대궐.

726) 語忌(어기) : 조상이나 신분이 높은 사람의 이름 등을 함부로 부르지 않는 것. 이른바 휘(諱)라고 한다.

727) 溫柔敦厚(온유돈후) : <예기(禮記)>에서 처음 등장하는 말로, 고대 유가의 전통적인 시교(詩敎)가 되었다. 시가(詩歌)에 풍간(諷諫)하는 특징이 있다는 사실을 말하면서 작가가 작품을 쓸 때 지녀야 할 태도를 지적한 말이다.

728) 蘇(소) : 북송(北宋)의 정치가이자 문호인 소식(蘇軾)을 가리킨다. 자는 자첨(子瞻)이고 호는 동파(東波). 왕안석의 신법(新法)을 공격하다가 좌천되어 항주(杭州)등 지방관을 역임하였다. 당송팔대가(唐宋八大家)의 한 사람이다.

729) 陳(진) : 북송 때의 시인인 진사도(陳死道)를 가리킨다. 자는 이상(履常), 무기(無己)이고 호는 후산(後山)이다.

730) 離騷(이소) : 초나라 굴원이 지은 초사(楚辭) 양식의 시가 작품으로, <이소>는

초사 가운데 가장 대표적인 작품으로 일컬어진다. 한나라 때부터 초사는 굴원 등이 지은 작품을 통칭하는 이름이 되었다.

731) 천축(天竺) : 석가모니가 태어나고 불교가 처음 창시된 인도의 고명(古名).

732) 醒叟(성수) : 이학규(李學逵). 자는 성수(醒叟), 호는 낙하생(洛下生). 1801년 신유사옥 때 전라도 능주(綾州;지금의 화순)로 유배되었다가 이 해 10월 황사영(黃嗣永)의 백서사건(帛書事件)으로 다시 국문 받아 김해로 이배되었다가 1824년 방면되었다. 유배기간 중 당시 강진에 유배중이던 정약용과 문학적 교류를 하면서 정약용의 현실주의적 문학세계에 공감하고, 유배지 민중들의 생활양상과 감정을 문학창작에 수용하였다.

733) 美刺勸懲之義(미자권징지의) : <毛詩(모시)> 서문에는 <시경>의 각 장마다 그 시를 짓게 된 이유를 설명하고 있는데, 모두 "누구 누구를 찬미한 것이다(美), 또는 누구 누구를 풍자한 것이다(刺)" 라고 되어 있다. 그러므로 <시경>의 각 시편들은 모두 勸善懲惡(권선징악)의 뜻을 담고 있는 것으로 보았다.

734) 도산(塗山) : 우(禹)임금이 도산씨(塗山씨(氏))를 만나 왕비로 맞은 곳.

735) 기자(箕子)가 폐허가 된 은(殷)나라의 도읍 터를 지나다가 그 폐허에 자란 보리가 팬 것을 보고 한탄하여 지은 노래.

736) 영척이 소를 먹이면서 제(齊)나라 환공(桓公)에게 등용되기를 기다려 뜻을 이루었다는 고사.

737) 맹상군의 문객 풍환이 칼자루를 치며 대우가 나쁜 것을 한탄하는 노래를 불러 자긴의 영달(榮達)을 구했다는 고사.

738) 춘추시대 楚의 명배우인 우맹(優孟)이 孫叔敖가 죽은 뒤 그 아들이 빈곤하므로 숙오의 옷을 입고 숙오인 양 노래를 불러 莊王을 감동시켜 숙오의 아들에게 봉작을 받게 한 고사.

739) 악부(樂府)의 하나. 형가(荊軻)가 연(燕)의 태자 단(丹)의 부탁을 받고 진시황을 죽이려고 갈 때 역수에서 헤어지며 부른 노래.

한국 고전문학의 이해

인쇄일 초판 1쇄   2002년 05월 25일
            2쇄   2008년 07월 20일
발행일 초판 1쇄   2002년 06월 05일
            2쇄   2008년 07월 23일

지은이 양희찬·최길용·손앵화 편
발행인 정 찬 용
발행처 국학자료원
등록일 1987.12.21, 제17-270호

서울시 강동구 성내동 447-11 현영빌딩 2층
Tel : 442-4623~4 Fax : 442-4625
www. kookhak.co.kr
E- mail : kookhak2001@hanmail.net
ISBN 89-8206-668-3
가 격 11,000원

*저자와의 협의 하에 인지는 생략합니다.